„Geschlossene Gesellschaft“
Ein Kriminalroman

Von Jakob Stein

Jakob Stein

„Geschlossene Gesellschaft“

Ein Bücherkrimi

B VERLAG

Jakob Stein
Geschlossene Gesellschaft – Ein Kriminalroman

Weitere Titel des B3 Verlages unter www.bedrei.de

Umschlag: Claudia Manns, KUNSTSTÜCK
Printed in Germany

ISBN 978-3-943758-55-9

Dieses Buch ist auch als E-Book unter der
ISBN 978-3-943758-56-6 erhältlich.

„Es kommt nicht auf die Wirklichkeit an,
sondern auf die innere Wahrheit.“

(Joseph Roth)

Für Theo

1. Kapitel

Die Straßen sind menschenleer. Das Licht der Laternen tropft schläfrig herunter und bildet helle Pfützen, die wie Perlen auf die graue Schnur des Asphalts gezogen sind. Der Main liegt bewegungslos. In ihm spiegelt sich schemenhaft die Skyline. Die Bürotürme, sonst erleuchtete Weihnachtsbäume, verschwimmen im nachtgrauen Himmel. Die Schaufenster sind schwarz und die bunten Leuchtreklamen eintönig erstarrt.
Es ist Himmelfahrt, halb fünf Uhr morgens. Ampeln werfen ihre Signale ins Nichts hinein. Vereinzelte Nachtschwärmer torkeln die Bürgersteige entlang. Die Fassaden der Häuser sind wie vernagelt. Die toten Fenster lassen den traumlosen Schlaf ihrer pflichtbewussten Einwohner dahinter vermuten. Gleise ziehen sich ins Nirgendwo dahin, Schilder trotzen ihrer um diese Zeit offensichtlichen Sinnlosigkeit.

Das Motorengeräusch ist bereits von Weitem zu hören. Es läuft durch die Häuserschluchten wie ein gehetztes Tier, verirrt sich im Labyrinth der Seitenstraßen, Gassen, Höfe und wird von zwei sich weitenden Lichtkegeln herangeschleift. Eine rote Ampel gestattet eine Atempause, hechelnd, hinter den glänzenden Gitterstäben gefangen, holt die Maschine Luft. Die breite weiße Linie vor dem Wagen ist wie ein Gatter, das mit dem Sprung des Signals auf Gelb emporgezogen wird, und damit die sinnlose Hatz der aufheulenden Töne hinter dem davonjagenden Licht von Neuem beginnt.
Der Motor dröhnt. Es ist ein kleiner, giftiger Sportwagen. Die Fahrerin zieht die Gänge, beschleunigt stark, rast die wenigen Hundert Meter bis zur nächsten verlassenen Kreuzung dahin, überlegt kurz, ob sie nicht einfach darüber hinweg fahren soll und bremst jäh. Der Gurt drückt sich in ihren Busen hinein, mit einem letzten Ruck fällt ihr Oberkörper zurück in den Sitz.
Helen Brand liebt es, durch die verlassene Innenstadt zu rasen – in wenigen Stunden wird es unmöglich sein. Insgeheim empfindet sie eine leise Freude daran, den ein oder anderen aus dem Schlaf zu reißen und in seiner warmen Ruhe zu stören.

Der Wagen schnellt auf die breite Allee in Richtung Messe, nimmt fast ungebremst die Kehre vor dem dösenden Hotelturm und wird im nächsten Augenblick von der Einfahrt zur Tiefgarage verschluckt. Die Reifen quietschen auf dem glatten, glänzenden Belag. Die Parkfläche ist bis auf zwei Wagen in der hintersten Ecke, direkt neben dem Aufgang, völlig frei. Noch einmal gibt Helen Gas, schießt quer über die Markierungen und kommt neben einem dunkelblauen Kleinwagen mit der Aufschrift „Sec24 – Sicherheit rund um die Uhr" zum Stehen. Die Geräusche ersterben so abrupt, dass es scheint, als würde die plötzliche Stille zwischen den Wänden hin und her rollen.

Helen Brand steigt aus. Im Gehen zieht sie sich ihre Handtasche über die rechte Schulter. Das Klackern ihrer Absätze hallt in das leere Parkdeck hinein und wird zurückgeworfen. Unsichtbare Geister, Geschwister von Helen, gehen im Gleichschritt an den Mauern entlang. Sie betritt, ohne die geringste Aufmerksamkeit für ihre Umgebung, das Treppenhaus. Die zwei Stockwerke nimmt sie im schnellen Takt, um dann die breite Tür zum Foyer mit aller Kraft aufzuziehen. Der große Raum dahinter saugt die breite Glasfläche an sich heran, gibt sie nur unter größter Anstrengung frei.

Der ältere der beiden Wachmänner hinter dem Counter springt auf, streicht sich unbewusst durch die Haare und glättet seine tiefblaue Krawatte, die wie ein Strich über seine Brust läuft. Der Kopf des Kollegen daneben versinkt vollends hinter dem Tresen.

„Guten Morgen, Frau Brand, auch heute so früh?" Das Lächeln des Wachmannes misslingt und ist vom Halbschlaf gezeichnet.

„Guten Morgen, Ercan, ja, auch heute so früh. Ist noch jemand im Haus?"

Der Angesprochene verneint mit einem milden Lächeln, drückt einen unsichtbaren Knopf, die schmale Glastür öffnet sich und gibt den Weg zu den Fahrstühlen frei.

Die frühmorgendliche Besucherin hebt die Schultern. Eine kleine Geste ihrer rechten Hand unterstreicht „Einen schönen Tag noch!", mit dem sie eine der wartenden Kabinen betritt. Alle stehen sie offen.

Ein kurzer Blick in den rückseitigen Spiegel zeigt ihr ein für diese frühe Zeit akzeptables Aussehen. Die Tür fließt lautlos hinter ihr vorbei, ein stärker werdendes Ziehen im Magen verrät die Beschleunigung nach oben.

Ihr Büro befindet sich im siebenundzwanzigsten Stock des Messeturms. Die international tätige Consulting-Firma hatte sich im vergangenen Jahr nochmals verstärkt um Mandate aus dem asiatischen Raum bemüht. Helen war nach bald fünf Jahren im Unternehmen zur Senior-Consultin aufgestiegen und erstmals auf einer Akquise-Tour dabei. Die Reisen hatten Helen sehr gefallen. Bis dahin galt sie im Büro als strenge „Gouvernante", so ihr Pseudonym unter den Kollegen. Sie ist äußerst korrekt, ja fast schon penibel genau. Vielleicht lag es daran: Aus einfachsten Verhältnissen stammend, musste sie sich das Studium selbst als Aushilfslehrerin finanzieren. So lernte sie früh die harte Klassengesellschaft kennen. Sie gab Mädchen Nachhilfestunden, die an einem beliebigen Tag mehr von ihrer Mutter geschenkt bekamen, als Helen im gesamten Monat zum Leben hatte. Sie musste streng haushalten, und tat dies auch später im Beruf.
Auf den Geschäftsreisen – bis dahin war sie eigentlich so gut wie nie verreist – liebte Helen die Unverbindlichkeit des Kennenlernens. Die Einladungen möglicher Kunden – besonders wenn es mehrere pro Tag waren – versetzten sie in eine Euphorie des nahen Erfolges. In Japan, Indien, Pakistan musste Helen den männlichen Kollegen, obwohl ihr gleichgestellt, den Vortritt lassen. Sie galt bei diesen Gesprächen lediglich als aufmerksame Zuhörerin, die im richtigen Moment Stichworte gab und vorbereitete Grafiken verteilte. In China änderte sich die Situation. Die mit der Planung der Reise beauftragte Agentur hatte es tatsächlich geschafft, mit Chen Lihua, einer der reichsten Frauen der Welt, einen Termin zu organisieren. Chen kam aus Hongkong, arbeitete zunächst als Tischlerin und hatte mit der Restauration alter Möbel ihre Selbstständigkeit begonnen. Später wurde daraus eine Fabrik, die sie noch heute, vielleicht aus Sentimentalität, betrieb. Richtig reich wurde Chen

Lihua durch den Kauf und Verkauf von Luxusvillen in der ganzen Welt. In China gab es mittlerweile genügend Milliardäre, die sich entsprechende Anwesen in Los Angeles, Cannes, Monaco, Las Vegas, Paris, der Schweiz oder sonst wo leisten konnten und wollten. Woher das anfängliche Kapital für ihre zum Teil waghalsigen Transaktionen stammte, war unklar – Chen war sicherlich keine Regimegegnerin. Heute stand sie einem global agierenden Konzern vor, der in unterschiedlichen Sparten zu den Führenden zählte.

Das Treffen fand in einem kleinen, abgelegenen Restaurant statt. Außer den beiden Delegationen waren keine Gäste anwesend. Später erfuhr Helen, dass das Lokal ebenfalls Chen gehörte und ausschließlich für solche Termine genutzt wurde. Ihre Kollegen ergingen sich in einem Schwall sinnleerer Phrasen. Ihr Pech war es, dass der Dolmetscher nicht nur perfekt Englisch beherrschte, sondern auch in Heidelberg studiert hatte und über ein ausgezeichnetes Gehör verfügte. Ein, zwei geflüsterte Sätze zwischen den Herren wurden von ihm prompt mit übersetzt, woraufhin sich Frau Chen „Miss B'and" zuwandte, die bis dahin schweigend am Tisch saß. Von diesem Moment an war sie für Chen Lihua die einzige Ansprechpartnerin. Es ging um verschiedene Bereiche, von simpler Publicity für ihre Unternehmen gegenüber möglichen Industriepartnern bis hin zur Gründung einer Europazentrale in Deutschland. Vorrangig kamen die vielschichtigen Rechts- und Steuerprobleme zur Sprache. Chen Lihua war beeindruckend informiert. Sie stellte gezielte Fragen und erwartete präzise Antworten. Mangelnde Sachkenntnis wurde von ihr akzeptiert, wenn konkrete Termine für deren Klärung genannt wurden. Helen schlug sich hervorragend. Nach wenigen Wochen intensiver Korrespondenz erhielt ihre Firma den Auftrag und Helen wurde von der Geschäftsleitung zur Projektmanagerin befördert.

Anfänglich hatte sie sich sehr über den ihr anvertrauten Auftrag und die damit verbundenen „Anpassungen" ihrer Bezüge gefreut. Endlich konnte sie sich einen Traum erfüllen und kaufte einen knallroten Triumph TR4, bestens erhalten und restauriert.

Sie mietete sogar eine Garage für ihren kleinen „Schatz", wie sie den Wagen nannte.
Sie war mehrfach nach China gereist und hatte dies teilweise mit privaten Urlauben verbunden. Die Geschäftsleitung war äußerst großzügig und stellte üppige Spesen zur Verfügung. Selbst ihr Mann war eingeladen.
Mittlerweile, nach etwa einem Jahr, war ihr anfänglicher Elan verflogen. Chen Lihua hatte sie nach dem damaligen Termin nur noch einmal, in Zürich, wieder getroffen. Chen war auf Geschäftsreise, residierte im Dolder Grand und Helen traf sie in ihrer Suite. An der Tür standen mehrere Herren in dunklen Anzügen und mit geringelten Kabeln im Ohr. Auf dem Tisch waren Schmuckstücke aller Art: Colliers, Armreifen, Uhren, Ohrringe, Ketten, Broschen, Haarspangen ausgebreitet. Es glitzerte und funkelte wie in einem Märchen aus tausendundeiner Nacht. Hinter dem Tisch saß die Chinesin, begutachtete die ihr von einem pomadigen Herrn vorgehaltenen Stücke, ohne auch nur im Geringsten die Miene zu verziehen. Sie blickte kurz und leicht nickend zu Helen hinüber, die wie gebannt im Zimmer stand. Mit einer kleinen Geste winkte Chen sie heran. Kein Wort wurde gesprochen. Nach einigen Augenblicken griff Chen mit Bedacht einen goldenen Armreif, wog ihn kurz in ihren Händen und reichte ihn Helen hinüber. Diese verstand zunächst nicht und meinte, sie solle den Schmuck begutachten. Kritisch hob sie den Reif vor ihre Augen, suchte schon nach passenden Formulierungen, um ihr das wunderbare Stück zu empfehlen, als leise „It's for you." an ihr Ohr drang. Ungläubig schaute sie auf und in das milde Lächeln ihres Gegenübers.
Damit war der Auftrag besiegelt und das Angebot angenommen. Wie in Trance reiste Helen zurück, immer wieder den Armreif an ihrem Handgelenk drehend und in einem tiefen Glücksgefühl schwelgend. Kurze Zeit später begann der graue Alltag, die langwierige und zermürbende Arbeit im Büro. Was letzte Woche noch verheißungsvoll auf dem Papier stand, sollte schale Realität werden. Eine Möglichkeit, mit Chen Lihua direkt zu korrespondieren, gab es nicht. Ihr Ansprechpartner wurde

der persönliche Assistent von Frau Chen, der aufmerksame Dolmetscher.
Zwischen ihm und „Miss B'and“ entwickelte sich schon nach wenigen Wochen eine intime Feindschaft, ein mit allen Mitteln und Kniffen geführter Wettkampf um die richtige Strategie, das erfolgreichere Investment oder den idealen Standort der Niederlassung. Mehrfach mussten bereits ausgearbeitete Konzepte komplett überarbeitet werden, um dann in einer endlosen Schleife der Entscheidungslosigkeit zu vergilben. Hatte Helen anfänglich noch an eine kooperative Zusammenarbeit mit dem Sekretär geglaubt, war sie längst eines Besseren belehrt worden. Er nutzte jede sich bietende Gelegenheit – sei sie auch noch so klein –, um Helen gegenüber Frau Chen und ihrer eigenen Geschäftsleitung bloßzustellen – und gleichzeitig für seine Vorschläge zu werben. Letztens beschuldigte er sie sogar mehr oder minder direkt der Lüge, was ihren Hass auf den, wie sie fand, korrupten Sekretär ins Maßlose steigerte.
„Dafür, dass sie in einem kommunistischen Land leben, verstehen die Chinesen verdammt viel davon, wie man Geld verdient!“, sagte Helen einmal zu ihrem Chef, als dieser wissen wollte, wer denn nun das Projekt leite, sie oder Chens Sekretär?
„Das interessiert mich nicht! Denken Sie bitte daran, Frau Brand, dass der Großteil unseres Honorars – und auch Ihres Einkommens – von der Umsetzung abhängt, nicht vom Darüberreden.“ Das waren die Worte des Geschäftsführers in der wöchentlichen Runde. Ihre Kollegen waren in Japan, Indien, Pakistan auch keinen Deut weitergekommen als sie, doch grinsten und nickten alle überheblich vor sich hin.
Jetzt war sie wieder „Frau Brand“. Noch vor nicht allzu langer Zeit war er spätabends immer wieder in ihr Büro gekommen, um sie herumgeschlichen, hatte sie mit Nettigkeiten bedacht, sie „Helen“ genannt. Einmal schlug er sogar vor, es war sicherlich schon zehn Uhr abends, gegenüber in Jimmy's Bar zu gehen. Sie hatte kühl und dankend abgelehnt. Ihre Distanziertheit schien ihn nur noch mehr zu reizen. Bevor er einen neuen Anlauf nahm, erkundigte sich Helen: „Wie geht es Ihrer Frau?“ Dass er verheiratet war, verschwieg er gerne und trug auch keinen

Ring. Seine Gattin lebte zurückgezogen irgendwo, verheimlicht, mit Geld und Luxus betäubt. Damit hörten seine Nachstellungen auf.

Chens Assistent ließ es nie an Höflichkeit fehlen, machte es sich allerdings zur Angewohnheit, Helen von Montag bis Freitag täglich gegen sechs Uhr morgens im Büro anzurufen und mit mehr oder minder nichtigen Fragen zu behelligen. Den Samstag hatte sie ihm gleich ausgetrieben! Doch heute, an diesem Feiertag, von dem sie wusste, dass er es wusste, würde er sich die Chance nicht entgehen lassen und sie auf die Probe stellen. Sie ahnte auch bereits, dass er sich für heute etwas ganz Besonderes aufgespart hatte, etwas Wichtiges, woraus er dann, sofern er sie nicht erreichen würde, ein Memo an Frau Chen verfassen könnte, um sie dort weiter zu diskreditieren.

„Alles hat seinen Preis." An die Worte ihres Vaters musste sie in den letzten Wochen oft denken. Sie hatte ihr Gehalt, insbesondere durch den vereinbarten Bonus, enorm verbessert. Ein paar Jahre auf diesem Niveau und sie könnten sorgenfrei leben.

Sie hatte einige schöne Tage in China, diesem wundervollen Land, in purem Luxus verlebt. Andererseits war ihr Privatleben völlig aus dem Ruder gelaufen. Ihr Mann, selbst Anwalt und viel beschäftigt, zog sich mehr und mehr zurück. Er sah es genau andersherum. „Du kannst nicht in zwei Zeitzonen gleichzeitig leben", hatte er erst kürzlich zu ihr gesagt. Heute Morgen, als kurz vor vier der Wecker klingelte, hatte er ihr demonstrativ den Rücken zugedreht und ein verächtliches Stöhnen von sich gegeben.

Sie dachte immer öfter daran, das Projekt abzugeben. Ihre Karriere in der Firma wäre damit erledigt. Woanders wäre es auch nicht besser, und sie müsste ganz von vorne anfangen – oder ihr Leben völlig neu gestalten. Kinder wollten sie keine, dieses Thema hatten sie schon vor Jahren abgeschlossen. Obwohl sie zusammen etwa eine halbe Million im Jahr verdienten, war in ihr eine tiefe Leere, die auch durch die samstäglichen Shoppingtouren nicht mehr aufgefüllt wurde. ‚Ich möchte mein

Leben zurück, mein selbstbestimmtes Leben' war einer ihrer Gedanken, der in ihr anschwoll und irgendwann platzen würde. Andererseits wollte sie diesem fiesen kleinen Chinesen nicht den Sieg gönnen. Ihm nicht, ihrem Chef nicht und den schleimigen Kollegen erst recht nicht. Sie drehte in solchen Momenten den goldenen Armreif und dachte an Chen Lihua. Sie hatte es von der einfachen Tischlerin zur Milliardärin geschafft. Sie hatte sicherlich nie aufgegeben.
In der letzten Zeit bombardierte sie den Sekretär ihrerseits mit Anrufen am Nachmittag, was in China neun Uhr abends oder später bedeutet. Eine kleine Rache, die sie genoss.

Im Büro angekommen, wirft sie ihre Tasche neben den Schreibtisch, geht nach nebenan und schaltet die Kaffeemaschine ein. Sie wartet geduldig, bis das Blinken aufhört und der Automat unter lautem Getöse einen „Dubio" aus sich herauspresst. Mit der Tasse in der Hand geht sie wieder hinüber und stellt sich vor die Fensterfront.
Ihr erleuchtetes Büro spiegelt sich schemenhaft im Glas vor ihr. Von außen wirft sich das Bild der gegenüberliegenden Häuserzeile dagegen. Die Linien fließen ineinander, der Schreibtisch scheint wenige Meter vor ihr in der Luft zu schweben, die Wände laufen in den nächtlichen Himmel davon. Dazwischen ihr unscharfes Spiegelbild, wie in einer anderen Dimension.
Der anbrechende Tag kündigt sich als blassgrauer Streifen über den Dächern an. Am Fuße des schlanken Büroturms liegt die grell erleuchtete, menschenleere Kreuzung. In der Parkanlage gegenüber scheint noch die Nacht zu kleben. Tiefschwarze Schatten fließen unter Bäume und Büsche, um vor der heraufsteigenden Sonne Schutz zu suchen. Auch der Merkurbrunnen, mit der scheinbar schreitenden Statue obenauf, der zwischen Fahrbahn und Straßenbahnschienen etwas abseits steht, ragt als Schwarz-Weiß-Bild unwirklich empor. Die runde breite Wanne ist von einem dunklen Halbkreis durchtrennt. Der Brunnen ist trocken, seit Wochen eingerüstet und soll renoviert werden. Trotz intensiver Beobachtung konnte Helen weder eine

Veränderung an dem Abbild des geflügelten Götterboten noch an dem ihn tragenden Bauwerk erkennen. Ebenerdig war das den Brunnen umschließende Gerüst blickdicht verhangen. Sie konnte jedoch von hier oben alles genau beobachten – und in der Regel sah sie nichts. Es stand zwar täglich ein Lieferwagen auf der Grünfläche vor dem Brunnen, dessen Insassen blieben allerdings von frühmorgens bis spätnachmittags unsichtbar.
Heute ist etwas anders, Helen sieht es sofort. Etwas liegt in der ausgetrockneten, breiten Wanne. Es ist etwas Großes. Sie presst die Augen zusammen, fixiert den Brunnen wie durch ein Fernglas – und – es ist ein Mensch! Kein Zweifel. Im Merkurbrunnen liegt ein menschlicher Körper! Vielleicht schläft er dort nur seinen Rausch aus? – Nein! Unmöglich! Nicht in dieser Haltung! So verkrümmt kann kein Mensch schlafen – und sei er noch so betrunken.
Helen geht zum Schreibtisch, nimmt das Telefon und ruft unten am Empfang an. Die übermüdete Stimme des Wachmannes meldet sich.
„Drüben im Brunnen liegt jemand!“, ruft sie überhastet in den Hörer.
„Was, wie bitte?“, fragt es trocken zurück.
„Ich sagte, im Brunnen gegenüber liegt ein Mensch.“ Helen versucht ihre Stimme zu beruhigen. Keine Reaktion auf der Gegenseite.
„Ist Ercan da? Geben Sie mir Ercan bitte.“ Eine kurze Pause entsteht.
„Ja, hallo, Ercan hier!“
„Hier ist Brand, Helen Brand. Ercan, gegenüber im Brunnen liegt ein Mensch! Hören Sie, ein Mensch.“
„Ich verstehe nicht, Frau Brand.“
„Ich sagte, im Brunnen gegenüber …“
„Nein, nein, das habe ich verstanden. Ich meine, warum sagen Sie mir das?“
Helen ist einen Moment fassungslos, versucht nochmals, die Dinge zu erklären.
„Es sieht von hier oben sehr merkwürdig aus. Gehen Sie doch bitte einmal nachsehen, was mit diesem Menschen los ist.

Vielleicht braucht er Hilfe." Ihr Ton ist ruhiger und bestimmender geworden.
„Aber Frau Brand, das geht nicht. Wir dürfen hier nicht weg."
„Was heißt das?" Helen ist wieder an die Scheibe getreten, als könne sie dem unwilligen Pförtner, durch ihre Augen und das Telefon, ein Bild senden.
„Wir dürfen den Platz hier nicht verlassen, das ist Vorschrift. Das wissen Sie doch?"
„Ich weiß davon gar nichts. Jedenfalls ist es Unsinn." Helen überlegt. Sie kennt die glatten, seifigen, alles abweisenden Oberflächen pauschaler Vorschriften. Man konnte davor kapitulieren oder sie zerbrechen.
„Sie müssen doch auch mal eine Pause machen, oder?" In Helen ballt sich der Groll der letzten Monate zusammen, ihr Ärger über die vielen vergeudeten Stunden, die ebenso ins Leere gelaufen sind wie das jetzige Telefonat.
„Pause machen wir hier", antwortet Ercan stur.
„Aber Sie gehen doch mal zur Toilette?" Das Gespräch wurde absurd. Helen kann sich kaum zurückhalten.
„Ja, das schon. Toilette ist aber unten, neben der Tiefgarage."
„Ercan, bitte!" Sie hält den Hörer auf Armeslänge von sich fort, holt tief Luft und versucht es von Neuem.
„Ercan! Ich möchte doch lediglich, dass Sie einmal hinübergehen und nachschauen, was mit diesem Menschen dort ist – ist das denn so schwer? Wer sieht Sie denn?" Helen brüllt die letzte Frage fast.
„Aber Frau Brand, Sie verstehen nicht. Ich darf doch nicht, das ist verboten. Ich würde gerne tun. Aber wenn in diesem Moment Chef kommt, ich bin nicht da, dann ist Schluss mit Arbeit, verstehen Sie?"
Helen verzweifelt und will schon selbst zum Fahrstuhl stürmen. Doch jeden Moment kann das Telefon klingeln. Sie hat auch ihren PC noch nicht gestartet, keine Unterlagen zurechtgelegt, ist völlig unvorbereitet auf den anstehenden Fight mit ihrem chinesischen Widersacher. Nochmals atmet sie tief ein.
„Rauchen Sie?" Ein letzter Versuch.
„Ich? Nein, ich rauche nicht, Frau Brand."

„Raucht Ihr Kollege?“
„Ja, er raucht. Warum?“
„Er raucht doch sicherlich draußen, oder?“ Sie versucht es trotz allem Ärger mit Geduld.
„Ja, aber nicht jetzt.“
„Gut. Dann schicken Sie ihn doch einmal eine Zigarette rauchen. Am besten draußen, noch besser gegenüber, am Brunnen. Dann stinkt es hier auch nicht so, verstehen Sie?“
Es dauert einen Moment, im Hintergrund hört sie einige Sätze auf Türkisch, dann ist Ercan wieder dran.
„Kollege geht, geht eine Zigarette rauchen, drüben, am Brunnen.“
„Bitte rufen Sie mich gleich wieder zurück, Ercan, ja?“
Es klickt und auch Helen drückt das Gespräch weg. Mit dem Hörer in der Hand, die Arme ängstlich verschränkt, sieht sie, wie der Wachmann, wie zum Alibi dicke Wolken paffend, auf die andere Straßenseite geht, auffällig unauffällig zum Brunnen schlendert und einige Meter davor sich umblickend stehen bleibt.
„Na mach schon ...“, flüstert sie vor sich hin, „... mach schon, geh weiter.“

Der Mann in dunkelblauer Hose und hellblauem Hemd umkreist den Brunnen, als würde sich darin ein wildes Tier verstecken. Er scheint zu rufen, zumindest glaubt Helen das an dem aus dem Mund gestoßenen Rauch zu erkennen. Zögerlich, Schritt für Schritt, tritt er näher, greift nach der schmutzig weißen Plane, hebt sie an, ist einen kurzen Augenblick darunter verschwunden und dann auf dem Gerüst zu sehen. In größtmöglichem Abstand steht er vom Körper, der nun deutlich von hier oben zu erkennen ist, entfernt, stellt sich auf die Zehenspitzen, scheint abermals zu rufen. Langsam, einen Fuß vor den anderen setzend, wie zur Flucht bereit, umkreist er den unbeeindruckt dreinblickenden Merkur und nähert sich dem Kopfende des weiterhin reglos daliegenden Menschen. Der Wachmann geht leicht in die Hocke, hebt langsam den verrutschten Mantel an und springt im nächsten Moment auf. Ziellos wirft er seine Kippe weg, springt an Ort und Stelle unter der Plane vom Gerüst herab, rennt zum

Eingang des Messeturms zurück und ist im nächsten Moment ihrem Blick entschwunden.
Ohne dass noch jemand anrufen muss, weiß Helen, dass ihr Gefühl, ihre Ahnung sie nicht getäuscht hatte. Ein Schauer läuft ihr über den Rücken. Zitternd tritt sie einen Schritt vom Fenster zurück.

2. Kapitel

Die Sonne taucht blutrot, winzig und vergrämt über den Dächern auf. Helen Brand steht noch immer am Fenster und beobachtet das aufgeregte Treiben unten am Brunnen. Sie hat sich keinen Millimeter von der Stelle gerührt.

Wenige Minuten nachdem der Wachmann ihrem Sehfeld entschwunden war, kommen kurz hintereinander zwei Streifenwagen mit Blaulicht angerast, fahren auf die Grünfläche auf und halten unmittelbar vor dem Brunnen. Auf beiden Seiten fliegen die Türen auf und insgesamt vier Beamte in Uniform hasten zum Fundort hinüber. Vor dem Gerüst bilden sie eine kurze Schlange, da alle an der gleichen Stelle emporsteigen möchten. Ein Polizist springt in das Becken und nähert sich mit bedachtsamen Schritten, als ginge er über dünnes Eis, dem offensichtlich leblosen Körper. Die anderen drei beziehen auf dem Gerüst, unmittelbar darüber, Stellung.

‚Wie auf einer Galerie', schießt es Helen durch den Kopf.

Der Beamte unten geht in die Hocke, greift erst in den Kragen, dann nach dem nach vorne ragenden Arm. Einige Sekunden verharren alle bewegungslos, auch die unsichtbare Beobachterin, weit oben hinter dem Fenster, hält die Luft an. Der Polizist im Becken schüttelt unvermutet den Kopf, die Kollegen darüber geben es wie ein Echo wieder. Helen entweicht mit dem Atem ein dünner Schrei.

Zwei Beamte bleiben beim Toten, zwei gehen zu den Streifenwagen zurück, scheinen zu telefonieren. Sie entnehmen den Fahrzeugen irgendwelche Gegenstände und gehen zur Straße. An einem Laternenpfahl beginnend ziehen sie im weiten Umkreis ein weiß-rot gestreiftes Band um den Brunnen herum. Wo notwendig, schlagen sie Stangen in den Boden, die Straßenbahnschienen lassen sie frei.

Das Telefon klingelt. Helen hatte den Hörer in den letzten Minuten so fest in ihrer Hand gepresst, dass ihre Finger ganz taub sind. Sie ringt plötzlich nach Luft, als sei sie eine Beckenlänge weit getaucht. Sie versucht tief einzuatmen und bläht ihre Lungen geräuschvoll auf. Der Apparat klingelt unerbittlich weiter.

Helen verfolgte im wahrsten Sinne atemlos die Ereignisse dort unten. Sie hatte bislang kaum etwas mit dem Tod zu tun, zumindest nicht im realen Leben. Sie verschlang zwar Krimis und Thriller, aber immer in dem Bewusstsein, dass die zum Teil abstoßenden Szenen darin frei erfunden waren. Ihre Eltern lebten und arbeiteten und auch ihre Großeltern erfreuten sich bester Gesundheit. In ihrem Freundes- und Bekanntenkreis war niemand überraschend ums Leben gekommen. Nur eine Schulfreundin von ihr, sie war Medizinerin, war bei einem Auslandsaufenthalt verstorben. Sie hatte sich mit einem Virus infiziert und war, trotz Rücktransport nach Deutschland, dem heimtückischen Erreger erlegen.
Die zahllosen Berichterstattungen über die unendlichen Opfer durch Krieg, Terror, Epidemien, Hungersnöte, Amokläufer, Naturkatastrophen, Diktatoren, Mörder und Verbrecher prallten meist stumpf an ihr ab. Dieser Mensch dort unten war der erste wirkliche Leichnam in ihrem Leben – und sie hatte ihn entdeckt. Der Tote war ihr völlig fremd, erschütterte sie aber auf eigentümliche Art und bis in ihr Innerstes hinein. Sie wusste nichts über ihn, über sein Leben und die Umstände seines Todes. Aber die Botschaft, dass das Leben endlich ist, hatte Helen wie ein Blitzschlag erreicht.
Noch immer klingelt das Telefon. Jedes Signal, eine alberne Abfolge von Tönen, scheint lauter und eindringlicher als das vorangegangene zu sein. Sie muss gar nicht auf das Display schauen, sie weiß genau, wer dran ist.
„Ja, was gibt's?“, blafft sie unvermittelt in den Apparat.
Stille. – Ein zögerliches „Miss B'and?“ dringt an ihr Ohr, leise, wie aus einem Souffleurkasten. Der Akzent ist Helen plötzlich so verhasst, dass pure Wut sie packt.
„Ja, hie' ist Ih'e ‚Miss B'and', wer sonst?“ Sie wirft ihren Kopf in den Nacken. Verzerrte Geräusche und ein plötzliches Klicken sind auf der anderen Seite zu hören. Helen ahnt, was vor sich geht, und rastet nun völlig aus.
„Ah, Sie möchten unser nettes Telefonat wieder mitschneiden, aber gerne!“ Ihre Stimme wird lauter und lauter. „Hören Sie zu. Sie wollten wissen, ob ich hier bin – ich bin hier! Ich bin hier wie

alle Tage in den letzten Monaten, in denen Sie Ihren Telefonterror ausgeübt haben. Ich bin heute wahrscheinlich die Einzige, die hier um sechs Uhr früh – was sage ich – die überhaupt hier erschienen ist –, aber das wissen Sie sicherlich und es freut Sie insgeheim. Ich sage Ihnen aber eins: Das war heute das letzte Mal! Wenn Sie mich in Zukunft erreichen möchten, dann rufen Sie mich zu den in Mitteleuropa üblichen Bürozeiten an, haben Sie mich verstanden!"

Helen drückt das Gespräch weg und wirft den Hörer auf den Schreibtisch. Mehrmals holt sie tief Luft – es geht ihr wesentlich besser.

Unten am Brunnen haben sich weitere Fahrzeuge eingefunden: ein Notarzt, ein Rettungswagen, eine Zivilstreife, ein unauffälliger Kleinbus, der auf der Stelle steht, die sonst der Lieferwagen der geisterhaften Handwerker einnimmt.

„Arzt" steht klar erkennbar auf dem Rücken des Mannes, der sich über den Toten beugt. Etwa ein halbes Dutzend Personen stehen unterhalb des Brunnens, vor dem Gerüst. Nach wenigen Augenblicken richtet sich der Arzt auf, stemmt die Arme in die Hüften und ruft etwas den Außenstehenden zu. Zwei Männer ziehen sich weiße Overalls mit Kapuzen an, streifen sich Hauben über die Füße, stellen mehrere Koffer auf das Gerüst und klettern dann selbst hinauf.

Wenig später blitzt es mehrfach hintereinander. Einer der Verhüllten fotografiert den Toten von allen Seiten, sein Kollege geht im Becken umher. Auch um den Brunnen herum sind plötzlich alle in Bewegung, beugen sich, richten sich auf, beugen sich wieder – einer unbekannten Choreografie folgend. Helen erkennt die kleinen Plastiktüten in den Händen der Suchenden. Die Mülleimer werden inspiziert und geleert. Ein Mann stellt im angrenzenden Blumenbeet kleine Schildchen auf. Eine Straßenbahn kriecht vorbei, gleich darauf zwei weitere. Die wenigen Fahrgäste rücken auf die Seite des Brunnens, drücken ihre Gesichter an die Scheiben. Die Kreuzung ist noch immer unbelebt. Heute, am Vatertag, wird es so bleiben. Vereinzelt kommen Wagen angerauscht, bremsen, schleichen an den

Einsatzfahrzeugen vorbei. Ebenerdig ist sicherlich nichts von dem Toten im Brunnen zu sehen.
Ein Radfahrer nähert sich aus Richtung Senckenberg Museum mit hohem Tempo. Statt ihn abzuweisen, hebt ein Polizist das Absperrband nach oben, damit er fast unvermindert, weit über den Lenker gebeugt, darunter hindurch huschen kann und zum Brunnen gelangt. Wie selbstverständlich lehnt er sein Rad gegen den Kleinbus und geht auf einen der Beamten zu. Erst jetzt, da er einer anderen Person gegenübersteht, wird seine Körpergröße deutlich. Er überragt sein Gegenüber um mindestens eine Kopflänge. Der Uniformierte gestikuliert, zeigt auf verschiedene Stellen rund um den Brunnen, dann plötzlich zum Messeturm hinauf. Helen weicht unwillkürlich einen kleinen Schritt zurück, als sei sie bei etwas Verbotenem ertappt worden. Der Großgewachsene klopft dem Polizisten kollegial auf die Schulter, geht zum Gerüst, schlüpft hindurch und steht kurze Zeit später neben der Leiche. Er unterhält sich mit einem der Männer in Weiß, geht einmal komplett um die Statue herum, bleibt dabei immer wieder stehen. Er deutet auf etwas hin, geht nochmals zurück, der Kollege im Becken antwortet offensichtlich. Der Hüne scheint der Leiter zu sein. Helen erkennt die ihn umgebende Autorität.
Ein weiterer Wagen kommt angefahren. Ihm entspringt ein jüngerer Mann, so scheint es zumindest von hier oben. Vielleicht rührt der Eindruck auch von der Trainingshose und dem Kapuzenshirt, das dieser trägt. Mit schnellen Schritten geht er zum Gerüst hinüber, ist im nächsten Moment emporgeschnellt, wird von dem Langen mit Handschlag begrüßt. Alle reden, deuten und weisen irgendwo hin. Der Leiter und sein sportlicher Begleiter verlassen den Brunnen und kommen zum Messeturm herüber – schon sind sie Helens Blick entschwunden.
‚Jetzt werden sie heraufkommen', denkt sie und blickt vom Tatort unten auf. Sie schaut über die Messehallen hinweg zum Taunus, der sich leuchtend grün am Horizont erstreckt. Es ist heller Tag geworden, ihre Armbanduhr zeigt fast halb acht.
Helen erwacht wie aus einer Trance. Alles dort unten hatte sie bis ins Innerste gefesselt und in ihren Bann gezogen. Sie glaubte

unmittelbar dabei zu sein, hatte sich in die einzelnen Personen hineinversetzt, ihre Gesten gedeutet, mögliche Sätze nachgesprochen. Jetzt wird sie sich ihrer exponierten Lage wieder bewusst, der Distanz und der durch zentimeterdickes Glas verursachten Lautlosigkeit.

Sie sucht ihre Handtasche, stellt diese auf den Drehstuhl hinter ihrem Schreibtisch, wühlt darin herum, sucht ihr Telefon. Kaum hat sie den flachen Apparat in der Hand, hält sie inne, legt ihn auf den Schreibtisch. Sie wollte ihren Mann anrufen, ist jetzt allerdings verunsichert. Was kann sie ihm sagen? „Du, ich bin's, ich habe eben eine Leiche entdeckt!“ Womöglich würde er noch nicht einmal abnehmen. – Und eigentlich will sie ihm etwas anderes sagen, dass etwas mit ihr passiert ist, heute Morgen, eine Veränderung. Eine Veränderung, von der sie noch nicht genau weiß, wohin diese sie bringen wird.

Auch auf seiner Seite gab es einmal eine Phase, in der er einen schwierigen, komplizierten Fall betreute und in der er unempfänglich für alles andere war. Eine ähnliche Zeit waren die vergangenen Monate für Helen gewesen – nun war sie ausgebrannt.

Das Bürotelefon klingelt. Es ist Ercan vom Empfang.

„Frau Brand? Hier sind zwei Herren von der Polizei, die Sie sprechen möchten.“

„Schicken Sie sie bitte rauf“, antwortet Helen knapp. Sie geht zum Eingang, wartet hinter der verschlossenen Glastür. Die beiden Männer entsteigen dem Aufzug. Der eine ist sicherlich zwei Meter groß, schlank, fast hager, aber mit sportlich breiten Schultern, markantem Kinn und einer Habichtsnase im schmalen Gesicht. Er trägt ein graues, schlaff herabhängendes Sakko über einem leuchtend weißen T-Shirt. Der andere ist ein untersetzter, sportlicher Typ, mit rundem Gesicht, darüber eine militärische Kurzhaarfrisur, die den bereits deutlich schwindenden Bewuchs kaschieren soll. „Eintracht“ steht quer und verwaschen über seiner Brust. Helen schließt auf.

„Frau Brand?“, fragt der Hochaufgeschossene direkt. Sie nickt und öffnet die Tür.

„Ich bin Hauptkommissar Schwaner, das ist mein Kollege Sven Beck.“ Er deutet auf den hinter ihm Eintretenden, der sie mit einem Lächeln und „Gut'n Morg'n“ begrüßt. Sie schaut ihm ins Gesicht und unwillkürlich auf den Schatten auf seiner Oberlippe, wo ein zu seinem Typ völlig unpassender Schnauzer eine Narbe verdeckt.
„Guten Morgen“, antwortet Helen zaghaft und hält den Gruß sofort für völlig unpassend.
„Sie haben den Toten entdeckt?“, fragt Schwaner, sich geschäftig umblickend. Eine stumpfe Routine schwingt in seiner Stimme, als sei es das Gewöhnlichste von der Welt, frühmorgens eine Leiche zu entdecken. Dieses Ereignis, das für Helen ein Impuls für eine Veränderung ihres Lebens war, ist diesem Mann scheinbar gleichgültig. Tränen steigen ihr ungewollt in die Augen. Sie spürt die Blicke der beiden in ihrem Gesicht. Sie schaut zu Boden, weist stumm in Richtung ihres Büros, geht bis zum Fenster und deutet hinab. Mit dem Handrücken versucht sie unauffällig die Augen zu trocknen, während die beiden Kommissare hinunterblicken.
„Schöne Aussicht“, sagt Beck und dreht sich um. „Is' Ihnen nich' gut, Frau Brand? Sie sind ja ganz blass.“ Er nimmt Helens Arm, führt sie zum Schreibtisch, räumt die Tasche zur Seite und platziert sie im Stuhl. „Möcht'n Sie was trinken? Kann ich Ihnen was hol'n?“

Auch Schwaner dreht sich zu ihr um. „Entschuldigen Sie bitte unser etwas rücksichtsloses Eindringen. Wir sind …“
„Ist schon gut.“ Helen richtet sich auf, drückt die Ellenbogen auf die Armlehnen. „Wahrscheinlich ist es für Sie Alltag oder Sie sind daran gewöhnt, Leichen zu finden. Bei mir ist es das erste Mal. Daher müssen Sie schon ein Nachsehen mit mir haben.“ Helen versucht ein Lächeln, das zu einer Grimasse verrutscht.
„Wir möchten Sie auch nicht lange stören, Frau Brand.“ Schwaner ist jetzt bedacht freundlicher. Beck stellt ihr ein Glas Wasser hin, das er nebenan aus der Kaffeeküche holte.
„Wie spät war es, als Sie den Toten entdeckten?“, fragt Schwaner nun wieder sachlich.

„Es muss so viertel nach fünf gewesen sein. Ich war gerade heraufgekommen, hatte mir einen Kaffee gemacht und bin dann zum Fenster gegangen.“ Helen weist mit dem Kinn zur entsprechenden Stelle.
„Warum sind Sie zum Fenster gegang'n?“ Beck tritt nochmals an die Glasscheibe, schaut demonstrativ nach unten.
„Das ist eine Angewohnheit von mir, die mir in Zukunft schwerfallen wird, glaube ich.“
„Warum sind Sie so früh im Büro und dann noch heute, an einem Feiertag?“ Schwaner blickt sich neugierig im Zimmer um.
„Das hat mit einem Kunden von uns in China zu tun. Dort ist es jetzt Mittag und Feiertage kennt man dort auch nicht – zumindest nicht Himmelfahrt.“
„Um viertel nach fünf war's noch dunk'l, oder?“ Beck stand immer noch am Fenster. „Alle Achtung, dass Sie das von hier oben geseh'n ham.“
„Der Tag brach gerade an und die Kreuzung ist die ganze Nacht erleuchtet.“ Helen wird ruhiger. „Außerdem sehe ich sehr gut, sagt mein Arzt.“ Über ihr Gesicht huscht ein Lächeln, das sie im nächsten Moment unterdrückt.
„Haben Sie noch etwas gesehen? Ist Ihnen etwas Ungewöhnliches aufgefallen?“
„Nein. Mir ist nur gleich aufgefallen, dass etwas im Brunnen liegt.“
„Und dann?“
„Dann habe ich unten angerufen und gebeten, dass jemand mal nachsieht.“
„Sie wollten nicht selbst nachsehen?“ Schwaner steht vor einer gerahmten Fotografie, die eine von Schlingpflanzen überwucherte Ruine zeigt. Drachenköpfe stechen aus dem grünen Dickicht hervor. Ein Schnappschuss von Helens Mann.
„Nein. Ich wartete auf einen Anruf.“
„Aus China?“
„Aus China!“ Helen hatte ihre Fassung endgültig wiedergewonnen. Sie steht auf, stellt sich neben Beck an die Glasfront, schaut hinunter. „Außerdem ahnte ich sofort, dass etwas nicht stimmt. So kann kein Mensch schlafen.“

„Wieso schlafen?“, fragt Schwaner aus dem Hintergrund.
„Erst dachte ich, da schläft jemand seinen Rausch aus. Aber dann ...“ Helen sprach den Satz nicht zu Ende, wandte sich ab, setzte sich wieder hinter ihren Schreibtisch, blickte die beiden Beamten fragend an.
„Haben Sie vielen Dank, Frau Brand. Wir werden noch jemanden heraufschicken, der einige Aufnahmen von hier oben aus machen wird. Wenn Ihnen noch etwas einfallen sollte, hier ist meine Karte.“ Schwaner hält ihr geschäftsmäßig seine Visitenkarte hin, die Helen mechanisch entgegennimmt und, ohne einen Blick darauf zu werfen, auf ihrer Schreibunterlage ablegt.
Der Hauptkommissar nickt Sven Beck zu und dieses Mal gehen beide ohne einen Gruß hinaus.

3. Kapitel

Martin Schwaner und sein Assistent betreten den Fahrstuhl und lehnen sich vis-à-vis mit dem Rücken an die Kabinenwand. Beck schaut in den rückseitigen Spiegel, zieht seine Jogginghose nach oben, das Shirt nach unten.
„Ich seh' ja blendend aus!“, bemerkt er im sarkastischen Ton.
„Ja, ich habe mich auch schon über dein Outfit gewundert, wollte aber nichts sagen.“ Schwaner blickt ihn von unten nach oben an.
„Ich meinte eigentlich mein übermüdetes Gesicht“, kontert Beck trocken. Schwaner zuckt leicht zusammen. „Ähm, Tschuldigung. War nicht so gemeint“, stottert er hervor. Beck schaut seinen Chef ungerührt an, dann lacht er.
„Nee, schon klar. Ich wollte gerade den Feiertag mit einem kleinen Läufchen beginnen, als das Telefon klingelte. Da konnt' ich mich nicht mehr umzieh'n.“
„Du gehst am Vatertag joggen? Alle Achtung!“ Der Hauptkommissar wollte trotz allem seine Scharte von eben auswetzen.
„Na ja – es wär' nur eine kleine Runde und dann zum Bäcker in der Straße gewesen. Später wollten ein paar Kumpels vorbeikommen und wir wären etwas um die Blöcke gezog'n.“ Beck grinst vor sich hin.
„Du hast doch heute frei, warum machst du es nicht?“
„Na ja, ich kann dich doch nicht alleine hängen lass'n – oder? Und vielleicht ist es ja nur ein Junkie, wie der Notarzt vermutet? Dann sind wir schnell fertig – bis auf den Papierkram.“
Leicht nachfedernd hält der Fahrstuhl. Beck stößt sich ab, steigt als Erster aus und dreht sich sofort wieder zu Schwaner um.
„Etwas seltsame Lady da ob'n, find'st du nich'?“ Sie gehen nun nebeneinander, müssen kurz an einer Schranke warten, bis ihnen vom Counter aus geöffnet wird. Während sie an den Wachleuten vorübergehen, schweigen beide, grüßen nur kurz hinüber. Kaum vor der Tür antwortet der Hauptkommissar.
„Seltsam? Nein! Ich glaube eher verwirrt, mitgenommen. Vielleicht hat sie ja recht und wir sind es, die völlig abgestumpft sind, die einem Toten gar keine Bedeutung mehr beimessen? Alles als Routine abhaken?“ Sie stehen am Straßenrand, schauen

nach links: kein Auto zu sehen. Die Stadt ist noch immer wie ausgestorben.
„Aber anders geht's doch auch nicht, oder? Wir können uns doch nicht jeden Toten zu Herzen nehm'n?" Beck spricht, die Hände in den Hosentaschen, zum grauen Asphalt hinunter.
„Natürlich nicht. Aber wir können auch nicht alle mit unserer abgestumpften Art überfahren. Ich fand ihre Reaktion ganz heilsam – heilsam für mich!" Einige Meter gehen sie schweigend, jeder in eigenen Gedanken versunken.
„Hast du die Geschichte mit diesem Bürgermeister mitbekomm'n?", versucht Beck wieder ein Gespräch zu beginnen. Schwaner verneint. „Kam heute Morgen im Radio. Da hat so ein Fuzzi, von irgendeiner Kleingemeinde, längst abgängige und sogar verstorb'ne Flüchtlinge in seinen Unterkünft'n weitergeführt, weil er für jeden gemeldet'n Nam'n ein paar Hundert Euro vom Land bekommt. Un' nich' nur das!" Beck vergewisserte sich, ob Schwaner ihm auch zuhörte. „Er hat den Nachbargemeind'n deren verschwundene Flüchtlinge auch abgequatscht und bei sich aufgenomm'n." Beim letzten Wort malte er mit zwei Fingern Anführungszeichen in die Luft. „Bis es endlich auffiel, hatte er sein Kontingent bereits mehr als verdoppelt ... mit Geistern und Tot'n, wenn du so willst ... Ha, ha ... Mehr als drei Millionen Euro soll er auf diese Weise erschlichen ham ..."
„Für sich oder wie meinst du das?", fragte Schwaner nach.
„Ja, für sich. Er hat denen Zimmer vermietet, Verpflegung zugeteilt, Deutschkurse veranstaltet ... die sind ja sehr sparsam, diese toten Seel'n. Und da pass'n auch reichlich in ein Zimmer. Und das Geld dafür floss auf seine Kont'n. Nicht schlecht, was?" Beck schubste Schwaner an. „Nich' schlecht ..."
„Ja, da siehst du mal wieder, wer an den Flüchtlingen so alles verdient."

Vor dem Brunnen stehen zwei Herren in grauen Anzügen, einer blickt unentwegt auf seine Uhr. Neben ihnen glänzt eine graue verschlossene Wanne mit Tragegriffen vorne und hinten. Es sind die Leichenbestatter. Sie möchten den Toten mitnehmen und

scheinen wenig Zeit zu haben. Schwaner muss fast lachen über diese Ironie. Dort oben liegt ein Mensch, der für immer allen Zwängen enthoben ist. Hier unten zerdrückt das Mühlrad des Alltages jede Sekunde. Man kennt sich, man grüßt sich.
„Wie die Geier“, flüstert Schwaner vor sich hin. Er und Beck verschwinden unter der Plane, steigen auf das Gerüst und gehen zu Günther Messner, dem Leiter der KTU hinüber. Der andere Kollege in Weiß steht am Fußende des Leichnams, hält wieder den Fotoapparat in der Hand. Der Tote liegt auf dem Rücken. Seine Haltung ist nach wie vor völlig unnatürlich, da sein Körper, der Rundung des Beckens folgend, einen Bogen bildet. Die Kleidung, ein blauer kurzer Mantel und eine neu aussehende Jeans, ist völlig verschmutzt, die Sohlen der schwarzen Lederschuhe abgelaufen. Unter den Fußballen kündigen sich Löcher an.
Der rechte Ärmel ist weit nach oben geschoben. In der Armbeuge ist ein tiefblauer Fleck zu sehen. Die hellbraunen Haare liegen über dem Gesicht und lassen einen seitlichen Schnitt und Scheitel vermuten.
„Was kannst du sagen, Günther?“, fragt Schwaner, der leicht nach vorne gebeugt den Toten betrachtet. Der Fotoapparat schnappt und blitzt.
„Nun, was ich dir eben schon gesagt habe. Ein Mann, Mitte vierzig, eigentlich gepflegtes Äußeres, Markenkleidung, vielleicht nicht reich, aber mit Einkommen. Es ist deutlich ein Aftershave oder Eau de Toilette zu riechen – und bestimmt kein billiges. Sein allgemeiner körperlicher Zustand ist nicht berauschend, eher krankhaft geschwächt. Todesursache offensichtlich eine Überdosis Heroin – schätze ich.“ Günther Messner deutet auf mehrere Einstiche am linken Arm, tritt einen Schritt zurück, blickt zu Schwaner hinauf. „Aber …“, eine kurze, für Messner typische Pause, bevor er seine Entdeckungen preisgibt, „aber – es sind im gesamten Becken und auch um den Brunnen herum kein Besteck oder andere notwendigen Utensilien zu finden.“
„Na ja, die war'n sicherlich zu zweit und der andere ist abgehau'n, als er geseh'n hat, dass sein Kollege abkratzt. Wär' ja nicht das erste Mal“, fällt im Beck ins Wort. „Das mag schon sein …“, fährt

Messner ungerührt fort, „... dabei plündert er seinen Junkie-Bruder auch gleich komplett aus. Wir haben weder Brieftasche, Uhr oder sonstige Wertgegenstände bei dem Toten gefunden." Günther Messner deutet mit seinem Arm über den Körper hin. „Auch passt die gesamte Auffindesituation nicht zu einem Süchtigen seiner Klasse – wenn er denn einer ist."

„Das soll heißen?", hakt jetzt Schwaner ein. Messner richtet sich noch etwas mehr auf, drückt seine Brust raus.

„Soll heißen, dass du einen solch gut situierten Drogenabhängigen bei sich zu Hause, im Büro oder vielleicht in einem Club auffindest – aber nicht frühmorgens in einem verdreckten Brunnen. So jemand kann sich seinen Stoff leisten und lässt sich diskret zu Hause beliefern. Er zieht seine Linie auf dem Glastisch und bereitet sich seinen Schuss in der Küche wie eine Mahlzeit zu." Messner blickt zur Leiche hinab. „So wie hier findest du jemanden, der auf der Straße lebt, der dealt, anschafft, einbricht oder sonst wie das Geld für die nächsten paar Gramm besorgen muss." Alle schauen jetzt auf den Toten, dessen verkrümmtes Aussehen den Worten Messners eindrücklich recht gibt. Ein Moment der Stille, in dem weder von den Umstehenden noch von der Umgebung ein Laut zu ihnen dringt.

„Hermes geht vorüber", sagt Messner plötzlich.

„Was soll'n das jetzt heißen?"

„Tja, mein lieber junger Kollege Beck, da sieht man deinen Mangel an Allgemeinbildung. Zu einem solchen Moment der Stille sagten die alten Griechen: Hermes geht vorüber."

„Und wer is' Hermes?"

„Hermes ist der Gott der Händler und Reisenden. Gleichzeitig ist er der Herold, der Bote der Götter, der den Sterblichen – das sind wir – die Botschaften aus dem Olymp überbringt. Sein römisches Pendant ist Merkur, zu dessen Füßen wir hier alle stehen. Du erkennst ihn an dem beflügelten Helm und auch an den geflügelten Schuhen." Alle schauen zur Statue auf. Schwaner fährt dazwischen.

„Danke, Günther, für deine wie immer lehrreichen Hinweise. Mich interessiert aber viel mehr, was du eben mit ‚wenn er denn einer ist' gemeint hast. Was soll das heißen?"

„Ganz einfach. Bisher habe ich nur an dieser einzigen Stelle Einstechpunkte entdeckt. Zwar konnte ich noch nicht am gesamten Körper nachsehen, aber die sonst üblichen Injektionsstellen sind clean." Messner geht in die Hocke, greift mit den latexgeschützten Fingern in die Haare des Toten. „Außerdem ist hier am Hinterkopf eine deutliche Schwellung zu ertasten, sie hat auch leicht geblutet. Diese kann von einem Sturz herrühren, kann aber auch andere Ursachen haben, zum Beispiel durch einen Schlag. Das muss die Gerichtsmedizin klären." Sanft legt er den Kopf nieder, streicht die Haare aus dem Gesicht.
„Ich kenne ihn!", platzt es aus Schwaner heraus. „Ich kenne ihn. Ich habe ihn vor ein paar Wochen getroffen. Bei einer Veranstaltung, zu der Sandra als Gast eingeladen war ..."

In Schwaners Kopf läuft die Zeit zurück. Er sieht die kleine Bühne wieder vor sich, oben am Tisch Sandra, drei andere Frauen und ein Moderator. Alle haben die Beine übereinander geschlagen, die Frauen nach links, der Herr nach rechts. Schwaner sitzt in der ersten Reihe, an einem Bistrotisch, vor sich ein Glas Wein. Mit am Tisch saßen zwei ältere Damen, ebenfalls Wein trinkend. Die beiden Frauen neben ihm unterhielten sich laut, er hörte jedes Wort mit, schaute zu Sandra hinauf, lächelte sie an, deutete ihr mit Augen und Mund seine Qualen an. Sie lächelte von oben zurück, tröstete ihn mit einem angedeuteten Kuss. Der Moderator nahm das Mikrofon, bat um Ruhe und Aufmerksamkeit. Er begrüßte das Publikum und die Gäste, die sich im Rahmen der Krimi-Nacht zum Thema „Mordsfrauen! Frauen und Kriminalität" eingefunden hatten. Er stellte das Podium vor: gleich vorne eine stadtbekannte Krimi-Autorin, die ihm sofort ins Wort fiel und „Schriftstellerin" verbesserte. Dabei blickte sie ernst ins Publikum. Daneben saß eine vor Selbstbewusstsein strotzende Psychologin, die einen enorm kurzen Rock trug und in einem Fort die Beine übereinander schlug, was immer wieder die Blicke der anwesenden Herren bannte. Es folgte zu Sandras Rechten eine robuste Endvierzigerin, die wegen eines Gewaltdeliktes mehrere Jahre im Gefängnis gesessen hatte, Genaueres wurde von dem stets lächelnden Herrn mit dem Mikrofon verschwiegen. Er formulierte auch gleich die Kernthese für den Abend, nämlich, dass sich im Zuge der Gleichstellung der Geschlechter auch der Anteil der Frauenkriminalität dem der Männer angleichen werde. Er betonte den Satz, als sei es die unumstößliche Wahrheit. Eine der Damen auf dem Podium, die Psychologin, mischte sich sofort ein. Sie ist auch Statistikerin, schien es, und bombardierte die Anwesenden mit Zahlen. Sie legte dar, dass die Frauenkriminalität seit dem letzten Jahrhundert stark rückläufig sei, woraufhin der Moderator amerikanische Studien zitierte, die vorrangig bei Jugendlichen, sprich Mädchen, einen deutlichen Anstieg verzeichneten, insbesondere bei Gewaltdelikten. Damit war die Diskussion in vollem Gange. Das Publikum, obwohl zu diesem Zeitpunkt noch gar nicht vorgesehen, mischte sich ebenfalls ein, es wurde turbulent. Nach knapp vierzig Minuten war eine Pause angebracht, um die erhitzten Gemüter zu beruhigen. Sandra hatte bis dahin keinen einzigen Satz gesagt.

Martin und Sandra standen an der Bar zusammen, tranken ein weiteres Glas Wein, da sah Martin den jetzt Toten zum ersten Mal. Die Bilder in seinem Kopf verlangsamen sich. Der Tote steht hinter Sandra an der Theke, ordert etwas, muss warten, schaut zu Martin Schwaner herüber, lächelt und grüßt. Der Hauptkommissar grüßt zurück. Es ist eine stille Verbrüderung unter Männern, an diesem von Frauen dominierten Abend. Er zahlt, nimmt sein Glas, geht in den Veranstaltungssaal davon.

Nach der Pause wurde „Dr. Sandra Thielacker“ vorgestellt, die als Gerichtsmedizinerin beruflich direkt mit dem Thema des Abends konfrontiert werde. Sandra widersprach. Sie sagte, sie habe nur mit den Opfern von Gewalt zu tun, Opfer, die gelegentlich auch Täter waren. Mit den aktiven Tätern würde sich ihr Lebensgefährte, der Leiter der Mordkommission in Frankfurt, beschäftigen. Dabei deutete sie auf Martin, auf den sich sofort alle Augen richteten.

Der Moderator versuchte einen neuen Ansatz, indem er Sandra nach spezifisch weiblichen Gewaltarten fragte oder ob es nach wie vor der Giftmord sei. Sandra antwortete, dass weibliche

Täter in der Regel weniger brutal, aber mit den gleichen Mitteln töten würden wie ihre männlichen Kollegen.
Im Anschluss wurde vom Moderator das Gespräch auf die Theorie innerhalb der Kriminologie gelenkt, dass Frauen als Täter oftmals nicht in Erscheinung treten, da sie Männer für die Ausführung ihrer Ziele benutzten. Dieser maskierte Charakter würde den tatsächlichen Anteil weiblicher krimineller Energie verschleiern. Bestes Beispiel dafür sei in der Literatur die Figur der Carmen, die durch ihre Schönheit, ihre Reize und geschickte Lügen die Männer zu allerhand Missetaten verführe. Damit war die Diskussion wieder angeheizt und Martin tat der Moderator leid, der, stellvertretend als einziges männliches Ziel, von allen Frauen im Publikum und auf der Bühne angegangen wurde. Die Psychologin stürzte sich förmlich auf ihn. Dass er ausgerechnet dieses chauvinistische Machwerk, dieses Pamphlet männlicher Hörigkeit, diesen Anwurf an die feministische Freiheit ..., sie musste tief durchatmen, ... hier als Beispiel zitiere, diskreditiere ihn in ihren Augen vollständig, ein solches Thema neutral zu beurteilen, ja überhaupt diesen Abend hier zu leiten. Sie wundere sich sowieso, warum keine Frau ... Ihre weiteren Ausführungen gingen im lauten Beifall der Zuhörerinnen unter. Schwaners Tischnachbarinnen waren sogar aufgesprungen und skandierten stehend „Jawohl!“ und „Bravo!“
Nach der mühsamen Beendigung der Veranstaltung ging die hitzige Schlacht in der angrenzenden Bar weiter. Sandra war in einem Kreis sich gegenseitig Argumente bestätigender Frauen gefangen. Martin stand abseits am Tresen. Die Krimi-Autorin, pardon, Schriftstellerin, sprach ihn an und sagte, dass sie sich unbedingt einmal mit jemandem aus der Praxis austauschen müsse. Sie löcherte ihn mit Fragen.
„Was war Ihr bisher spektakulärster Fall?“, wollte sie wissen.
„Spektakulär war eigentlich keiner“, antwortete Schwaner spröde.
„Ich meine außergewöhnlich, besonders raffiniert oder brutal?“
„Jeder Mord ist brutal“, wich der Hauptkommissar aus.
„Sie wissen doch, was ich meine!“, ließ sie nicht locker.
„Ja, das weiß ich. Aber ich habe keine Buchvorlage für Sie.“ Der Hauptkommissar grinste ihr frech ins Gesicht. Die Dame war

ihm entschieden unsympathisch. Ihre Gesten wirkten affektiert und ihr Auftreten divenhaft.
„Darum geht es doch gar nicht. Wirklich nicht, das müssen Sie mir glauben. Ich erfinde meine Fälle sowieso lieber selbst. Da habe ich viel größere Freiheiten, als wenn ich mich an die Realität binden muss." Die Autorin lächelte ihn selbstbewusst an.
„Aha!" Schwaner erwiderte ihren Blick, gab sich kalt und unbeeindruckt – leider ohne Wirkung. Er dachte einen Moment nach, sagte dann unvermittelt: „High Noon im Bahnhofsviertel!"
„Was war denn das?" Sie rücket ein kleines Stück näher, neigte den Kopf zu ihm hin, als würde sie jeden Augenblick ein großes Geheimnis erfahren.
„Das war eine Schießerei zweier Krimineller auf einer Straßenkreuzung. Genau genommen nicht am Mittag, sondern nach Mitternacht." Schwaner blieb betont trocken und sachlich.
„Eine Schießerei? Auf offener Straße? Hier bei uns? Was Sie nicht sagen! Was ist passiert?"
„Die beiden waren rivalisierende Gauner und trafen sich in einer benachbarten Gaststätte."
„Zufällig oder wie?", fiel sie ihm ins Wort.
„Nein, sie waren verabredet. Sie haben sich getroffen, um ihre Streitigkeiten beizulegen. Das Lokal war der neutrale Ort für die Verhandlung. Es waren auch einige Zeugen oder Schlichter, wenn Sie so wollen, dabei."
Die Autorin schaute Schwaner ungläubig in die Augen und versuchte darin zu ergründen, ob sich der Hauptkommissar einen Scherz erlaubte.
„Auch im Milieu gibt es Regeln und Konventionen – Gesetze möchte ich es nicht nennen …", erklärte Schwaner weiter. „Sie würden sich wundern, wie scharf auf deren Einhaltung geachtet wird. Typen, die sonst auf alles pfeifen, beachten diesen Codex peinlich genau …"
„Zum Beispiel?"
„Rede mit keinem Bullen. Verrat keinen Kollegen, auch wenn er sonst dein ärgster Widersacher ist. Kein Aufsehen erregen. Wenn es Ärger gibt, wird das untereinander geregelt …"

„Und was ist dann weiter passiert?“
„Nun, sie konnten sich nicht einigen, zumindest nicht friedlich.“
„Sie meinen, die beiden sitzen zuerst beim Bier zusammen, reden miteinander und dann stehen sie auf, um aufeinander zu schießen?“
„Genau. Wobei es duellieren vielleicht besser ausdrücken würde. Es ging ja darum, dass einer sterben muss.“
„Das glaube ich nicht!“, erwiderte die Autorin aufgeregt und wandte sich halb ab. „Sie nehmen mich auf den Arm. Das haben Sie aus einem alten Western!“
Schwaner hob nur die Schultern. „Aber genau so war es.“
„Und wie ging die Schießerei aus?“
„Einer war tot. Er hatte fünf Einschüsse in seinem Körper, zwei davon tödlich. Der andere blieb völlig unverletzt.“
„Nein, das gibt es nicht. Sie flunkern mich an. Das ist die Geschichte von Wyatt Earp, die kenne ich. Er soll niemals von einer Kugel getroffen worden sein.“
„Hier war es auch so, glauben Sie mir.“
„Aber wie das?“
„Ganz einfach. Die Waffe des Toten hatte nach dem ersten Schuss eine Ladehemmung. Und sein erster Schuss ging leider daneben. Der andere hat sein gesamtes Magazin auf ihn leer geschossen.“
Die Krimi-Autorin schwieg. Schwaner konnte sehen, wie die Bilder in ihrem Kopf entstanden: Die nächtliche Kreuzung, auf beiden Seiten ein Mann, von den Straßenlaternen beleuchtet, im Hintergrund andere Ganoven, die das Spektakel sehen möchten.
„Wie haben Sie den Täter gefasst?“
„Er hat sich vor Ort gestellt.“ Schwaner nippte gelassen an seinem Glas.
„Nein – wirklich?“
„Doch, so war es. Viele Täter stellen sich selbst oder lassen sich am Tatort verhaften.“
„Ach was, wirklich? Dann hatten Sie ja gar nichts mehr zu tun.“ Sie lächelte verschmitzt, trank ebenfalls.
„Leider doch. Wir mussten – wie übrigens bei jedem Fall – den Tathergang möglichst genau rekonstruieren. Es ist ja leider oft

so, dass der Täter uns nicht unbedingt die Wahrheit erzählt." Schwaner stützte sich mit dem Ellenbogen auf der Theke ab. „Bei uns ist ‚erfinden' nicht das richtige Mittel. Wir müssen jedes Detail beweisen." Eine kleine Spitze, die er sich nicht verkneifen konnte.
„Und was haben Sie Besonderes herausgefunden?"
„Zeugen bestätigten, dass beide gleichzeitig aufeinander zielten und feuerten. Leider klemmte, wie gesagt, die Pistole des einen nach dem ersten Schuss, der andere feuerte weiter."
„Und was ist daran so besonders?"
„Dadurch war der Tatbestand der Notwehr gegeben, nicht des Mordes. Dem Überlebenden der Schießerei wurde bestätigt, dass er sich in dieser Situation lediglich verteidigte."
„Heißt das, er wurde freigesprochen?", die Autorin war fassungslos.
„Nicht ganz. Er bekam ein halbes Jahr auf Bewährung wegen illegalen Waffenbesitzes." Schwaner nippte wieder an seinem Wein. Amüsiert schaute er in das verdutzte Gesicht der Hobbykriminalistin.
„Und die anderen standen da und schauten zu, wie ein Mensch erschossen wurde?" Es schien, als habe sie sich mit den Tatsachen abgefunden. „Niemand ist eingeschritten?"
„Genau!" Und nach einer kurzen Pause. „Was glauben Sie, welche Leute das sind? Die betreiben ihre Geschäfte nicht als Hobby. Die haben keine Skrupel, einen Menschen aus dem Weg zu räumen oder dabei zuzusehen, wie jemand auf offener Straße erschossen wird." Schwaner wurde ernster. „Das sind auch meist keine durchgeknallten Typen, wie sie im Fernsehen dargestellt werden. Die verfolgen gezielt und unnachgiebig ihre Ziele, wenn es sein muss, mit brutaler Gewalt."
„Das mit der Gewalt ist mir schon klar ... aber ich hätte nicht gedacht, dass sich die Rivalen dazu verabreden ... ich hätte mir da eher einen Hinterhalt vorgestellt oder so etwas, kein Meeting oder eine Art Schlichtung. Das ist ja wie im normalen Leben."
„Sie glauben gar nicht, wie spießbürgerlich viele Kriminelle leben. Ich war schon bei vielen zu Hause ..."

In diesem Moment trat der Herr aus der Pause zwischen sie. „Aber, aber. Du willst doch den Kommissar nicht alleine völlig aussaugen?“, wandte er sich an die Autorin. „Andere haben auch brennende Fragen an ihn.“ In diesem Moment dreht er sich Martin zu. „Wolff ist mein Name, Axel Wolff.“

„Er heißt Wolff, Axel Wolff!“, sagt Schwaner nach der kurzen Pause, in der ihn Beck und Messner erwartungsvoll angeschaut hatten. „Er hat irgendetwas mit Büchern zu tun.“
„Ist er Autor?“, fragt Messner, dem die Kombination von Autor und Drogen am wahrscheinlichsten scheint.
„Nein, kein Autor. Er sagte, er sei Verleger, ihm gehöre ein Verlag. Den Namen habe ich vergessen, sagte mir nichts.“
„Ich kenn’ nur Boden-Verleger“, versucht Beck einen Scherz. Messner stöhnt ob des Kalauers und Schwaner gereizt zu ihm: „Denk an eben. Hier liegt ein Toter vor uns und du machst billige Witze.“ Beck hebt nur lässig die Schultern.
„Na immerhin haben wir schon mal seinen Namen, der Rest wird sich herausfinden lassen.“ Messner wirft Beck einen scharfen Blick zu.
„Ja, schon gut, ich kümmer’ mich drum.“ Beck verschwindet vom Gerüst, auch der Assistent von Messner steigt hinab. Zurück bleiben der Hauptkommissar und der Leiter der KTU, die ihr gewohntes Spiel einer ersten Fallanalyse beginnen.

4. Kapitel

„Habt ihr das fotografiert, worauf ich dich hingewiesen habe? Hast du dir nochmals seine Lage angeschaut?“ Schwaner geht einen Halbkreis um die Statue des Merkur herum. „Eindeutig! Es sieht aus, als würde die Figur auf ihn hinunterschauen, sich zu ihm hin drehen.“

„Ja, das haben wir festgehalten. Das kann aber auch Zufall sein.“ Erwidert Messner, der noch immer am Kopfende des Toten steht.

„Zufall? Glaubst du? Mir scheint hier gar nichts zufällig zu sein. Sicherlich, der Brunnen ist eingerüstet und verhangen – aber – warum kommt jemand ausgerechnet hierher, um sich seinen Schuss zu setzen? Das könnte er auf zig anderen Plätzen tun? Bis hin zu seiner Wohnung, wie du sagtest.“ Schwaner stützt seinen rechten Arm auf den linken, fasst sich ans Kinn.

„Vielleicht hatte er seinen Dealer hier in der Anlage getroffen. Das ist doch sehr ruhig und abgeschieden hier. Er brauchte dringend seine Spritze und so sind sie hier in den Brunnen gestiegen.“ Messner vertritt seine Position bisher nur halbherzig. Der Austausch von Argument und Gegenargument ist die Basis, mit der sich die beiden Kriminologen an eine erste Hypothese heranarbeiteten.

„Das ist doch nicht abgeschieden hier. Ich habe rund um die Kreuzung drei Verkehrsbeobachtungen gezählt. Die Hotels und Bürogebäude werden sicherlich auch Überwachungseinrichtungen haben. Es würde mich wundern, wenn nicht auf irgendeiner Kamera der Brunnen hier zu sehen ist.“

„Ich gehe dennoch davon aus, dass es ein Drogengeschäft war. Dafür spricht, dass ihm sämtliche Wertgegenstände abgenommen wurden.“

„Wissen wir denn überhaupt, ob er solche Wertgegenstände bei sich trug?“ fragt Schwaner spitzfindig.

„Auf Uhr und Ring …“, hier beugt sich Messner nieder und hebt den linken Arm des Toten an, „… deuten die weißen Stellen an Finger und Handgelenk.“ Er zeigt auf die betreffenden Hautpartien. „Brieftasche und Handy vermute ich nur. Genaueres wird die

Überprüfung der Funkmasten für dieses Areal ergeben, sobald wir seine Mobilnummer kennen. Dann können wir auch sehen, welche Nummern gleichzeitig mit ihm hier angemeldet waren." Messner legt den Arm wieder vorsichtig ab, schaut zu Schwaner hinüber. Seine Darlegungen scheinen den Hauptkommissar nicht im Geringsten zu beeindrucken. Unbeweglich steht er da, schaut an der Statue empor, blickt sich über das Gerüst hinweg um.

„Warum wählt jemand diesen öffentlichen Ort, frage ich dich immer noch? Ein Ort an einer stark befahrenen Straße, umgeben von mehreren Hotels und Bürogebäuden?" Schwaner schreitet langsam zu Messner hinüber, noch immer in der Haltung des Denkers. Er antwortet sich selbst: „Doch nur, wenn er uns damit etwas sagen möchte, wenn es eine Bedeutung hat."

„Du meinst, es ist eine Botschaft?", ergänzt Messner ungläubig.

„Richtig! Eine Botschaft oder ein Symbol – jedenfalls kein Zufall."

„Also, ich weiß nicht ..." Messner blickt zu ihm aus dem Brunnen auf.

„Was sagtest du? Wofür steht dieser Gott?"

„Er ist der Gott der Händler und ihr Herold ..."

„Er überbringt den Menschen die Botschaften ...", fällt ihm der Hauptkommissar ins Wort. „Das passt doch! Der Ort hier und die Lage sind eine Botschaft!"

„An wen? An uns? An andere Junkies? An die Welt? Oder wie soll ich das verstehen?" Messner gefällt die Theorie ganz und gar nicht. „Und worin besteht die Botschaft? Nehmt keine Drogen?"

„Das weiß ich noch nicht, jedenfalls soll uns dieses Bild hier etwas sagen." Schwaner geht auf dem Gerüst weiter, blickt seitlich auf den Leichnam hinunter. „Und dann ist heute auch noch Himmelfahrt."

„Jetzt reicht's aber! Das ist ja wie in einem schlechten Mafiastreifen! Jedes Detail hat plötzlich irgendeine Bedeutung – Martin – ich bitte dich! Du weißt so gut wie ich, dass solche Dinge überhaupt nichts zu sagen haben."

„Doch, Günther, dieses Mal schon. Ich habe ihn getroffen, habe ihn kennengelernt ..."

Kurz nachdem sich Wolff ziemlich rüde, doch sehr zur Erleichterung Martins, dazwischengedrängt hatte, nahm die Autorin ihr Glas und gesellte sich zu dem Tisch, an welchem der Moderator noch immer in die Zange genommen wurde.
„Sie müssen ihr gar nicht so viel erzählen.“ Wolff stieß mit dem Kinn der Vertriebenen hinterher. „Erstens kann sie es überhaupt nicht verarbeiten, da es ihr an den dafür notwendigen Fähigkeiten fehlt. Zweitens kehrt sie sich einen Dreck um Realitätsnähe, Logik und Nachvollziehbarkeit in ihren mittelmäßigen Krimis. Drittens geht es bei ihr sowieso mehr um die Beziehungs- und Alterungsprobleme ihrer ermittelnden Kommissarin, sodass sie besser Ratgeber schreiben sollte, als es in eine halbherzige Story zu packen.“
Martin schwieg. Eine solche Breitseite hatte er nicht erwartet und wollte seine vorherige Gesprächspartnerin gerade verteidigen, als Wolff, nach einem kurzen Nippen an seinem Glas, fortfuhr: „Außerdem waren wir einmal ein Paar und ich habe den Fehler begangen, ihr erstes Buch zu verlegen – sie eigentlich erst zum Schreiben gebracht.“ Wolff schüttelte den Kopf, nahm einen tiefen Schluck.
„Nun, dann müssen Sie sie ja kennen …“
„Und ob. Was tut man nicht alles aus Liebe.“ Ein bitteres Grinsen verzerrt sein Gesicht.
„Andere Männer haben da ganz andere Probleme in ihren Beziehungen.“ Martin wollte sich nicht in ein solches Gespräch ziehen lassen und wich aus.
„Das kann schon sein! Aber als sie dann auch noch anfing Gedichte zu schreiben, war Schluss bei mir. Das habe ich nicht mehr ausgehalten. Jeden Moment musste ich darauf gefasst sein, dass sie mir eine Zeile aus ihrer soeben aufgebrochenen poetischen Ader vortragen wollte:

„ach die jahre kleben
mir so schwarz wie pech im mund
schwarz wie du du katze
ich lieg ohne daseinsgrund
müd auf der matratze.“

Wolff krümmte sich vor Lachen an der Theke, schlug zweimal mit der flachen Hand auf die Platte, dass es knallte. Die Autorin warf wütende Blicke vom Tisch herüber, ahnte, dass es um sie ging. Martin war die Situation mehr als unangenehm. Er kannte weder die Autorin noch ihren offensichtlich betrunkenen Ex. Er wollte gerade gehen, als ihn Wolff am Arm packte und festhielt.
„Entschuldigen Sie bitte, Entschuldigung. Ich wollte nicht peinlich sein.“ Er winkte beschwichtigend zu seiner Ehemaligen hinüber, sie tötete ihn noch immer mit ihren Augen.
„Aber wissen Sie, ...“, setzte Wolff von Neuem an, „... wenn man so lange im Geschäft ist wie ich, dann kann man schon unterscheiden, wen es zum Schreiben wirklich drängt und wer es sich lediglich wie einen hübschen Mantel überstreift. Sie merken schnell, wen das Leben zwingt und wen nicht.“
„Und woran merken Sie das?“, wollte Schwaner nicht wirklich wissen, eher versuchte er, durch die Fortführung ihrer Unterhaltung weitere Entgleisungen seines Gesprächspartners zu verhindern.
„Sie merken es an der Kraft und Intensität der Bilder, die der Autor in ihnen wachruft, ob er diese tatsächlich durchlitten hat – er muss sie nicht selbst erlebt haben – er muss sie durchlitten haben, verstehen Sie? Durchlitten, durchlitten, durchlitten ...“, wiederholte Wolff fast weinend.

„Weißt du, Günther, damals hatte er mir auch etwas von Bildern erzählt. Bilder, die in deinem Kopf entstehen. Das war ihm sehr wichtig. Das war für ihn ein Maßstab.“ „Maßstab wofür?“, fragt Messner nach.
„Für gute und schlechte Bücher, wenn ich es richtig verstanden habe. Und in mir hat die Situation hier ein starkes Bild hervorgerufen. Daher glaube ich, dass sie mehr bedeutet, als wir bislang sehen.“ Schwaner drückt die Plane zur Seite, möchte vom Gerüst steigen.
„Sind wir dann fertig hier?“, ruft ihm Messner noch hinterher, erhält aber nur: „Wenn die Staatsanwaltschaft nicht mehr kommen möchte, dann ja!“ als Antwort. Unten trifft der Hauptkommissar auf Beck, der auf dem Weg zu ihm war.

„Ich hab' die Adresse von Wolff. Er wohnt in der Elmstraße 11."
„Hat er Angehörige?"
„So weit ich es bisher ermitteln konnte, nein."
„Gut, lass uns hinfahren. Ich schließ mein Fahrrad drüben an, wir fahren mit deinem Wagen." Schwaner geht zum Kleinbus hinüber, Beck steckt seinen Kopf unter die Plane, fragt, ob Schlüssel beim Toten gefunden wurden, was Messner unwirsch verneint. „Du kannst die grauen Herren schicken!", ruft ihm der Leiter der KTU noch hinterher. Diese hören es selbst und setzen sich – ohne Zeit zu verlieren – in Bewegung.
Gerade als der Hauptkommissar sein Fahrrad über die Straße zu einem gegenüber stehenden Schild schieben möchte, rast ein roter, kleiner Sportwagen mit quietschenden Reifen aus der Tiefgarage „Messe" empor und in Richtung Bahnhof davon.

5. Kapitel

Die Stadt wirkt nach wie vor verlassen. Es ist schon nach neun, aber der sonst übliche Verkehr bleibt aus. Es verspricht ein sonniger, warmer Feiertag zu werden. Kleinere Gruppen von Fahrradfahrern, dickbäuchige Herren in knielangen Hosen, darunter behaarte Unterschenkel, verwaschene Sportsocken von Sandalen umgürtet, oben grellbunte T-Shirts, radeln in Richtung Main. Kühltaschen sind auf den Gepäckträgern montiert, einer zieht einen voll beladenen Anhänger hinter sich her.
Eine grölende Horde ist zu Fuß in Richtung Park unterwegs, der Bollerwagen randvoll mit Bierkisten. Zwei hängen wie eingespannte Gäule vorne an der Spindel, die anderen geben daneben Geleit – eine Hand auf die kostbare Fracht gelegt, in der anderen einen Teil davon.
Ebenfalls ins Grüne marschieren vier schwarz gekleidete Frauen, allesamt mit einem Sinead-O'Connor-Haarschnitt, auch einen blauen Kasten zwischen sich tragend und offensichtlich wild entschlossen, den Männern diesen Tag nicht kampflos zu überlassen.

Beck steuert den Wagen durch die enge Gasse, die zwischen den rechts und links parkenden Fahrzeugen verbleibt. Vor den villenartigen Häusern, mit ihren gepflegten Vorgärten, umfasst von geschmiedeten Zäunen, stehen meist zwei Luxuskarossen, ohne Typenbezeichnung am Heck, aber mit Auspuffrohren groß wie Schiffskanonen darunter. Die beiden Polizisten schauen sich nach beiden Seiten um. Ein Oldtimer, eine breite amerikanische Limousine, ein seltener 1958er Plymouth Fury, rote Karosserie, weißes Dach, steht vor einer Doppelgarage und wird von ihrem Besitzer liebevoll poliert.
„Nich' schlecht, das Viertel hier. Ganz schöne Porsche-Dichte."
Beck sucht nach der Hausnummer, hat sie schließlich gefunden, parkt, da keine andere Möglichkeit vorhanden, an einer schmalen Einfahrt quer über dem Bürgersteig.

Das zweieinhalbgeschossige Haus unterscheidet sich durch einen neuartigen Anbau, in dem sich unten ein breites Garagentor befindet, von den umstehenden Gebäuden, die alle den gleichen Baustil verkörpern. Die breite Einfahrt und der Eingang sind durch massive Eisenstäbe gesichert. Die drei Klingelknöpfe zeigen keine Namen, sondern nur Abkürzungen: „I.S., K.S." und mit etwas Abstand darunter „A.W.". Schwaner drückt den untersten Knopf, ein leises Klingeln im Haus ist zu hören. Nichts geschieht. Schwaner klingelt nochmals, dieses Mal länger, ausdauernder. Der Ton scheint tatsächlich lauter und intensiver zu sein. Keine Reaktion. Ein letzter Versuch, noch länger.

Ein Fenster im ersten Stock wird aufgerissen.

„Sie merken doch wohl, dass da niemand zu Hause ist, oder nicht?", brüllt ein stattlich feister Herr in rot kariertem Morgenmantel, mit kurz geschnittenem Haar, wuchtigem Schädel, und eine Art Schale in der freien Hand haltend, herunter. Rasierschaum klebt ihm in dicken Wülsten am Kinn.

„Entschuldigen Sie die Störung ...", gibt sich Beck unbeeindruckt „Wohnt hier im Haus Axel Wolff?"

Der Herr stiert wütend auf das merkwürdige und ungleiche Paar. „Ich wüsste nicht, was Sie das angeht?" Er schlägt das Fenster zu.

Die beiden Polizisten schauen sich an. „I.S. oder K.S.?", fragt Beck spitzbübisch.

„Ist wahrscheinlich sowieso alles eins", antwortet Schwaner abwinkend, Beck drückt beide Knöpfe.

Wie von der Sehne geschnellt erscheint der Herr wieder am Fenster. Dieses Mal schreit er noch wütender herunter: „Muss ich erst die Polizei rufen oder verschwinden Sie jetzt schleunigst von alleine?" Seine Gesichtsfarbe nähert sich der seines Morgenrocks an.

„Kein Problem, wir sind schon da!", ruft Beck frech hinauf, zückt seinen Dienstausweis und hält ihn nach oben. „Würden Sie bitte einmal aufmachen?"

Der Herr am Fenster scheint fassungslos, weiß einige Augenblicke nicht, was er tun soll, zögert. Beck und Schwaner

hören ihn mit jemandem sprechen. Er geht ins Zimmer zurück, am Fenster, mit etwas Abstand, erscheint eine Frau, taxiert neugierig den groß gewachsenen Mann in Sakko und Jeans – und seinen Begleiter im Trainingsanzug.
Die Sprechanlage leuchtet auf. Die Stimme vom Fenster meldet sich.
„Sie sind also von der Polizei? Können Sie bitte nochmals Ihren Ausweis vor die Kamera halten?"
Beck schlägt die Karte fast gegen das halbrunde Auge über dem Briefkasten. „So, jetzt okay?", fragt er gereizt.
„Der andere Herr bitte auch!" Die Stimme ist unnachgiebig. Nach Prüfung des zweiten Ausweises ertönt es knapp: „Wie kann ich Ihnen helfen?"
„Indem Sie die Tür öffn'n", faucht Beck in die Schlitze – es summt.
Die beiden Beamten gelangen über eine massive Treppe nur bis zur verschlossenen Hauspforte und müssen dort wieder warten. Schritte sind innen zu hören, mehrere Schlösser werden entriegelt, die Tür halb aufgezogen.
„Ja bitte, was kann ich für Sie tun?" Der Herr gibt sich nun jovial, sein Gesicht glänzt ölig. Er steht eine Stufe höher, allerdings auf Augenhöhe mit Schwaner. Er ist massig, doch nicht fett. Aus seinen breiten Schultern erhebt sich ein Stiernacken, der einen wie gehauen wirkenden Kopf trägt. Jede Falte, jede Kontur tritt verstärkt, durch eine um diese Jahreszeit noch unübliche Bräune betont, hervor. Seine kleinen Augen unter den markanten Brauen blitzen. ‚Ein Macher-Typ' schießt es Schwaner durch den Kopf. ‚Sicherlich Banker oder so etwas' ist sein nächster Gedanke.
„Wohnt hier Axel Wolff? Das ham' wir Sie eben schon gefragt." Beck ist immer noch giftig.
„Ja, er wohnt hier. Das heißt, er wohnt unten, ich meine hinten, in der Einliegerwohnung." Der Herr wippt nervös auf den Fußballen.
„Hinten? Unten? Wo denn jetzt?" Beck stichelt weiter. Schwaner stellt sich vor ihn.
„Entschuldigen Sie bitte nochmals die frühe Störung an einem Feiertag. Wie ist denn Ihr Name bitte?", versucht er die Wogen zu glätten.
„Singer, Klaus Singer."

„Ist das Ihr Haus?“
„Jawohl. Es gehört mir – und meiner Frau.“
„Und Herr Wolff ist Mieter bei Ihnen?“
„So ist es.“
„Haben Sie einen Schlüssel zur Wohnung von Herrn Wolff?“, Schwaner direkt.
„Ja, nein, ja, aber, das geht doch nicht …“, stottert Singer herum.
„Das geht schon!“, meldet sich Beck hinter Schwaners Rücken.
„Aber ist denn Herr Wolff nicht da?“, versucht es Singer nochmals.
„Nein!“, Schwaner bestimmt.
„Er wird sicherlich bald kommen, oder Sie müssen ihm eine Nachricht hinterlassen.“ Singer ist es nicht gewohnt, klein beizugeben.
„Er wird sicherlich nich' komm'n und eine Nachricht hat kein'n Sinn …“ Schwaner dreht sich zu Beck um, bedeutet ihm, jetzt aufzuhören.
Wieder zu Singer gewandt: „Wir haben heute Morgen Herrn Wolff tot aufgefunden. Wir möchten uns gerne in der Wohnung von Herrn Wolff umsehen. Bitte schließen Sie uns auf.“ Demonstrativ gibt der Hauptkommissar den Weg frei.
„Ich muss erst den Schlüssel holen.“ Der Morgenmantel bauscht sich hinter Singer, während er nach oben eilt. Gesprächsfetzen dringen nach unten, ein unterdrückter Schrei ist zu hören. Er kommt mit schnellen Schritten wieder die Treppe herunter, hinter ihm die Frau vom Fenster, ebenfalls im Morgenmantel, unfrisiert, die Arme flattern wie zwei dürre Flügel neben ihr her.
„Meine Frau Ina“, stellt Singer sie kurz vor, eilt, als könne sein schnelles Handeln plötzlich helfen, weiter nach draußen, gleich rechts, um das Haus herum, zu einer kleinen Terrasse, die zum Garten mit dichten Büschen abgegrenzt ist. Eine weiße Kunststofftür führt wieder ins Haus zurück. Es sind drei Fenster zu sehen, alle sind mit Rollläden halb verschlossen, als würde der Bewohner dahinter noch schlafen. Singer sperrt umständlich auf, geht voran, er kennt sich aus. Alle betreten der Reihe nach einen breiten Flur. Links steht eine Garderobe, an der eine alte, grüne Lederjacke hängt wie ein Relikt.

Mehrere Paar Schuhe stehen fein säuberlich nebeneinander, es geht nach links in eine kleine Küche. Singer hat das Licht eingeschaltet, durch die verdunkelten Fenster dringt kaum Helligkeit herein.
Kein benutztes Geschirr, kein Krümel, weder auf dem kleinen Tisch vor dem Fenster noch auf dem Boden. Es riecht nach Reinigungsmitteln. Schwaner öffnet den Kühlschrank. Er ist bis auf wenige angebrochene Gläser und eine ungeöffnete Flasche Bier fast ohne Inhalt. Hinter den Schranktüren ist das Geschirr penibel geordnet. Der Mülleimer ist geleert, ein leichter Essiggeruch steigt mit dem Öffnen der Klappe empor.
„Tot, sagen Sie! Der Herr Wolff ist tot? Ja – wie denn? Das kann doch nicht sein. Das ist doch …", spricht Singer in die bis dahin herrschende Stille hinein. Er schaut linkisch zu seiner Frau hinüber, die seinen Blick nur kurz erwidert und wieder auf ihre Fußspitzen senkt. Sie hält den Kragen ihres Morgenmantels mit einer Hand fest verschlossen.
„Kannten Sie Herrn Wolff näher?" Schwaner klappt die Spülmaschine auf. Selbst die Ränder darin sind blitzblank.
„Was heißt näher? Er wohnt hier schon seit bald zehn Jahren. Man begegnet sich gelegentlich. Wir haben ihn auch manchmal eingeladen, hier zu uns, zum Essen, oder zu einem Glas Wein, wenn es sich ergab. Manchmal saßen wir auch im Garten zusammen …" Singer baut Erinnerungen auf, seine Frau nickt wie in Trance.
„Wohnte Herr Wolff hier alleine?" Der Hauptkommissar öffnet eine schmale Tür, die in ein kleines Badezimmer führt, schaltet ebenfalls das Licht an, schaut sich darin um.
„Ja, alleine, sicher." Singer muss fast lachen.
„Wieso sicher?" Schwaner dreht sich zu ihm hin.
„Na ja, sehen Sie sich doch einmal um!" Singer weist mit seinem Arm durch die Küche. „So sah das immer bei ihm aus! Und hier …" Er geht nach nebenan, macht Licht, steht inmitten eines Zimmers, dessen Wände einzig aus Bücherregalen zu bestehen scheinen, sorgsam geordnet, Rücken an Rücken, selbst die beiden Türen waren mit kleinen Bänden umrandet, dreht sich im Kreis „… und hier, das war sein Heiligtum, hier durfte

eigentlich niemand hinein." Seiner geringschätzigen Stimme ist deutlich anzumerken, was er von dem, was da dicht an dicht, auf unzähligen Brettern gesammelt steht, hält.
Beck pfeift durch die Zähne. „Das sind ja ne Menge Schmöker!" Er geht die Buchreihen ab. „Sind da irgendwo auch Bilder drin?"
Schwaner wirft ihm vom Fenster aus einen wütenden Blick zu. Heute gingen ihm die Frotzeleien seines Assistenten eindeutig auf die Nerven. Im rechten Winkel zum Fenster steht ein wuchtiger Schreibtisch. Auch darauf und darin ist alles säuberlich geordnet. Auf der ledernen Schreibunterlage liegt ein Buch: „Lexikon des internationalen Films", ein Lesezeichen steckt darin, Schwaner schlägt die gekennzeichnete Stelle auf. „Der Koch, der Dieb, seine Frau und ihr Liebhaber", spricht er leise vor sich hin. Ein Bild zeigt eine reich gedeckte Tafel, in deren Mitte ein aufgebahrter Männerkörper, unnatürlich verfärbt, die Haut wie gebraten. An der Stirnseite sitzt ebenfalls ein Mann, mit fieser Visage, ganz klar ein Bösewicht. Ihm gegenüber steht eine Frau, eine Pistole auf den Schurken gerichtet. Unter der Abbildung steht: „Georgina zwingt ihren Mann Albert, ein Stück ihres von ihm ermordeten Liebhabers zu essen."
Schwaner überfliegt noch einige Zeilen: „... Rachetragödie ... eigenwillige Ästhetik ... grausiges Bild ... sinnloser Kosmos." Er schlägt das Buch zu. „Hatte Wolff eine Beziehung? Eine Freundin oder einen Freund?", fragt er zu den Hausbesitzern hin.
„Nein, ich glaube nicht", kam es unmittelbar von Singer, seine Frau steht noch immer wie unbeteiligt daneben. „Und wenn, so hätte er sich sicherlich nicht hier mit ihr getroffen. – Selbst ich war nur einmal, vor einigen Jahren, in dieser Wohnung. Da stand auf dem Tisch noch eine alte Adler-Schreibmaschine und daneben irgendwelche Kästchen, in denen er irgendetwas sammelte ..." Singer deutet mit dem Finger von ungefähr auf die jetzt leeren Stellen. „Danach war es ihm wohl peinlich, dass er mich hier hereingelassen hatte. Er ging mir aus dem Weg, vermied es, mich zu treffen oder auch nur zu sehen. Er rannte fast am Haus vorbei und nichts wie rein hier – wie eine Maus, die in ihrem Loch verschwindet." Er schüttelt den Kopf über dieses

lächerliche Verhalten, vielleicht sogar über das lächerliche Leben seines Mieters insgesamt. Die Frau legt ihm die Hand auf den Arm, bremst seine ungezügelt werdenden Äußerungen. Sie wirkt tatsächlich betroffen, Tränen stehen ihr in den Augen wie Wasser vor einem Damm.
„Hatt'n Sie Kontakt zu Herrn Wolff?“, wendet sich Beck, der gerade aus dem benachbarten Schlafzimmer kommt, an Frau Singer.
„Was, ich?“, fragt sie in einem erschrocken hohen Ton zurück, legt dabei ihre gespreizten Finger vor die Brust und muss erst Atem schöpfen. Alle Augen sind auf sie gerichtet.
Sehr zaghaft, mit leicht zitternder Stimme antwortet sie. „Mir ging es wie meinem Mann. Herr Wolff hat mich ebenso gemieden und nie ein Wort mit mir gesprochen. Wenn ich im Garten war und er nach Hause kam, dann hat er sich förmlich reingeschlichen. Ich sah dann erst am Licht oder den Fenstern, dass er zu Hause war.“ Am Ende wirkt ihre Aussage wie einstudiert. Herr Singer nickt zustimmend zu den beiden Polizisten hin, eine Geste wie ‚Sehen Sie, sag ich's doch'. Er wirkt neben der zierlichen, immer noch hübschen Frau wie ein Klotz.
„Aber Sie sagten doch eben, dass Sie Herrn Wolff früher eingeladen hätten?“, Schwaner zu den beiden, die sich kurz verunsichert anblicken.
Herr Singer antwortet: „Ja, das war früher, zu Anfang, als Herr Wolff hier eingezogen war.“
„Also vor etwa zehn Jah'n?“, fragt Beck konkret.
„Ja, nein. Vielleicht nicht zehn, eher sieben oder acht.“ Singer wedelt mit der Hand.
„Hatte Herr Wolff Geschwister? Bekam er gelegentlich Besuch?“
Das Ehepaar Singer hebt nebeneinander stehend synchron und stumm die Schultern. Schwaner gibt Beck ein Zeichen und beide wenden sich dem Ausgang zu. Auf dem Weg nach draußen fällt dem Hauptkommissar eine großformatige, gerahmte Fotografie im Flur auf, an der er eben unbeachtet vorbeigegangen war. Sie zeigt weites Flachland, offensichtlich in den frühen Morgenstunden. Leichter Nebel liegt über den Feldern, am Horizont scheidet ein dunkler Waldsaum den schmalen

Himmelsstreifen von der Erde. Ein mit Birken bestandener Weg läuft am linken Bildrand entlang und entschwindet. Im Vordergrund ist eine Wiese zu sehen, umzäunt von einem an dicke Bohlen angeschlagenen Maschendraht. Ein Wacholder steht neben einem großen, grün bemoosten Stein. Das Bild strahlt eine tiefe Ruhe und Stille aus – ‚Wie ein Grab' – denkt Schwaner.

Draußen vor der Tür dreht er sich nochmals zu den Singers um. „Bitte sorgen Sie dafür, dass die Wohnung verschlossen bleibt. Niemand darf hinein. Wir schicken eventuell die Kollegen der Kriminaltechnik vorbei, diese werden sich zuvor bei Ihnen melden."

Die Polizisten verabschieden sich und gehen zu ihrem Wagen zurück. Die Scheibenwischer sind vorne und hinten hochgestellt, auf der Straße ist niemand zu sehen.

„Aufmerksame Gegend!", schimpft Beck vor sich hin, als er um das Auto herum geht und die Wischblätter wieder auf die Scheiben legt. „Heut' schein'n alle etwas gereizt zu sein?" Er lässt sich in den Fahrersitz fallen.

„Du machst mir auch nicht den ausgeglichensten Eindruck", bemerkt Schwaner in ernstem Ton zu ihm. „Warum warst du so aggressiv zu den Leuten?"

„Ich kann diesen satt'n Reichtum einfach nich' aussteh'n. Das is' alles."

„Und, welchen Eindruck hattest du?", fragt Schwaner nach.

Beck startet den Wagen: „Die beid'n verberg'n etwas ..." Er blickt über seine linke Schulter nach hinten, stößt zurück „... und ich kann mir auch schon vorstell'n was." Er grinst Schwaner auf dem Beifahrersitz an. Dieser nickt nur stumm und schaut nach vorne auf die schmale Fahrgasse.

6. Kapitel

Beck setzt Schwaner vor dem Präsidium ab und erinnert sich, einen spontanen Einfall vortäuschend, an seinen freien Tag, den er jetzt doch nutzen möchte. Er lamentiert noch über die „unendlichen Überstunden auf seinem Konto“ und fährt davon. Schwaner geht hinauf in sein Büro. Auch Anne ist nicht da. Der gesamte Flur ist völlig verwaist. Lustlos setzt sich der Hauptkommissar an seinen Schreibtisch, blättert in alten Papieren und in der Gewerkschaftszeitschrift, die er abzeichnen und weitergeben muss.

Schwaner mag es nicht, wenn er Opfer kennt – obwohl noch nicht feststeht, ob es sich tatsächlich um ein Opfer handelt. Messner und Beck könnten ebenso gut recht haben und es handelt sich lediglich um ein Drogendelikt – mit einigen Merkwürdigkeiten. Dann wird es ein Fall für die Kollegen.

Sein Bauchgefühl rührt nicht daher, dass er Wolff zuvor begegnet war und er damit nicht die übliche Distanz zum Toten besitzt. Es ist etwas anderes.

Nochmals kommen ihm Bilder ihres Zusammentreffens in den Sinn. Wolff steht schwankend an der Theke, aber, so fällt es Martin jetzt wieder ein, er hatte nur dieses eine Glas Wein getrunken – Ja, er war über die Wirkung des Alkohols auf seinen Nachbarn so überrascht, dass er ihn fragte, ob er ihm helfen könne.

„Ich darf eigentlich gar nichts trinken“, antwortete dieser. „Ich vertrage es nicht mehr.“ Er hielt sich einige Augenblicke an der Theke fest, holt tief Luft. „Ich muss nach Hause, entschuldigen Sie bitte.“ Er löste den Griff und wäre fast nach hinten gekippt, wenn Martin ihn nicht aufgefangen hätte. Mehrere Gäste blickten herüber. Die Autorin wendete sich ab, schüttelte den Kopf, flüsterte etwas zu ihrer Nachbarin. Sandra kam und fragte, ob sie helfen könne.

„Nein, schon in Ordnung, er hat wohl etwas zuviel getrunken. Vielleicht könntest du ein Taxi rufen, ich bringe ihn schon mal raus.“ Wolff hielt sich fest, stand wieder einigermaßen sicher.

„Kommen Sie, ich helfe Ihnen, wir besorgen ein Taxi für Sie", komplimentierte ihn Martin nach draußen. Vor den Stufen des Literaturhauses mussten sie einige Augenblicke warten. Wolff bedankte und entschuldigte sich mehrfach, fragte wiederholt nach dem Namen seines Begleiters und auch nach seinem Revier, als wolle er es sich einprägen.
„Leben Sie wohl", sagte er zum Abschied. Die Worte klingen ihm noch im Ohr und scheinen heute doppelt merkwürdig.

„Leben Sie wohl", flüstert Schwaner vor sich hin. ‚Wer sagt so etwas zu einem beinahe Gleichaltrigen, mit dem er zuvor einen zumindest anregenden Abend verbracht hatte und den wiederzutreffen gar nicht ausgeschlossen ist?' Jetzt, wo er darüber nachdenkt, ist es dieser Abschied gewesen, der ihn heute früh beim Anblick des toten Wolff sofort an ein Verbrechen denken ließ. ‚Leben Sie wohl, das ist ein Abschied für immer. Als hätte er gewusst, dass er bald sterben würde.'

Dass er den Toten kennt, hat der Polizei einiges an Arbeit erspart. Umgekehrt funkt ihm ständig eine Erinnerung dazwischen, obwohl es nur ein Abend war, an dem er und Wolff sich begegneten.
Der Hauptkommissar tippt „Axel Wolff" in seinen PC ein und lässt die Suchmaschine laufen. Eine erstaunliche Anzahl von Treffern, mehr als eine halbe Million, wird angezeigt. Wie Schwaner aber schnell feststellen muss, ist der Großteil davon völlig wertlos. Irgendwelche Firmen- und Netzwerkdatenbanken, die außer dem Namen und dem Hinweis auf den „AW-Verlag" nichts enthalten. Auf den hinteren Seiten folgen einige Presseartikel, Buchbesprechungen, Interviews, alles schon einige Jahre zurück. Zu den sozialen Netzwerken keine Verbindung.
Schwaner beschließt, diese Recherche Anne Wiegand, seiner Assistentin und Leiterin im Innendienst zu überlassen. Sie kennt sich in diesem Bereich wesentlich besser aus als er.
Schwaner versucht, Staatsanwalt Dr. Körner zu erreichen, aber auch er ist heute nicht im Hause. ‚Wenn die Schurken nicht selbst alle total besoffen sind, sollten sie heute zuschlagen.

Da haben sie gute Chancen, nicht erwischt zu werden!' ist ein zynischer Gedanke des Hauptkommissars. Er überlegt kurz, ob er den Bereitschaftsdienst der Staatsanwaltschaft anrufen soll, lässt es dann aber bleiben. ‚Ich könnte es Körner kaum erklären, wie soll ich es irgendeinem anderen vermitteln? Bauchgefühl? Leben Sie wohl? Der hält mich für verrückt.'
Er legt einen Ordner „Wolff" in seinem PC an und möchte schon erste Stichpunkte in sein Fallschema einsetzen, besinnt sich dann eines Besseren, da die Staatsanwaltschaft noch gar kein Ermittlungsverfahren eingeleitet hat. Er dreht sich lustlos von seinem Bildschirm weg, verschränkt die Arme hinter dem Kopf, schaut gelangweilt aus dem Fenster. Er hasst diesen Tag!
Messner klopft an seine Tür, Schwaner schwenkt mit seinem Stuhl herum.
„Stör ich dich?", fragt der Leiter der KTU und betritt süffisant lächelnd das Zimmer.
„Was gibt's?", antwortet Schwaner lustlos.
Messner trägt einen länglichen Gegenstand in seiner rechten Hand. Es ist nicht zu erkennen, was es ist, da eine Folie lose darum gewickelt ist, die jede Kontur verkleidet.
„Das haben wir am Brunnen gefunden." Nun hält Messner den Packen in beiden Händen vor seinen Körper und ein dickes Rohr, mit jeweils abgeflachten Enden, kommt zum Vorschein.
„Was ist das?"
„Das ist ein Verbindungselement des Gerüsts, das um den Merkurbrunnen herum gebaut ist. Es lag unterhalb des Brunnenbeckens, wir haben es erst gefunden, als wir durch das Gerüst unter die Schale gekrochen sind."
„Und was ist damit?"
Messner drehte die matt silbrig schimmernde Gerüststange herum. Auf der Rückseite war ein roter Fleck auf der Plastikfolie deutlich zu sehen. „Es klebt Blut daran", Messner trocken. „Vielleicht das Blut des Toten?"
„Dann wäre er womöglich damit niedergeschlagen worden." Schwaner setzt sich auf.
„Das könnte sein." Messner ist nun seinerseits betont zurückhaltend.

„Damit wäre es zumindest ein Raub, vielleicht sogar Totschlag?“ Der Hauptkommissar freut sich nicht darüber, endlich einen Fall auf den Tisch zu bekommen. Es ist lediglich die innere Genugtuung darüber, dass sein Gefühl ihn nicht getäuscht hatte.
„Du prüfst das bitte schnellstmöglich, ja, Günther? Bitte nach Möglichkeit noch heute. Dann kann ich morgen früh gleich Körner informieren und wir können loslegen.“
„Jetzt wart erst einmal ab, ob es tatsächlich das Blut des Toten ist. Vielleicht hatte sich auch nur einer der Gerüstbauer beim Aufbau verletzt?“
Schwaner winkt energisch ab, lässt keinen Einspruch gelten. Messner schaut ihm in die Augen.
„Martin, was ist los? Du wirkst so unruhig – schon den ganzen Tag?“
Schwaner dreht sich wieder zum Fenster hin, schaut in die nicht vorhandene Ferne, weicht zunächst mit einem „Was soll schon los sein?“ aus, entkommt seinem langjährigen Kollegen damit aber nicht.
„Ach, ich weiß selbst nicht“, sprudelt es plötzlich aus ihm heraus. „Sandra ist gestern zu ihren Eltern gefahren und ich war zum ersten Mal alleine in der Wohnung. Irgendwie bin ich da noch nicht richtig angekommen. In meiner alten Bude hatte ich meinen Ruderergometer stehen. Wenn mir die Decke auf den Kopf fiel, habe ich mich daran abreagiert. In Sandras Wohnung konnten wir diesen nicht aufbauen, es fehlt der Platz dafür – und Sandra findet ihn ‚scheußlich’ – zumindest als Einrichtung.“
Messner klopft ihm väterlich auf die Schulter, er hätte es aufgrund des Altersunterschiedes auch durchaus sein können.
„Das ist der Preis des Zusammenlebens, mein Lieber. Aber glaube mir, es ist nichts gegenüber den Vorteilen.“
Schwaner bläst die Backen auf, lässt nach einigen Sekunden laut die Luft entweichen und schaut zu dem neben ihm stehenden Kollegen auf. Messner lässt langsam seine Hand über den Rücken Schwaners heruntergleiten.
„Ich lebe jetzt bald vierzig Jahre mit meiner Frau zusammen und möchte keinen Tag davon missen. Wir mussten uns damals auch …“

„Günther, ihr seid beide von zu Hause aus- und dann zusammengezogen. Ihr kanntet doch kein Leben alleine dazwischen?"
„Ja, das ist schon richtig, aber …"
„Siehst du – und mir fehlen ein paar Sachen, die vorher einfach da waren. Wenn ich Lust hatte, habe ich mich im Wohnzimmer auf mein Gerät gesetzt und ordentlich Gas gegeben. Heute muss ich dazu erst in den Verein fahren, wo alle anderen sind, die ich in dem Moment gar nicht sehen möchte."
„Jeder hat mal den Wunsch, alleine zu sein, dass ist doch …"
„Nein, das ist es nicht. Ich möchte nicht alleine sein – ich bin ja alleine. Sandra ist doch gar nicht da! Es ist nur alles anders und …"
„… und du weißt nicht, ob es richtig war, zu ihr zu ziehen, hab ich recht?" Messner stützt sich mit durchgedrückten Armen auf dem Schreibtisch ab, lässt seinen Kopf zwischen die Schultern sacken, schaut leicht lächelnd daraus hervor. Schwaner dreht sich „Ja, vielleicht." murmelnd wieder zum Fenster hin.
„Nun, dabei kann dir niemand helfen, das musst du schon alleine herausfinden. Was ich dir raten kann, ist dir – oder euch – Zeit zu geben. Ich denke mal, Sandra geht es, obwohl es ihre Wohnung ist oder war, nicht anders. Sie wird auch Dinge vermissen, die ihr zuvor selbstverständlich waren?"
„Das kann schon sein", spricht Schwaner zum Fenster hin, dreht sich aber nicht mehr um, auch nicht, als Günther Messner mit „Ich muss dann mal wieder an die Arbeit." sein Büro verlässt.
Martin springt auf, läuft zur Tür und ruft dem Leiter der KTU durch den Flur hinterher: „Günther, könntest du dir noch die Wohnung von Wolff ansehen? Noch nicht offiziell, erst mal so. Die Adresse ist …"
„Die find ich schon raus!", antwortet Messner und hebt den Arm, ehe er ins Treppenhaus abbiegt.
Der Hauptkommissar geht in sein Büro zurück, stellt sich ans Fenster und beobachtet den spärlichen Verkehr auf der Straße. Zweifel und düstere Gedanken, die ihn seit Sandras Abreise belauerten wie ein Rudel hungriger Hunde, tauchen wieder in ihm auf: ‚Eigentlich habe ich Angst, das konnte ich Günther aber nicht sagen. Ja, die alten Gewohnheiten fehlen mir. Aber

im Grunde genommen ist es die pure Angst. Angst davor, dass alles kaputtgeht, weil wir zusammengezogen sind. Auch Sandra ist nicht ohne Grund weggefahren. Ja, ihr Vater hat Geburtstag, aber keinen runden, sie hätte auch hierbleiben können. – Sie wollte raus, wollte mal Abstand haben. Hat sie zwar nicht gesagt, hat mich aber auch nicht gefragt, ob ich mitfahren möchte. Ihre Eltern sind ja ganz nett, und wir hätten ein schönes Wochenende in Hamburg verbringen können, wie damals, letzten Sommer, als wir uns alle dort getroffen haben. Den Bereitschaftsdienst hätte ich schon tauschen können, Sven wäre bestimmt für mich eingesprungen – ich habe ihn aber auch nicht gefragt, habe auf die Frage von Sandra gewartet, ob ich mitkommen möchte, sie hat nicht gefragt, wollte mich nicht fragen. Hat noch nicht einmal angerufen, seit sie gefahren ist. Ihr Elternhaus habe ich auch noch nicht gesehen, sie wollte damals nicht dorthin. Na ja, der Geburtstag ist heute, jetzt ist es gleich drei, also werden sie beim Kaffee sitzen. Zu Mittag waren sie sicherlich essen gegangen, vielleicht zu Gianni, wo wir bei unserem Besuch auch waren? Zum Kaffee kommt sicherlich Besuch, Verwandtschaft, muss ich auch nicht unbedingt haben. Zähe Gespräche, Anekdoten aus dem Dienst, langes Sitzen und Unmengen Kuchen – ihre Mutter backt gerne, hatte Sandra erzählt. Vielleicht hätten wir uns weggestohlen, in Sandras altes Zimmer, das bestimmt noch so aussieht wie früher, schmales Bett, zu kurz für mich, blumige Tapete, ein Schreibtisch übersät mit Erinnerungen an die Teenagerjahre. Womöglich hängt in der Schranktür noch ein Poster ihres Idols von damals …

Das Telefon klingelt und schreckt Schwaner aus seinen Phantasien auf. Es ist ein Kollege, der heute mit am Merkurbrunnen war und später die umliegenden Überwachungseinrichtungen überprüfte. Er berichtet, dass auf einer Aufnahme des gegenüberliegenden Hotels zwei Männer zu sehen sind, einer von beiden ist seiner Meinung nach der Tote aus dem Brunnen. Die Kamera beobachtet den Eingangsbereich, der auch um diese Zeit taghell erleuchtet ist. Es ist kurz vor zwei und für Jimmy‘s Bar, die sich im Keller befindet, ist dies die Uhrzeit, in der die Gäste vor der Tür Schlange stehen.

„Auf dem Bürgersteig gehen die beiden mehr oder minder deutlich erkennbar vorüber, die Distanz ist etwas groß, vielleicht kann die Kriminaltechnik da noch etwas machen?"
„Sehr gut! Lass dir den Ausschnitt kopieren und bring ihn gleich ins Präsidium, Messner ist noch da!" Schwaner legt auf.
‚Das besagt gar nichts', schießt es dem Hauptkommissar sofort durch den Kopf. ‚Die zwei hatten sich verabredet, das Bahnhofsviertel ist nicht weit, gehen zu einem abgelegenen Platz, vielleicht einem Drogenversteck? Hoffentlich können wir den anderen erkennen.'
Schwaner setzt sich an seinen Schreibtisch, schreibt eine E-Mail an Anne, dass sie morgen früh bitte gleich einen Ermittlungsantrag an Staatsanwalt Körner stellen soll, es gebe einen hinreichenden Verdacht auf eine Straftat in Bezug auf die im Merkurbrunnen aufgefundene Leiche.
Er steht auf, schiebt seinen Stuhl unter den Schreibtisch und verlässt sein Büro. An der Pforte gibt er an, dass er zu Hause zu erreichen ist, und spaziert davon.

Wollte er zuerst noch sein Fahrrad an der Messe abholen, überlegt er es sich jetzt anders und schlägt den Weg in Richtung Grüneburgpark ein. Vor einer Stunde noch wäre er lieber in ein Lokal oder sonst wohin zum Essen geflohen, jetzt zieht es ihn in die gemeinsame Wohnung mit dem festen Vorsatz, sich einen gemütlichen Abend zu bereiten.
Es ist später Nachmittag. Der Himmel erstrahlt, nachdem es tagsüber gelegentlich nach Regen aussah, azurblau und frühsommerlich. Die Bäume tragen das frühe, leuchtende Grün und die Vögel darin zwitschern und lärmen um die Wette. Der schöne Tag war ihm noch gar nicht aufgefallen, er zieht sein Sakko aus, hängt es sich lässig über die Schulter, schlendert über den Uni-Campus und durch den koreanischen Garten auf die großen Wiese zu.
Schon von Weitem ist lautes Gebrüll und der dröhnende Lärm mehrerer, sich überbieten wollender Ghettoblaster zu hören. Wie Schiffbrüchige in einem grünen Meer sind Grüppchen halb angezogener Männer auf ihren aus bunten Decken

zusammengezimmerten Flößen zu sehen. Manche stehen, wenige sitzen, andere liegen lang ausgestreckt. Die Stehenden torkeln wie bei schwerem Seegang und schreien, als seien sie im lauten Sturmgeheul, ihre Nachbarn an. Unzählige Flaschen treiben in den Wogen der sich leicht dahinwellenden Wiese.
Zwischen zwei Lagern gehen Salven sich stetig verschärfender Beschimpfungen hin und her. Was scheinbar harmlos begann, eskaliert zu einem primitiven Gehabe. Mit verzerrten Gesichtern und drohenden Gebärden stehen sich die betrunkenen Hitzköpfe auf Wurfweite gegenüber. Die ersten Flaschen fliegen. Man ist bereit, sich zu prügeln, zu schlagen, zu treten oder auch mehr. Es wird ein unsichtbares Revier, ein anderer Fußballverein, die verschrobenen Ansichten des Wortführers oder einfach gar nichts verteidigt. Ein Funke genügt, und die Gewalt wird ausbrechen wie ein sich lang ankündendes Gewitter.
‚Da wird die Bereitschaft heute noch einiges zu tun bekommen – hoffentlich nicht wir', denkt Schwaner, während er den Wegen folgend im Bogen um die Wiese herumgeht. An einer anderen Ecke provozieren fünf Glatzen eine Gruppe von Studenten, die scheinbar ein Happening zu Ehren Arlo Guthries oder Richie Havens zelebrieren. Die Braunen drehen ihre Musik auf, grölen die halb faschistischen Texte mit, recken ihre rechten Arme ausgestreckt nach oben. Die schmalbrüstigen Jungs auf der anderen Seite versuchen cool und ruhig zu bleiben, ignorieren die aggressiven Gesten der voll tätowierten Muskelprotze und Fettwanste.
Er sieht auch die vier Frauen vom Vormittag wieder. Sie sitzen etwas abseits, ebenfalls auf einer Decke, und werden von mehreren Männern belagert, die übertrieben laut lachend, sich gegenseitig schupsend, um die Aufmerksamkeit der Damen buhlen.
Eine Gruppe Jugendlicher kommt Schwaner entgegen. Auch sie sind offensichtlich betrunken. Sie laufen nebeneinander und nehmen somit die gesamte Breite des Weges ein. Sie flüstern miteinander, schauen den auf sie Zukommenden herausfordernd an. Schwaner geht am Rand, weicht aber auch nicht auf das angrenzende Grün aus. Kurz vor dem Zusammenprall bleiben

alle stehen. Der Hauptkommissar hält links seine Jacke über der Schulter, die Rechte hat er in der Hosentasche. Er grinst die vor ihm Stehenden an.
„Soll ich mich in Luft auflösen?“
Die Angesprochenen glotzen blöde zu ihm hinauf, haben nun doch die Hose voll oder besinnen sich ihrer elterlichen Erziehung und machen Platz. Zehn Minuten später erreicht er Sandras Wohnung, in die er vor etwa acht Wochen mit eingezogen ist. Zum ersten Mal hat er heute Abend das Gefühl, dass er hier zu Hause ist.

7. Kapitel

Schwaner ist an diesem Morgen der Erste im Büro. Sehr früh war er aufgestanden und zur Messe gegangen, um sein Fahrrad abzuholen. Unterwegs hatte er in einer Bäckerei im Stehen ein Croissant und einen Espresso als Frühstück verzehrt. Die Luft ist frisch und durch das schwarze Tuch der Nacht gereinigt.
Er fährt durch den Park in Richtung Präsidium. Die Wiese ist mit Abfällen übersät. Krähen hüpfen in Scharen um den Müll herum, pflücken ihn mit ihren Schnäbeln auseinander, stürzen sich auf Essensreste und Erbrochenes. Sie weichen kaum dem einsamen Radfahrer aus, der zu so früher Stunde die Wege entlang rast. Heftig und tief atmend erreicht Schwaner das riesige, rote Gebäude an der Adickesallee, seine Wangen glühen, auf dem Rücken spürt er kühl den Schweiß.

Auf seinem Schreibtisch liegt Messners Bericht bezüglich der Gerüststange. Das Blut darauf stimmt zu neunundneunzig Prozent mit dem von Wolff überein, letzte Klarheit wird ein DNA-Abgleich ergeben. Er reibt sich die Hände, wirft sein Sakko über die Stuhllehne, nimmt vor seinem Bildschirm Platz. Was er gestern abgebrochen hatte, führt er heute fort. Er füllt erste Erkenntnisse in sein Fallschema, ein von ihm entwickeltes, einem Projektplan ähnelndes Gerüst, ein. Dieses Datenblatt ist für den Hauptkommissar der rote Faden, der ihm und den damit vertrauten Kollegen in den kompliziertesten Fällen die Orientierung ermöglicht und wie eine Karte in der trügerischen Landschaft der Ermittlungen dient. Andere Kollegen arbeiten an Pinnwänden, auf die sie Spuren, Bilder und Ergebnisse heften. Auch Schwaner hatte diese Meta-Technik anfänglich verwendet. Nach und nach ist daraus eine rein EDV-basierte Variante geworden, die auf dem Bildschirm die unterschiedlichste Gestalt annehmen kann. Mal entwickeln sich Fälle geradlinig fort, das sind die einfachsten. Andere verzweigen sich, bilden Äste mit mehr oder minder starken Trieben, von denen einige ergebnislos verlaufen, andere neue Spuren hervorbringen. Das sind die Standards.

Einmal hatte sich ein Bild wie der Fahrplan der Pariser Metro ergeben. Alle Wege schienen einen Kreis innerhalb der äußeren Peripherie zu bilden, jeder Strang hatte eine Endstation, von der aus es nicht mehr weiterging. Es war ein in sich perfekt geschlossenes System gegenseitiger Alibis und Aussagen. Ein Zufall, oder biologisch gesehen, der Befall der geschlossenen Zelle durch ein von außen, gewollt oder ungewollt, injiziertes Bakterium, hatte zu Wucherungen und ungewollten Teilungen geführt, die zu einem Geschwür ausarteten und letztlich zum kompletten Absterben des bis dahin völlig intakten Gebildes.

Um zehn Uhr findet üblicherweise die morgendliche Teambesprechung statt. Annes Büro nebenan ist noch immer unbesetzt. ‚Ungewöhnlich', denkt Schwaner, als er von seinem PC aufschaut. Beck hatte schon vor einiger Zeit von der Tür ein „Gut'n Morg'n" in den Raum geworfen und war schräg gegenüber in seinen vier Wänden verschwunden, als er sah, dass Schwaner völlig vertieft vor seinem Bildschirm kauerte.
Das Besprechungszimmer füllt sich nur mit wenigen Personen: Sven Beck, der im Gegensatz zu gestern wenig frisch und ausgeruht wirkt, Martin Schwaner, der den Bericht Messners unterm Arm trägt und Günther Messner selbst, der einen unbekannten jungen Mann, offensichtlich arabischer Herkunft, an seiner Seite hereinführt und neben sich am Tisch platziert.
„Darf ich euch Abul Abbas Ibn Hadschi Dawuhd al Gossarah vorstellen!" Messner hatte den Namen von einem Blatt abgelesen. „Er hospitiert für einige Tage bei uns in der KTU im Rahmen einer Schulungsmaßnahme irakischer Polizeikräfte. Ein Projekt des Innenministeriums zur Stabilisierung der Lage im Irak."
Alle stehen auf. Beck und Schwaner reichen dem schlanken, sehr gepflegt wirkenden Mann die Hand, in die dieser, jeweils strahlend lächelnd, begleitet von einer leichten Verbeugung, einschlägt. Nicht nur die weißen Zähne blitzen aus dem dunklen Teint des Gesichts hervor. Auch die Augen, deren Pupillen insgesamt fast komplett einfarbig wirken, leuchten makellos unter den tiefschwarzen Brauen. Die glatte hohe Stirn wird

von kurzen, ebenfalls pechschwarzen Haaren eingerahmt, die außergewöhnlich dicht wachsen und wie eine Kappe den Kopf bedecken. Nur die Nase ist zu groß und springt überdeutlich hervor. Auch der Kehlkopf ragt weit heraus und hüpft unentwegt am schmalen Hals des Irakers empor.
„Sprechen Sie Deutsch?“, fragt Schwaner den Gast.
„Ein biesschen ...“, antwortet dieser zögerlich, „Sprechen nich so gud, verstehen ja!“, und lächelt wieder. „Bitte keine Umstände.“
Schwaner nickt ihm zu und deutet auf einen Stuhl. Alle nehmen wieder Platz.
„Wo sind die anderen?“, will der Hauptkommissar wissen, da neben Anne auch Dr. W. aus der Presseabteilung fehlt und Staatsanwalt Körners Stuhl ebenfalls unbesetzt bleibt.
„Verlängertes Wochenende, Martin – schon vergess'n?“
Schwaner brummt etwas vor sich hin, sagt dann: „Dann machen wir es kurz!“, und blickt in die Runde.
„Günther fand am Brunnen eine Gerüststange, an der Blutspuren von Wolff identifiziert werden konnten. Wir können also von einer Gewalttat ausgehen.“
„Ich kann dir aber nicht sagen, ob der Schlag mit der Stange vor oder nach der Injektion erfolgte und welche Auswirkungen er auf das Opfer hatte“, warf Messner dazwischen. „Das muss die Gerichtsmedizin klären.“
„Die ist übers Wochenende auch nur halb besetzt“, ergänzt Schwaner. „Sandra kommt erst Sonntagabend wieder ...“, eine kurze Pause, „... also werden wir von dort vor Dienstag keine Ergebnisse erhalten.“ Messner und Beck nicken, der Gast lauscht aufmerksam und lächelt, als Schwaner ihn fragend anblickt.
Der Hauptkommissar notiert etwas, fährt dann fort: „Es konnte ein Mitschnitt einer Überwachungskamera sichergestellt werden, der angeblich Wolff und eine weitere Person zeigt. Der Film sollte bei dir, Günther, abgegeben werden. Bitte schau, ob du die Aufnahme bearbeiten und die fragliche Person ausschneiden kannst. Dies dann bitte an Beck, der sich um die Identifikation kümmern wird.“ Schwaner dirigiert entsprechend mit seinem Stift, die Angesprochenen notieren sich die Anweisungen.

„Haben wir noch etwas vom Tatort?“, Schwaner nun an Messner direkt.
„Wir haben im angrenzenden Blumenbeet Fußabdrücke sicherstellen können, zahlreiche Zigarettenkippen, mehrere Schnapsflaschen, diverse Speiseverpackungen und jede Menge weiteren Müll eingesammelt. Ob davon etwas mit unserem Fall zu tun hat, ist mehr als fraglich. Der Brunnen wird von Jugendlichen als Treffpunkt für Partys und ihre Saufgelage verwendet. Früher lebte sogar ein Obdachloser unter dem Brunnenbecken, aber die Renovierungsarbeiten scheinen …“
„Günther, bitte.“, unterbricht ihn Schwaner sogleich.
„… Gegenstände, die dem Toten zugeordnet werden können, haben wir nicht gefunden – auch nicht in der weiteren Umgebung. Auch kein Drogenbesteck oder Ähnliches.“
„Wie sieht es mit weiteren Zeugen und anderen Aufnahmen aus?“ Diesmal ist Beck angesprochen.
„Meldungen hab' ich bisher keine, kümmer' mich heute nochmals drum.“ Becks Stimme klingt belegt, er selbst wirkt verkatert.
„Bitte auch die Handydaten und die Protokolle der Funkmasten!“ Beck stimmt Schwaner schweigend zu.
„Anne ist dann wohl erst am Montag wieder da. Sie wird sich um den privaten wie auch wirtschaftlichen Hintergrund von Wolff kümmern.“ Wieder notiert sich Schwaner etwas auf sein Blatt.
„Ich informiere gleich nachher die Staatsanwaltschaft. Ich gehe zumindest von schwerem Raub mit Todesfolge aus. Ob sich Wolff freiwillig oder gezwungenermaßen an den Merkurbrunnen begab, kann uns vielleicht der Film zeigen – oder mögliche Zeugen?“ Schwaner schiebt seine Unterlagen zusammen.
„Sonst noch etwas?“ Der Hauptkommissar ist schon aufgestanden und will die Besprechung beenden.
„Ich habe da noch was …“, meldet sich Messner fast wie ein Schüler im Unterricht. Schwaner nimmt wieder Platz. Es folgt die für den Leiter der KTU typische Pause, wenn er etwas, in seinen Augen Wichtiges, entdeckt zu haben glaubte.
„Ich war gestern in der Wohnung des Toten gewesen, wie du mich gebeten hattest. Die Vermieter fand ich etwas stoisch, und es war …“

„Bitte, Günther, komm zum Punkt."
„Ja, ja. Schon gut! Also ich habe mich in der Wohnung umgesehen – der Vermieter wich mir nicht von der Seite, als wollte ich etwas stehlen." Wieder legt Messner eine theatralische Pause ein und ordnet die wenigen Papiere vor sich.
„Ich habe mir einmal die Bücher genauer angesehen. Ich verstehe jetzt nicht so viel davon – oder sagen wir, ich bin kein Experte –, doch ein wenig kann ich es schon einschätzen, immerhin besitze auch ich …"
„Günther, bitte!"
„Was ich sagen möchte, ist, dass die Bibliothek von Wolff ganz außergewöhnlich ist. Ich habe bei meinen zufälligen Stichproben gleich mehrere Erstausgaben in den Händen gehalten, zum Teil sogar signiert! Da war zum Beispiel eine Ausgabe von Rolf Dieter Brinkmann, im besten Zustand …" Messners Stimme hebt sich enthusiastisch, bricht aber sogleich wieder ab, als er Schwaners Blick begegnet. „Er besitzt – Entschuldigung – besaß ganze Werkausgaben bedeutender deutschsprachiger Autoren. Dazu auch einige Handschriften, illustrierte Ausgaben, persönliche Widmungen, Briefe, Mappen mit Fotografien, persönliche Gegenstände berühmter Schriftsteller …"
„Ja und?", unterbindet Schwaner endgültig Messners Schwärmereien.
„Ja und? Ja und, fragst du?" Ein zorniger Blick schießt über den Tisch. „Hast du keine Vorstellung, was das wert ist? Das sind Bücherschätze, Sammlerstücke, Raritäten im Werte von sicherlich mehreren Hunderttausend Euro! Habt ihr Banausen das nicht erkannt? Habt ihr nicht einmal …"
„Die oll'n Schmöker soll'n wertvoll sein?", fragt Beck tatsächlich erstaunt und plötzlich hellwach.
„Ja, Kollege! Diese ‚ollen Schmöker' sind wertvoll, zum Teil sogar äußerst wertvoll. Und würdest du deine Zeit nicht nur mit Internetspielen verbringen und hättest du in deinem Leben auch mal ein Buch gelesen, dann wüsstest du das auch!", giftet Messner gleich zurück.
„Ich brauch' diese Staubfänger nich'! Ich les' meine Bücher im Tablet …"
„Du und Bücher …?"

„Ja, ich und Bücher! Was dageg'n? Da braucht man kein Papier mehr, das geht …"
„Hört auf!" Schwaner schlägt auf den Tisch und schaut den beiden Streithähnen abwechselnd in die Augen. „Können wir bei der Sache bleiben?"
Es dauert einige Sekunden, bis sich alle wieder beruhigt haben, dann setzt er in ruhigem Ton an: „Du glaubst also, Günther, dass die Bücher einen Wert …"
„Einen beträchtlichen Wert …!"
„… einen beträchtlichen Wert darstellen?"
„Das glaube ich nicht nur, ich bin mir sicher!"
„Gut, dann prüfen wir das. Anne wird …"
„Ich habe in zahlreichen Ausgaben ein Exlibris …"
„Ein was?", fragt Beck ungehobelt und immer noch grollend dazwischen.
„Das ist eine eingestempelte Buchmarke, oder, heute oft von Händlern verwendet, ein gestaltetes Lesezeichen, sozusagen ein Wappen, womit früher die Eigentümer ihre Bände gekennzeichnet haben, wodurch …"
„Was steht auf diesem Stempel?"
„Ich habe mehrere von Berlioz gefunden. Das ist ein hoch angesehenes und exklusives Antiquariat hier in der Stadt. Ich habe auch schon…"
„Kannst du mir bitte die Adresse durchgeben. Wenn die Bibliothek von Wolff tatsächlich so wertvoll ist, wie du sagst, dann könnte uns dies womöglich zu einem Motiv führen."
„Ach, wer bezahlt denn schon was für die alt'n Schink'n? Die stehen doch heute überall in den öffentlichen Bücherschränk'n rum, zum Mitneh'n!"
„Dadurch, dass du und deine Generation kein Gefühl mehr für Kultur habt, und glaubt, alles müsste kostenlos übers Internet verfügbar sein, dadurch werden diese Dinge nicht wertlos!"
Günther Messner steht auf, sammelt seine Sachen vom Tisch auf und tritt zur Tür. „Vielleicht bin ich wirklich zu alt für diese Runde geworden?", und geht hinaus.
Seinen Gast, der die Streitereien zwischen Beck und Messner mit offenem Mund verfolgte, hat er völlig vergessen. Abul steht ebenfalls auf, entschuldigt sich bei Schwaner mit einer kurzen

Verbeugung und verlässt ebenfalls den Raum. Schweigend bleiben die beiden Kommissare zurück. Nach einigen Augenblicken sagt Beck:
„Du, Martin! Hast du den Namen von diesem Araber verstand'n? Das kann sich doch kein Mensch merk'n, geschweige denn aussprech'n! Wir könn' ihn doch einfach ‚Freitag' nenn'n?"

Der Hauptkommissar gibt seinem Assistenten noch die Anweisung, sich die Verlagsadresse einmal anzusehen, und geht – nach seinem Telefonat mit der Staatsanwaltschaft – zu Messner hinunter. Er möchte ihn gerne zum gemeinsamen Mittagessen in die Kantine einladen. Erstaunlich gut gelaunt findet er den Leiter der KTU bei der Arbeit, neben sich seinen Hospitanten, mit welchem er einige Sätze auf Englisch wechselt. Schwaner beginnt eine belanglose Plauderei, die Messner dann mit dem Hinweis beendet, er brauche keinen Trost – und schon gar keine Unterstützung – er werde mit den jüngeren Kollegen schon zurechtkommen.
„Weißt du, Martin, manchmal ist es doch auch schön zu sehen, dass sich die Betroffenen redlich bemühen, die Vorurteile gegen sich in jedem Punkt zu bestätigen!"
Sie kommen wieder auf den Fall zurück, zu dem Messner noch einige weitere Dinge in der Wohnung aufgefallen waren.
„Schau mal, diesen Zettel habe ich im Terminkalender von Wolff, der im Schreibtisch lag, gefunden. Es ist anscheinend ein Zitat aus einem Buch. Der Zettel lag in dieser Woche." Schwaner liest:

Das nächtliche Erwachen an fremdem Ort, immer von wunderlichen Schauern begleitet, ergriff Alethes Gemüth unter diesen Umgebungen mit zwiefacher Gewalt. Der wahnsinnige Alte schnarchte und sprach einzelne wehklagende Worte im Traume, ein unruhiges Geflatter, wohl von Fledermäusen, streifte hoch an dem Felsengewölbe hin, und drohend stieg das Brausen und Zischen und Brüllen aus der Tiefe herauf. Alethes, von Dunkelheit und Grauen bezwungen, rief nach dem Alten. Der fragte ächzend, was es gebe. Hörst Du nicht, rief Alethes, das zornige Getöne von dorten, wie aus unermesslichen Abgründen

her? – Ho, ho! Sagte der Alte hohnlachend, ist es nur das? Ich will Dir's vernehmlicher zu hören geben. – Damit war er schon an der Thür, die in den Felsen hineinging, riegelte sie auf, und zugleich mit einem schneidend kalten Zugwind drang das furchtbare Tosen fast betäubend empor.
Was ist es denn? Was will es denn? Böser Zaubrer, sag's an! So rief Alethes, ganz irr in diesem Tumult. Der Alte, dicht neben ihm stehend, denn die Thür war nah bei des Gastes Lager, sprach mit vernehmlicher Stimme durch das Gebrause: Dieses Felsloch führt tief in den Berg, unbekannte Schlünde hinab, in ein Eisgewölbe, da drinn es einen grundlosen See giebt. Er ist meistens still, aber wenn der Sturm so wild aus den Wolken fährt wie heute, dringt er auch wohl durch unbekannte Zugänge bis auf das heimliche Gewässer, und dann zischt es und heult, wie Du es eben vernimmst. Man kann auf dem glatten Eise ein wenig in das Gewölbe hinein gleiten, aber in Acht muß man sich nehmen, denn drei Schritte zu weit, und Grundlos hat Dich in seinem Gewahrsam bis zum jüngsten Gericht. Ich habe mir deswegen den Zugang mit Riegeln verwahrt; man weiß nicht, es kommen den Menschen bisweilen tolle Dinge an.
Ein wenig schliddern will ich doch eben jetzt! Er sagte diese Worte mit einem heiseren Lachen schon außerhalb der Thür, und Alethes hörte, wie er gleitend auf dem Eise umher fuhr. Ihm selbst, den auf dem Lager liegenden, kam darüber ein Schwindel an, und es war, als raschle ein böser Geist in dem Moose und flüstere ihm zu: Sperre den Alten aus, Freundchen, sperr' ihn hübsch aus, so bist Du seiner hässlichen Nähe quitt!
So entfernt auch Alethes war, dem bösen Gedanken zu folgen, so besorgt war er dennoch, der Alte könne von selbst die Eishalle hinunter gleiten, und in seinem Gemüthe müsse es sich dann wie ein Wahnsinn festsetzen, er habe seinen tollen Wirth hinabgestoßen; er könne ja nie im Leben darüber zur Gewissheit gelangen, und müsse vor dem ängstigenden Zweifel vergehn, da es nachher Niemanden gebe, der ihm ein tröstliches Zeugniß darüber abzulegen vermöge, dass er nicht des Alten Mörder sei.

„Seltsame Geschichte", sagt Schwaner und reicht Messner das Papier zurück.
„Ja, finde ich auch. Aber pass auf, ich habe noch etwas gefunden und ich muss dir recht geben."
„Recht geben womit?"
„Dass es Bilder sind, die uns der Tote hinterlassen hat." Günther Messner führt seinen Kollegen zum Schreibtisch, auf dem Bildschirm erscheint die Abbildung eines Gemäldes.
„Warst du im Schlafzimmer von Wolff gewesen?"
„Nein. Sven hat sich dort umgeschaut, hatte allerdings nichts entdeckt."
„Das wundert mich nicht", Messner stöhnend. „Dieses Bild hängt über dem Kopfende des Bettes. Ich habe es mit meinem Handy fotografiert. Was fällt dir daran auf?"
Schwaner studiert intensiv alle Details. Zu sehen ist ein auf der Erde liegender Mann, anscheinend schlafend, nur mit einem Umhang bekleidet. An seinem Kopf vorbei führt eine geschwungene Treppe zu den Sternen und weiter in den unendlichen Himmel hinauf. Auf dieser Treppe sind Frauen, Schalen und Karaffen tragend, und Engel zu sehen. Es scheint, als träume der Schlafende von diesem himmlischen Glück.
„Was meinst du?", gibt Schwaner nach wenigen Sekunden auf. „Hatte er Sehnsucht nach dem Tod, dem Paradies?"
„Das vielleicht auch." Messner wippt schmunzelnd und mit auf dem Rücken verschränkten Armen auf den Zehenspitzen. „Fällt dir nicht noch etwas auf?"
„Günther, bitte! Mit ist heute nicht nach Quizshow!"
Messner zieht eine Fotografie des Merkurbrunnens hervor, darauf ist der tote Wolff zu sehen, in seiner merkwürdigen, um die Skulptur gebogenen Lage.
„Siehst du es nicht?"
„Nein, was denn?"
„Die Haltung, ich meine, die Lage des Toten? Du hattest es doch selbst angemerkt, dass er so merkwürdig liegt?"
Schwaner schaute nochmals genauer hin, war sich aber immer noch unsicher.

„Es ist genau die Lage wie auf diesem Bild hier“, Messner tippte auf den Bildschirm. „Nur spiegelverkehrt.“
Der Hauptkommissar erkennt es jetzt auch. Der nach oben gestreckte Arm, an dessen Schulter der Kopf anliegt, bildet mit dem anderen, am Körper anliegenden, eine Diagonale. Ein Bein liegt ebenfalls gerade, das andere abgewinkelt darunter. Es ist eine Schlafposition, ein entspanntes, friedliches Liegen voller Träume und Phantasien.
„Das kann jetzt aber auch nur ein Zufall sein.“ Dieses Mal ist Schwaner skeptisch.
„Du warst es doch, der mich am Brunnen ständig auf seine Lage hingewiesen hat. Und jetzt ist es plötzlich Zufall?“
„Ich meinte seine Position unter der Skulptur, diesem Hermes, nein Merkur, wie auch immer. Weil es so aussah, als blicke dieser, wie sagtest du, Götterbote, auf ihn hinunter.“
„Das tut er auch, das kannst du hier deutlich sehen.“ Messner legt eine weitere Fotografie daneben. „Der Körper könnte in dem runden Becken an vielen Stellen liegen, aber er liegt exakt dort, wohin Merkur blickt – ist das auch Zufall?“
„Aber wenn dem so ist, er also in einer bestimmten Haltung an einem bestimmten Platz liegt, heißt das, er wurde absichtlich dort platziert …“
„… Oder wollte sich dort genauso hinlegen. Das Bild stammt aus Wolffs Schlafzimmer und ein ihm unbekannter Täter hätte es sicherlich nicht gekannt.“
„Also doch Selbstmord mit Hilfe eines Freundes?“ Schwaner grübelt ein paar Augenblicke. „Aber wieso dann die Eisenstange? Warum wurde er niedergeschlagen, vielleicht sogar mit der Stange ermordet? Und was bedeutet diese Geschichte in seinem Kalender?“ Nochmals nimmt Schwaner das Blatt in die Hand, liest halblaut *„Es kommen den Menschen bisweilen tolle Dinge an … Dass er nicht des Alten Mörder sei.“* Fragend schaut er seinen Kollegen an.
Messner hebt nur die Schultern. „Du bist der Kriminalist, ich bin nur eine Laborratte.“ Der Leiter der KTU geht zum Tisch, an dem sein Hospitant schweigend und konzentriert arbeitet.

„Es wird Zeit, dass die Gerichtsmedizin wieder eintrifft“, sagt Schwaner unvermittelt. Messner lächelt ihn vielsagend an.
„Du, Günther, wegen eben, du darfst Sven nicht so ernst nehmen, du weißt doch, wie er ist, frotzelt an allem rum, aber insgeheim denkt er doch über vieles nach …“
„Das will ich doch hoffen.“ Messner gibt sich völlig entspannt, kommt wieder auf den Hauptkommissar zu und legt ihm die Hand auf die Schulter. „Keine Sorge, Martin, der Kollege Beck und ich kommen schon klar, auch wenn es manchmal nicht danach aussieht. Wir sind vielleicht wie ein altes Ehepaar.“
Schwaner deutet mit dem Kinn an Messner vorbei auf den neuen Kollegen. „Beck will ihn Freitag nennen.“ Beide lachen und gehen gemeinsam zum Essen.

Wieder in seinem Büro, kümmert sich Schwaner um einige Routinearbeiten, unter anderem überfliegt er die Einsatzmeldungen des gestrigen Tages. Im Park ist es, wie er vorhersah, zu mehreren Einsätzen gekommen, unter anderem wird über eine Schlägerei zwischen Rechtsradikalen und linken Autonomen berichtet. ‚Da scheinen die Studenten einige Freunde von der Antifa angerufen zu haben‘, denkt Schwaner. Über Wolff steht nur ein kurzer und noch völlig anonymisierter Beitrag: „In der Grünanlage vor dem Messegelände wurde am frühen Donnerstagmorgen der leblose Körper eines Mannes entdeckt, vermutlich aus dem Drogenmilieu.“ überfliegt Schwaner die wenigen Zeilen. ‚Da waren die Kollegen aber schnell', ärgert er sich ein wenig und schließt die Seite. Auch im Pressespiegel findet er einen ähnlich dürftigen Artikel, der von der Internetseite der Polizei abgeschrieben scheint. Zornig wirft er die Blätter in das Fach zur weiteren Verteilung innerhalb des Kommissariats.
Er durchblättert die Post. ‚Wenigstens das funktioniert heute', denkt er dabei. Zwei längst überholte Mitteilungen aus dem Innenministerium, eine Einladung der „Kriminologischen Gesellschaft“, in die sein Vorgänger eingetreten war, und ein Katalog der Polizeigewerkschaft für den vergünstigten Einkauf diverser Sportartikel landen sofort im Papierkorb.

Er erkundigt sich bei Beck gegenüber, ob er den Begleiter von Wolff schon identifizieren konnte, und informiert ihn über die neuesten Erkenntnisse aus der KTU.
„So, so … gewählte Lage meint ihr …?“ Beck legt den Gedanken irgendwo in sich ab. „Das Video hab’ ich an die Kolleg’n der Drogenfahndung weitergeleitet, vielleicht könn’n die uns helf’n, obwohl die Aufnahme nach wie vor sehr schlecht is’.“ Erstmalig sieht Schwaner den kurzen Mitschnitt: Der Eingangsbereich des Hotels ist hell erleuchtet. Im oberen Drittel ist der graue Bürgersteig und dahinter, fast schwarz, die Straße zu erkennen. Zwei Männer durchqueren den Bildausschnitt. Wolff selbst ist an seiner Kleidung zu erkennen.
„Der andere läuft seltsam, siehst du das?“
„Ja, is’ mir auch schon aufgefall’n. Immerhin ein kleiner Hinweis, da das Gesicht …“ Beck klickt auf seiner Maus und eine völlig verpixelte Detailaufnahme aus dem Video klappt auf „… is’ nich’ wirklich zu erkenn’n.“ Nur von ungefähr sind eine eher schmale Gesichtskontur, eingefallene Wangen, eine markante Nase und tiefe Augenhöhlen unter einer wilden Haartracht und einem wuchernden Vollbart zu sehen.
„Tatsächlich ein Junkie“, ist sich Schwaner sicher und tritt etwas zurück, um das Bild nochmals intensiv zu betrachten.
„Bei aller Liebe un’ Achtung vor dein’m Gespür, aber vielleicht ist es tatsächlich nur ein Drogentoter und bei den ander’n Ding’n geht eure Phantasie mit euch durch.“ Beck fällt in seinem Stuhl zurück, streicht sich über das von einem Dreitagebart spärlich bedeckte Kinn. Auf der Oberlippe ist der Wuchs stärker, verdeckt die kleine Scharte und den leicht schiefen Mund.
„Kann schon sein, kann schon sein“, antwortet Schwaner in Gedanken versunken, meint es offensichtlich nicht ernst.

Martin Schwaner ist in „durchschnittlichen“ Verhältnissen, früher wären sie „einfache“, dann „kleinbürgerliche“, genannt worden, aufgewachsen. Sein Vater war ein engagierter Mitarbeiter eines großen Industriebetriebes, der es zum Meister und zur Leitung über eine dreißigköpfige Abteilung gebracht hatte. Er ist vor fünfzehn Jahren verstorben.

Seine Mutter blieb zu Hause und kümmerte sich um die insgesamt drei Kinder, von denen Martin das mittlere ist. Sie leidet an zunehmender Demenz und wird im elterlichen Haus von seinem älteren Bruder betreut, zu dem er sonst keinen weiteren Kontakt pflegt. Seine jüngere Schwester trifft er gelegentlich, jedoch häufiger als früher, seit er und Sandra zusammen sind. Martin würde es sicherlich schwerfallen, seine Beziehung zu seiner Familie, und noch mehr, die Beziehungen untereinander zu beschreiben.
Sein Abitur hatte er nur unterdurchschnittlich bestanden, Grund war sein schon damals eigener Kopf und das Rebellieren gegen Konventionen und das schulische System, das keine eigenen Ansichten zulasse. Für alle, die ihn kannten, erstaunlich, verpflichtete sich Martin anschließend für zwei Jahre zum Militär und brachte es auch dort nicht über den Obergefreiten hinaus – aus den gleichen Gründen wie vormals. Dank eines nachsichtigen Vorgesetzten blieb ihm eine drohende Haftstrafe wegen eines groben Scherzes erspart, sie hätte seinen späteren beruflichen Weg schon damals verhindern können. Aber das Leben besteht aus Zufällen oder Fügungen des Schicksals. Aus der Kaserne bewarb er sich auf eine höhere Laufbahn bei der Polizei. Warum und weshalb er gerade diesen Beruf anstrebte, der weit über das Übliche an Gesetz und Regeln gebunden ist, er hätte es nicht sagen können – oder nicht sagen wollen. Wir, die wir tiefer in ihn hineinschauen könnten, möchten ihm dieses Geheimnis lassen. Er wurde nach einer Prüfung, in der mehr als zwanzig Bewerber auf eine Stelle kamen, angenommen. Ob es Klugheit aus Fehlern oder nur der Spaß an der Sache war, sein Studium absolvierte er mit Bravour und Auszeichnung. Martin entwickelte sogar einen gewissen Ehrgeiz in seinem Beruf, zumindest bis er seine jetzige Position erlangte. Eine weitere Beförderung würde ihn endgültig in den Innendienst verbannen.
Martin Schwaner war von Kindesbeinen an ein Einzelgänger, der sich zwar keiner Gemeinschaft verschloss, dennoch immer eine Aura der Unverbindlichkeit und Abgrenzung mit sich führte. Dazu kommt ein durch seine Körpergröße mitbestimmtes Selbstbewusstsein, das ihn fast ein wenig arrogant erscheinen lässt.

Sein Elternhaus verließ er mit Beginn des Wehrdienstes und wohnte von da an mehr oder minder alleine. (Gemeinschaftsräume konnte er nicht benutzen, da die darin aufgestellten Betten für ihn zu klein waren.) Nebenbei versuchte er verschiedene Sportarten, doch der Mannschaftssport lag ihm nicht, auch war er für den üblichen Fußball zu ungelenk und technisch überfordert. Irgendwann kam er zum Rudern, nachdem er feststellte, dass es doch kein elitärer Vereinssport ist. Für ein Mannschaftsboot ungeeignet – er besitzt einen ungewöhnlich großen Zug – wurde er Einzelfahrer, anfänglich mit Ambitionen für Wettkämpfe, heute, mit knapp vierzig Jahren, als reines Privatvergnügen und meditatives Verfahren, um über schwierige Fälle zu grübeln.

Durch diesen kurzen Lebenslauf wird möglicherweise deutlich, in welcher inneren Verfassung sich Martin seit einigen Wochen, sieben, um genau zu sein, befindet. Die Beziehung zu Sandra besteht schon wesentlich länger, insgesamt bald zwei Jahre, in denen sie im Grunde, mehr oder minder, in ihrer Wohnung zusammenlebten. Doch ist es ein Unterschied, seine eigenen vier Wände als Rückzugsort in der Hinterhand zu wissen oder diese endgültig aufzugeben und mit einem um wesentliche Teile reduzierten Hausstand bei seinem Partner einzuziehen.

Dabei gab es zwischen Sandra und Martin überhaupt keinen Anlass für einen solchen Fluchtraum. In den beiden Jahren war es nie zu einem Streit oder einer ernsthaften Meinungsverschiedenheit gekommen. Die beiden waren das pure Glück, die gelebte Harmonie, gepaart mit tiefem Verständnis füreinander. Gerade Martins frühere Beziehungen waren an den Anforderungen und der Vereinnahmung durch seinen Beruf, der nicht nur zeitlich viel von ihm abforderte, gescheitert.

Warum auch immer fühlt sich Martin – und wie er glaubt auch Sandra – plötzlich wie in einem Käfig gefangen. Die Wohnung scheint kleiner, der Tag länger und das Sprechen schwieriger zu sein als zuvor. Trotz ihrer vorherigen Freiheit waren sie kaum einmal voneinander getrennt gewesen. Ihr Verlangen zog sie wie zwei Pole zueinander und die kleinste Kammer war ihnen ein weitläufiges Schloss.

Von ihm war der Vorschlag für eine gemeinsame Wohnung gekommen. Doch was ihm zuvor als eine Steigerung in ihrer Beziehung – und nebenbei auch wirtschaftlich vernünftig – erschienen war, umschließt ihn plötzlich mit unsichtbaren Mauern. Jede Stunde, die er länger fernbleibt, glaubt er rechtfertigen, jede Laune überspielen und jeden Wunsch verbergen zu müssen.

Beispielhaft dafür ist der schon genannte Ruderergometer, der in Martins alter Wohnung der zentrale Einrichtungsgegenstand war. Auf ihm arbeitete er sowohl Stress als auch knifflige Situationen in einem Fall ab. Er verausgabte sich dann bis zur völligen Erschöpfung, wenn sein Körper die Bewegungen schon rein mechanisch ausführte und in seinem Kopf die Gedanken umeinander flossen und sich polymer verbanden.

Dieses wuchtige Ding, immerhin mehr als drei Meter lang und alles andere als ein Designobjekt, passte natürlich überhaupt nicht in Sandras Altbauwohnung – statt einer für beide neuen, hatten sie sich für Sandras bisherige Adresse entschieden. Jeder Versuch, der auch anfänglich von Sandra unterstützt wurde, den Apparat irgendwo unterzubringen, scheiterte. Das Wohnzimmer ist der einzige Ort, der groß genug wäre, doch dazu sagte sie klipp und klar Nein.

So steht der Ergometer, in Einzelteile zerlegt, seit sieben Wochen im Keller und versperrt auch dort den Zugang. Es ist, als hätte Martin einen wichtigen Teil seines Lebens verloren. Eine tiefe Lücke klafft in ihm, die auch die abendlichen Trainingsstunden im Verein nicht schließen kann. Es ist etwas anderes, für sich allein, in stiller Umgebung zu rudern, oder in einem stickigen Raum unter dem Lärm von zwei Dutzend anderen. In dieser Atmosphäre kann er den visionären Zustand in seinem Kopf nicht erreichen. Das bedrückt ihn, ja, er verzweifelt daran – aber noch mehr ängstigt ihn die Situation.

Er hat Angst, dass an diesem simplen Umstand seine Beziehung zu Sandra – es ist mehr als eine Beziehung, es ist tiefe Liebe – zerbrechen könnte. Er sieht sich selbst, wie er mürrisch in der Wohnung umhergeht, keine Ruhe findet, ständig aufspringt, sich wieder hinsetzt und wenig später wieder auf den Beinen ist.

Er vergiftet die Stimmung, ist gereizt und ungerecht. Damit die Spannungen nicht eskalieren, schiebt er Bagatellen im Büro vor, die ihn dort festhielten und später nach Hause kommen lassen – es sind erste kleine Lügen.
Auch auf die Arbeit wirkt sich sein Zustand aus. Nichts geht ihm schnell genug, selten ist er mit einem Ergebnis zufrieden, keine andere Meinung lässt er gelten. Zudem war in der letzten Zeit nur wenig vorgefallen, nichts, was ihn wirklich gefordert und damit auch abgelenkt hätte. Eine Messerstecherei auf einem Parkplatz, der Täter stellte sich am gleichen Tag und legte ein Geständnis ab. Ein Mann, der im Streit seine Frau mit einem Hammer erschlug, er wurde am Tatort verhaftet.
Er ist unruhig. In ihm springt eine hässliche Fratze auf und ab. Ein schon vergessen geglaubter Schrecken taucht wieder auf, eine Szene aus einem nächtlichen Albtraum, nicht mehr in Gänze erinnerbar, doch bis ins Innerste stechend wie ein plötzlicher und unvorhergesehener Schmerz: ‚Was, wenn sie mich verlässt, ich wieder alleine bin?' Es ist eine Gewissheit für Martin, dass er nie wieder zu einer anderen Beziehung fähig wäre.

8. Kapitel

Schwaner war es im Präsidium zu eng geworden. Seine Unruhe treibt ihn in die Stadt. Zunächst wusste er nicht wohin, bis ihm besagtes Antiquariat einfällt, in welchem Wolff einen Teil seiner Bücher erstanden hatte. Mehr aus Langeweile als aus einem triftigen Grund macht er sich auf den Weg.

Es ist keine der üblichen Geschäftsstraßen, vielmehr eine der Verkehrsadern, die das Stadtzentrum wie Arterien mit den umlaufenden Vororten verbindet. In der Mitte der breiten Fahrbahn liegen Gleise, die bei einer kleinen Grünanlage aus dem Untergrund heraufsteigen und oberirdisch den nördlichen Stadtteilen zustreben.

Schon von Weitem sind die auf dem breiten Bürgersteig aufgestellten Tische mit den darauf gelagerten Bananenkisten zu sehen. Wie in Särgen liegen die vergilbten und aufgedunsenen Bände darin. Auf den aufgesteckten, handgeschriebenen Pappschildern steht in einer von Regen und Feuchtigkeit verwaschenen und anschließend von der Sonne gebleichten Schrift: „Jedes Buch 1 Euro". Wie Grabsteine auf einem Friedhof stehen die Tafeln nebeneinander. Alles ist scheinbar wahllos zusammengeworfen. So schäbig, gebraucht und abgegriffen wirken die Bücher wie Schund, ihr Inhalt wert- und bedeutungslos.

Schwaner stöbert ein wenig darin herum, entdeckt den ein oder anderen Titel, den er aus seiner Schulzeit kennt und der ihm damals das Lesen vergällte. „Der Besuch der alten Dame", „Homo faber", „Mutter Courage" oder „Die Räuber"' erinnern ihn an freudlose Stunden im Unterricht und qualvolles Nacharbeiten daheim. Jede Zeile, jeder Absatz wurde seziert und nach bereits vorgefertigten, auch als unterstützende Materialien erhältlichen Inhaltsangaben zerstückelt. Kaum ein Buch hatte er seitdem freiwillig aufgeschlagen.

Es kostet den Hauptkommissar einige Überwindung, die wenigen Stufen zum eigentlichen Ladenlokal emporzusteigen. Ein kleines Glöckchen läutet munter. Welch ein unerwarteter Eindruck! Er erinnert Schwaner an Wolffs Bibliothek. In klaren

Linien laufen die vollgefüllten Regale im Karree. In den oberen leuchten die Spektralstreifen der Werkausgaben. Darunter das breite, graue Mauerwerk der Klassiker mit der blattgoldenen Ornamentik ihrer Verfasser und Titel. Den Sockel bildet die bunte Vielzahl zeitgenössischer Literatur, nach Ländern und Autoren sortiert. In einigen Bänden stecken kleine Zettel. Schwaner zieht einen heraus, liest „Ein Buch, das mir tief das Herz verheerte." steckt ihn zurück, liest den Titel: Manon Lescaut.

Zwei große Tische beherrschen den Raum, darauf sind Bücher zu Themen aufgebaut. Eines davon ist die Erforschung von Arktis und Antarktis von den Anfängen bis zur Gegenwart, ein anderes zeigt die Jagd und die Zubereitung von Wild. Schwaner umkreist, nachdem er von einem dicklichen Herrn stumm gegrüßt wurde, die Reisebeschreibungen von Franklin, Amundsen und Fuchs.

Der rundliche Mann, mit fast kahlem Schädel und beinahe ohne Hals – was ihm den Anschein eines stehenden Kegels verleiht – ist offensichtlich der Inhaber des Antiquariats, Alexander M. Berlioz. Er thront hinter einem niedrigen Tresen, ein aus mehreren alten Möbelstücken zusammengestellter Wall, der mit kleineren Bücherstapeln – wunderschöne Oktavbände – wie mit Zinnen bewehrt ist. Hinter ihm verdeckt ein blutroter Vorhang den Durchgang zu einem gefliesten Nebenraum. Die gelblichen Kacheln schimmern an einem schmalen Spalt hindurch. Eine farblose Ikone hängt schief über dem Türrahmen. Ein dünner Kerzenstumpf mit eingetrockneten Tränen steckt davor.

Schwaners Eintritt unterbrach anscheinend ein Gespräch, das Berlioz mit einem anderen Herrn, der in einem abgewetzten Sessel links vom Inhaber sitzt, führte. Nun fahren die beiden ohne Scham vor dem Eingetretenen in ihrer Unterhaltung fort.

„Im ZVAB habe ich letztens ‚Das Holzschiff' noch in einer Ausgabe von Weismann gesehen. Ein Preis war leider nicht angegeben." So der Herr im Sessel, der in einem dicken Band auf seinen Knien blättert.

„So was müssen Sie sehen, sonst hat das gar keinen Sinn.", antwortet Berlioz ruhig, wie mit allen Wassern gewaschen.

Er spricht den harten Akzent eines Russlanddeutschen, ein langsamer Singsang von Vokalen und unpassenden Betonungen.
„Es soll sogar signiert sein“, sticht sein Besucher nach.
„Fragt sich nur von wem“, entgegnet Berlioz abgebrüht.
„Bei Hauswedell stehen Briefe von Jahnn und einige Gegenstände aus seiner Orgelwerkstatt in der kommenden Auktion.“
„Mein lieber Dr. Volhard, was soll ich dazu sagen. Wenn Sie es unbedingt haben möchten, dann fahren Sie hin.“
„Ich, allein? – Nein - das möchte ich nicht. Vielleicht wenn Sie ...?“
Noch bevor sein Gast zu Ende sprechen konnte, hebt Berlioz die Hände, wie um einen Fluch des Himmels abzuwehren. „Nein! Nein! Nein! Das geht überhaupt nicht. Sie wissen doch, ich reise gar nicht gerne. Dazu meine Gesundheit, die diesen Namen schon seit Jahren nicht mehr verdient. Nein, nein, mein verehrter Herr Volhard, das müssen Sie schon alleine auf sich nehmen.“
Der Angesprochene klappt das Buch zu, wiegt den Band in seinen Händen und grübelt offensichtlich über etwas nach.
„Und wenn ich Ihnen dieses Buch hier abkaufe?“, fragt er ein wenig verschmitzt. Es ist ihm anzumerken, dass er solche Händel nicht gewohnt ist.
„Sie kaufen das Buch sowieso“, Berlioz ruhig. „Und ich verkaufe es auch nur an Sie! – Glauben Sie mir, ich habe es ausschließlich für Sie reserviert.“
Dr. Volhard lächelt geschmeichelt, streicht zart über den Einband, legt den dicken Band sachte vor dem breit in seinem Stuhl ruhenden Antiquar ab. Nochmals versucht es der Besucher mit einer stummen Geste.
„Nein, ich kann wirklich nicht, glauben Sie mir“, wehrt sich Berlioz sofort. „Hauswedell ist zudem eine absolut seriöse Adresse, da können Sie sicher sein. Was Sie dort sehen, ist auf Herz und Nieren geprüft.“
„Ja aber der Preis? Bis wohin soll ich gehen?“, der Besucher schon leicht flehentlich.

„Tja, der Preis? Das ist so eine Sache. Wer kann den schon vorhersagen ...?“ Der dicke Besitzer des Ladens dreht einen Bleistift in seinen wurstigen Fingern, seine Stirn glänzt, ja sein ganzer Schädel leuchtet im Schein einer alten Schreibtischlampe. Seine kleinen Augen verengen sich noch weiter. „Sie sollten sich ein Limit setzen, bis wohin Sie gehen möchten ...“, sein Kopf dreht sich um einige Grad nach oben, zu seinem Gast hin, „... und sich dann auch daran halten.“
„Danke für den Rat!“, gibt Dr. Volhard auf. „Ich hole das Buch dann kommende Woche ab!“ Mürrisch sticht er mit dem Zeigefinger in Richtung Schreibtisch, dreht sich um, murmelt einen Gruß vor sich hin und verlässt das Antiquariat. Berlioz wirft den Bleistift auf die Ablage, schnauft einmal laut aus, erhebt sich schwerfällig aus dem viel zu eng wirkenden Lehnstuhl. Er hebt das zurückgelassene Buch sorgsam auf, stellt es in die Glasvitrine rechts hinter ihm, wo es wohl auch zuvor gestanden hatte, und verschließt die Tür. Den Schlüssel, der an einer langen, goldenen Kette an seinem Hals befestigt ist, lässt er durch den Hemdkragen nach unten rutschen. Anschließend verschwindet er hinter dem Vorhang. Schwaner glaubt den Korken einer Flasche zu hören. Wenig später schlägt der Vorhang zur Seite und der Antiquar stampft wieder herein.
„Kann ich Ihnen irgendwie behilflich sein?“, wendet er sich noch im Türrahmen stehend an den Hauptkommissar.
„Vielleicht ...“ Schwaner geht auf ihn zu, zieht dabei seinen Ausweis aus der Innentasche. „Ich bin Hauptkommissar Schwaner und ich hätte ein paar Fragen.“
„Oh, interessiert sich die Polizei neuerdings für Bücher?“ Berlioz versucht ein falsches Lächeln. „Das wäre ja erfreulich ...“ Schwerfällig tritt er aus seiner Burg heraus und stellt sich vor Schwaner auf. Ein Geruch von Schweiß und Alkohol weht den Hauptkommissar an, „... oder müssen Sie eine Entführung aufklären?“
„Was? Wie?“, Schwaner überrumpelt.
„Ich habe mal irgendwo gelesen, dass die Reemtsma-Entführer aufgrund der Bücherliste gefasst wurden, die sie ihrer Geisel als Lesestoff bringen sollten.“

„Davon weiß ich nichts."
Berlioz hebt bedauernd Arme und Schultern, was einen erneuten Schwall üblen Geruchs aufsteigen lässt.
„Kennen Sie Axel Wolff?"
„Na sicher kenn ich den Axel. Warum, was ist mit ihm. Hat er was ausgefressen?" Der Antiquar klemmt seine Daumen hinter die breiten Hosenträger und schiebt sie ein Stück nach vorne. Dunkle Bahnen werden darunter sichtbar.
„Kennen Sie ihn als Kunden oder auch privat?"
„Beides, warum …?" Wieder dehnen sich die Hosenträger.
„Haben Sie sich oft getroffen?"
„Das kam darauf an."
„Worauf?"
„Ob er gerade wieder einmal besessen war oder nicht?"
„Was heißt das?"
„Sehen Sie, viele meiner Kunden – oder auch Bekannte, Freunde – haben eine Leidenschaft für ganz bestimmte Bücher. Zum Beispiel Dr. Volhard eben, er sammelt alles, was es an Nachkriegsliteratur zu finden gibt. Grass, Schmidt, Jahnn, Kreuder und wie sie alle heißen. Natürlich nicht die alltäglichen Ausgaben, die hat er wahrscheinlich zigfach nebenbei. – Es muss schon zumindest die Erstausgabe sein, besser noch signiert, noch besser mit Widmung und in allerbestem Zustand."
„Und welche Leidenschaft hatte Wolff?"
„Sie sagten ‚hatte'?", Berlioz spitzfindig, die Hosenträger klatschen gegen seine Brust.
Schwaner ist überlistet. „Wir haben Herrn Wolff gestern Morgen tot aufgefunden."
Es dauert einige Sekunden, bis Berlioz antwortet. Die kindische Freude über den gelungenen Coup weicht augenblicklich aus seinem Gesicht. „Der Axel, tot? Ja wie das? Er schaute nicht mehr gut aus die letzten Wochen, aber …"
„Wann haben Sie Axel Wolff zuletzt gesehen?", hakt der Hauptkommissar sofort ein. Nochmals vergehen einige Sekunden.
„Das muss schon zwei, drei Wochen her sein …", Berlioz denkt nach, „… vielleicht auch noch länger." Er wendet sich

schwerfällig ab und verschwindet hinter dem Vorhang. Dieses Mal klirrt es deutlich vernehmbar. Eine Flasche wird aufgedreht, es gluckert, wieder klingt Glas. Gebeugt kommt Berlioz wieder nach vorne. Schwaner stechen erstmals die bunt gemusterten Hosen des Antiquars ins Auge, völlig unmodern und abgewetzt. Berlioz schlurft zu seinem Stuhl, zwängt sich hinein, vergräbt den Kopf in seinen Händen, seine schmalen Schultern beben. Schwaner lässt ihm nochmals einige Augenblicke.

„Warum kommen Sie damit ausgerechnet zu mir, Herr Kommissar?", fragt Berlioz ohne aufzusehen, hinter überkreuzten Fingern heraus.

„Wir konnten bislang keine direkten Verwandten von Herrn Wolff ermitteln. In seiner Wohnung sind wir auf Ihre Adresse gestoßen." Wieder wartet Schwaner. Noch immer verbirgt Berlioz sein Gesicht vor dem Fremden.

„Was war seine Leidenschaft?", versucht der Kommissar in ruhigem Ton den Faden wieder aufzunehmen. Berlioz hebt langsam den Kopf, winkt zunächst ab, reibt sich dann mit den Handballen die feuchten Augen aus. Seine Stimme hat an Sicherheit verloren.

„Axel hatte wechselnde Leidenschaften, oder besser gesagt, Favoriten. Es kam immer darauf an." Der Antiquar müht sich um Fassung.

„Worauf kam es an?"

„Was ihn gerade beschäftigte – darauf kam es an. Axel war niemand, der wahllos etwas anhäufte. Es musste schon mit ihm zu tun haben, ihn gepackt haben." Nochmals ein tiefes Durchatmen.

„Das war zum Beispiel ...?"

Berlioz lächelt in Erinnerung vor sich hin, dreht sich um und zieht ein schmales Bändchen hinter sich aus dem Regal. Er hält es vor seinen mächtigen Bauch, blickt beseelt darauf und reicht es Schwaner hinüber. „Das habe ich letztens für ihn erstanden und für ihn aufbewahrt. Er besaß es bereits, aber ich weiß, dass dieses Exemplar ihm besonders gefallen hätte."

Schwaner liest den Buchtitel: „Joseph Roth. Perlefter." Er dreht das Buch in seinen Händen, schlägt es auf, kann weder etwas

Besonderes daran noch darin entdecken. Leicht die Schultern hebend reicht er es zurück. Berlioz nimmt es mit einem fast ebensolchen, nur verzeihenden, Schulterzucken entgegen.
„Was ist damit?", fragt Schwaner nach.
„Nun, auch Bücher haben ihre Lebensgeschichte, ihre Biografie. Dieses hier ist durch verschiedene Hände gegangen, deren Namen Ihnen wahrscheinlich nichts sagen werden ..."
„Zum Beispiel?"
Berlioz lächelt unverhohlen, setzt dann an: „Es wurde zunächst H.C. Artmann geschenkt, von seinem Kollegen Ernst Jandl. Nach dem Tod Artmanns gelangte es, wie auch immer, zu Wolfgang Hilbig, von dort schließlich zu Wawerzinek." Berlioz sucht eine Spur von Verstehen im Gesicht des Polizisten – vergeblich.
Der Antiquar spricht nachsichtig wie ein Lehrer zu seinen Kindern. „Dieses Buch wurde von einem der größten Trinker geschrieben und ist durch die Hände der größten Trinker gewandert, das ist das Besondere daran. Zudem sind sie alle bedeutende Autoren ..."
„Ist es wertvoll?", will Schwaner wissen. „Was kostet es?"
„Ach, gar nichts. Fünf Euro vielleicht." Berlioz leichthin.
Martin Schwaner starrt verblüfft in das Gesicht des dicken Mannes hinter seinem Schreibtisch.
„Es fehlt ihm das Stigma des Wertvollen, verstehen Sie, Herr Kommissar?" Der Antiquar streicht sanft und wie zum Trost über den Buchdeckel. Der Hauptkommissar versteht offensichtlich nicht.
„Was ich Ihnen über das Buch erzählt habe, ist zweifellos wahr, dafür verbürge ich mich." Berlioz hebt den schmalen Band zwischen Daumen und Zeigefinger in die Luft, als solle ihn der Blitz treffen, wenn er löge. Langsam senkt sich seine Hand wieder. „Wenn alle Personen, die ich Ihnen eben aufgezählt habe, ihren Namen hineingeschrieben hätten, so wäre es sicherlich einige Hundert, vielleicht sogar mehrere Tausend Euro wert – es käme auf den Liebhaber an."
Schwaner steht noch immer wie ein Schuljunge vor dem Tresen.
„Es wäre dadurch der Masse enthoben worden, wäre etwas fürwahr Einzigartiges, das nachweislich durch die Hände

berühmter Literaten gegangen ist. – Es hätte den Makel des Wertvollen erhalten." Berlioz wirft den Band vor sich hin. „So ist es nur ein Buch, wie Milliarden andere, aber doch besonders." Zart nimmt er es wieder in seine dicken Hände, stellt es zurück ins Regal, dreht sich zu Schwaner hin.

„Axel hätte die Geschichte verstanden." Es klingt fast vorwurfsvoll.

Schwaner setzt sich auf die Lehne des Sessels. Er sah den zynischen Zug um den Mund seines Gegenübers, er fühlt sich in seiner Unkenntnis entlarvt, möchte wieder auf für ihn sicheres Terrain zurück.

„Hat Wolff viel Geld für seine Leidenschaften ausgegeben?"

„Manchmal ja, wenn er etwas unbedingt haben wollte, spielte der Preis fast gar keine Rolle."

„Auch bei Ihnen?"

Berlioz hob entschuldigend die Hände. „Herr Kommissar, ich muss auch leben. Axel sagte einmal zu mir, als ich ihm einen wirklich beträchtlichen Betrag abverlangen musste: ‚Geld kommt, Geld geht – das hier wird bleiben.' Er meinte das Buch."

„Ein Kollege von mir nimmt an, dass die Bücher in Wolffs Wohnung einen erheblichen Wert darstellen. Was glauben Sie?"

„Wie ich eben schon gesagt habe, es kommt auf den Käufer an. Für den einen sind sie wertlos, ein anderer bezahlt jeden Preis."

Der dicke Berlioz verändert sich plötzlich. Eine Spannung durchzieht seinen runden Körper, der, trotz seiner Masse, von einem auf den anderen Moment sehr agil scheint. Er klatscht spontan in die Hände, als möchte er irgendwo zupacken.

„Ich könnte natürlich behilflich sein. – Sie sagten, der Axel habe keine Verwandte – wo wollen Sie mit all den Büchern hin? Wer bezahlt die Beerdigung, wenn niemand da ist? Was geschieht mit seinem Hausstand? Sie wollen es doch nicht etwa auf die Straße stellen oder durch irgendwelche unwissenden Beamte versteigern lassen?" Bei jeder Frage war der Antiquar unruhig mit seinem Stuhl hin und her gerutscht.

„Wie gesagt, ich kann behilflich sein, Herr Kommissar. Ich zahle Ihnen einen anständigen Preis für die Bücher. Einen Preis, der alle Kosten deckt. Sie überlassen mir die Bücher. Ich werde sie

auf mein Risiko übernehmen. Der Staat oder die Stadt oder wer auch immer hat keine Kosten. Das ist doch ein vernünftiger Vorschlag? Was sagen Sie, was sagen Sie, Herr Kommissar?"
Schweiß steht auf der Stirn von Berlioz. Viele kleine Schweißperlen, als habe er soeben die Sauna betreten, in der die Haut die hohe Temperatur noch nicht spürt, sondern erst erahnt. Nervös dreht er den Bleistift zwischen seinen Fingern, dreht ihn unaufhörlich hin und her.

‚Wie ein Junkie', denkt Schwaner bei sich und steht auf.
„Das kann ich leider nicht entscheiden, tut mir leid. Zudem sind die Ermittlungen noch nicht abgeschlossen." Schwaner geht einige Schritte in den Laden hinein.
„Welche Ermittlungen? Woran ist der Axel denn gestorben?", erkundigt sich Berlioz sofort.
„Das kann ich Ihnen nicht sagen."
„Das möchten Sie mir nicht sagen."
Der Hauptkommissar nickt beiläufig, steht vor einem Regal mit der Aufschrift „Lyrik". „Sagen Sie, Axel Wolff war doch mit einer Frau zusammen gewesen, einer Lyrikerin, wie hieß sie noch gleich ...?"
Berlioz steht überrascht auf, rollt sich um Tresen und Tisch herum und kommt zu Schwaner herüber.
„Woher wissen Sie das?" Mit einem Mal scheint der ungebildete Polizist in den Augen des Händlers an Ansehen zu gewinnen. Berlioz sucht etwas, sein Zeigefinger fährt die Buchrücken entlang, ein entsetzlicher Dunst steigt von dem leise vor sich hin Lesenden auf. Schwaner tritt ein Stück zur Seite.
„Da!", ruft der Antiquar und zieht ein Heftchen zwischen den dicht an dicht gepressten Büchern hervor. Er überreicht es mild lächelnd dem Hauptkommissar. Dabei ruft er: „Sonja von Rath!" Er wendet sich kopfschüttelnd ab und stapft wieder hinter den Vorhang.

Schwaner liest: „Sonja von Rath – Gebrauchsgedichte". Er schlägt wahllos eine Seite auf:

Überlack

Ich habe die Farbe meines Lebens bereits
zwei Mal gewechselt,
von Mohnblumenblau zu Azurrot,
Nachtgrün wurde mein Lieblingston.

Obwohl, in mehreren Schichten aufgetragen,
ist sie immer wieder abgesplittert,
von den Rändern her abgeblättert,
hat ihre Leuchtkraft nach Jahren verloren.

Heute weiß ich es besser und schütze mich,
habe den Inhalt meiner Maniküre verändert,
mein Leben zweifach überlackiert,
und vor dem vorzeitigen Verblassen geschützt.

Ohne dass es der Hauptkommissar bemerkte, war Berlioz zurückgekommen und steht nun unmittelbar vor ihm, nimmt ihm sachte, aber bestimmt, das Bändchen aus der Hand.
„Das ist nichts für Sie." Es ist eine Feststellung, die keinen Widerspruch duldet. Hinter seinem Rücken holt er ein anderes Buch hervor. „Hier, das wird Ihnen gefallen, das passt zu Ihnen!"
Es ist ein Band von Georges Simenon. „Maigret und die kopflose Leiche" liest Schwaner hastig. Er kommt gar nicht dazu, sich zu bedanken, schon hat ihm der Antiquar wieder den Rücken zugekehrt und schiebt seinen massigen Körper in Richtung seines Stuhles.
„Simenon darf hier herein ...", doziert er vor sich hin, „... die anderen, die Unzähligen, die müssen draußen bleiben". Dabei weist er unbestimmt aus dem Fenster. „Kann ich Ihnen sonst noch irgendwie weiterhelfen, Herr Kommissar?", fragt er, während er in seinen Stuhl sinkt.
„Hatte Wolff Feinde?"
Der Angesprochene hebt die kaum vorhandenen Schultern, verzieht Mund und Gesicht. „Mmmhhh, wer hat keine Feinde auf dieser Welt, Herr Kommissar?"

„Das Buch eben, dieses Buch von Joseph Roth. Sie sagten, Wolff hätte die Geschichte verstanden ...", Schwaner legt eine kurze Pause ein, „... war er drogenabhängig?"
Berlioz prustet, lacht dann einige Male laut auf, dass ihm der Speichel aus dem Mund fliegt. Von irgendwo schnappt er einen schmutzigen Lappen, wischt über sein Kinn und die Ablage vor sich.
„Er war nicht mehr drogenabhängig als Sie oder ich ..." Ein Vergleich, der Schwaner nicht behagt. „Wissen Sie, Herr Kommissar, zu dieser Welt, der Welt der Bücher, gehören geistige Getränke, die ‚höheren Alkoholvergiftungen'...", dabei malte er mit beiden Händen Anführungszeichen in die Luft, „... sie befreien den Geist und führen erst zu dem Vermögen, aus dem für andere Beiläufigem, nämlich der Sprache – einem für viele unbestimmten Ding, das nur dazu taugt, sein Brot und sein Waschmittel zu kaufen – etwas Lebendiges, Unnachahmliches zu schaffen. Eine Fähigkeit ..."
„Also er trank?", kürzt Schwaner ab.
Berlioz bestätigt, in dem er einmal die Hände auseinanderspreizt. „Ich glaube aber, in letzter Zeit nicht mehr so viel."
„Und andere Drogen?"
„Nein, Herr Kommissar. Bestimmt nicht!"
„Hatte er Freunde, Partnerschaften? Ich meine, neben Frau von Rath? Das war ja wohl vorbei?"
Der Antiquar überlegt kurz. „Hierher kam er immer alleine. Aber ich weiß, dass er mit Bert Dreier sehr befreundet war."
„Wer ist das?"
„Das ist ebenfalls ein Verleger hier in der Stadt. Hat auch einen kleinen Verlag, aber mehr mit einem regionalem Programm."
„Könnten Sie mir das bitte aufschreiben? Ich meine, nur den Namen?"
Berlioz kramt vor sich herum, zieht einen selbst zugeschnittenen Zettel hervor und schreibt in einer weit ausholenden Schrift den Namen auf.
„Bis vor einigen Wochen hätte ich Ihnen auch noch Alban Winter aufgeschrieben. Aber der ist leider schon verstorben."
„Woran?", fragt Schwaner mechanisch.

„Ich weiß nicht, ob ich Ihnen das sagen kann, Herr Kommissar?", revanchiert sich Berlioz, lächelt bösartig dem überraschten Polizisten zu, antwortet dann aber doch.
„Er wurde in seiner Wohnung gefunden – allerdings erst nach fast drei Wochen." Er schüttelt bei diesem Gedanken den Kopf.
„Bitte schreiben Sie ihn auch dazu!", sagt Schwaner hastig, da ihm Berlioz schon den Zettel entgegenhält.
Der Antiquar quetscht den anderen Namen darunter, reicht die Notiz zu Schwaner hin, der sie kurz überfliegt und einsteckt. Den Namen Sonja von Rath wird er sich merken. Er steht direkt vor Berlioz, der weit zu ihm aufblicken muss.
„Kann ich dieses andere Buch vielleicht auch kaufen?", fragt Schwaner und deutet auf die Stelle, an der es leicht hervorlugt. Berlioz dreht unnötigerweise seinen Kopf in diese Richtung, antwortet jedoch sofort: „Nein! Das werde ich Axel ins Grab legen. Tut mir leid, Herr Kommissar."
Schwaner ist enttäuscht. Er fragt zaghaft: „Was bin ich Ihnen für dieses schuldig?" Noch immer hält er den Maigret-Band in der Hand.
„Nichts!", antwortet Berlioz. „Lesen Sie es, das genügt!"
Der Hauptkommissar bedankt sich verlegen, steckt das Buch in die Seitentasche seines Sakkos und wendet sich zur Tür. Eine fast vergessene Frage lässt ihn nochmals umkehren.
„Was war seine letzte Leidenschaft? Ich meine, welchen Autor hat er zuletzt gesammelt?"
„Na, Joseph Roth natürlich!", Berlioz verwundert. „Ich dachte, das hätten Sie jetzt verstanden?"

Schwaner atmet die frische Luft vor der Tür des Ladens tief ein. Es geht auf den Abend zu und ins Büro möchte er keinesfalls zurück. Es ist trocken, leicht bewölkt und angenehm warm. Der Hauptkommissar schlendert die Straße hinauf, blickt wahllos in die wenigen Schaufenster, sucht nach einem ruhigen Ort, den es hier jedoch nicht gibt.
Hätte der Hauptkommissar sich umgedreht, oder wäre er, weil er eine weitere Frage zu stellen vergessen hatte, ihm noch etwas eingefallen war oder er ganz einfach die Richtung

seines wahllosen Spazierganges ändern wollte, nochmals zurückgegangen, hätte er einen völlig veränderten Berlioz angetroffen. Kaum hatte Schwaner den Laden verlassen, war der Antiquar aufgesprungen und nach draußen um das Haus gelaufen. Dort schob er einen stabilen Bollerwagen aus dem Seitentor, den er ungemein schnell und behände mit den schweren Bananenkisten belud und wieder nach hinten zog. Eilig lief er in den Laden, löschte das Licht, streifte seinen verblichenen Trenchcoat über, schnappte seinen ausgeleierten Filzhut und entgegen seiner fast neurotischen Gewohnheit, stellte er sich nicht mit einem aufgeschlagenen Buch an die vor seinem Geschäft befindliche Straßenbahnhaltestelle, sondern huschte, den rutschenden Hut haltend, in die Seitenstraßen davon.

Erst viel weiter oben, schon in der Nähe der Universität, entdeckt Schwaner an einer Straßenecke ein kleines Lokal mit einer rundherum bewachsenen Terrasse. Er nimmt an einem der kleinen runden Tische Platz, bestellt ein Bier, schaut sich zu den wenigen Nachbarn um, zieht das Buch aus seiner Tasche und beginnt zu lesen.

Wie viele der Maigret-Romane spielt es im Paris der frühen 1950er-Jahre – vielleicht auch noch früher. Und obwohl Schwaner Paris kaum kennt – er war vor Jahren einmal zu einem romantischen Wochenende mit seiner damaligen Freundin dort gewesen –, fesseln ihn die Beschreibungen der Stadt, der Kanäle, der unbedeutenden Einwohner, das frühmorgendliche Leben in den Straßen und Bistros.

Obwohl die Handlung mehr als fünfzig Jahre zurückliegt, findet der Kommissar einige auch heute noch gültige Wahrheiten darin: Zerstückelte Leichen sind fast immer weiblich, der Kopf wird an anderer Stelle versteckt.

Besonders amüsieren ihn die ständigen Besuche der ermittelnden Beamten in den jeweils umliegenden Bars und Cafés. Da es zur damaligen Zeit weder Funk noch mobile Telefone gab, musste immer wieder in einem Lokal nach einem entsprechenden Apparat gefragt werden. Bei dieser Gelegenheit

trank man gerne ein Glas Weißwein, ein, zwei Bier, Calvados oder auch mal einen Pastis.
Schwaner schmunzelt. Er stellt sich in dieser Zeit – oder umgekehrt – seine heutige Arbeit unter den damaligen Gegebenheiten vor. Er sieht sich mit Sven Beck von einem Tatort in ein nahe gelegenes Bistro eilen, es ist kurz nach sieben, beide bestellen sie ein Glas Weißwein, trinken es an der Theke stehend, nur von einem kurzen Telefonat im Präsidium unterbrochen, in wenigen Zügen aus.
Von dieser Vorstellung beseelt und von der Lektüre angetrieben, bestellt sich Martin noch ein Bier, noch eines, zwei Glas Wein, einen Cognac und nochmals zwei Bier. Mittlerweile ist es dunkel geworden. Das Buch hat er schon seit Längerem wieder eingesteckt und über ihn ist ein ungekanntes Interesse an Hausfassaden, vorbeifahrenden Autos, dem Geflecht der Zweige und Äste sowie den Bruchstücken der Unterhaltungen an den Nebentischen hereingebrochen.
Diese Ruhe in sich spürt er selten. Zwar erzeugt Schwaner durch den scheinbar verzögerten Gang – seine langen Beine ergeben das Bild eines geruhsam Dahinschlendernden – den Eindruck eines gemütlichen Wesens; doch besitzt er dies durchaus nicht. Im Inneren ist er mit einer stets am Rand einer Schale dahineilenden Kugel, angetrieben durch fortdauerndes Schwingen, vergleichbar. Der ruhigste Zustand in ihm wäre der eines in der Turmspitze befestigten Pendels, das am Boden elliptische Kreise in den Sand zeichnet. Jetzt, in diesen Augenblicken, ist die Kugel am Boden der Schale zur Ruhe gekommen.
War es das Buch, die sacht dahinfließende Erzählung aus einer anderen Zeit? War es der Alkohol? Beides? – Das Pendel steht still. Die Spitze zeigt auf sein Innerstes und dort ist Sandra. Ein Gefühl wie heißer Wein im Winter breitet sich in Martin aus, umfließt ihn bis nach Hause, wo er schwindelnd ins Bett fällt.

9. Kapitel

Martin stützt sich mit beiden Armen am Waschbecken ab. Wasser tropft von seinem Kinn. Mühsam hebt er den Kopf und schaut in den Spiegel. Sein Gesicht ist blass, die Augen gerötet, in seinem Kopf dröhnt es wie in einem Geschützturm. In seinen Ohren pulst das Blut und pocht im dumpfen Takt. Er lässt den Kopf auf die Brust fallen, schaut in das Siphon des Beckens, aus dem ihm Fischaugen entgegenzwinkern.

Sein Mund ist trocken und sein eigener Atem ekelt ihn. Jede Bewegung fällt ihm schwer, träge beugt er sich herab, trinkt etwas Wasser aus der Schale seiner Hände, spritzt sich anschließend den Rest ins Gesicht, blickt wieder in den Spiegel, sieht die Tropfen von den Wangen und der Stirn perlen, wie sie sich in den Brauen und Bartstoppeln verfangen und dort silbrig matte Kügelchen bilden. Martin stöhnt auf, rafft sich zusammen, stellt den Wasserstrom so kalt wie möglich und wirft sich mehrere Hände voll kalter Flüssigkeit gegen Kopf und Hals.

Mühsam schleppt er sich hinüber zur Küche, steht unentschlossen einige Augenblicke im Türrahmen, die Augen gegen das grelle Licht der lästigen Deckenstrahler abschirmend.

‚Ich hätte etwas essen sollen', dämmert eine verspätete Erkenntnis in ihm auf, als seine empfindlichen Augen den aufgeschichteten Nudelberg in der Ecke der Anrichte und das Regiment davor angetretener Soßenflaschen streifen. Sandra hatte ihm, nachdem sie es exakt ausgerechnet hatte, diesen Vorrat besorgt. Für Mittwoch eine Portion, Donnerstag zwei Mahlzeiten, freitags eine, samstags zwei, am Sonntag für ihn mindestens eine Portion, abends gemeinsam zwei. Zusammen elf Portionen Nudeln, Nudeln, Nudeln, Nudeln, Nudeln, Nudeln, Nudeln.

Dazu die passenden Soßen: dreimal Arrabiata, dreimal Napoli, dreimal Bolognese und dreimal Formaggio. Sind zusammen zwölf. – Er hatte bisher nichts davon gegessen. Sie wird wütend werden und mit ihm schimpfen, dass genau das, was sie vorhersagte, eingetreten ist. Kaum ist sie aus dem Haus, lässt er jede Verantwortung für sich fallen und schafft es noch

nicht einmal, sich Nudeln mit Fertigsoße zu kochen. Verhungern würde er, wenn ihn nicht ab Montag die Kantine mit ihrem schlechten Essen am Leben erhielte.
Er schaltet das Radio an. Ein Automatismus, seit er mit Sandra zusammenlebt. Sie verbringen das gemeinsame Frühstück meist schweigend und den Nachrichten aus dem Radio lauschend. Keine Musik, das mögen sie beide nicht zu dieser Zeit.
Der Wetterbericht verkündet über dem Atlantik ein barometrisches Minimum, das ostwärts wandert, einem über Russland lagernden Maximum zu, das es dann nördlich passieren werde. Die Aussichten ...
Martin hört nicht mehr zu. Das Wetter interessiert ihn nicht. Er findet es überflüssig, Dinge zu erfahren, die er nicht beeinflussen kann und die in fünfzig Prozent der Fälle auch so nicht eintreten werden. Er stellt eine Tasse unter den Kaffeeautomaten, überlegt es sich dann anders, hält sie unter den Wasserhahn, bis es sprudelnd darüber heraus quillt und trinkt sie in einem Zug aus. Diesen Vorgang wiederholt er einige Male, bis er glaubt, für den ersten Kaffee gerüstet zu sein.

Da sein Fahrrad am Präsidium steht, bleibt ihm nur die Straßenbahn, um zur Germania, seinem Ruderverein, zu gelangen. Abwesend blickt er auf die vorbeiziehenden grauen Hausfassaden und sein halb gespiegeltes Gesicht in der Scheibe.
Es ist früh genug, um im Vereinshaus niemandem zu begegnen. Nach einem kurzen Aufwärmen trägt er sein Boot zum Main hinunter. Wenig später zieht er an den Yachten vorbei, die längs des Westhafens vertäut liegen. Aus den Augenwinkeln liest er die Namen: Esmeralda, Hispaniola, Nautilus, Pequod. ‚Wer sich nur diese Namen ausdenkt?' ist ein überflüssiger Gedanke in seinem noch immer schmerzenden Kopf. Am Ende des Kais liegt ein unförmiges Holzschiff mit roten, eingebundenen Segeln. Zunächst mit Mühe, dann mit steigender Leichtigkeit absolviert er seine Strecke. Die anschließende Dusche belebt ihn vollkommen und weckt seinen Hunger. Er besucht ein kleines Café in einer Seitenstraße, bestellt ein umfangreiches Frühstück und schnappt sich die noch einzig vorhandene Zeitung – leider

die mit dem roten Quadrat. Bis seine Bestellung serviert wird, hat er schon mehr als die Hälfte überflogen. Er möchte sie zur Seite legen, da sieht er auf der letzten Seite einen reißerisch aufgemachten Artikel: „Die 10 versoffensten Autoren der Weltliteratur". Die Nummer eins, Malcolm Lowry, sagt Martin gar nichts. Alfred Jarry, William Faulkner, Hans Fallada, Dylan Thomas ebenso wenig. An sechster Stelle wird Joseph Roth erwähnt, jener Autor, den er gestern bei seinem Besuch im Antiquariat bereits kennenlernte. Es sind zwei Bilder von Roth nebeneinander montiert, die klassische Vorher-Nachher-Dokumentation. Links ist ein schlanker Mann Ende zwanzig zu sehen. Seine rechte Hand steckt lässig in der Hosentasche, der Hut, keck ein wenig nach hinten geschoben, beschirmt ein glatt rasiertes, straffes Gesicht mit daraus hervorblitzenden Augen. Das markante Kinn zeigt eine deutliche Kerbe.

Die Abbildung daneben lässt die gleiche Person kaum wiedererkennen. Der Kopf ist aufgedunsen wie ein Ball, die Haut porig, die Nase, zuvor lang und schlank, ein breiter Wulst, unter dem ein struppiger Schnurrbart klebt. Die Augen, verquollen und wässrig, haben jeglichen Glanz verloren. Das Kinn ist fleischig und rund. Daneben steht: „Joseph Roth (Hiob, Radetzkymarsch) 1894–1939, trank so viel, dass selbst seine Freunde (Kisch, Zweig, Toller) darüber staunten. Er selbst sagte: ‚Ohne zu trinken kann ich nicht schreiben.' Er starb im Exil in Paris an plötzlichem Alkoholentzug."

In Schwaners Kopf meldet sich wieder ein leichtes Pochen, schnell kippt er den Orangensaft hinunter, als sei es Medizin.

Er überfliegt die weiteren Namen: Bukowski, Fitzgerald, Baudelaire, Capote und als elften, sozusagen ein Sonderfall: Balzac. Balzac trank keinen Alkohol, sondern Unmengen von Kaffee, wie seine Zeitgenossen berichteten.

Martin verlässt das Lokal. Es ist später Vormittag und außerordentlich warm für einen Tag Mitte Mai. Er tritt aus der kleinen Gasse auf die Straße hinaus und geht langsam, scheinbar unentschlossen, in Richtung des Eisernen Stegs. Sein Handy klingelt, es ist Sandra.

„Hallo mein Schatz", flüstert er, über das ganze Gesicht strahlend, in seine Handmuschel.
„Guten Morgen! Wo bist du? Ich hatte schon zu Hause angerufen?"
„Ich war rudern, es ist so tolles Wetter. Bei euch auch?"
„Geht so. Hamburg ist ja immer etwas vernebelt. Wie geht es dir? Hast du gegessen?"
„Mmja, ich habe gerade ausgiebig gefrühstückt …"
„Ich meine zu Hause?"
„Na ja, ich hatte keine Zeit. Wir haben einen neuen Fall, und da war ich …"
„Also nicht?"
„Ich warte auf dich, dann können wir zusammen kochen."
„Vermisst du mich?"
„Und wie. Du fehlst mir sehr. Wie geht es deinen Eltern?"
Das Zögern auf der anderen Seite verriet Martin, dass etwas nicht stimmte.
„Gut, so weit", war Sandras ausweichende Antwort mit belegter Stimme.
„Alles klar bei euch?"
„Erzähl ich dir später, nicht jetzt, am Telefon."
„Okay, wie du meinst. Hört sich nicht sehr freudig an."
„Ich kann …", nochmals schwieg Sandra „Bitte lass uns morgen darüber sprechen, wenn ich wieder da bin.
„Muss ich mir Sorgen machen?" In Martin war wieder die Angst erwacht. War es doch so, dass Sandra aus der Enge geflohen war?
„Sorgen? Wieso Sorgen?" Sandra schien erst jetzt zu verstehen. „Ach Quatsch, du dummer Kerl. Du musst dir keine Sorgen machen. Wie kommst du denn darauf?"
„Ich weiß nicht. Ich … ich hatte ein paar komische Gedanken, seitdem du weg bist. Ich …", stammelt er, am Ufer des Mains stehend, in sein Gerät.
„Jetzt fang ich an, mir Sorgen zu machen."
„Nein, nein. Mein Schatz. Das musst du nicht. Im Gegenteil."
„Im Gegenteil? Was heißt das?"

„Ich liebe dich", flüstert Martin.
„Ich liebe dich auch.", ist die prompte Antwort.
„Ich freu mich auf dich."
„Ich freue mich auch. Morgen bin ich wieder da und pass auf dich auf, dass du mir nicht verhungerst."
Beide schweigen einen Moment, als würden sie sich in den Armen liegen.
„Was ist das für ein Fall?", fragt Sandra unvermittelt.
„Oh, ein toter Verleger. Du kennst ihn. Er war an diesem Abend damals dabei. Weißt du, der betrunkene Typ, den ich ins Taxi verfrachten musste?"
„Ach, wirklich? Der ist tot? Wie denn?"
„Da warte ich auf dich, meine kleine Leichenschnipplerin. Das musst du mir genauer sagen. Messner meint, eine Überdosis. Er wurde aber auch niedergeschlagen. Dazu kommt noch, dass wir ihn an einem völlig absurden Ort in einer völlig unnatürlichen Haltung fanden."
„Wo denn?"
„Im Merkurbrunnen an der Messe."
„Im Brunnen?"
„Ja, aber der wird zurzeit renoviert. Da ist kein Wasser drin."
„Aha. Da bin ich mal gespannt."
„Soll das jetzt heißen, du freust dich mehr auf die Leiche als auf mich?"
„Wer weiß. Kommt drauf an …" Martin kannte diesen Ton in Sandras Stimme.
„Worauf kommt es an?", nimmt er das Spiel auf.
„Was mich sonst noch erwartet."
„Oh, da wüsste ich was."
„Was denn?"
„Das wirst du schon sehen."
„Nur sehen?"
„Du wirst es auch spüren."
„Meinst du?"
„Ich bin mir ganz sicher. Ganz tief in dir wirst du es spüren."
„Ganz tief?"
„Ganz tief."

Wieder Schweigen. „Woran denkst du?“, fragt Sandra lüstern.
„Ich denke an dich, an deinen Mund, deinen Hals, deinen Bauch, deine Schenkel, deine…“
„Hör auf! Ich kann ja gleich nicht mehr aufstehen.“
„Wieso nicht?“, fragt Martin trocken.
„Och, ich weiß nicht. Spürst du etwa nichts?“
„Ich habe mich hinter einem Baum versteckt. Da kann keiner etwas sehen.“
Beide lachen, schmeicheln sich weiter ihr Verlangen zu und versichern sich ihrer gegenseitigen Freude auf die morgige Nacht.

Beglückt und strahlend wie der sonnige Tag schlendert Martin nach Hause. Am Nachmittag döst er etwas, über den letzten Seiten des Maigrets eingeschlafen, auf dem Sofa. Abends bereitet er sich, Sandras Anweisungen gehorchend, eine Portion Nudeln mit Soße zu und verschlingt sie während der Sportschau. ‚Mit Nudeln könnte ich ein ganzes Jahr überleben', denkt er nebenbei, obwohl es sich bei seiner Mahlzeit um keine kulinarische Offenbarung handelte. ‚Wie viele Nudeln bräuchte ich für ein Jahr? Nudeln sind haltbar. Ich könnte alle auf einmal kaufen, Soßen dazu und ich müsste ein Jahr lang das Haus nicht verlassen. Was könnte ich in diesem Jahr machen? Vielleicht auch ein Buch schreiben?'
Zur Primetime gibt es einen skandinavischen Krimi im Fernsehen. Er ist unglaublich brutal. Ständig werden Frauen entführt, bestialisch gequält und zerstückelt. Die Leichenteile findet die Polizei an symbolischen Orten.
Der Film bestärkt Martin wieder in seinem Vorsatz, sich solchen Unsinn nicht anzusehen.
‚Wer sich das ausdenkt? Der muss doch selbst krank sein. Und wie viele Zuschauer sich so etwas unerschrocken ansehen? Dabei würde sie, bei der ersten wirklichen Leiche, die noch nicht einmal zerteilt wurde, das blanke Grausen treffen – wie Helen Brand', denkt Schwaner während einer Werbepause.
Schwaner erinnert sich an seinen einzigen Fall, in dem das Opfer in Einzelteile zerlegt war. Über einen Zeitraum von mehreren

Tagen wurden Müllbeutel an verschiedenen Schleusen des Mains gefunden. Insgesamt acht Stück, vier für die Beine, diese waren an den Knien nochmals zerteilt worden, zwei für die Arme, einen für den Torso, einen für den Kopf.
‚Wie schwer ein abgetrennter Kopf ist', fällt es Martin wieder ein. Er spürt nochmals das Gewicht, als er von einem Boot aus den blauen Sack aus dem Wasser zog. Nase, Kinn und Augenhöhle drückten sich gegen die Folie. Das schmutzige Wasser rann wie Tränen herunter und hinterließ schwarze Schlieren.
‚Es gehört viel dazu, einen menschlichen Körper in Einzelteile zu zerlegen. Selbst kaltblütige Mörder würden das nicht schaffen – zumindest nur sehr wenige. Dieses Blut, dieses Schneiden, Sägen, Hacken und Reißen …'
In seinem Fall war der Tathergang eher skurril und absurd gewesen. Die Leiche war ein stadtbekannter Metzgermeister, der seit Jahren an heftigen Depressionen litt. Seine Frau findet ihn eines Abends tot im Bett. Auf dem Tischchen liegt eine Packung Schlaftabletten. Sie verständigt ihre beiden Söhne. Alle glauben sie an Selbstmord. Die Trauer weicht schnell dem Gedanken an die verschiedenen Lebensversicherungen, die nun nicht mehr die Versicherungssumme, sondern maximal die Einzahlungen erbringen würden. Die Geschäfte gehen im Moment eher schlecht und die Söhne würden lieber heute als morgen ihre verhasste Arbeit im eigenen Betrieb an den Nagel hängen. Also wollen sie einen Unfall vortäuschen. Das geht aber nicht, zumindest fällt ihnen kein glaubwürdiges Szenario dafür ein, das begründet, wie sich ihr Vater unabsichtlich mit Schlaftabletten vergiftet hätte. Auch die Mutter und Ehefrau beteiligt sich mittlerweile an den Überlegungen. Sie hatte sich schon vor Jahren nicht nur räumlich – sie hatten getrennte Schlafzimmer – von ihrem Mann getrennt und führt eine heimliche Beziehung zu einem Cousin von ihm. Nein, mit dem Unfall wird es nichts. Die nächste Idee ist, einen Raubüberfall vorzutäuschen, bei dem der Vater erstochen wurde. Sie stechen mehrmals auf die Leiche ein, lassen den Plan dann wieder fallen, da ihnen plötzlich einfällt, dass die Leiche anschließend obduziert wird. Jetzt haben sie einen Leichnam, der sich selbst das Leben nahm, aber mehrere

Stichverletzungen aufweist. Sie geraten in Panik. Einfach einen Arzt zu rufen kommt nun nicht mehr in Frage. Irgendwann reift als Ausweg, wie die Verteidigung später argumentierte auch aus Berufsgründen, der Gedanke in ihnen, die Leiche zu zerlegen und verschwinden zu lassen. Damit könnten sie den Vater als vermisst melden und sein Tod wäre die Tat eines Wahnsinnigen, welche die Polizei niemals aufklären und die sie irgendwann zu den Akten legen würde.
Die Schuldigen waren schnell gefasst. Sie hatten unzählige Spuren hinterlassen und sich bei der ersten Befragung sofort in Widersprüchen verfangen. Der jüngere der beiden Söhne brach als Erster ein und heulte anschließend zum Herzerweichen. Das Furchtbarste seien für ihn die Bilder, wie er und sein Bruder den Vater zerstückelte, man müsse es sich vorstellen, den eigenen Vater. Das würde er niemals mehr aus seinem Kopf bekommen. Später wurde er auch in die Psychiatrie eingewiesen, nicht zur Verwahrung, sondern als Patient.
Alle drei sind sie mit eher milden Strafen davongekommen. Was allem die Krone aufsetzte, war die Untersuchung der Leiche. Die Gerichtsmedizin kam zu dem Ergebnis, dass es sich um eine natürliche Todesursache handelte. Der Metzgermeister hatte zwar ein oder zwei Schlaftabletten genommen, war aber an Herzversagen gestorben. Die Verteidigung argumentierte daher, dass es sich nicht um die Vortäuschung einer Straftat handele, sondern lediglich um das Vertuschen der Leichenschändung. Die Versicherungen und die Hinterbliebenen, in erster Linie der älteste Sohn, streiten noch heute vor Gericht über die Auszahlung der Gelder.

Es ist gegen halb drei Uhr in der Früh. Martin war nach dem Ende des Films (wie zu erwarten, brachte ein smarter, attraktiver Polizist den hässlichen Täter endlich zur Strecke und rettete dessen letztes, bildhübsches Opfer – mit dem der Kommissar zuvor schon einmal im Bett war – in letzter Sekunde) wohlig müde vorm Fernseher eingeschlafen und hatte sich irgendwann ins Bett geschleppt. Dort schlief er unruhig weiter. Er träumte, er säße noch vor dem Fernseher. Ein Krimi wurde gezeigt, in dem brutale Morde geschahen. Die Handlung des Films stoppte immer wieder und verschiedene Personen wandten sich aus dem Apparat heraus an ihn als Zuschauer, er solle ihnen weiterhelfen, sie retten oder als Zeuge einen wertvollen Hinweis geben. Dabei nannten sie fortlaufend seinen Namen. ‚Was würdest du tun, Martin? Wie würdest du entscheiden, Martin? Glaubst du, er ist es gewesen, Martin?'

Das laute Klingeln seines Handys schreckt ihn auf. Benommen tastet er nach dem schrillenden Ding, das zitternd auf dem Nachttisch leuchtet.
„Mja?"
„Kommissar Schwaner, hier die Einsatzleitstelle. Es wurde ein Wohnungsbrand gemeldet."
„Was habe ich damit zu tun?"
„Die Hauseigentümerin bat darum, Sie zu informieren."
„Die Eigentümerin? Wer ist das?"
„Eine Frau Singer, Ida Singer."
„Kenne ich nicht!" Im nächsten Moment zündet der Name doch eine Erinnerung in seinem verschlafenen Kopf, wie eine Kerze in einem großen dunklen Saal.
„Welche Adresse?"
Der Kollege nennt die Anschrift Axel Wolffs. Schwaner ist plötzlich hellwach.
„Wo hat es gebrannt?"
„Genaueres kann ich nicht sagen. Mir liegt dazu nichts vor."
„Bitte schicken Sie mir einen Wagen, der mich abholt."
Schon wenige Minuten später klingelt es. Vor der Tür steht ein junger Beamter, der lässig mit der Rechten an die Kappe tippt, als der Hauptkommissar öffnet. Im Wagen wartet eine etwa gleichaltrige Kollegin. Im Fußraum auf der Beifahrerseite liegen Tüten und Becher eines Fastfood-Restaurants. Es riecht fettig nach gebratenem Fleisch und Zwiebeln. Schwaner lässt sich auf die Rückbank fallen.
„Elmstraße 11!", ruft er nach vorne.
Das Ziel ist den Streifenpolizisten bekannt. Schweigend fahren sie durch die menschenleere Stadt. Er hat die beiden gestört,

nicht nur beim Essen. Sicher sind sie ineinander verliebt oder sie wissen es noch nicht genau. Sie standen gerade irgendwo auf dem Seitenstreifen, flirteten über Hamburger und Pommes hinweg miteinander, dann kommt die Order, den Kommissar abzuholen. Er stört ihre Zweisamkeit, das spürt er deutlich.
Sie müssen bereits eine Seitenstraße vor der eigentlichen Adresse anhalten. Dahinter flackert die Nacht im blauen Licht. Mehrere Einsatzfahrzeuge der Feuerwehr versperren den Weg.
„Hier ist ja was los!", ist der erste Satz, der vom Fahrer gesprochen wird.
„Ich steig hier aus, Sie können Ihren Dienst fortsetzen", antwortet Schwaner und ist im nächsten Moment auf der Straße.
In den Nachbargebäuden blinken Gesichter hinter den schwarzen Scheiben auf, eine Menschentraube verharrt, mittlerweile schweigend, da die erste Aufregung sich gelegt hat, auf dem Bürgersteig.
Vor dem Haus steht Frau Singer im Gespräch mit einem Feuerwehrmann in grellgelber Jacke. Schwaner tritt grüßend hinzu.
„Was ist passiert?"
Frau Singer, nicht in der Lage, darauf zu antworten, hebt nur verzweifelt die Schultern und schüttelt den Kopf. Der Feuerwehrmann, der sich als Leiter des Einsatzes vorgestellt hatte, rattert die Fakten herunter.
„Feuer im Souterrain. Der Rauchmelder ging sofort los, zum Glück. Bis wir vor Ort waren, brannte es schon lichterloh. Wir konnten ein Übergreifen auf die anderen Stockwerke verhindern." Er zeigt nach hinten und alle drei gehen sie um das Haus zur Wohnung Wolffs.
Die Fenster sind weit geöffnet, das der Bibliothek ist zersprungen. An der Außenwand schlängelt sich eine schwarze Rußfahne nach oben. Die gesamte Fassade ist durch aufgestellte Scheinwerfer grell erleuchtet. Dünner weißer Rauch steigt aus der Wohnung auf. Eine Melodie aus knackendem Knistern und fallenden Tropfen ist zu hören, als Schwaner vom Fenster aus nach innen blickt.
Auf dem Boden steht eine Lache, tiefschwarz wie Tinte, gerade so, als hätte das Wasser nicht nur das Feuer gelöscht, sondern

aus allen Büchern auch die Buchstaben herausgespült. Die penible Ordnung ist völlig zerstört. Wahllos sind die Bücher im Zimmer verstreut, dort ein ganzer Haufen, hier einige wenige, manche völlig verkohlt, andere aufgedunsen wie Wasserleichen. Direkt vor ihm leuchtet eine herausgerissene Seite aus dem Schwarz heraus. Sie schwimmt, sich dabei träge drehend, einem im raum- und zeitlosen All dahinwandernden Universum gleich, auf den Kommissar zu.

„David Copperfield", liest Schwaner mechanisch.

„Meiner Meinung nach müsste das verboten werden", so der Feuerwehrmann, der neben dem Hauptkommissar abschätzig ins Zimmer sieht. „Diese alten Schinken brennen wie Zunder. Wenn es nach mir ginge, dürfte keiner so etwas zu Hause haben."

10. Kapitel

Schwaner liegt grübelnd im Bett. Den Versuch einzuschlafen, nachdem er gegen sieben Uhr nach Hause gekommen war, hatte er aufgegeben. Er starrt an die Decke. Seine Gedanken kreisen. Der tote Wolff. Der Abend im Literaturhaus. Warum im Brunnen? Überdosis – dabei ein Schlag auf den Kopf. Wer war mit ihm dort? Jetzt brennt seine Wohnung ab. Womöglich der gleiche Täter wie im Brunnen. Kannte ihn Wolff? Auf dem Video sah es so aus. Sonja von Rath, die Dichterin, sie muss ich morgen als Erstes besuchen. Die völlig verstörte Ida Singer. Ein Arzt musste ihr ein Beruhigungsmittel geben. Ihr Mann ist verreist. Wusste das der Brandstifter? Hat er das Haus beobachtet oder kannte er sich aus? War es ihm egal? Die Wohnungstür war nicht aufgebrochen. Das Feuer ist an der hinteren Wand gelegt worden. Keine Steckdose, kein Kabel in der Nähe, also auf jeden Fall Brandstiftung. „Einfach einige Knäuel Papier in ein paar aufgestellte Bücher drücken, anzünden und in ein paar Minuten brennt die ganze Bude“, so der Feuerwehrhauptmann. Warum das Feuer? Spuren verwischen? Was wollte der Brandstifter dort? Oder Rache? Die Bücher waren wertvoll. Berlioz wollte sie kaufen – er kennt ihren Preis. Ein paar besondere Raritäten herausholen, den Rest vernichten, dann merkt niemand, dass sie fehlen.

Schwaner nimmt sich vor, auch Berlioz nochmals einen Besuch abzustatten. Früher, in seiner alten Wohnung, hätte er sich jetzt auf den Ruderergometer gesetzt und seine Gedanken darauf abgearbeitet. Wie ein kleiner Stich offenbarte sich wieder der Verlust seines Trainingsgerätes. Er überlegt, ins Vereinshaus zu fahren, möchte aber niemanden sehen und bleibt unentschlossen liegen. Er erinnert sich an den leider schon zu Ende gelesenen Maigret-Roman. Das würde ihm jetzt gefallen – im Bett liegen und lesen. ‚Wenn ich bei Berlioz bin, werde ich ihn nach ein paar weiteren fragen.‘

Die Zeit bis zu Sandras Ankunft fließt in einer Mischung aus Langeweile und Ungeduld zäh dahin. Er sucht irgendwelche Hausarbeiten, die – er war ja eigentlich nie da – viel zu schnell erledigt sind. Er schaltet die Glotzkiste an und wenig später wieder aus. Dann das Radio, was ihn auch kurz darauf stört. Er geht eine halbe Stunde durch die umliegenden Straßen, ohne Ziel, ohne Lust. Es gelingt ihm auch nicht, die morgendlichen Gedankenketten wieder aufzunehmen. Kurzentschlossen geht er zu Fuß in Richtung Bahnhofsviertel.

Martin wartet außerhalb der Bahnhofshalle am Gleis, etwa auf der Höhe, an der Sandras Wagen halten sollte. Sie hatten vor einer halben Stunde nochmals telefoniert, da stand Martin schon eine Zeitlang auf dem Vorplatz und bewunderte die vom Dach der Haupthalle zu Restaurationszwecken herabgenommene Skulptur des Atlas.
Ein provisorisches Schaubild erläutert die Gruppe aus drei Figuren. In der Mitte Atlas, einer der Titanen, der von den Göttern dazu verurteilt war, die Erdkugel auf seinen Schultern zu tragen. Ihm zur Seite stehen Wasserstoff und Elektrizität, zwei junge Burschen, die dem alten, gebeugten Herrn helfen, die schwere Last zu stemmen. Es wirkt auf Martin allerdings so, als würden sie jeden Moment die Welt aus den Angeln heben und aus dem sicheren Griff des Titanen reißen.
Martin dachte über den Fluch nach, der es wäre, für den gesamten Planeten verantwortlich zu sein? ‚Kein Wunder, dass wir dies Gott oder den Göttern aufgebürdet haben – da sind wir Menschen fein raus.‘
Schwaner blickt den Schienen nach, die sich kurz hinter dem Bahnsteigende übereinander flechten, zu einem dicken Strang bündeln und in Richtung Main krümmen. Ein Mann läuft quer über die Gleise, scheinbar ein Arbeiter, so sicher und rhythmisch setzt er seine Schritte.
Die Ankunft des Zuges aus Hamburg wird durchgesagt, Martins Puls steigt, seine Wangen flammen auf. Der ICE schlängelt sich dem Bahnhof entgegen. Endlich quietschen die Bremsen.

Sandra steigt aus, lächelt ihn an, dreht sich allerdings gleich wieder um und hilft einem älteren Herrn die hohe Stufe herunter. Ein anderer Fahrgast wuchtet einen alten, verschnürten Koffer

in Sandras Arme, den sie nur mit Mühe einige Schritte zur Seite schleppt und abstellt. Martin kommt hinzu und will helfen.
Nach einer kurzen Umarmung stellt Sandra Martin den steif neben seinem Gepäck stehenden Herrn als ihren Tischnachbarn, Professor Komarov, von der Universität Frankfurt/Oder, vor. Beide geben sich die Hand, wobei sich der Professor zu seinem überraschend kräftigen Händedruck leicht verbeugt. Vom Blick auf den Boden ruckte der braun gebrannte Schädel Komarovs höher und höher, bis die unter fast haarlosen Brauen ruhenden Augen Martin in voller Länge abgemessen haben.
„Sie erinnern mich an meinen Neffen Victor", spricht Komarov mit typisch russischem Akzent. „Er ist auch groß wie Sie. Er könnte ein Basketballer sein. Spielen Sie Basketball?"
Martin verneint mit einem Kopfschütteln.
„Schade, mein Neffe auch nicht. Er hasst Sport, egal welchen. Dafür ist er ein talentierter Pianist und ein genialer Dirigent. Auch spielt er einigermaßen gut Schach. Spielen Sie Schach?"
Wieder verneint Martin und greift dabei nach Sandras Hand.
„Aber ich will Sie nicht länger aufhalten. Sie haben andere Dinge zu tun. Danke, Miss Sandra, für Ihre Hilfe …"
„Wir bringen Sie zu Ihrem Bahnsteig. Sie können den Koffer doch gar nicht alleine bewegen.", Sandra energisch und dabei Martin anlächelnd. Martin packt den abgewetzten Ledergriff und ist vom Gewicht überrascht. Er muss seinen Oberkörper weit nach links neigen, um das schwere Ding überhaupt tragen zu können.
„Was haben Sie denn da drin? Backsteine?", fragt er mit gepresstem Atem.
„Nein, nicht Backsteine. Das wäre ja Unsinn. Warum soll ich auf meinen Vortrag mitnehmen Backsteine?"
„Das war nur so eine Redewendung. Ein Scherz." Sandra zieht schlendernd ihren Koffer hinter sich her. Er surrt dabei lauter als die Generatoren des stehenden Zuges.
„Diese Redewendung kenne ich nicht", antwortet der Professor ernst. „Aber ich werde mir merken: Koffer voll Backsteine."
„Professor Komarov muss nach Wiesbaden ...", möchte Sandra Martin erklären, da fällt ihr der Angesprochene schon ins Wort.

„Ja, ich bin eingeladen worden zu einem Vortrag über das Leben der russischen Aristokratie und Intellektuellen in den europäischen Kurbädern vor dem Ersten Weltkrieg ...“
„Ein ungemein spannendes Thema“, unterbricht ihn wiederum Sandra, die schon auf der Fahrt zahlreiche interessante Einzelheiten darüber erfahren konnte. „Der Professor ist von einer falschen Zugverbindung ausgegangen. Er muss jetzt mit der S-Bahn ...“
„Ein dummes Versehen. Ganz ohne meine Verfehlung. Ich hatte mich mehrfach informiert, dass ich, wenn ich pünktlich den Zug von Hamburg ...“
„Es ist doch gar kein Problem, Herr Professor.“ Sandra legt ihm beruhigend die Hand auf den Arm. Martin stöhnt unter der Last des Koffers und muss zum wiederholten Male die Seite wechseln. Komarov bemerkt seine Anstrengung.
„Ich habe darin einige Bände der „Russischen Enzyklopädie“ von 1910, herausgegeben unter anderem von einem entfernten Verwandten von mir, Fjodor Kostromkoj, kennen Sie ihn zufällig?“
„Nein!“, stöhnt Martin mit schiefem Kopf und schiefem Lächeln zum Professor hin. Auf der Rolltreppe zum Tiefbahnhof kann er den Koffer einige Sekunden absetzen, während Komarov weiter über die Bedeutung dieses Werkes doziert. Endlich haben Sie das entsprechende Gleis erreicht. Martin, dicke Schweißperlen auf der Stirn, lässt den Koffer auf den Boden fallen. Seine Finger sind taub, seine Arme schmerzen.
Die S-Bahn nach Wiesbaden wird bereits angezeigt: Abfahrt in acht Minuten. Sandra möchte warten, doch der Professor drängt sie zum Abschied und bedankt sich wiederholt bei seinen Begleitern für die geleistete Hilfe. „Ich kann nun alleine weiter, ganz bestimmt. Danke, vielen Dank.“ Sandra und Martin verabschieden sich von Komarov und gehen Arm in Arm davon. In diesem Moment bemerkt der Professor das Fehlen seiner Ledermappe, in der sich die Unterlagen für seinen Vortrag befinden. Er hatte sie im Abteil herausgenommen, um sie Sandra zu zeigen. Komarov stöhnt auf, will schon in Richtung Rolltreppe davonlaufen, als ihm sein Koffer einfällt, der die seltenen Bände enthält und den er unbeobachtet auf dem

Bahnsteig zurücklassen müsste. Mehrmals läuft Komarov einige Schritte los und wird, wie von einem unsichtbaren Band, wieder zurückgezogen. Endlich spricht er eine etwas entfernt stehende Dame ohne Begrüßung hektisch und verzweifelt an: „Sie haben Augen, bitte?“ Dabei deutet er auf seinen Koffer. Im nächsten Moment eilt er schon ungemein schnellen Schrittes zur Rolltreppe und nach oben. Er rennt panisch durch die Halle und an dem immer noch wartenden Zug entlang, in den bereits wieder Fahrgäste einsteigen. Endlich erreicht er sein Abteil und findet die braune Ledermappe, unschuldig auf dem Sitz zum Gang liegend. Erleichtert drückt er sie gegen seine pochende Brust.

Der Professor, der nur noch die wenigen, für ihn aber ungemein wichtigen Blätter, die er mühsam, doch nicht ohne intellektuelle Freude, an mehreren Nachmittagen, in seinem kleinen Arbeitszimmer, in der kleinen Universität der namensgleichen Stadt erstellt, im Kopf hatte, schaute sich nicht einmal um und ahnte nicht, was weiter aus der von ihm geschaffenen Situation entstanden war.

Sein Entschluss, den Wettlauf gegen den unaufhaltsam im Kreis tippelnden Zeiger aufzunehmen, blieb nicht ohne Folgen. Die von Komarov so unhöflich angesprochene, ebenfalls auf die Bahn nach Wiesbaden wartende Dame, war Amerikanerin. Seit Kurzem arbeitete sie im Konsulat in Frankfurt – eine unbedeutende, doch für die nimmersatte Bürokratie ungemein wichtige Stelle – und verstand kein Wort Deutsch. Sie wollte Freunde – in Amerika sind alle gleich Freunde, auch Kollegen, die sie erst knapp zwei Wochen kannte – in Wiesbaden besuchen und hatte keine Ahnung von dem interessanten Vortrag, der zeitgleich an diesem Abend im Kurhaus von einem gewissen Professor Komarov gehalten werden sollte und dessen Autor, in einer Kette unzusammenhängender Zusammenhänge, wie sie nur das Leben ineinander weben kann, sie persönlich in die folgende, unsinnige Abfolge von Ursache und Wirkung aufnahm. Sie sah einen Mann, der mit wilder Geste auf einen Koffer zeigte und im nächsten Moment vom Bahnsteig stürmte. In den ihr recht feucht entgegengeblafften, aus einem wilden Mund, in

einem lodernden Gesicht polternden Worte, erkannte sie nur einen unverkennbaren russischen Akzent. Diese Aussprache, dieses sinnlose Auf und Ab von Vokalen, dieses Zischen von Konsonanten, dieser Tonfall, der sich jedem amerikanischen Staatsbürger, durch diverse Hollywoodstreifen bestens damit vertraut, noch immer wie der Slang einer dunklen Bedrohung anhörte, ließ sofort böse Vorahnungen in ihrem Kopf entstehen.
Als Komarov wenig später – er achtete in seinem Glück gar nicht auf die zahlreichen Menschen, die neben ihm auf den Zähnen der Rolltreppe nach oben vorbeischwebten – wieder den unteren Bahnsteig erreicht, ist dieser abgesperrt. Der Professor sieht mehrere Personen in Uniform, die seinen Koffer eingekreist haben, sich aber nicht näher heranwagen, als stünde das Gepäckstück auf dünnem Eis. Ein klobiger Mann mit dummem Gesicht, kein Polizist, etwas anderes, stellt sich Komarov in den Weg und befiehlt ihm „den Bahnsteig sofort wieder zu verlassen!". Komarov, das Glück ist verflogen und einem noch unbekannten Entsetzen gewichen, bleibt stoisch stehen. Es beginnt ein längerer Dialog zwischen dem dummen Gesicht und dem Professor, in dem es dem Klügeren, der dieses Mal nicht nachgab, gelingt, sich als Besitzer des Koffers durchzusetzen. Komarov muss ihn öffnen und den Inhalt völlig indiskret auf dem Bahnsteig ausbreiten. Neben seiner schon etwas abgenutzten Unterwäsche, einem ebenfalls abgewetzten Pyjama, Toilettenbeutel, dieser allerdings neu, ein Geschenk seines Neffen letzte Weihnacht, dem noch sehr guten grauen Anzug und den dazu passenden Schuhen, in einer für Männer fast winzigen Größe, landeten auch die fünf Bände der „Russischen Enzyklopädie" auf dem schmutzig grauen Bahnsteig und werden von den Uniformierten keines Blickes gewürdigt.
Während dieser peinlichen Prozedur erklärte Professor Komarov, mal zu jenem, mal zu diesem, der immer noch auf Abstand bedachten Herren hin, warum und wieso es dazu kam, dass sein Koffer einen „winzigen Augenblick" hier alleine zurückbleiben musste, dass er gehabt „Nöte, wegen Tasche mit Manuskript mit Vortrag" und „Sein Koffer zu schwer sei, um rasant sich damit

zu bewegen". Er hielt einen Band der Enzyklopädie zur Prüfung des Gewichtes den Herren hin, die davor zurückwichen, als böte er ihnen etwas Abscheuliches zum Fraß an. Komarov packte wieder ein.
Eine unsichtbare Maschinerie war in Bewegung gesetzt worden. Eine Folge von Entscheidungen, die wie Dominosteine ineinander fallen und deren letztes Glied am Ende etwas auslöst, einen Schalter oder Knopf, der den kompletten Zugbetrieb im Falle einer Notsituation – und es handelte sich offensichtlich um eine ernste Notsituation, an diesem wichtigen Knotenpunkt – augenblicklich stoppen sollte.
Wie durch ein Wunder, das sich später als „unerlaubtes Entfernen von seinem Arbeitsplatz" bedeutungsvoll realisierte, rollten, bis auf eine kurze Unterbrechung, alle Züge unbeirrt weiter. Mit nur fünfzehnminütiger Verspätung sitzt der noch immer aufgeregte, doch nach und nach ruhiger werdende Komarov in seiner Bahn nach Wiesbaden und schaut aus dem Fenster.

Sandra und Martin sitzen in der Straßenbahn. Die Linie fährt auch am Merkurbrunnen vorbei, hält einmal kurz vor und einmal nach dem Bauwerk. Sandra dreht sich immer wieder dazu hin, während Martin ihr leise die Einzelheiten des Falles erzählt.
In ihrer Wohnung angekommen hilft Martin ihr aus dem leichten Mantel und beginnt an den Knöpfen der Bluse zu nesteln. Sandra küsst ihn, drückt Martin jedoch ein Stück von sich fort.
„Wir müssen reden", sagt sie in einem Tonfall, der den festen, seit Langem gefassten Entschluss dahinter verrät.
Wie von einem Faustschlag im Magen getroffen, zuckt Martin zurück. Die Angst, die ihn die letzten Tage verfolgte, schießt vom Bauch in sein Gehirn. Er stammelt, zu keinem ganzen Satz fähig, ein: „Mhh, ach so, ja."
Sandra geht in die Küche, Gläser klirren, sie ruft: „Möchtest du auch etwas trinken?", was Martin verneint, und kommt ins Wohnzimmer. Auf der Couch setzt sie sich auf ihren Platz, in der für sie typischen Haltung, das rechte Bein unter dem linken. Kaum sitzt Martin schräg gegenüber, drängen die Sätze, viele

Male zuvor durchdacht, formuliert und immer wieder in neue Reihenfolgen gebracht, aus ihr heraus.

„Die Frau, die du damals in Hamburg kennengelernt hast, ist nicht meine wirkliche Mutter. Mein Vater hat sie vor etwa zehn Jahren geheiratet. Meine Mutter starb, als ich vierzehn war. Sie nahm sich in unserem Landhaus in Südfrankreich, fern von mir und meinem Vater, das Leben. Allein! – So einsam, wie sie zuvor gelebt haben musste." Sandra schaute an Martin vorbei, biss sich auf die Lippen.

„Als ich sie einige Tage später sah, tot, kalt, bleich, ist in mir der Entschluss gefallen, dass ich Pathologin oder Rechtsmedizinerin werden möchte. Es ist verrückt, nicht wahr? Bei jeder Leiche auf dem Tisch vor mir denke ich an meine Mutter. Ich sollte wahrscheinlich zum Psychologen gehen!" Sandra lacht auf, bleibt dabei jedoch ernst und zielstrebig. Martin erkennt, durch unzählige Befragungen, Aussagen, Geständnisse geschult, dass dies nicht der Kern ist, um den es hier geht.

„Wir haben dir damals in Hamburg etwas vorgespielt. Ich wollte das so. Ich sagte dir, dass es bei uns zu Hause zu eng sei und wir uns daher in einem Hotel träfen. Das stimmt alles nicht. Mein Vater ist reich, sehr reich sogar. Jedes Jahr wird er noch vermögender. Seine Patente überschwemmen ihn mit Geld. In meiner Kindheit war er nie da, weil er seine Erfindungen voranbringen wollte. Dann hatte er keine Zeit, da das viele Geld investiert und angelegt werden musste. Heute sitzt er auf unserem Gut, mit seinen Pferden, sammelt Steine, baut und spielt Orgeln."

Martin zeigt keine Reaktion. In ihm überschlagen sich Erleichterung und Überraschung.

„Er hat sein Vermögen ...", fährt Sandra fort, „... wie alle reichen Leute in eine Stiftung übertragen. Er möchte, dass ich die Leitung dieser Stiftung übernehme. Nicht jetzt sofort, aber irgendwann, wenn er zu alt ist. Deshalb hatte er mich gebeten, nach Hause zu kommen. Er hat große Pläne mit der Stiftung. Er möchte damit die Welt verändern, zumindest glaubt er das." Wieder lässt Sandra einige Sekunden verstreichen, blickt vor sich auf den Boden.

„Ich habe ihm gesagt, dass ich daran nicht interessiert bin, dass ich an seinem Geld nicht interessiert bin, dass ich es nicht haben möchte.“ Sie blickt wütend auf und Martin in die Augen.
„Warum?“, fragt dieser ruhig und den Blick haltend zurück. Sandra beginnt wie so oft, wenn sie auf dem Sofa sitzt, an ihren Zehen zu spielen.
„Alle meine Beziehungen vor dir sind früher oder später daran gescheitert. Erst war es nett, wenn wir bei uns zu Hause waren. Dann wurde es bald zur Pflicht, jedes Wochenende ‚meinen Vater zu besuchen‘. Nicht viel später tauchten dann die ersten Wünsche auf. Ob ‚wir‘ uns nicht ein Haus kaufen sollten, ein größeres Auto, eine tolle Reise machen – und natürlich würden wir bald heiraten. Ich wurde gar nicht mehr gefragt. Ich stand nur noch daneben, ein kleines, naives Ding, während sich die Männer stundenlang über die Zukunft unterhielten.“
Sandras Mund ist wie bei einem bitteren Geschmack darin verzogen.
„Alle waren sie der Ansteckung des Geldes verfallen. Wie eine Krankheit hatte es sie schleichend infiziert. Aber Geld hat ein kaltes Herz und ich spürte, wie ich nur noch ein Mittel für sie war, endlich an das verdammte Zeug ranzukommen. Das schleichende Gift des Geldes, das dich nach und nach betäubt, abstumpft, jede Ader in dir durchzieht, bis du kein Glück mehr empfinden kannst, da dir jeder Wunsch erfüllbar scheint, jede Sehnsucht greifbar und jedes Ding schon jetzt dein Eigentum.“
Wieder schaut Sandra auf und Martin in die Augen. Sie nimmt einen kräftigen Schluck.
„Also wollte ich es dieses Mal anders machen. Ich wollte dir nicht das goldene Kalb zeigen, das ich bin. Ich wollte dich, wollte uns, vor dem Gift schützen.“ Sie streckt Martin ihre Hand entgegen, der sie fasst, drückt, streichelt.
„Aber irgendwann musste ich es dir doch sagen. Ich wollte es schon, noch bevor du hier eingezogen bist. Dann hatte ich nicht den Mut dazu. Vielleicht würdest du gar nicht mehr hier wohnen wollen, sondern auch in einem Haus, einer Villa oder sonst etwas?“Martin hält ihre Hand fester. „Du weißt doch, dass ich mir aus Geld nichts mache.“

„Ja, aber dann hätten wir deinen Ruderergometer aufstellen können. Du hättest sogar einen kompletten Fitnessraum haben können ..."
„... Und einen eigenen See nur für mich alleine. Und unzählige Boote, für jeden Tag ein anderes. Der Chauffeur hätte mich nach dem Training im Rolls-Royce abgeholt und vor unserem Schloss abgesetzt. Im Badezimmer wäre ich in den Whirlpool gestiegen und drei junge Miezen mit mir ..."
„... Nein, nein, nein. Alles andere ja, aber keine anderen Frauen in unserem Haus."
„Was, keine Frauen? Damit du dich mit dem Gärtner vergnügen kannst?"
Sandra und Martin fallen sich lachend in die Arme, werden still, drücken einander und spüren, wie ihre Liebe sie gegenseitig durchdringt.
„Ich geh uns mal Nudeln kochen, meine Königstochter", flüstert Martin nach einer Weile.
„Nee, jetzt nicht", haucht Sandra ihm lüstern, doch bestimmend ins Ohr und setzt sich auf seinen Schoß.

11. Kapitel

Martin sitzt auf der Toilette. Eben klingelte der Wecker und einer stillen Übereinkunft folgend, ist er aufgestanden, um Kaffee zu kochen, den er Sandra gleich ans Bett bringen wird. Ihr Geruch steigt aus seinem Schoß auf. Der salzige Duft ruft die Bilder der vergangenen Nacht zurück. Ihr langes Liebesspiel, das sich nach und nach zu einem fast ekstatischen Kampf miteinander steigerte, der vom Sofa auf den Boden, von dort ins Bett ausgetragen wurde. Mal war er, mal war sie oben, ihre Körper verschlungen, dann wieder gelöst, in den anderen drängend, ihn tief aufnehmend, sich entgegenstemmend, hinein pressend, stoßend, gleitend, mit kurzen Atempausen, um den Höhepunkt immer wieder hinauszuzögern, bis ein feuchter Gesang von ihren Geschlechtern ausging und das Aroma, das Martin auch jetzt in die Nase steigt, den gesamten Raum ausfüllte.
Später lagen sie eng umschlungen nebeneinander, erzählten sich ihre Ängste und Gedanken der letzten Tage, die sich aufgelöst und in ein festes Band zwischen ihnen verwandelt hatten.

Schwaner betritt sein Büro, ruft ein lautes „Guten Morgen" nach nebenan und hängt seine Jacke über die Lehne seines Stuhls. „Guten Morgen" echot es aus Anne Wiegands Zimmer zurück, die er nur in Bruchstücken hinter ihrem Bildschirm und schraffiert durch die halboffene Jalousie erkennen kann. Er geht zu ihr hinüber und bleibt im Türrahmen stehen.
Gerade wollte er sich nach ihrem Wochenende erkundigen und einen kleinen Plausch beginnen, da wirft ihm Anne einen Stapel Umschläge hin.
„Könnt ihr noch nicht einmal die Post verteilen, wenn ich mal nicht da bin?"
Schwaner greift nach den Papieren und verzieht sich. Er weiß, dass es um Annes Privatleben aktuell nicht zum Besten steht. Gerade nach Wochenenden ist sie meist gereizt und erst einmal nicht ansprechbar.
Auf dem Weg zurück durchblättert er die Sendungen und bleibt mitten im Raum stehen. In der Hand hält er eine Postkarte, die

das Porträt eines Mannes, in einer alten Schwarz-Weiß Fotografie, zeigt. Ein rundes Gesicht, knollige Nase, darunter ein gestutzter Schnauzer. Das dünne Haar liegt in Strähnen halb über der Stirn. Der Blick aus den stechenden Augen geht am Betrachter vorbei.
Der Hauptkommissar kennt diesen Mann. Er sah sein Antlitz letzten Samstag in der Zeitung, in der Liste der versoffensten Autoren. Es ist ein Bild von Joseph Roth in späten Jahren. Dazu hätte er die Postkarte nicht umdrehen müssen. Die Rückseite gibt ihm recht. Unten links steht: „Joseph Roth, österreichischer Schriftsteller, 1894–1939 (Hiob, Radetzkymarsch)".
Wirklich überrascht ist Schwaner von dem Gruß, der in fein säuberlich geschwungener Schrift zu lesen ist. Es ist nur eine Unterschrift. Doch es ist die Unterschrift des Toten, Axel Wolff.
Er lässt sich in seinen Stuhl fallen, springt sofort wieder auf, nachdem sein Blick den ungeleerten Papierkorb streifte, und geht zu Anne zurück.
„Von wann ist die Post?", fragt er ungeduldig.
„Wenn ihr es nicht wisst! Also bestimmt von Mittwoch! Mittwochmorgen habe ich noch verteilt, Donnerstag war Feiertag, da weiß ich nicht, ob hier etwas zugestellt wurde. Freitag war ich auch nicht da, also von Mittwoch und Freitag. Vielleicht auch noch Samstag. Warum?"
„Freitag war die Post hier, das weiß ich genau. Sie liegt in meinem Papierkorb."
„Es ist ja schön, dass ihr euch um den blöden Büroscheiß kümmert. Also, worum geht es? Was willst du eigentlich?"
„Ich habe gerade eine Karte von unserem Toten erhalten!"
„Welchem Toten?"
„Axel Wolff, dem Toten aus dem Brunnen." Wie zum Beweis dreht er die Rückseite der Postkarte Anne hin, damit sie den Namen lesen kann.
„Ja und weiter?" Annes miese Laune scheint der Neugier zu weichen. Ihre Stimme wird sanfter.
„Na ja. Zuerst einmal ist es ungewöhnlich, überhaupt Post von einem Toten zu bekommen, findest du nicht?" Schwaner schaut gar nicht auf und übersieht die zustimmende Geste Annes.

„Zweitens steckt eine Absicht dahinter!“ Er dreht die Karte wieder um und untersucht die abgestempelte Briefmarke. Mit bloßem Auge ist nichts zu erkennen. „Und drittens ...“, er schaut nochmals genau hin, „... ist die Karte höchstwahrscheinlich nach seinem Tod aufgegeben worden.“ Zufrieden grinsend wirft er sie auf Annes Tastatur. „Und das ist doch eine ganz außergewöhnliche Leistung für jemanden, der zu diesem Zeitpunkt schon im Kühlschrank der Gerichtsmedizin lag.“ Schwaner dreht sich wieder seinem Büro zu. „Kümmerst du dich bitte darum?“ Anne nickt.

Bis zehn Uhr, dem üblichen Zeitpunkt der morgendlichen Besprechungsrunde, erledigt Hauptkommissar Martin Schwaner seine Büroarbeiten. Er ergänzt das Fallschema, welches er mit „Götterbote“ überschreibt – den Namen entnimmt er Messners Bericht über den Tatort. Er verortet neue Fakten, zeichnet Zusammenhänge ein, hebt einzelne der Kästchen hervor, die ihm zum jetzigen Zeitpunkt besonders relevant erscheinen. Es entsteht ein Schaltplan der Gedankengänge des Kommissars.
Schwaner ist ungemein rege und frisch im Kopf. Verflogen sind die düsteren Gedanken der letzten Tage. Sandras Rückkehr, der gestrige Abend und die gegenseitigen Beteuerungen haben alle Zweifel beseitigt. Wie Wasser in Kaskaden fließen seine Gedanken dahin.
Etwa gegen halb zehn besucht ihn Staatsanwalt Körner und lässt sich über die Sachlage aufklären. Er bestätigt Schwaners Vermutungen, dass es sich um eine Selbsttötung handeln könnte, die aber auch nur vorgetäuscht wurde, um einen Mord zu vertuschen. Unzweifelhaft kommen Einbruch und Brandstiftung hinzu.
Staatsanwalt Körner entschuldigt sich, er müsse zurück in sein Büro. Die freien Tage hätten Berge an Akten auf seinen Schreibtisch gespült, die er erst einmal abarbeiten müsse. Er ist jetzt im Bilde und lässt Schwaner freie Hand.

Dieses Mal sind alle anwesend. Anne, Beck, Messner, Freitag, selbst Dr. W. von der Presseabteilung hat seinen üblichen Platz eingenommen, als Schwaner das Zimmer betritt. Beck erzählt gerade eine Geschichte, die er wohl am frühen Morgen erlebte.

„Ich sitz eb'n in der U-Bahn und ihr glaubt nich', was sich da zwei Jungs hinter mir erzähl'n." Beck setzt sein breitestes Grinsen auf und spricht mit hoher Stimme.
‚Sie ist mir einfach zu unerfahren. Dabei gibt sie sich wie eine, die alles kennt.'
„Ich dachte mir, da hör ich mal zu."
‚Ich glaube, ich werde sie erst einmal als Novizin einsetzen, als Nonne ist sie einfach zu jung.'
„Jetzt dacht' ich aber: Hallo! Die Kids haben kaum einen Flaum am Kinn und reden, als hätt'n se jede Menge Mädels lauf'n."
‚Das erste Mal hat sie sich ja gar nicht so ungeschickt angestellt.'
„Ich versuch' die beiden im Spiegelbild der Scheibe zu betrachten. Der erzählt, ist maximal achtzehn, der andere glotzt unentwegt auf sein Handy."
‚Beim nächsten Mal war sie überhaupt nicht bei der Sache.'
„Ich denk': Alle Achtung, bequatschen hier vor allen Leuten ungeniert ihr Liebesleben."
‚Dann hat sie aber wieder Kniffe drauf, die sind echt super.'
„Mensch, denk ich, die muss ich auch kennenlernen! Dann spricht der mit dem Handy."
‚Aber wenn sie dir das Level versaut? Dann bist du raus.'
‚Ja, das ist ja mein Problem', antwortete der andere. *‚Ich mag sie ja wirklich gern, aber ich glaube, ich mach alleine weiter.'*
Beck schlägt auf den Tisch und lacht schallend, Messner schaut lieber weg, Freitag hat kein Wort verstanden und Anne Wiegand schüttelt mit aufgeblasenen Backen den Kopf.
„It was a computer game ...", versucht Beck Freitag den Witz zu erklären. Dieser lacht gekünstelt und wiederholt mehrfach „Computer game, computer game. Ha, Ha, Ha."

Schwaner ruft alle zur Ruhe, resümiert in knappen Sätzen die bisherigen Fakten, informiert über die letzten Ergebnisse aus der KTU und berichtet von seinem Besuch im Antiquariat Berlioz und dem Brand in Wolffs Wohnung. Er stellt die Ergebnisse der

Obduktion für den späten Nachmittag in Aussicht, da jetzt auch die Gerichtsmedizin wieder besetzt ist. Messner lächelt ihm zu.

Schwaner kommt zu der am Morgen eingegangenen Postkarte. „Diese Postkarte zeigt Joseph Roth ...", er hält sie für alle sichtbar nach oben, „und ist mit ‚Axel Wolff' unterschrieben." Er dreht sie, noch immer in der Luft haltend, um. „Sie kam heute Morgen mit der Post."
Kurzes Schweigen in der Runde.
„Joseph wer? Kenn' ich nich'", quatscht Beck dazwischen.
„Mir sagte der Name auch nichts, bis mir Berlioz von ihm erzählte. Es scheint ein bedeutender Schriftsteller der Weimarer Zeit gewesen zu sein und ...", hier legte der Kommissar eine Pause ein, in der er nochmals das Bild hoch hielt, „... er war das Sammelobjekt von Axel Wolff. Laut Berlioz hatte Wolff immer wieder erhebliche Summen für seine Leidenschaften ausgegeben – und seine letzte Leidenschaft war Joseph Roth."
„Habt ihr nie ‚Radetzkymarsch' gelesen?", platzt es aus Messner heraus. „Oder dieses andere, wie heißt es noch ...?"
„Hiob?", las Schwaner auf der Rückseite der Postkarte ab.
„Ja, ja, das auch. Aber ich meine ein anderes. Darin geht es um einen Eichmeister, wie hieß es noch gleich ..." Messner überlegt sichtlich angestrengt, die gesamte Runde schweigt und sieht ihn gespannt an.
„Ob uns das jetzt weiterbringt?", unterbricht Beck die Stille.
Messner fährt ihn wütend an. „Du hast doch noch nie in deinem Leben ein Buch von Bedeutung aufgeschlagen. Du schaust dir doch nur sinnlose Filmchen auf deinem Handy an. Vielleicht solltest du auch einmal etwas Anspruchsvolleres als deine Boulevardblättchen lesen ..."
„Woher willst du das denn wiss'n? Und überhaupt, ich brauch' das nich'!", kontert Beck sofort. „Was ihr euch immer auf eure Bücher einbildet ..."
„Wenigstens ein bisschen Bildung ..."
„Ein Scheiß is' das, ein uralter, langweiliger Scheiß!"
„Ruhe jetzt!", geht Schwaner dazwischen. „Wir haben hier einen Fall zu klären! Das könnt ihr sonstwo austragen!" Die beiden

murmeln sich noch das ein oder andere über den Tisch zu, dann kehrt wieder Arbeitsatmosphäre ein.
„Also, Meinungen dazu?“ Schwaner schaut einen nach dem anderen an.
„Wenn die Postkarte tatsächlich erst letzten Freitag aufgegeben wurde ...“, beginnt Anne zaghaft „... gibt es einen Helfer. Ob er auch der Täter ist ...?“
„Wir müssen ganz klar von einer Beteiligung des Opfers ausgehen. Zumindest müssen sich Wolff und der Täter gekannt haben. Die Lage des Toten war einem Bild in dessen Schlafzimmer nachge ...“
„Aber warum der Schlag mit der Gerüststange ...“, unterbricht Schwaner Messner, „... deren Folgen wir noch gar nicht kennen?“
„Vielleicht is' das alles nur inszeniert und jemand hat 'nen Ries'nspaß daran, uns wie die Deppen durch die Gegend zu jag'n?“
„Und der Brand? War das auch nur Spaß?“, hält Schwaner sofort dagegen, als hätte er auch diese Variante schon mehrfach durchdacht.
„Also die Postkarte unterstreicht doch ganz klar, dass es einen Plan oder etwas in dieser Art ...“
„Wenn die Karte tatsächlich von Wolff is'? Ich sach' ja, ein'n Ries'nspaß treibt da jemand.“
„Auf alle Fälle ist sie ein Zeichen, ein Hinweis. Sie ist nicht ohne Grund hier eingegangen, zu meinen Händen, mit der Unterschrift des Opfers und einem Bild von Joseph Roth.“
Schwaner bricht das Thema an dieser Stelle ab und fragt nach weiteren Ergebnissen.
Beck berichtet von verschlossenen Türen in der Verlagsanschrift. „Es schein'n da mehrere Firm'n zu sitz'n. Freitag war aber niemand da. Ich versuch's heut noch mal.“
Messner ernüchtert die Runde mit dem Resultat der Funkmastenauswertung.
„Durch die unmittelbare Nähe so vieler Hotels und einem, auch um diese nächtliche Zeit, vorhandenen Verkehr, ist die Identifikation einzelner Rufnummern in diesem Bereich unmöglich. Dazu hatte der Tote auch kein Telefon bei sich,

anhand dessen wir parallel angemeldete Geräte beobachten könnten. Hier werden wir nicht weiterkommen."
Schwaner verteilt Aufgaben. Anne wird die private und wirtschaftliche Situation Wolffs durchleuchten.
„Und bitte such mir mal die Adressen von Sonja von Rath und einem gewissen Bert Dreier heraus." Er liest die Namen von einem zerknitterten Zettel ab. „Und schau mal, ob du etwas über einen Alban Winter herausfinden kannst. Er ist vor einigen Wochen verstorben."
Messner soll sich nochmals die abgebrannte Wohnung ansehen und die Unterschrift auf der Postkarte, die er ihm über den Tisch zuschiebt, auf ihre Echtheit überprüfen. Beck wird mit ihm gemeinsam die ehemalige Lebensgefährtin von Wolff besuchen.
„Dr. Winkler, es wäre schön, wenn wir uns mit Einzelheiten noch zurückhalten könnten. Es wurde ja schon am Wochenende kurz berichtet, das genügt."
„Aber Herr Schwaner!", widerspricht Dr. W. aufgeregt.
„Wenn ich es richtig verstehe, war das Opfer ein Mitglied der Verlagsbranche. Das wird Wellen schlagen. Wir können uns da nicht heraushalten. Wir müssen …"
„Wir müssen erst einmal gar nichts, solange wir nicht die genauen Umstände kennen." Damit beendet der Hauptkommissar die Besprechung.

„Martin, wir ham' ihn!" Beck stürzt in Schwaners Büro. „Die Kolleg'n vom Drogendezernat ham' den Typen auf dem Video erkannt! Es ist ein gewisser Franzl, am besten rufst du selbst mal unten an."
Schwaner greift sofort zum Telefon, wählt, wartet einen Moment.
„Servus Studer, grüß dich, hier ist Martin. Beck sagte mir gerade …"
„Warte, ich stell dich mal auf Lautsprecher."
„Wie ich schon zu Beck sagte …", dröhnt es monoton aus dem Apparat, „… mit größter Wahrscheinlichkeit, man sieht ja nicht viel, ist es Franzl, das erkenne ich am Gang."

„Wer ist dieser Franzl?“ Schwaner legt sich in seinem Stuhl zurück, den Hörer immer noch am Ohr, Beck steht vor seinem Schreibtisch und hört zu.
„Der Franzl heißt eigentlich ‚Franz Großkopf‘, du findest ihn unter diesem Namen im System. Er ist ein alter Bekannter von uns, einer der ältesten Junkies im Viertel. Was wollt ihr von ihm?“
„Wir untersuchen die Geschichte mit dem Toten im Brunnen. Das Video ist aus der Tatnacht ...“
„Der Franzl ist völlig harmlos. Er hat zwar schon einige Male gesessen, aber nur wegen der üblichen Geschichten. Wir kennen ihn über Jahre ...“
Schwaner klickt mit seiner Maus, klemmt den Hörer zwischen Schulter und Wange, tippt mit ausgestreckten Armen: „Franz Großkopf sagtest du ...?“
„Ja, hast du ihn ...?“
„Moment noch ... das dauert heute wieder ewig ... jetzt!“ Schwaner fällt nach vorne und Beck kommt um den Tisch herum. Beide überfliegen die Einträge.
„65 geboren ... Einbruch, Diebstahl, Diebstahl, Drogenhandel ...“ Beck setzt seinen Zeigefinger auf eine Zeile.
„Da steht aber auch etwas von schwerer Körperverletzung, Studer? Das ist zwar schon lange her ... dafür bekam er drei Jahre?“
„Das war die Geschichte mit der Ida damals. Da habe ich mittlerweile zig Versionen dazu gehört. Glaub mir, der Franzl ist harmlos. Ich glaube, ich habe gelesen, der Typ, der Tote, sei aus dem Drogenmilieu ...?“
„Sagt dir der Name Axel Wolff etwas? Kennst du ihn? Ist er bei euch schon mal aufgetaucht?“
„Axel Wolff? ... Axel Wolff. Nee, noch nie gehört.“
„Siehst du! So viel zu dem, was verbreitet wird. Wo können wir den Franzl denn finden. Stimmt die angegebene Adresse noch?“
„Was steht da?“
„Weserstraße 42“
„Vergiss es! Das ist ein Loch, auf welches mehr als zwanzig Junkies gemeldet sind. Das hatte irgendein Verein mal

angemietet, damit die alle einen festen Wohnsitz vorweisen können. Dort triffst du niemanden, zumindest nicht die, die du suchst."
„Was ist dein Tipp?"
„Wartet um die Mittagszeit vor dem Druckraum. Der Franzl taucht da fast täglich auf. Ihr erkennt ihn an seinem schleifenden Gang."
„Woher hat er den?"
„Er ist, glaube ich, mal vom Baugerüst gefallen und hatte sich dabei irgendetwas gebrochen. Und weil er nicht oder zu spät zum Arzt ging, lahmt er jetzt."
„Dank dir Studer, du hast uns schon mal weitergeholfen!"
„Keine Ursache. Haltet mich auf dem Laufenden."
„Geht klar!", antwortet Schwaner.
„Alles klar! Und erinner' den Marthaler, dass sein Tipp für Mittwoch noch aussteht", brüllt Beck hinterher. Dann, nachdem dieser aufgelegt hatte, zu Schwaner. „Der Marthaler hat noch nie richtig geleg'n. Der hat überhaupt keine Ahnung von Fußball. Der macht nur mit, weil er glaubt, sich auch damit nach oben bück'n zu könn'n."

Die von Anne ermittelte Wohnadresse Sonja von Raths liegt im noblen Westend. Das Haus, eine Gründerzeitvilla, steht gegenüber des Grüneburgparks und in gepflegter, nobler Nachbarschaft. Auf dem weiten Grün gegenüber erwarten die ersten Sonnenhungrigen den für heute angekündigten „ersten Sommertag" mit Temperaturen um die dreißig Grad.
An den Eingängen entlang der Straße prangen auffällig unauffällige Messingschilder, die auf den Sitz von Rechtsanwälten, Wirtschaftsprüfern, Steuerberatern, Galerien und Ärzten hinweisen. „Jake Hyde" und darunter „Literary Agency" ist neben dem verschlossenen Tor zu lesen. Die Sprechanlage weist darüber hinaus noch verschiedene Knöpfe mit Initialen aus. Auf der obersten Taste steht: „J.H. & S.v.R."
Beck stöhnt. „Dass die Leute nich' einfach ihre Namen an die Klingel schreib'n könn'n. Was glaub'n die eigentlich, wer sie sind? Michael Jackson?"

„Ich glaube, in dieser Umgebung gehört das zum guten Ton, möglichst anonym zu bleiben.“ Schwaner schaut an der sehr gepflegten Front empor, drückt dann ganz oben.
„Wie das wohl der Briefträger macht?“ Beck kann sich gar nicht beruhigen.
„Der wird sich auskennen.“
„Aber wenn der mal im Urlaub is'? Alleine bei mir im Haus is' das doch schon 'ne Katastrophe. Du glaubst nich', was ich da an Post im Briefkasten hab'! Als sei ich die Verteilstation für die halbe Straße!“
Schwaner drückt nochmals – nichts geschieht. Er wählt den untersten Knopf mit der Firmenanschrift. Unmittelbar darauf meldet sich eine weibliche Stimme und gleich danach wird den beiden Polizisten geöffnet.
Die junge Dame, zu der die freundliche Stimme gehört, empfängt sie nach dem Treppenhaus und einer weiteren Glastür in einer großzügigen Lobby. Herr Hyde sei gerade in einer wichtigen Telefonkonferenz, ob sie vielleicht helfen könne? Beck drängt sich nach vorne und klärt auf, dass sie eigentlich zu Sonja von Rath möchten. Die hübsche Mitarbeiterin entschuldigt sich für einen Moment, sie werde nachfragen, ob Frau von Rath im Hause sei. Beck und Schwaner schauen sich um. Die Wände sind mit Porträts ihnen unbekannter Personen geschmückt. Bei einem ruft Beck, nachdem er das kleine Schildchen unten rechts gelesen hatte: „Den kenn ich! Von dem hab' ich schon mal was im Kino geseh'n!“ Auf dem Tisch und in den halbhohen Regalen liegen Bücher in unterschiedlichsten Sprachen. Manche sind nach Autorennamen geordnet, andere einfach nach Sprachen zusammengestellt. Kurze Zeit später kommt die hilfsbereite Empfangsdame zurück und wird von Beck mit einem breiten Grinsen empfangen. Nochmals zeigt dieser auf das Bild und gibt stolz an, dass er diesen Herrn kennt. Sie nickt freundlich zurück, erklärt noch etwas mit „internationalem Bestsellerautor“ und führt beide zu einem rückseitigen Aufzug. „Sie werden oben erwartet.“ Der Aufzug verschließt den noch immer strahlenden Beck.

Die Tür fährt zur Seite und gibt den beiden Beamten den Blick in einen loftartigen Raum frei. Die Helligkeit, verursacht durch eine durchgängige Fensterfront und mehrere Oberlichter – die Sonne zeichnet rechteckige Figuren auf den Boden – blendet. Schwaner und Beck müssen einen Moment die Augen zukneifen. Kaum können sie wieder sehen, steht eine Dame mit einer Frisur wie Julia Timoschenko vor ihnen, bittet sie herein, fragt, ob sie etwas bringen könne. „Einen Moment Geduld, Frau von Rath wird gleich kommen, sie fühlt sich heute nicht wohl."
Das Zimmer erstreckt sich beinahe über die komplette Etage. Hinten rechts ist eine moderne Küche eingebaut, in welcher der soeben angebotene Kaffee zubereitet wird. Ein riesiger Tisch, mit Platz für mindestens zehn Personen, dominiert den Raum. Auf ihm ist bis auf eine große, blaue Glasschale nichts abgestellt. Überhaupt ist die Einrichtung sehr spartanisch. Nur die Wand, in der sich die Aufzugstür befindet, ist mit einem lebensgroßen Porträt und, völlig unpassend, mehreren anscheinend antiken Waffen, Äxten, Schwertern behangen.
Das Bild, ein älteres Ölgemälde, zeigt einen jungen Mann von beeindruckender, makelloser Schönheit. Seine Kleidung ist elegant und offensichtlich teuer. Mehrere Ringe zieren die schmalen Finger. Seine Augen leuchten. Die glatte Stirn unter den goldenen Locken verrät Intelligenz und Neugier. Ein schmales, kaum wahrnehmbares Lächeln umspielt seine Lippen. Es lässt Sinnlichkeit und feinen Humor erahnen. Kein Zweifel, diesem Menschen liegt das Leben zu Füßen. Er ist mit allen Vorzügen gesegnet. Er muss sich nur entschließen, alles wird ihm gelingen. „Basil Hallward" entziffert Schwaner die mit roter Farbe gemalte Signatur.
Auf der Gegenseite schließt sich eine großzügige Dachterrasse an, auf der eine weiß bezogene Liege, eher eine Art Himmelbett, das offensichtlich eben noch genutzt wurde, ein niedriger, quadratischer Tisch, ein verschlossener Sonnenschirm und mehrere Würfel als Hocker stehen.
Schwaner und Beck blicken durch die zimmerhohen Scheiben über die Dächer des Westends hinweg auf die Skyline. Es ist

eine beeindruckende Aussicht. Hinter ihnen knallt eine Tür. Fast schwebend, ihre Schritte sind unter dem bis zum Boden reichenden engen Kleid kaum zu erkennen, kommt ihnen Sonja von Rath entgegen.
„Herr Kommissar“, flüstert sie kaum vernehmbar Schwaner zu, während sie ihm, wie zum Kuss, die Hand reicht. Ihre Lippen sind mit einem frischen, doch dezenten Rot nachgezeichnet, die Wangen dünn bepudert. „Wie geht es Ihnen?“ Ohne Verzögerung gleitet Sonja von Rath an dem von ihr völlig unbeachteten Beck vorbei ins Freie hinaus. Ihre Wirbelsäule zeichnet sich wie Sägezähne auf dem dünnen Stoff ab. Sie richtet mehrere dicke Kissen, schlägt die Decke zurück, schlüpft darunter und weist mit einem kurzen Blick, begleitet durch eine halbe Pirouette ihrer Hand, den beiden Beamten zwei Hocker zu ihren Füßen zu. Beck und Schwaner setzen sich.
„Sie wissen, warum wir hier sind?“, beginnt der Hauptkommissar. Seine Frage wird mit fast der gleichen Bewegung ihrer Hand beantwortet. Sonja von Rath sinkt unter schmerzlichem Stöhnen noch tiefer in die Kissen.
„Eine furchtbare Geschichte“, presst sie wie unter Schmerzen heraus.
„Woher wissen Sie es, wenn ich fragen darf?“
„Ach, Herr Kommissar, in dieser Branche bleibt nichts lange geheim“, raunt sie mit geschlossenen Augen.
„Dennoch, es stand nicht …“
„Berlioz, Herr Kommissar, Berlioz. Sie waren doch bei ihm. Wenn Sie ihm etwas erzählen, weiß es am nächsten Morgen die ganze Stadt.“ Wieder drehte sich ihre Hand vom Rücken zur Fläche. „Eine furchtbare Geschichte. Wie ist er …?“ Sie schaut Schwaner plötzlich direkt in die Augen.
In der Erinnerung des Hauptkommissars war Sonja von Rath eine andere, eine energische, wenn auch affektierte, so doch selbstbewusste und kämpferische Frau. Diese hier erkennt er kaum wieder.
„Wann haben Sie Herrn Wolff zum letzten Mal gesehen?“
„Vor etwa einer Woche. Er sah furchtbar aus, völlig abgemagert, ausgezehrt.“ Sie legt sich den rechten Arm über die Augen.

„Hatte er sich sonst irgendwie verändert?"
Stille, einige Vögel sind zu hören. Ein tiefer Seufzer. Der rechte Arm verschwindet und gibt feuchte Augen frei. Eine Träne ist allerdings nicht zu sehen. Ihre Hand landet auf einem kleinen Teller neben ihr, auf dem die Reste eines Frühstücks liegen. Sofort beginnen ihre Finger aus den Brotkrumen kleine Kügelchen zu drehen.
„Sie haben ihn doch erlebt, Herr Kommissar. Mal war er so, mal so."
„Das bedeutet?"
„Er konnte der freundlichste, liebevollste und witzigste Partner sein. Er konnte sich aber auch benehmen wie ein völlig ungebildeter, gefühlloser Klotz."
„War das der Grund, warum sie sich getrennt haben?"
„Er hat mich verlassen, weil ich zu einem anderen Verlag gewechselt habe." Die Schriftstellerin gibt sich plötzlich vergeistigt und abwesend. Lang ausgestreckt auf der Liege ist ihr dünner Körper unter der Decke kaum zu erkennen. Die jetzt schon kräftigen Sonnenstrahlen heizen Beck und Schwaner mächtig den Rücken. Endlich bringt die Haushälterin den Kaffee und, als hätte sie es geahnt, eine Karaffe Wasser. Sie stellt das Tablett vor den Polizisten auf einem der Hocker ab und geht sofort wieder.
„Was heißt das? Ich meine, das mit dem Verlag?", versucht Schwaner konkreter zu werden. Sonja von Rath blickt in den über ihr gespannten Himmel aus weißem Stoff.
„Als Autorin, als Künstlerin, muss ich mir das Umfeld suchen, das zu mir passt. Ich war in dem kleinen Verlag von Axel ein Fremdkörper, völlig fehl am Platze. Er konnte mich nicht in meiner Entwicklung unterstützen, ich mich nicht in dem notwendigen Maße entfalten."
„Das hört sich ja an wie im Fußballverein!" Becks erster Kommentar, seitdem sie hier oben angekommen waren, womit er sofort den zu erwartenden Erfolg erntet. Sonja von Rath würdigt ihn keines Blickes und übergeht seine Anmerkung.
Das helle Licht lässt das schnell und unvollständig aufgetragene Make-up und die dunklen Augenpartien jetzt deutlich hervortreten. Ihre Finger rollen unentwegt weitere kleine

Kügelchen aus dem weichen Inneren eines zerpflückten Brötchens.
„Ich fühle mich nicht wohl. Die Sache hat mich sehr mitgenommen, sogar mehr, als ich erwartet habe. Vielleicht könnten Sie darauf Rücksicht nehmen und Ihren Besuch entsprechend einrichten?"
„Warum haben Sie sich letzte Woche getroffen?"
„Ach, das war nichts Außergewöhnliches. Hin und wieder gingen wir zusammen essen, jeder erzählte dem anderen irgendetwas ..." Wieder ein langer Blick nach oben. „... Klatsch, Tratsch und so weiter."
„Hatten Sie den Eindruck, dass Herr Wolff deprimiert war oder dass er, wie soll ich sagen ...?
„Sie meinen, ob er sich umbringen wollte?"
„Ja, genau."
„Axel wollte sich schon so oft umbringen. Alle paar Wochen packte ihn der Weltschmerz, mal war es das ‚neue feudale System', wie er es nannte, mal irgendwelche Gräueltaten, mal seine eigene wirtschaftliche Not." Wieder eine Pause. „Vielleicht aber auch nur, weil er mich noch immer liebte." Den letzten Satz sagte sie nicht ganz ohne Stolz in der Stimme.
„Seit wann waren Sie getrennt?"
„Seit mehr als zwei Jahren."
„Könnte vielleicht der Kummer darüber ..."
„Nein!" Sonja von Rath plötzlich vehement. „Nein, auf keinen Fall. Axel hat sich lieber in seiner gekränkten Eitelkeit gesuhlt, sich als den armen Schlucker hingestellt, der gegen den reichen, erfolgreichen Geschäftsmann keine Chance hat. Glauben Sie mir, diesen Dolch, den er unentwegt in sich drehte, hätte er nicht so einfach weggeworfen."
„Sie meinen also, er liebte Sie zwar noch, wusste jedoch, dass er Sie nie mehr erreichen kann, und das erfüllte ihn mit Lebenssinn?" Schwaner hörte Beck hinter sich laut auspusten.
„Ja, so ungefähr." Frau von Rath selbstbewusst. „Ihnen ist sicher die Kraft der Melancholie unbekannt ...?" Die Schriftstellerin spricht wie ein sich offenbarendes Orakel. „... Anderen, schöpferischen, kreativen Geistern ist sie ein Lebenselixier,

ohne das sie kein Kunstwerk erschaffen und schon gar nicht existieren könnten.“ Beck war nun noch lauter zu hören.
Schwaner blieb dagegen sehr ernst. Seine Gedanken in den letzten Tagen hatten ihm zumindest eine Ahnung von dem vermittelt, was die Schriftstellerin beschrieb.
„Nahm Axel Wolff Drogen?“
Ihr Kopf schnellte nach oben. „Drogen? Axel?“ Sie lachte auf. „Sie wissen, dass er trank, manchmal sogar sehr viel trank ...?“
„Ich meine, andere Drogen?“
„Nein, also davon ...“ Sie wurden unterbrochen.
Ein Herr unbestimmten Alters, sicherlich älter als sein Aussehen, an Armen und im Gesicht braun gebrannt, weiße Hose, gelbes Ralph-Lauren-Polo-Shirt darüber, einen strahlend blauen Pullover locker um die Schultern geworfen, die strumpflosen Füße in Segelschuhen, betritt die Terrasse. Seine kräftigen Schritte lassen die Bretter federn. Er umkreist die Gruppe und geht zuerst ans Kopfende der Liege.
„Wie geht es dir, Darling?“ Der typisch englische Akzent schwingt zu Beck und Schwaner herüber, zu denen sich Jake Hyde, ohne eine Antwort seiner Frau abzuwarten, umdreht.
„Jake, darf ich dir vorstellen, das ist der Kommissar, dem ich einmal im Literaturhaus begegnet bin.“ Beck übergeht sie völlig.
„Ah, ein Kommissar, der etwas von Büchern versteht!“ Hyde zeigt zwei Reihen strahlend weißer, makelloser Zähne, die in seinem dunklen Gesicht noch künstlicher wirken. Er stellt sich vor Schwaner hin, der aufsteht und damit Hyde, von der Größe des Kommissars überrascht, einen Schritt zurück drängt.
„Hauptkommissar Schwaner“, greift dieser nach der ausgestreckten Hand.
„Jake Hyde“, antwortet jener. Beide messen sich ein wenig im Händedrücken und In-die-Augen-Starren. „Mein Kollege Sven Beck“, gibt sich Schwaner unbeeindruckt.
„Der Kommissar ist wegen Axel hier!“, ruft Frau von Rath, nun wieder kräftiger bei Stimme. Die beiden lassen sich los.
„Oh, ja. Eine schreckliche Sache, das. Furchtbar. Kaum zu glauben. Wie ist das passiert?“
„Das wissen wir im Moment selbst noch nicht.“

„Axel war so ein feiner Kerl. Ich mochte ihn sehr, obwohl wir es nicht leicht miteinander hatten.“ Mit einem Siegerlächeln deutet Hyde zur Liege hinüber. „Sie verstehen, was ich meine?“
„Wann haben Sie Herrn Wolff zuletzt gesehen?“, fragt Schwaner kühl.
„Das war letztens, das war …“, er dreht sich zu Sonja von Rath um. „Darling, wann warst du mit ihm essen? Ich habe dich dort abgeholt.“
„Das war letzte Woche, Schatz. Das habe ich dem Kommissar bereits gesagt.“
Hyde dreht sich wieder Schwaner zu. „Sie hören, letzte Woche. Ich habe meine Frau abgeholt und dabei auch Axel kurz gesehen.“
„Sie sind verheiratet?“ Diese Frage verwirrt sowohl Hyde als auch Frau von Rath.
„Äh, nein, sorry. Sind wir nicht. But, wir nennen uns so, als seien wir es. Sonja is my wife.“ Er strahlt zur Liege hinüber, von dort strahlt es zurück.
„Hatten Sie auch beruflich mit Herrn Wolff zu tun?“
„Beruflich? No! Nein! Da waren wir sehr verschieden, ich meine, unterschiedlich.“
„Was macht ein Literaturagent?“
Hyde setzt wieder sein breitestes Lächeln auf. Er ist dankbar für diese Frage. Er liebt es, über seinen Beruf zu sprechen. „Well, ein Literaturagent, oder ich, wenn Sie wollen …“, er legte schüchtern die Hände vor seine Brust, „… wir vermitteln Literatur zwischen den Ländern. Da gibt es, for example, einen jungen Autor in Amerika. Wir bringen ihn, oder mehr, seine Bücher, nach Deutschland oder Frankreich, … oder Italien. Und genauso umgekehrt.“
„Ich sag' ja, wie im Fußball!“, schnoddert Beck hinter Schwaners Rücken.
„Yes, genau! Der Autor ist wie ein Footballplayer. Wir suchen das richtige Team für ihn. Sehr gut, sehr gut, Herr …?“ Hyde versucht, um Schwaner herum zu sehen. „Beck!“, ruft Beck ihm zu.
„Und wenn Sie einen Autor vermittelt haben, verdienen Sie daran?“

„Oh, das ist ganz unterschiedlich. Manchmal ich verdiene am Buch, manchmal ich verdiene am Autor, manchmal ich nehme Autoren auch direkt unter Vertrag. Das ist ein wenig kompliziert."
„Verdienen Sie viel?"
„Oh, es reicht, um davon zu leben." Hyde grinst verschmitzt und zeigt mit beiden Händen auf das Drumherum.
„Wie im Fußball", meldet sich Beck wieder. Dieses Mal wird er auch von Hyde übergangen.
„Wir möchten dann nicht länger stören." Schwaner reicht Hyde nochmals die Hand hin, Beck springt hinter ihm auf.
„Ich bringe Sie zur Tür." Sonja von Rath, sichtlich erleichtert und plötzlich genesen, entschlüpft der Decke. Mit schnellen Schritten ist sie schon an der Fensterfront.
„Eine Frage noch …"
„Die berühmte ‚eine Frage' noch. Das ist ja wie bei Columbo!", scherzt sie zurück.
„Kennen Sie einen Bert Dreier oder einen Alban Winter?"
„Ja, natürlich. Das sind Freunde von Axel. Wobei Alban nicht mehr lebt, das wissen Sie vielleicht?"
„Und Franz Großkopf. Kennen Sie den auch?"
„Großkopf? Franz Großkopf?" Sie blickt zum Himmel hinauf. „Soll das auch ein Freund von Axel sein?"
„Ich hoffte, Sie könnten mir das sagen."
„Nein, tut mir leid. Diesen Namen habe ich nie gehört."
„Und als Franzl vielleicht?"
Wieder ein Blick in den Himmel. „Nein, auch nicht."

Beck, Schwaner und Sonja von Rath gehen zum Aufzug. Hyde bleibt auf der Terrasse zurück.
„Dieses Bild sieht Ihrem Mann gar nicht ähnlich." Der Hauptkommissar weist mit dem Kopf nach oben.
„Er ist nicht mein Mann und das ist auch nicht mein Mann. Es ist ein Bild, das Jake sehr wichtig ist. Wenn es nach mir ginge, wäre es, wie all die anderen Sachen ...", sie zeigt auf die antiken Waffen, „längst verschwunden. Das sind angeblich irgendwelche Requisiten aus einer Macbeth-Verfilmung. Er ist so stolz darauf."

Schwaner unterbricht sie nicht und bleibt, mit in den Nacken gelegtem Kopf, vor der Wand stehen.
„Als ich hier einzog“, Sonja von Rath dreht sich zum Raum hin, „war dies hier mehr ein Rittersaal als ein Wohnbereich. Alles war vollgestopft. Sogar eine alte Rüstung stand dort in der Ecke.“ Sie zeigte nach links. „Vieles konnte ich entsorgen, damit ich hier leben kann. Aber hierbei“, sie drehte sich wieder dem Bild zu, „blieb er unnachgiebig, er wurde sogar richtig böse. So kannte ich Jake gar nicht.“
Nachdenklich folgt sie Schwaners Blick und schaut ebenfalls nach oben.
„Für ihn bedeutet das Bild die ewige, nie vergehende Jugend. Es gemahnt uns daran, dass unser Leben vergänglich ist, dass wir alt und hässlich werden und irgendwann der Tod an die Tür klopft.“ Sie schweigt einen Moment.
„Jake sagt, dieses Bild fordere jeden Tag Rechenschaft von ihm, was er mit seinem Leben, seiner Zeit anfängt.“ Sonja von Rath verscheucht mit einem kurzen Wink alle ihre Gedanken und wendet sich dem Aufzug zu. „Diese Engländer sind so sentimental, sage ich Ihnen.“ Dabei drückt sie auf den Knopf, der die Fahrstuhlkabine nach oben beordert.

12. Kapitel

Schwaner und Beck fahren die kurze Strecke ins Bahnhofsviertel größtenteils schweigend. Beck schüttelt hin und wieder den Kopf hinter dem Steuer, brummelt einmal: „Wenn man mit Schreib'n so viel Geld verdien'n kann, mach ich das auch mal." Und etwas später: „Den ganz'n Tag in der Sonne lieg'n und über das Leben nachdenk'n, das is' doch ein super Job, oder?"
Schwaner geht nicht darauf ein. Ihn beschäftigt etwas anderes. „Melancholie als Lebenselixier", so hatte es Sonja von Rath genannt. Schwaner erinnert sich an Axel Wolff, wie er damals neben ihm an der Theke stand und gegen seine ehemalige Lebensgefährtin pöbelte. Der Kommissar versucht sich an Wolffs Gesichtsausdruck zu erinnern. Ihm scheint es heute so, als seien darin unerträgliche Schmerzen zu sehen gewesen. Schmerzen und Bitterkeit. Ein Satz fällt ihm plötzlich wieder ein: „Man muss es durchlitten haben!" Genau, „durchlitten haben", das waren seine Worte damals. Sie haben sich Schwaner eingeprägt, da er schon dort, an der Theke im Literaturhaus, das Gefühl hatte, dass Wolff von sich sprach.

Es ist halb eins, als Beck und Schwaner, jeder an einer anderen Straßenecke, schräg gegenüber des Druckraums, Stellung beziehen. Der Hauptkommissar steht auf der Sonnenseite. Die rötlichen Quadersteine des riesigen, ehemals prunkvollen Hauses sind mit dämlichen Techs überzogen. Auf der einzig weißen Fläche der Fassade ist ein Graffito aufgesprüht.
Schwaner staunt über die Kunstfertigkeit des Sprayers und die Detailtreue im Bild. Es zeigt eine Gestalt mit Kapuzenshirt im Schneidersitz. Sie hält sich eine gefüllte Spritze wie eine Pistole an den Kopf. Darunter steht: „Keiner kommt hier lebend raus! Banksy"
Ein bestialischer Gestank nach Kot und Urin, seit Stunden von der Sonne gebacken, steigt dem Hauptkommissar in die Nase. Er schaut sich um. Auf dem glühenden Asphalt lag ein riesiger Haufen, dicht neben seinen Füßen und unmittelbar an der Hauswand. In der Ritze zwischen Gehsteig und Mauerwerk,

umrandet von zahllosen Spuren hündischer und menschlicher Reviermarkierungen, wuchs strahlend grün ein schmaler Streifen Klee. ‚In der Scheiße wächst das Glück', war Schwaners unmittelbarer Gedanke. Er geht einige Meter in die Straße hinein und platziert sich in einem Hauseingang. Hier riecht es nur nach kleinen Geschäften.
Ein groß gewachsener Kerl kommt auf Krücken heran. Ein Bein fehlt ihm. Er trägt eine dunkle Pluderhose, die sich rechts bläht wie ein Ballon und links abgebunden ist wie das Ende einer Wurst. Es könnte auch Maskerade sein.
Gekleidet ist die Gestalt wie ein Pirat. Auf seinem blanken Schädel sitzt, weit nach hinten geschoben, ein Dreispitz. Das rechte Auge verdeckt die obligatorische, schwarze Klappe. Trotz der Temperatur trägt er eine schwere, dunkelblaue Uniform mit goldenen Schulterklappen und Knöpfen.
Schwaner staunt, wie geschickt und schnell sich der Seeräuber bewegt. Aus den weiten Jackentaschen zieht er Flyer und verteilt sie an die Passanten. Auch dem Hauptkommissar drückt er einen mit den Worten: „Hier Junge, wenn du mal etwas erleben willst. Ist gleich um die Ecke." in die Hand und humpelt weiter.
„Long John Silver" steht auf dem schmalen Blatt. „Table Dance & Bar". Darunter sind einige, ebenfalls als Piraten verkleidete, halb nackte Frauen zu sehen. „Durchgehend von 8–6 Uhr geöffnet." Schwaner steckt den Zettel in einen der Briefkästen neben sich, obwohl darauf „Keine Reklame" steht.
Beck schickt ihm eine SMS: „er kommt von links". Schwaner sieht wenig später einen völlig abgemagerten Mann, der trotz der Hitze einen Mantel über Schal und dickem Pulli trägt. Die Seiten hängen wie ein nasses Laken an ihm herab und pendeln im gebrochenen Rhythmus seines schleifenden Ganges an seine Beine. Die Haare des Mannes scheinen verfilzt, das Gesicht ist mit einem ungepflegten Vollbart überwuchert. Er ist der auf dem Videoausschnitt neben Wolff Gehende, daran besteht kein Zweifel. Allerdings ist sein Gang noch schwerfälliger, seine Haltung noch gebeugter.
Die beiden Polizisten lassen Großkopf den Druckraum betreten, überqueren dann selbst die Straße und gehen unmittelbar hinter

dem Gesuchten hinein. Sie bauen sich hinter Großkopf, der am Schalter vor ihnen lehnt, auf.
Als würden Beck und Schwaner einen unangenehmen Geruch verströmen, verlassen alle Anwesenden, die ihr Kommen gesehen haben, den Raum. Franzl spürt die Aufregung hinter sich, dreht sich schwerfällig um und blickt aus trüben Augen die ihm unbekannten Herren an.
„Wohlt ihr was fon mier?", fragt er ungerührt und völlig gelassen.
Ohne eine Antwort abzuwarten, dreht sich Großkopf wieder dem Schalter zu, schwankt, stützt sich an der Glasscheibe vor ihm ab.
Der Mann dahinter, Mitte vierzig und offensichtlich mit allen hier vertraut, schaut Schwaner und Beck an wie jemand, der niemanden anschauen muss, um ihn zu erkennen. Er wendet sich in einer Art stiller Akzeptanz der Dinge, die mit oder ohne sein Dasein genauso geschehen werden, wie sie geschehen werden, an Großkopf.
„Na, Franzl, wo warst du denn die letzten Tage?"
Franzl antwortet nicht, dreht nur ein, zwei Mal den Kopf.
„Was brauchst du heute?"
Der Angesprochene zieht sich zwei Schrittchen nach rechts, bis er komplett vor der Ausgabe steht.
„Washastnda?" Er wischt sich mit dem Handrücken über den Mund.
„Hast du getrunken?"
„'trunken? – Nee – 'abichnich!" Franzl sackt leicht in die Knie, schwankt wieder.
„Hast du heute schon etwas gegessen?" Die Stimme des Herrn wird lauter und betonter als zuvor. Er wartet geduldig auf die verzögerte Antwort.
„Gessen? – Nee, habichnich."
„Warte einen Moment", sagt er mehr zu den beiden Beamten hin, die ungerührt hinter Franzl stehen.
„Klaawartich!", ruft er hinter dem Herrn her, der nach hinten geht und dort etwas zusammensucht. Er dreht einmal den Kopf etwas weiter zur Seite. „Seid ihr immer nochda?", fragt er mehr zu sich selbst.

„Hier Franz, da haste was für heute. Iss es auch, okay?"
„Okayokayokay." Franzl nimmt den weißen dünnen Kunststoffbeutel, schaut kurz hinein, ohne etwas zu erkennen. Er bleibt vor der Ausgabe stehen, will sich nicht umdrehen.
„Die beiden da warten wohl auf dich."
„Lassewarten. Ich kenn die nich'!"
„Herr Großkopf?", tritt Beck an die schmale Gestalt heran, die nicht im Mindesten reagiert. „Herr Großkopf?!"
„Oh!" Franzls Stimme wird schrill. „Herr Großkopf! Das habich ja schon lang nichmehrjehört." Dabei dreht er sich zu Beck und Schwaner um. Es ist unklar, ob er die beiden wirklich wahrnimmt, und falls ja, in welcher Form. Vielleicht waren sie nur zwei fließende Schatten vor seinen Augen, die wässrig, geisterhaft und fern jeder Realität waren. Er konnte volltrunken, voll gekifft oder komplett unter einer anderen Droge stehen. Eigenartig nur, dass er bei genauem Hinsehen gar nicht so verwahrlost ist. Seine Klamotten scheinen einigermaßen sauber und er selbst frisch gewaschen zu sein. Seine Haare sind zwar wirr, aber nicht fettig und verklebt.
„Gehst du mit ihm raus?", sagt Schwaner zu Beck, der nicht wenig Mühe hat, den lallenden Franzl vor die Tür zu bugsieren. Schwaner geht zum Schalter, zeigt seinen Ausweis, nennt seinen Namen.
„Sie kennen Herrn Großkopf?", wendet sich der Hauptkommissar an den Herrn auf der anderen Seite, der geschäftig in einer Schublade kramt.
„Ich wusste noch nicht einmal, dass er Großkopf heißt."
„Aber Sie kennen ihn als Franzl?"
„Ja, natürlich!" Der andere schiebt energisch die Schublade zurück. „Ich kenne alle hier. Was wollen Sie von ihm? Was will die Kriminalpolizei von ihm? Wir haben hier eine Abmachung mit Studer, dass ihr hier nicht reinkommt. Wir passen hier schon selbst auf, dass sich jeder an die Regeln hält."
„Welche Regeln?"
„Hier drin wird nicht gedealt und nichts verschoben. Wer dabei erwischt wird, fliegt raus und kommt nicht mehr rein."

„Ach so, davon wusste ich nichts.“ Schwaner etwas kleinlaut. Insgeheim glaubt er nicht, dass Hausverbot eine wirklich ernste Strafe für die Junkies darstellt. „Und das wirkt?“, fragt er nach.
„Wir versuchen hier Vertrauen aufzubauen. Die zu uns kommen, haben nichts mehr. Alles geben sie für Drogen her. Sie kennen keine Freunde und keine Beziehungen. Sie verraten jeden und laufen jedem hinterher, der ihnen etwas anbietet.“ Wütend wischt er mit einem Lappen die Ablage sauber. „Wir sind für sie vielleicht so etwas wie die Kirche. Man glaubt nicht dran, geht aber trotzdem hin, um andere zu treffen.“
„Sie fragten ihn eben, wo er die letzten Tage war?“
„Ich habe zu tun!“, reagiert der Herr hinter dem Schalter bockig. Laut stapelt er irgendwelche Schalen aufeinander und möchte damit nach hinten verschwinden.
„Kommen Sie, wir ermitteln in einem Mordfall ...“
„Mord? Der Franzl?“ Er kommt zurück zur Durchreiche, die Hände immer noch bepackt. „Das ist doch nicht Ihr Ernst?“
„Er ist auf einem Video mit dem späteren Opfer zu sehen.“
„Nie im Leben bringt der Franzl jemanden um. Sie haben ihn heute in einem schlechten Zustand erlebt ...“
„Was heißt ‚schlechter Zustand‘?“, hakt Schwaner sofort ein. Er sieht, dass sein Gegenüber zwischen zwei Seiten schwankt. Der Polizei helfen oder das Vertrauen der Junkies behalten.
„So wie er heute war, bedeutet, dass er die letzten Tage Geld hatte.“
„Wie kommen Sie darauf?“
„Wie gesagt, ich kenne hier jeden. Und bei Franzl ist es so, dass er sich, wenn er flüssig ist, mit allem zudröhnt, was er kriegen kann. Die letzte Kohle gibt er für irgendeinen chemischen Scheiß aus. Dann sieht er so aus, wie er eben aussah.“ Der Herr stellt die Schalen wieder ab. „Er war ein paar Tage nicht hier, das heißt, dass er Geld hatte. Muss auch relativ viel gewesen sein.“
„Wie viele Tage war er nicht hier?“
„Ich glaube vier oder fünf. Ich bin auch nicht immer da. Aber glauben Sie mir, er bringt niemanden um. Dazu ist er gar nicht fähig.“

„Sie meinen körperlich?"
„Nein, ich meine von seiner Art her. Sie müssten ihn einmal anders erleben, dann wüssten Sie, was ich meine. Das sind doch keine Monster hier, das sind arme Schweine."
„Woher könnte er das Geld haben?"
„Was weiß ich. Einbruch, Diebstahl, gefunden ..."
„Einem Toten aus der Brieftasche genommen ...", setzt Schwaner fort.
„Ach verdammt, warum rede ich überhaupt mit Ihnen!" In seiner Erregung wirft er den Stapel Schalen neben sich um, die laut scheppernd zu Boden fallen. Wütend hebt er sie wieder auf. „Glauben Sie doch, was Sie wollen!"
„Tut mir leid", entschuldigt sich der Hauptkommissar und möchte die Situation beruhigen. Er geht ein, zwei Mal vor der Glaswand auf und ab.
„Kennen Sie einen Axel Wolff?"
„Wie gesagt, ich kenne hier niemanden mit Vor- und Nachnamen. Das interessiert mich auch nicht. Hier heißt auch niemand, wie er heißt."
Schwaner zieht ein Bild von Wolff hervor, das er Messners Berichtsmappe entnommen hatte.
„Haben Sie ihn hier schon mal gesehen?"
Zu Schwaners Überraschung schaut sein Gegenüber lange auf das Foto und denkt nach.
„Doch ja. Ich glaube ihn schon mal gesehen zu haben. Das ist aber schon eine ganze Weile her. Und wenn ich mich richtig erinnere, war er mit Franzl hier, das heißt, er hat Franz begleitet. Sie schienen sich zu kennen, Freunde zu sein, was ungewöhnlich ist, deswegen ist es mir aufgefallen und habe ich es behalten."
„Wieso ungewöhnlich?"
„Wie ich eben schon sagte, die meisten haben oder kennen keine Freunde mehr." Er setzt die Schalen, diesmal fast resignierend, ab. „Der einzige Unterschied in ihrem Verhalten", er meinte offensichtlich alle Drogenabhängigen, die hier ein- und ausgehen, „ist, ob sie gerade etwas haben oder nicht. Wenn sie etwas haben, schweben sie kurzzeitig in einer anderen

Welt, wenn sie nichts haben, würden sie alles tun, um etwas zu bekommen."
„Aber der Franzl nicht?"
„Nein! Auch das habe ich Ihnen doch schon mehrfach gesagt. Der Franzl nicht. Er ist auch einer der Ältesten hier. Viele andere sind doch längst vor ihm krepiert. Er ist eben anders, hat seine Sucht irgendwie noch im Griff, glaube ich zumindest."
„So etwas geht?"
„Natürlich! Schauen Sie sich doch nur einmal in unserer unmittelbaren Nachbarschaft um. Die Herren in den schicken Anzügen zeigen Ihnen, wie das geht. Wenn Sie genug Geld haben, können Sie Ihre Sucht wunderbar vertuschen. Zumindest über einen langen Zeitraum. Oder glauben Sie etwa, dass unsere Kundschaft hier für die Milliardenumsätze im Drogenhandel sorgt?"

Schwaner tritt hinaus auf die Straße. Beck steht, Franzl vor sich an der Hauswand, links neben dem Eingang. Auch hier draußen haben sich alle anderen verzogen. Franzl tippelt auf der Stelle, als sei ihm kalt, dabei ist das sommerliche Tageshoch sicherlich schon erreicht. Schwaner zieht wieder die Fotografie aus der Innentasche, hält sie vor Franzls Nase.
„Kennen Sie Axel Wolff?"
Franzl schaut gar nicht auf das Bild.
„Nntürlich kenn ich den Akki, warum?"
„Woher kennen Sie Herrn Wolff?"
„Derakki unn ich sind Kumpels, verstehste. Echte Kumpels, keinesoscheißkerle. – Der Akki is korrekt." Zum ersten Mal war ein Funke in seinen Augen zu sehen.
„Woher Sie sich kennen, war meine Frage."
„Woher? – Schonlange – von der Uni – wirham mal zusammen studiert. Philosophieunnsonscheiß." Franzl krempelt seinen linken Ärmel nach oben, zeigt seinen völlig vernarbten Unterarm. Halbrund um die Beuge ist „Fiat voluntas tua" eintätowiert.
„Da! Siehste das? Kannstedaslesen?" Er schaut die beiden hämisch grinsend an. „Ich kannes lesen – un der Akki auch!

– Weil wir studiert sind." Wieder wankt Franzl beträchtlich. Er hält noch immer den nackten Arm heraus. ‚Dein Wille geschehe' – dasstehtda."
„Wann haben Sie ihn zuletzt gesehen?"
Franzl lässt den Ring aus Stoff los. „Den Akki, vornenpaartagen, warum. Hat er was ausgefressen?"
„Wo haben Sie sich mit ihm getroffen?"
„Nahier, wieimmer."
„Hier, vor diesem Haus?"
„Nee, nichdirekt hier. Hier im Viertel, ichweißnichmehr wo. Er findet mich, der Akki, weil er mein Kumpel is."
„Und danach, wo sind Sie dann hingegangen?"
„Wir sind rumgezogen, glaubich ..."
„Martin, das hat doch kein'n Sinn. Der ist doch komplett dicht", so der sichtlich genervte Beck. Schwaner musste seinem Assistenten recht geben. Nichts von dem, was Großkopf erzählte, musste stimmen. Verwertbar war seine Aussage auf keinen Fall. Aber was sollten sie mit ihm anstellen? Mitnehmen? Dazu hatten sie keinen hinreichenden Grund. Zudem würde es einen enormen Aufwand bedeuten, einen Schwerstabhängigen in eine Zelle zu schließen.
„Ich rufe mal den Studer an." Schwaner tritt zur Seite, spricht mit dem Kollegen aus dem Drogendezernat.
„... Ja gut. Ich habe dich verstanden. So machen wir es." Der Hauptkommissar legt auf.
„Herr Großkopf? Herr Großkopf? Franzl?" Erst jetzt blickt dieser zu Schwaner auf.
„Es wäre schön, wenn wir uns morgen nochmals mit Ihnen unterhalten könnten. Es geht um Ihren Freund Axel Wolff. Haben Sie mich verstanden?"
„Der Akki? Warum?"
„Herr Großkopf, wir kommen morgen wieder." Schwaner legt ihm beruhigend eine Hand auf die dünne Schulter, nickt Beck zu, dass sie gehen.
„Der Studer will ihn bis morgen im Auge behalten. Dann haben wir vielleicht mehr Glück."

Beck setzt Schwaner im Polizeipräsidium ab, fährt dann selbst nochmals zur Anschrift des AW-Verlages. Schwaner geht kurz zu Studer, dann nach oben in sein Büro. Zu seiner Freude liegt bereits der Bericht der Obduktion auf seinem Schreibtisch.
‚Da war meine Leichenschnipplerin aber fleißig', bedankt er sich insgeheim bei Sandra und beginnt sofort in den wenigen Seiten zu lesen. Schon nach ein paar Zeilen greift er zum Hörer.
„Dr. Thielacker?“, meldet sich Sandra.
„Hallo, ich bin es.“
„Das habe ich mir gedacht, dass du gleich anrufen wirst. Hast du meinen Bericht gelesen?“
„Nein, noch nicht. Das heißt, noch nicht ganz.“
„Warum mache ich mir dann die Mühe?“
„Hier steht – Entschuldigung – schreibst du, dass der allgemeine körperliche Zustand des Opfers als „sehr schlecht“ bezeichnet werden muss?“
„Ja! Und wenn du weitergelesen hättest, wüsstest du auch warum.“ Sandra hörte Martin hektisch blättern.
„Wo ...?“
„Er hatte Krebs, Martin. Und zwar im Endstadium. Lebenserwartung meiner Meinung nach nur noch wenige Wochen, wenn überhaupt. Es gab fast kein Organ, das nicht befallen war.“
„Krebs?“, ruft Schwaner perplex.
„Ja, Krebs. Und wie gesagt, im Endstadium.“
„Wusste er ...?“
„Martin, das weißt du nicht nur, das spürst du jeden Tag. Er muss sicherlich unter medizinischer Betreuung gestanden haben, zumal er ja nicht stationär untergebracht war. Und sicherlich hat er starke Schmerzmittel nehmen müssen. Die Tests dazu sind noch nicht abgeschlossen.“
„Und die Wunde am Kopf?“
„Die wurde durch einen stumpfen Gegenstand verursacht. Allerdings war sie nicht tödlich, noch nicht einmal sehr heftig. Sie hat einen Riss auf der Kopfhaut und eine Schwellung darunter verursacht, mehr aber auch nicht.“
„Und wurde vor dem Tod des Opfers zugefügt?“

„Auf jeden Fall!"
„Was ist mit der Überdosis, kannst du dazu schon etwas sagen?"
„Nein, wie gesagt, die Tests dazu laufen noch. Es sind deutliche Einstichstellen am linken Arm zu sehen. Es sind allerdings die einzigen am ganzen Körper und dazu recht laienhaft ausgeführt."
„Er war also nicht drogenabhängig?"
„Zumindest nicht lange. Es kann auch sein, dass er sich selbst Schmerzmittel injizierte." Sandra kann durch den Apparat spüren, wie es in Martin arbeitet. „Was denkst du?"
„Na ja, ich weiß nicht ... Ich bin überrascht. Wir sind schon von einer Art Selbstmord ausgegangen, konnten aber den Schlag dazu nicht einordnen. Deine Ergebnisse könnten diese Theorie untermauern, wobei es immer noch nicht den Schlag auf den Hinterkopf erklärt. Er kann nicht durch einen Sturz ...?"
„Nein, auf keinen Fall. Erstens ist die Wunde typisch, fast lehrbuchhaft, für einen von oben geführten Schlag. Zweitens wäre die Stelle am Kopf für einen Sturz nahezu unmöglich. Drittens hätte etwas im Brunnenbecken liegen müssen, was von seiner Größe nicht zu übersehen war."
„Hätte der Schlag ausgereicht, um ihn bewusstlos ...?"
„Vielleicht ja. In seiner körperlichen Verfassung – möglich, sogar wahrscheinlich. Aber wenn, dann nur für einige Sekunden."
„Wolff wird niedergeschlagen, verliert das Bewusstsein, es wird ihm die Überdosis gespritzt."
„Könnte so gewesen sein."
„Jetzt ist nur die Frage, ob mit seinem Einverständnis oder nicht."
„Du meinst, er hatte einen Helfer, der ...?"
„Ja, einen Kumpel, der ihm das Zeug spritzt, weil Wolff es selbst nicht kann. Der nicht kräftig ist, eher mager ..." Schwaners Stimme zischte zynisch.
„Tod auf Verlangen oder wie ihr das nennt?"
„Ja, das wäre eine denkbare Variante. – Aber warum dann an diesem Ort. So etwas findet doch eher zu Hause statt, in deiner gewohnten Umgebung. Dort nimmst du Abschied vom Leben, bittest jemanden, dir beizu ..." Martins weitere Gedanken versinken im abermaligen Geraschel des Papiers.

„Ich habe im Bericht gelesen, dass bei dem Opfer keinerlei Wertsachen gefunden wurden. Das wäre für einen Freund doch ...“, Sandra zögerlich.
„Es sei denn, der betreffende Freund bräuchte Geld ...“
„Du hast schon jemanden in Verdacht?“
„Ja, vielleicht – wir haben heute versucht ihn zu vernehmen.“

Im Eingangsbereich des Polizeipräsidiums sitzen zwei Herren. Seit fast einer halben Stunde warten sie auf den nicht sehr bequemen Stühlen. Sie möchten „den ermittelnden Beamten in der Sache Axel Wolff“ sprechen, so hatten sie sich am Schalter angemeldet. Es sind die beiden Autoren Stefan Vogel und Jürgen Brauer. Sie haben im Verlag des Toten ihre Bücher publiziert. Stefan Vogel einen Roman – eine Mischung aus Sozialstudie, Familiendrama und Liebesbeziehungen –, in dem es um dreieinhalb Brüder und deren herrischen Vater ging. Eine ziemlich wirre und mehr als tausend Seiten starke Geschichte, in welcher der Älteste und der Vater die gleiche Frau lieben, der Mittlere alle seine Verwandten hasst und der Jüngste sich unentwegt um Aussöhnung bemüht. Inwieweit die Handlung autobiografisch motiviert und welcher der Brüder, oder alle drei, der Autor selbst ist, darüber schwieg Vogel beharrlich. Am Ende ersticht der Halbbruder den Vater und nimmt sich anschließend selbst das Leben. Das Buch blieb von der Öffentlichkeit und den Medien weitgehend unbeachtet, was Vogel tief kränkte und dies dem mangelnden Einsatz des Verlages, den spärlichen Anzeigen, dem lahmen Vertrieb und nicht zuletzt Axel Wolff persönlich zuschrieb. Später verspann er sich in die Vorstellung, sein Roman sei sehr wohl ein Erfolg gewesen, allerdings von Wolff verschwiegen und verschleiert. Er glaubte, in anderen Büchern Hinweise auf seine Geschichte zu finden, heimtückisch kopiert und von Wolff gegen Lizenzgebühren verkauft.
In Brauer fand Vogel, nachdem er alle Autoren des AW-Verlages zu infizieren suchte, einen willigen Mitstreiter. Brauer hatte drei langatmige und trockene Krimis veröffentlicht und deren Druck selbst finanziert – der einzige Grund, warum Wolff sie überhaupt in sein Programm aufgenommen hatte. Der nicht

eben bescheidene Brauer rechnete fest mit der Verfilmung seiner Bücher, was einem Sechser im Lotto gleichkäme. Der Hauptgewinn blieb aus und so suchte auch er einen Schuldigen für den Misserfolg. Wolff hatte seiner Meinung nach mögliche Produktionsfirmen absichtlich durch unseriöse Angebote vergrault oder – so die Version nach einigen Treffen mit Vogel – bereits mehrere Vorverträge abgeschlossen und das Geld daraus im Ausland deponiert. Beide Autoren einte damit die Gewissheit, dass Wolff sie nach Strich und Faden betrogen und hintergangen habe, er ein Vermögen vor ihnen verberge, das, wenn nicht ganz, so doch zu großen Teilen ihnen zustehe. Diese Ansprüche möchten sie hier und heute geltend machen, dazu sind sie, gleich nachdem sie vom Tod Wolffs erfahren haben, hierher gekommen.

Da sie nicht anders können und auch kein anderes Thema haben, stacheln sie sich unentwegt weiter an.

„Vielleicht hat ihn ja ein anderer aus dem Verlag umgebracht?“, fragt Brauer leicht lächelnd. Offensichtlich gefällt ihm diese Vorstellung.

„Was weiß ich ... Ist doch auch unwichtig“, antwortet Vogel mit bitterer Miene. „Geschieht ihm recht!“

„Ob die uns sagen, wie ...?“

„Das ist doch völlig egal ... mir jedenfalls. Deswegen sind wir nicht hier.“

Brauer kennt Vogels Stimmungen inzwischen sehr genau, sieht, wenn dieser gereizt beziehungsweise besonders gereizt ist. In mildem Ton fährt er fort.

„Eigentlich dürfen die uns gar nichts sagen. Laufendes Verfahren, weißt du ...?“

„Du mit deinem Halbwissen über die Polizei ...“, schnitt ihm Vogel das Wort ab. Seit geraumer Zeit schon war ihm Brauer lästig. Als ebenbürtig sah er ihn ohnehin nicht an. In Vogels Augen war Brauer ein Dilettant, der es nie zu etwas bringen würde und es auch nicht verdiente. Einen Krimi schreiben, das ist doch keine Kunst, noch nicht einmal Handwerk. In sich selbst dagegen sah er den ernsthaften Literaten, der ohne den Anspruch unterhaltsam zu sein, seine Themen bearbeitete. Allerdings war

ihm seit seinem großen Roman nichts mehr gelungen. Kaum eine Zeile hatte er seitdem geschrieben.
Eine Frau, Ende dreißig, in Zivil, erschien und stellte sich als Frau Wiegand vor, die sie nach oben ins Kommissariat begleiten würde. Stumm folgten die beiden Autoren, wobei Brauer neugierig durch jede sich ihm bietende Tür blickte, während Vogel mürrisch auf den Fußboden starrte.
In Schwaners Büro bleiben die beiden Herren vor dessen Schreibtisch stehen. Brauer saugt jede Einzelheit des kargen Raumes in sich auf, als würde sich in jedem Ordner, jedem Papierstapel ein besonderes Detail für ein möglicherweise nächstes Buch verbergen. Er ist enttäuscht, keine mit Bildern, Pfeilen und Kommentaren gespickte Stellwand zu sehen, in der Mitte der tote Wolff und allerhand verdächtige Gestalten drumherum.
Vogel ist dies alles gleichgültig. Er ignoriert den Gruß des Hauptkommissars sowie dessen Einladung, Platz zu nehmen – weshalb auch Brauer unsicher hinter seinem Stuhl stehen bleibt. Vogel trägt finster und zum sofortigen Angriff bereit seine Forderung vor. Er verlange umgehend Auskunft über die Vermögenswerte des Verlages sowie eine Aufstellung über den privaten Besitz des Toten. Er und sein Begleiter – den er noch nicht einmal vorstellte – hätten rechtmäßige Ansprüche gegen Wolff, der sie seit Jahren belogen und betrogen habe.
Schwaner, der mit einer für den Fall nützlichen Aussage gerechnet hatte, hört noch einige Sätze lang zu, ehe er den endlosen Redeschwall abwürgt und zunächst einmal wissen möchte, wie sie überhaupt vom Ableben Wolffs erfahren haben. Wieder fällt der Name Berlioz. Er fragt nochmals nach, ob er alles richtig verstanden habe. Sie seien ihrer Aussage nach von Wolff betrogen worden? Beide Autoren bestätigen heftig. Sie fühlen sich getäuscht und beraubt? Wieder heftiges Nicken. Sie seien wütend auf Wolff? Brauers Nicken fällt schon zurückhaltender aus, während Vogel seine Zustimmung mit einem lauten „Jawohl" bestätigt. Ob er darin auch ein Motiv für den Tod des Verlegers sehen soll? Vogel und Brauer stehen regungslos da.

Schwaners Augen wandern von einem zum andern, er lässt einige Sekunden verstreichen.
„Wenn Sie eine Aussage machen möchten, können Sie das gerne bei meiner Kollegin nebenan tun. Ansonsten muss ich mich jetzt entschuldigen …“ Der Hauptkommissar steht auf, geleitet seine verstummten Besucher zu Anne hinüber und verschließt rasch die Tür hinter sich. Eine halbe Stunde später, Brauer und Vogel waren eben gegangen, rauscht Anne mit wütendem Gesicht in sein Büro, sagt aber keinen Ton, da Schwaner sie mit hilfloser Miene und einem unschuldigen Lächeln sofort entwaffnet.

13. Kapitel

Polizeipräsidium, 16.00 Uhr

Die nachmittägliche Besprechung findet in der Regel im internen Kreis der Abteilung statt und dient dazu, alle Beteiligten über den aktuellsten Stand der Ermittlungen zu informieren. In schneller Reihenfolge werden die Ergebnisse der am Vormittag verteilten Aufgaben vorgestellt. Wie üblich beginnt Anne Wiegand.

„Die wirtschaftliche Situation von Wolff kann als desaströs bezeichnet werden, sowohl privat als auch in seinem Verlag. Alleine in den letzten sechs Monaten waren mehrere Pfändungen auf dem Firmenkonto vermerkt. Die Umsätze darauf sind verschwindend gering. Ein Einkommen aus seiner beruflichen Tätigkeit hatte er nicht, zumindest sind keine Überweisungen an sein Privatkonto gebucht. Auffällig ist auf der privaten Seite, dass er offensichtlich keine Miete zahlte, zumindest konnte ich keine Daueraufträge oder dergleichen finden ..."

„Keine Überweisungen an die Singers?", fragt Schwaner nach.

„Nein, nichts, zumindest soweit ich es online sehen konnte. Da ist der Zeitraum eingeschränkt, wie du weißt. Soll ich die kompletten Kontodaten anfordern?"

Schwaner scheint die Frage nicht gehört zu haben, er schreibt etwas auf seine Unterlagen, überlegt.

„Martin?"

„Woher hatte Wolff das Geld für seine teuren Bücher? Er verdient nichts, die Konten sind gepfändet, er zahlt keine Miete ..."

„Also das komplette Programm", resümiert Anne. „Vielleicht sind dazu auch Unterlagen im Büro vorhanden, in der Wohnung wohl eher nicht mehr?"

Das war das Stichwort für Messner.

„Richtig! Die Bibliothek, die wohl auch das Wohn- und Arbeitszimmer war, ist komplett zerstört. Was vom Feuer verschont wurde, hat das Wasser erledigt. Nichtsdestotrotz ist der Schreibtisch vor dem Brand aufgebrochen und durchsucht worden. Dafür gibt es klare Hinweise an den Schlössern."

Messner legt eine seiner üblichen Pausen ein.

„Brandstiftung ist eindeutig ...", er blättert in seiner Mappe, „... aber besonders ist, dass das Bild aus dem Schlafzimmer verschwunden ist." Er zieht die Fotografie heraus, die er auch schon Schwaner gezeigt hatte. Darauf der Schlafende und die wie auf einem Band herabsteigenden Engel. „Ich habe alles abgesucht. Das Schlafzimmer blieb vom Feuer weitestgehend verschont. Das Bild ist nicht mehr da!"
„Glaubst du, es ist wertvoll?" Schwaner drückt sich gegen die Rückenlehne und verschränkt die Hände hinter seinem Kopf.
„Kann ich noch nicht sagen. Abul oder Freitag, wie ihr ihn nennt, ist dabei, es herauszufinden. Mit Kunstraub kennt er sich ja bestens aus."
Beck berichtet kurz von den Büroräumen, von denen es nichts zu berichten gibt. Es sei ein Zimmer in einer Bürogemeinschaft, noch nicht einmal verschlossen. Keine Besonderheiten. Er habe es versiegelt, werde morgen nochmals nach den von Anne gewünschten Unterlagen dort suchen.
Letzter ist wie immer Schwaner selbst. Er gibt die ersten Ergebnisse der Obduktion bekannt, die unheilbare Erkrankung, die Wirkung des Schlages mit der Gerüststange, berichtet kurz über die Befragung Großkopfs. Man geht auseinander.

Antiquariat Berlioz, etwa 20.00 Uhr

Schwaner steht in dem ihm bekannten Raum. Es riecht nach altem Papier. Die Luft ist so trocken, als würde jede Buchseite die Feuchtigkeit aufsaugen, wie heißer Wüstensand einen unverhofften Regen. Grelles Licht fällt durch das Schaufenster in dicken Balken herein. Staub schwebt darin in glitzernden Wolken umher. Schwaner blickt sich um, geht am Schreibtisch vorbei in die Küche. Sie ist unerwartet ordentlich, keine Essensreste, kein schmutziges Geschirr. Er öffnet den kleinen Kühlschrank, Flaschen klirren in der Tür aneinander. Die Melodie erinnert den Hauptkommissar an seinen ersten Besuch.

Er war schon zu Hause gewesen, saß mit Sandra im geöffneten Wintergarten, sie tranken ihr Feierabendglas und überlegten, ob sie noch ausgehen sollten oder sich mit einer Portion Nudeln begnügen könnten, als Schwaners Telefon klingelte. Eine

männliche Person war von einem Unbekannten unter die Straßenbahn gestoßen worden. Die übermittelte Adresse sagte ihm zunächst nichts. Erst als er mit seinem Fahrrad fast am Ziel war, erkannte er die Straße, das Haus, das Antiquariat. Seine Ahnung wurde wenig später zur Gewissheit.
Die Straße war komplett gesperrt. Vor und hinter der Haltestelle standen jeweils zwei Streifenwagen quer auf der Fahrbahn, zwischen ihnen der Zug, dessen vorderer Bereich hinter aufgestellten Sichtblenden verborgen war. Am Bordstein gegenüber war etwas in der Rinne mit einer weißen Plane zugedeckt. Der Hauptkommissar stellte sein Fahrrad unter dem Schaufenster ab. „Michail Berlioz – Gute und alte Bücher" steht darüber, es war ihm letztens gar nicht aufgefallen. Hinter der Verblendung traf Schwaner auf eine Menschentraube. Mehrere Personen knieten oder lagen unter dem Waggon. Sanitäter, Feuerwehrleute, Polizeibeamte. Es wurde heftig diskutiert und Anweisungen unter dem Wagen hindurch gebrüllt. Schwaner erkannte die bunt gemusterte Hose an den abgequetschten Beinen. Der zermahlene Körper lag zwischen den Achsen. Blut war über die Fahrbahn verteilt, als sei eine gefüllte Flasche auf dem Boden zerborsten. In einem kleinen Rinnsal floß es in den Schienen nach hinten, ein tiefroter Streifen zwischen rostroten Ufern.

Strahler werden aufgestellt. Ein Polizeibeamter in Uniform, ein junger Kollege aus dem Streifendienst, der Schwaner auch irgendwie bekannt ist, steht plötzlich vor ihm. In abgehackten Sätzen erstattet er Bericht. „Der Tote ist der Besitzers dieses Ladens da. Er steht wie wohl jeden Abend an der Haltestelle. Ein Mann mit schwarzer Kapuze kommt wohl von dort aus der Seitenstraße, als die Bahn hier heraufkommt. Er stößt den Toten wohl unter die vorderen Achsen. Er wird überrollt. Dabei werden ihm die Beine und der Kopf abgetrennt." Sichtlich aufgeregt hatte der Beamte nicht einmal geatmet und seine Wangen glühten.
„Danke!" Schwaner legt ihm seine Hand auf die Schulter. „Gibt es Zeugen?" Der Angesprochene deutet auf eine Gruppe von Personen, die unter dem Dach der Haltestelle auf der Bank

sitzen. Zwei Sanitäter sind bei ihnen, allerdings kein Polizist. Zwei reden aufgeregt miteinander, die anderen blicken stumm vor sich hin.
„Verdammt noch ...“, flucht der Hauptkommissar vor sich hin und zerrt den Kollegen am Arm. „Sie müssen sie trennen und auseinandersetzen, sonst sind ihre Aussagen wertlos.“ Er stößt den Uniformierten in Richtung der Haltestelle.
Im Inneren der menschenleeren Straßenbahn sieht Schwaner die Wagenführerin, auch sie wird von einem Sanitäter betreut. Der Hauptkommissar steigt hinauf, nimmt ihr gegenüber Platz. Der Herr in Weiß-Rot deutet mit einer wagen Handbewegung den Zustand der Frau an. Schwaner stellt sich vor, fragt sie, woran sie sich erinnern kann.
„Ich seh noch seine Augen, ich seh noch seine Augen. Er hat mich angeschaut, mich hat er angeschaut. Hat mich angeschaut, dass ich ihm helfen soll. Aber was sollte ich denn machen. Ich konnte nichts mehr machen. Der andere hat ihn geschoben, immer weiter geschoben und er hat mich angeschaut und dann war er weg. Es gab einen kurzen Schrei und dann dieses furchtbare Geräusch und dann hüpfte die Bahn kurz hoch, sie hüpfte, verstehen Sie, sie hüpfte. Da war er unter mir. Ich konnte doch nichts machen, gar nichts konnte ich machen. Und wie er mich angeschaut hat.“
Mit einem Mal ist sie verstummt. Ihr Blick geht leer an Schwaner vorbei nach draußen.
„Und der andere, der geschoben hatte. Haben Sie ihn erkannt?“
Ihre Augen fixieren seine Augen, sekundenlang. Sie beißt auf die Unterlippe, Verzweiflung füllt die Lider mit Tränen, unter heftigem Schluchzen fällt sie nach vorne, direkt in Schwaners Arme. Ungehemmt weint sie an dessen Schulter und wiederholt dabei mehrmals: „Wie er mich angeschaut hat, wie er mich angeschaut hat.“ Der Sanitäter übernimmt wieder.
Die anderen Zeugen stehen mittlerweile voneinander getrennt. Der Hauptkommissar wählt einen jungen Mann, einen der beiden, die eben so heftig miteinander gesprochen hatten.
„Ich schau auf, da rollt da dieser Kopf über die Straße. Haben Sie das schon mal gesehen? Haben Sie das schon mal gehört, was das für ein Geräusch ist, wenn da der Kopf rollt. Und der

rollte wie ein Ball, nicht ganz so rund. Blieb immer an der Nase hängen. Das sieht komisch aus. Der rollt und immer wenn die Nase kommt, holpert er so ein bisschen, wissen Sie, wie ich meine. Und dann bleibt der direkt vor mir liegen. Der ist direkt vor meine Füße gerollt. Und das Gesicht nach oben, das war wie im Film. Ich dachte noch, da dreht einer einen Film und ich habe das gar nicht mitbekommen. Und da liegt der nun genau vor mir. Die Augen so halb offen und das ganze Gesicht voller Dreck. Und der Mund auch offen. Die Lippe steht hoch und die Zähne sind kaputt und ..."

Unvermittelt schießt ein Schwall heller Flüssigkeit, der eben gereichte Tee, aus dem Mund des Zeugen, der sich krümmt und von Krämpfen geschüttelt wird. Ein Arzt schiebt Schwaner zur Seite.

Eine Frau mit Kopftuch steht nicht weit entfernt von ihm. Vor ihr ein Fleck auf dem Asphalt. Aus ihrem Einkaufsbeutel tropft etwas, offensichtlich Sonnenblumenöl. Ihr langer Rock ist bereits mit Flecken übersät, was sie gar nicht registriert. Auf beiden Händen treten die Fingerknöchel weiß hervor, so fest und verkrampft umklammert sie die Schlaufen.

„Ich hab' den gesehen, ich hab den Typen gesehen!", drängt sich ein junger Bursche dazwischen. „Das war voll krass. Das war so'n Kerl, so breit, wirklich, kein Scheiß, so breit war der!" Er hält seine Arme so weit wie möglich auseinander. Die Augen des etwa Sechzehnjährigen leuchten, ansonsten möchte er sich cool und unbeeindruckt geben. „Der war total schwarz. Oben schwarz, Kapuze schwarz, Hose schwarz. Der hatte den Dicken oben an den Schultern, wirklich, voll krass, der hielt den da, als wär das ein Einkaufswagen, schiebt ihn vor sich her, und patsch, voll unter die Bahn. Dreht sich um und geht. Ich sag dir, voll krass, der rennt nicht weg, der geht, der geht gemütlich da vorne die Straße rein. Wie ein Einkaufswagen hat der den da druntergeschoben."

Der Hauptkommissar kommt zur Bank hinüber, setzt sich neben eine ältere Dame, die sehr ruhig und gefasst wirkt.

„Jeden Abend stand er da. Ich kannte ihn nicht persönlich. Ich sah ihn fast jeden Abend hier an der Haltestelle stehen. Wir fuhren fast immer mit derselben Bahn. Ich arbeite hier nebenan im Reisebüro. Ihm gehörte diese Buchhandlung dort. Jeden Abend stand er da, ein Buch in der Hand, las und wartete. Er hat auf nichts und niemanden geachtet. Ich glaube, er sah mich nicht einmal an, in all der langen Zeit. Jahre ging das so. Er las auch in der Bahn weiter, schaute nicht einmal auf. Er stieg immer zwei Stationen vor mir aus, da las er manchmal noch im Gehen ..."

„Und der andere Mann, der Herrn Berlioz unter die Straßenbahn geschoben hatte. Haben Sie den gesehen? Können Sie mir ihn beschreiben?"

Die Dame verstummt, reibt sich nervös die Hände, schweigt weiter.

„Haben Sie ihn gesehen?"

„Ich kann mich nicht genau erinnern. Ich habe erst aufgeschaut, als ich den Schrei hörte. Ich habe mich gleich weggedreht. Ich konnte das nicht sehen. Ich wollte das nicht sehen. Ich habe dann nur noch gehört, wie alle schrien. Ich wollte nicht hinsehen. Ich..." Ihr Mund steht plötzlich still. Hilflos sinkt ihr Kopf nach unten.

Schwaner bedankt sich, steht auf, geht zu dem jungen Kollegen, erteilt ihm die Anweisung, die Namen und Adressen der Zeugen festzuhalten und sie alle morgen ins Präsidium zu bestellen. Auch soll er nach weiteren Zeugen suchen. „Da waren sicherlich noch mehr Personen, die hier warteten." Er selbst fragt hinter der Verblendung nach dem Schlüsselbund des Toten und geht hinüber zum Laden.

Wohnung Berlioz, 22.00 Uhr

Es sind für Schwaner die schwersten Gänge, die er in seinem Beruf erledigen muss. Da er in der Regel die nahen Angehörigen nicht kennt – und dadurch emotional auf Distanz ist –, ist es genau dieser Umstand, der in ihm das Gefühl eines störenden Besuchers, eines peinlichen Gastes oder eines schuldigen Boten hinterlässt. Er hasst den Moment, in dem er die furchtbare Nachricht ausspricht, und genauso hasst er es, in eben diesem Augenblick den Empfänger der Botschaft genau zu beobachten.

Mit seinem Rad ist er, den Bahngleisen entlang, der Straße nach Norden gefolgt. Bis weit hinter die Unfallstelle staut sich der Verkehr und es wird sicherlich noch mehrere Stunden andauern. Um die sterblichen Überreste von Berlioz zu bergen, muss der vordere Triebwagen angehoben werden. Der angeforderte schwere Kran kommt durch den Stau nur langsam voran, die übliche Rettungsgasse ist zu schmal. Über Seitenstraßen werden die Fahrzeuge abgeleitet, auch gegen die zulässigen Fahrtrichtungen, was weitere Komplikationen und kleinere Unfälle verursachte.
Schwaner steht in dem spärlich beleuchteten Treppenhaus vor einer zweiflügligen Wohnungstür, dahinter klimpern Schlüssel. Durch die Milchglasscheiben ist schemenhaft eine Person zu erahnen. Die Tür öffnet sich einen Spalt.
„Ja bitte – Sie wünschen?"
Es ist eine kleine, magere Frau. Von Wuchs und Gestalt das komplette Gegenteil des fleischigen, übergewichtigen Berlioz. Das leicht angegraute Haar, das nicht ganz ordentlich nach hinten gebunden ist, lässt die einst blassgoldene Farbe erahnen. Die straffe Stirn zeigt nur kleine Falten, die Gesichtsfarbe ist hell und wie Marmor mit zarten Äderchen auf den Wangen durchzogen. Die Haut schimmert matt wie Seidenpapier, die Augen blicken kühl an Schwaner hinauf.
„Frau Berlioz?"
„Ja bitte?"
„Frau Berlioz, ich bin Hauptkommissar Schwaner. Ich komme von der Kriminalpolizei. Ich habe – kann ich vielleicht kurz hineinkommen?"
„Nein!"
„Ich habe eine traurige Mitteilung für Sie."
„Ich höre."
„Ihr Mann ist heute Abend bei einem Unfall ums Leben gekommen." Jetzt war es raus. Schwaners Blick bohrt sich in das kindliche Gesicht, das keine Regung verrät.
„Ach", kommt es ungerührt über ihre Lippen. „Wo denn?" Diese Frage hätte in ihrer Tonlage auch dem richtigen Weg

oder dem Fundort eines verlorenen Gegenstandes, den der Hauptkommissar zufällig gefunden hatte und ihr jetzt zurück brachte, gelten können.
„Vor dem Antiquariat. An der Haltestelle."
„Ach." Sie tritt zur Seite und bittet den Hauptkommissar stumm herein. „Ich hatte mich schon gewundert, warum er noch nicht zu Hause ist." Auch diese Äußerung, völlig gleichgültig und teilnahmslos ausgesprochen, könnte ebenso dem ausgebliebenen, aber angekündigten Regen gelten. Die Schlüssel sind wieder hinter Schwaner zu hören, Frau Berlioz geht voran in ein kleines, gemütliches Wohnzimmer, das von zwei sich schräg gegenüberstehenden Sesseln beherrscht wird. Dazwischen zwei zierliche Stehlampen, die ihre Köpfe zueinander hin beugen. Eine von ihnen leuchtet, eine zurückgeschlagene Decke auf dem Sessel rechts lässt vermuten, dass Frau Berlioz, bis zu Schwaners Läuten, dort gesessen hatte. Sie bleibt hinter ihrem Sessel stehen.
„Es gibt Grund zu der Annahme, dass Ihr Mann unter die Straßenbahn gestoßen wurde."
„Ach, wirklich?" Sie bietet dem Hauptkommissar den leeren und unbeleuchteten Sessel an, nimmt selbst auf ihrer Seite Platz. Schwaner fällt ein kleines Tischchen auf, auf dem eine zierliche Tasse, ein aufgeschlagenes Buch, einige kleine Zettel und ein Stift liegen. Die Zettel erkennt er wieder.
„Aber warum?", fragt Frau Berlioz verwundert wie eine Mutter ihr Kind, das sein Lieblingsspielzeug eben auf dem Boden zerschmetterte.
„Das wollte ich eigentlich Sie fragen. Hatte Ihr Mann Feinde?"
„Nein!" Es ist offensichtlich, Frau Berlioz hatte sich mit einem solchen Gedanken noch nie beschäftigt.
„War Ihnen in der letzten Zeit eine Veränderung an Ihrem Mann aufgefallen. Wirkte er nervös, fühlte er sich bedroht?"
„Nein!" Sie schaute ungläubig und überrascht zu Schwaner auf, als würde ihr der Kommissar eine völlig absurde Geschichte erzählen.
„Es war auch niemand hier?"
„Nein!"

„Und Ihr Mann hatte auch keine Probleme?"
„Welche Probleme?" Ihre Augen richten sich fragend an Schwaner. Von Trauer ist nichts an ihr zu spüren. Hätte jemand ihr Fahrrad gestohlen, ihre Reaktionen wären keine anderen gewesen.
„Entschuldigen Sie bitte, Frau Berlioz, aber Sie wirken sehr gefasst."
„Ja?" Dies klingt nun so überrascht, als wäre ihr gerade ein ungewolltes Kunststück gelungen.
„Gab es zwischen Ihnen und Ihrem Mann irgendwelche Schwierigkeiten?", versucht es Schwaner nochmals.
„Nein!"
Der Hauptkommissar ist wirklich ratlos. In eine solche Situation war er bislang noch nicht gekommen. Frau Berlioz strahlte eine völlige Teilnahmslosigkeit am Schicksal ihres Mannes aus, die weder Liebe noch Hass in der Beziehung vermuten ließ. Sie wirkte gefasst wie jemand, dem nach vielen Jahren mitgeteilt wird, dass seine Waschmaschine, das gute alte Stück, nun doch kaputt und nicht mehr zu reparieren sei.
Schwaner sucht einen anderen Weg. Er schaut sich um. Kein einziges Buch, bis das auf dem Tischchen, ist zu sehen.
„Sie haben gar keine Bücher hier. Ich hätte gedacht, dass es hier viele davon geben wird."
„Nein." Sie streicht ihren Rock gerade. „Hier in der Wohnung nicht. Michail bringt, entschuldigen Sie bitte, brachte mir immer eines mit, das ich lesen sollte. Wenn ich es gelesen hatte, nahm er es wieder und verkaufte es. Er selbst tat das Gleiche."
„Und Sie schreiben diese kleinen Zettel?", Schwaner deutet auf das Tischchen.
„Ja. Ich fasse meinen Eindruck in wenigen Worten zusammen."
„Und Ihr Mann steckt dann die Zettel als Verkaufswerbung hinein?"
Frau Berlioz wirkt verlegen. „Das weiß ich gar nicht, was er damit macht. Er nimmt das Buch und meine Meinung dazu wieder mit. Er sagte immer, dass er alleine gar nicht so viele Bücher lesen könnte, die es wert wären, gelesen zu werden. So kamen wir auf die Idee, uns dies zu teilen."

„Sie sind also den ganzen Tag hier zu Hause und lesen?“
„Ganz richtig!“, antwortet Frau Berlioz plötzlich selbstbewusst.
„Und das ist Ihnen nicht zu langweilig oder so?“ Martin Schwaner kann sich nur mit Mühe ein solches Leben vorstellen.
„Oh nein! Ganz im Gegenteil! Sie können sich gar nicht vorstellen, was ich schon alles erlebt habe. Nichts ist mir fremd. Ich glaube, es gibt nichts, was ich nicht schon durchlitten habe. Liebe, Tod, Schicksal, Verlust, Trauer, Niedertracht, Glück – ach, einfach alles.“ Frau Berlioz schlägt sich freudig auf die Knie.
„Und Ihr Mann sah das ähnlich?“ Schwaner glaubt einen völlig anderen Berlioz zu kennen. Einen Büchernarren, sicherlich, doch auch einen schlitzohrigen Geschäftsmann, für den die Bücher eine Ware – und nicht das wirkliche Leben – darstellten.
„Ja! Ähnlich – das trifft es. Er hatte ja mehr das Geschäft. Ich war da seit Jahren nicht mehr.“ Versonnen blickt sie zur Decke empor. „Meine kleine Modest hatte er mich immer genannt.“ Zum ersten Mal leuchten ihre Gesichtszüge auf und sie zeigt eine wirkliche Emotion. „Ich ihn Don Quijote!“
„Wieso Modest?“
„Sie kennen nicht ‚Modest Mignon’ von Balzac? Wie schön! Dann steht Ihnen noch ein ganz wunderbares Erlebnis offen!“ Sie strahlt den Hauptkommissar an.
„Und wieso ‚Don Quijote?“ In Schwaner schlummert nur eine entfernte Erinnerung an einen alten Film, in dem ein verrückt gewordener Ritter gegen Windmühlen anreitet.
„Don Quijote kennen Sie auch nicht. Sie Glücklicher!“ Sie schlägt ihm tatsächlich voller Begeisterung aufs Bein.

Im Bahnhofsviertel, spät in der Nacht

Irgendwo musser doch sein der ist bestimmt nochnich weg in der Weser warer nicht in der Mosel und der Taunusstraße auchnich gehich nochmal zurück zur Weser Schlindbad der Schneefahrer Rindbad der Rehfahrer Tindbad der Teefahrer Kindbad der verdammte Scheiße alle schon weg hier kein Aas mehr zusehen paar Japse die ins Laufhaus wollen was glotzen die so blöd wo isser nur hab noch knapp zehn Euro reicht mindestens noch fürn paar Smarties oh scheiße morgen bin ich wieder blank aber jetzt habich noch zehn Mücken die werd ich schön investieren scheiß rumgerenne wenn de mal ennen suchst findeste keinen sonst wenn de keine Kohle hast laufen sie dir nach scheiße tut mir das verdammte Knie heut wieder weh wird anderes Wetter geben hat auch Oma immer gesagt mit ihrem schlimmen Knie wenn sie in der Küche saß und mir ein Brot machte jetzt ist sie auch schon lange tot weiß noch die Beerdigung was hat das gepisst an dem Tag da hat ihr bestimmt das Knie im Sarg noch wehgetan na ja spürte ja nix mehr angeblich wer weiß das schon so da vorne um die Ecke hoffentlich isser jetzt da Findbart der Feefahrer Gindbart der Gelfahrer Blindbart der verdammte Scheiße wo ist der bloß kein Mensch zu sehen hockt der irgendwo im Hauseingang was ist denn das fürn Typ wo kommt denn der auf einmal her kenn ich den ruft mich beim Namen ob ich was brauche ist das ein Bulle oder was will der mich verarschen hab den noch nie gesehen oder vielleicht doch er hätte was ich brauche woher will der wissen was ich brauche wie viel gut der Preis ist korrekt das hatter nicht hier klar wer trägt sein Zeug schon in der Hosentasche rum soll einsteigen wir fahren hin ist nicht weit sagt der Mensch Scheiße aber sonst ist auch keiner da fahr ich mal mit kann mir ja mal sein Versteck ansehen für alle Fälle scheint ja ein ziemlicher Trottel zu sein mich zu seinem Versteck mitzunehmen der glaubt wohl ich kann mir das nicht merken der wird sich wundern da fahr ich mal mit hin und nachher geh ich gleich mal gucken was er da so lagert muss ja nicht ich gewesen sein wenn sein Zeug plötzlich weg ist Lindbart der Leefahrer Zinnbart der Zehfahrer Sindbart der Seefahrer noble Karre fährt er scheint gut im Geschäft zu sein anschnallen sonst piepts klar will ich was trinken brauch was für zwischendurch Whiskeycola war noch nie mein Ding aber was solls schmeckt scheußlich wie immer weiß doch warum ich den Dreck nich mag ist aber angenehm warm innen drin jetzt ist es im Bauch brennt fast starkes Zeug muss ich mir doch mal merken gibt es in der Dose silberne Dose ist bestimmt nicht teuer kann alles austrinken Mann ist ein feiner Kerl Wau haut echt rein der Stoff wirdeinem schon ganz schummerand was gibt nender jetzt so Gas nochmehrtrinken un nochmehr Gas die lichterschießn aneinem vorbei da isder Main spiegeltsich allesdrin allesverschwimmtzueinemschw arzglänzendenspiegel – Was brüllt der so was issen jetzt los haut mir ins Gesicht der Typ jetzt der auch was wollen alle von Akki der ist weg für immer weg der hat nen Abgang gemacht ja ich war dabei hat mich abgeholt sollte mit ihm zu diesem scheiß Brunnen gehen war scheiß weit bis dahin wollte einen Gefallen sollte ihm die Spritze setzen hat da plötzlich so eine Spritze in der Hand so nen riesen Teil sagt mir ich darf auf keinen Fall was davon haben soll ihm die geben vorne rein in die Brust er kann es nicht wär todkrank würd bald verrecken noch ein paar Tage dann wär sowieso Schluss will es lieber selbst bestimmen und ich soll ihm helfen zeigt mir in dem scheiß Brunnen wie und wo er liegen möchte legt sich hin sagt ich soll ihn nachher genau so hinlegen das hätte was mit dem Merkur darüber zu tun war so ein Hokuspokus der war völlig irre der Akki ich sag ich kann das nich brüllt mich an hätt mir auch immer geholfen jetzt möchte er mal was von mir brüllt ich sei ein scheiß Freund und das Letzte brüllt immer mehr ich hau ihm was auf en Kopp damit er sein Maul hält wollt schon gehen soll sein Scheiß doch alleine machen ich weiß nicht mehr warum ich bin geblieben hab ihm dann seinen Wunsch erfüllt drück ihm sein Zeug da rein er zuckt noch einmal dann liegt er da mucksmäuschenstill keine Regung alles vorbei noch nich mal ne Sekunde leg ihn so hin wie er wollte ich bin nämlich kein scheiß Freund auf mich kannste dich verlassen wenn de mich ma brauchst ob er mir was gegeben hat ja er hat mir alles gegeben seine Uhr seine Brieftasche sein Ring hat er mir alles geschenkt sollte ich alles mitnehmen lag da ganz friedlich als würd er pennen ich bin dann weg die Spritze hab ich auch mitgenommen wollt kein Stress mit der Bullerei nee mehr hat er mir nich gegeben was nein mehr war da nich was nein da war nichts und alles andere hat er mir geschenkt sollt ich behalten mir einen schönen Abend auf ihn machen hab ich gemacht nich nur einen Abend bis gestern hab immer an ihn gedacht an den Akki das war mein Freund hab ich auch den Bullen erzählt ja die waren heute hier wo sind wir jetzt überhaupt und warum piepst das plötzlich so laut das macht dich ja irre dieses Gepiepse mach das aus Mann mach das aus los Mensch mach das verdammte Gepiepse aus oder ich dreh hier gleich durch was ja raus raus raus nix wie raus hier die Tür klemmt muss fester drücken er drückt mich jetzt kann ich raus jetzt bin ich ...

14. Kapitel

Die morgendliche Runde tagt in größter Besetzung. Neben Staatsanwalt Dr. Körner, Dr. W. von der Presse und den Mitarbeitern des Dezernates sind auch weitere Kollegen aus dem Innendienst anwesend. Sie sollen später die Aussagen der Zeugen von der Haltestelle protokollieren und zuvor einen Einblick in die Hintergründe erhalten.
Schwaner wirkt übermüdet und angespannt zugleich. Der Besuch bei Frau Berlioz beschäftigte ihn noch bis spät in die Nacht. Kaum eingeschlafen war er zum Fundort einer männlichen Leiche auf der A5 in der Höhe des Frankfurter Kreuzes gerufen worden.
Der Körper musste bei hoher Geschwindigkeit aus einem Fahrzeug gestoßen worden oder gefallen sein. Jedenfalls war er nach einem heftigen Aufprall eine weite Strecke über den Asphalt geschmirgelt und in den Graben gerutscht. Die Füße ragten unter der Leitplanke hervor, ein Schuh fehlte und wurde später fast Hundert Meter davor gefunden. Das Gesicht des Toten war nicht zu erkennen, nur Mantel und Pullover kamen Schwaner bekannt vor. Er schob den linken Ärmel nach oben. „Fiat voluntas tua“ stand eintätowiert über der Beuge.

„Gestern hatten wir einen Fall von wahrscheinlich ‚Mord auf Verlangen’ oder so etwas Ähnliches, heute haben wir drei Tote.“ Schwaner fällt es schwer, einen Einstieg in die Besprechung zu finden. „Gestern Abend gegen 19.30 Uhr wurde der Antiquar Berlioz von einem Unbekannten unter eine Straßenbahn gestoßen, später in der Nacht Franz Großkopf aus einem mit hoher Geschwindigkeit fahrenden Auto geworfen. Beide sind noch vor Ort verstorben.“
Der Hauptkommissar sortiert einige Papiere vor sich, die allerdings nicht den geringsten Bezug zu seinen Erläuterungen haben. Er ist fest überzeugt, dass Großkopf ebenfalls einem Anschlag zum Opfer fiel.
„Im Fall Berlioz gibt es erste Hinweise auf einen schwarz gekleideten Mann von kräftiger Statur. Die Zeugen sind für heute

Vormittag zur weiteren Befragung hierher einbestellt. Ich bitte“, er wandte sich direkt an die entsprechenden Kollegen, „auf jedes Detail, jede noch so kleine Spur, den winzigsten Hinweis zu achten. Auch bitte nach anderen Fahrgästen fragen, die zur gleichen Zeit vor Ort waren, vor dem Eintreffen der Polizei aber gegangen sind. Ich möchte eine eindeutige Darstellung, wer, wo gestanden hatte, wer den Täter gesehen haben muss, wo weitere Zeugen waren, die es zu finden gilt.“
Die Angesprochenen notieren sich Stichworte.
„Wir sollten auch einen Aufruf über die Presse verbreiten, dass sich Zeugen bitte bei uns melden sollen.“ Der angesprochene Dr. W. nickt gewichtig.
„Zu den Umständen des Todes von Franz Großkopf gibt es aktuell keinerlei Hinweise. Die Gerichtsmedizin arbeitet seit den frühen Morgenstunden, um mögliche Spuren am Körper zu finden … Niemand springt so einfach aus einem fahrenden Auto, vielleicht hatte er sich gewehrt? – Günther?! Ich erwarte bis heute Nachmittag erste Ergebnisse aus der KTU, insbesondere was die Kleidung betrifft. Er saß in einem Wagen ...“
Mehr musste er zu Messner nicht sagen.
„Sven, du durchstöberst das Bahnhofsviertel, nimm dir zwei Kollegen mit, vielleicht kann auch Studer helfen, er wollte Großkopf im Auge behalten. Ich möchte genau wissen, was Franzl nach unserem Treffen getan hat, wo er war, wann und mit wem, wo er sich die Schuhe band, wen er im Vorbeigehen grüßte, auf welches Stück Straße er spuckte, alles!“
Sven tippte zur Bestätigung seinen Stift gegen die Stirn.
„Anne? Du fragst bitte beim Ordnungsamt an. Die sollen jedes Blitzgerät zwischen Bahnhofsviertel und Flughafen auslesen. Vielleicht haben wir Glück und finden darüber einen Hinweis.“
Schwaner setzte mehrere Haken auf ein Blatt.
„Bitte auch alle Tankstellen abfragen. Wir müssen uns ein Bild von Großkopf besorgen, das wir verwenden können. Frag bei Studer an, vielleicht kann er helfen.“
Wieder ein Haken.
„Dann müssen wir herausfinden, wo Franzl wohnte. Irgendjemand erzählte was von seiner Mutter. Nach ersten Recher-

chen heute früh wissen wir, dass er keine Angehörigen mehr hatte."
„Auch für dich, Sven! Hör dich im Viertel um, wo Franzl wohnte, mit wem oder bei wem. Irgendwo muss er ja gehaust haben."
Nochmals notierte Schwaner etwas auf dem obersten Blatt.
„Ich selbst werde mir das Büro von Wolff ansehen und mich mit dessen Freund, diesem anderen Verleger, treffen. Wir haben diesen Fall von Anfang an nicht richtig verstanden oder gelesen. Spätestens seit dem Brand hätten wir anders denken, uns andere Fragen stellen müssen. Es gibt ein Motiv für all die Morde und es ist nur bei Wolff zu finden. Er ist das verbindende Element zwischen allen."
Die Besprechung ist beendet, eine weitere für den Nachmittag angesetzt. Dr. Körner bleibt sitzen und wartet, bis alle anderen den Raum verlassen haben.
„Worauf läuft das hier hinaus?", möchte er von Schwaner wissen.
„Der Fall hat sich dramatisch verändert und zugespitzt."
„Wem sagen Sie das? Bis gestern wussten wir noch nicht einmal genau, ob es überhaupt ein Fall für uns ist, heute haben wir drei Leichen."
Schwaner steht auf, geht gegenüber Körner an der Fensterfront auf und ab.
„Ich glaubte den Tod von Wolff eigentlich schon geklärt zu haben. Ein Todkranker beendet sein Leben mit Hilfe eines Freundes. Zugegeben, zwar an einem merkwürdigen Ort, aber alles in allem verständlich. Der Wohnungsbrand diente dazu, Spuren eines Einbruchs zu verwischen. Es wurden womöglich wertvolle Bücher und ein Kunstwerk gestohlen. Auch das als Tat abgehakt. Die Frage, woher Wolff das Geld hatte, werden wir sicherlich mit den Bankunterlagen lösen. Auch werde ich seine Vermieterin in diese Richtung befragen. Den Einbrecher hätten wir spätestens über seine Beute gefunden ..."
Schwaner bleibt stehen, stützt sich mit beiden Händen auf der Tischplatte ab.
„Heute haben wir zwei weitere Leichen, die in unmittelbarem Kontakt zu Wolff standen, und alles ist wieder offen."
Dr. Körner antwortet nicht. Schwaner tigert wieder an der Stuhlreihe entlang.

„Wir haben von Anfang an etwas übersehen. Nicht nur ein einziges Etwas, eine ganze Reihe von Dingen, habe ich das Gefühl ..."

Schwaner möchte nur seine Unterlagen auf seinem Schreibtisch ablegen und gleich darauf zu Wolffs Verlagsadresse fahren. Das Telefon klingelt, mürrisch nimmt der Hauptkommissar ab.
„Schwaner!", ruft er knurrig in den Apparat. Zunächst ist nichts zu hören. „Ja bitte?", wiederholt er, fast ebenso giftig wie zuvor.
„Entschuldigen Sie, hier ist Helen Brand. Ich bin die Dame, die …"
„Frau Brand …", Schwaner richtet sich auf. „Ich weiß, wer Sie sind. Sie …"
„Vielleicht sollte ich später nochmals …"
„Nein, nein. Alles prima, alles in Ordnung. Ich war nur gerade auf dem Weg …"
„Also störe ich Sie …?"
„Nein, nein. Sie stören nicht, bitte. Ich war eben etwas ruppig, bitte entschuldigen Sie. Das war nicht so gemeint. Wie kann ich Ihnen helfen? Ist Ihnen noch etwas eingefallen?"
„Eingefallen? – Nein – Mir ist nichts eingefallen. Ich wollte nur …"
Frau Brand schwieg plötzlich. Schwaner wartet.
„Was wollten Sie, Frau Brand?", fragt er, als sicher ist, dass sein Gegenüber in der Leitung nichts mehr sagen würde.
„Ich wollte – ich wollte … ich wollte mich nach dem Toten erkundigen."
„Sie wollten sich nach dem Toten erkundigen?"
„Ja, nein. Ich meine, ich wollte gerne wissen, wer er war, und ob Sie …" Wieder bricht sie plötzlich ab. Schwaner glaubt zu verstehen.
„Frau Brand …", beginnt er ruhig. „Ich kann – ich darf Ihnen das nicht sagen, verstehen Sie?"
„Ja, ja. Das verstehe ich, verstehe ich. Entschuldigen Sie bitte."
„Es gibt nichts zu entschuldigen. Ich glaube, die Sache hat Sie sehr mitgenommen. Wir haben Kollegen für so etwas, vielleicht sollten Sie …"
„Nein, nein. Danke. Oh, ich glaube, ich habe mich völlig verworren ausgedrückt. Ich brauche keine Hilfe, danke, nein! Es ist

Folgendes: Ich habe gelesen, dass es wahrscheinlich ein Drogenabhängiger ist, den ich im Brunnen entdeckt habe. Und diese Menschen haben doch oft gar nichts mehr, keine Familie, keine Freunde, niemanden. Ich wollte fragen, ob ich helfen kann."

„Wie möchten Sie helfen, ich verstehe nicht ?"

„Oh, jetzt habe ich schon wieder völlig verrücktes Zeug geredet. Ich wollte fragen, ob ich helfen kann und zum Beispiel für eine würdige Beerdigung sorgen kann. Ich habe gelesen, dass solche Menschen ohne große Zeremonie beigesetzt werden. Und ich möchte mich gerne erkenntlich zeigen."

„Sie möchten sich erkenntlich zeigen?"

„Ja, der Tote, wer immer es auch ist, er hat mein Leben verändert, oder, anders gesagt, ich bin dabei, mir mein Leben wieder zurückzuholen."

Die Leitung ist einige Augenblicke wie tot.

„Sind Sie noch da, Herr Kommissar?"

„Ja, ich bin noch da."

„Verrückt, nicht wahr? Es braucht erst einen Toten im Brunnen, dass ich wieder anfange, an mein Leben zu denken."

„Nein, das ist überhaupt nicht verrückt, überhaupt nicht."

„Ich habe den chinesischen Job hingeschmissen, wissen Sie. Wahrscheinlich werde ich jetzt entlassen, aber das ist mir egal. Mein Mann und ich haben uns am Wochenende besprochen und wir glauben beide, es ist der richtige Weg."

„Das freut mich, Frau Brand, das freut mich wirklich."

„Ja, sehen Sie, und deshalb möchten wir uns gerne erkenntlich zeigen. Der Tote war sozusagen unser Retter – mein Retter."

„In Ordnung, ich habe verstanden. Ich kann Ihnen dazu jetzt nichts sagen, aber ich melde mich, sobald es möglich ist."

„Versprochen?"

„Versprochen!"

Das Büro Wolffs ist wie von Beck beschrieben. Eine Etage innerhalb eines alten Lagergebäudes. Ein Counter mit einem jungen Mann dahinter. „Josip Marti" steht auf einem Namensschild, das ihm schief vor der Brust hängt. Er stellt

sich als „Das Mädchen für alles“ vor, das Gespräche annimmt, Päckchen, Pizzaservice und Gäste empfängt und bei Bedarf auch in den einzelnen Büros mit anpackt.
Axel Wolff kannte er nicht näher, er habe erst vor ein paar Tagen hier angefangen. Um ehrlich zu sein, habe er „den Herrn vom Verlag“ noch gar nicht gesehen, wie manch andere auch. Selbst die täglich kommen, könne er noch nicht auseinanderhalten, das brauche eben seine Zeit. Den Weg zum AW-Verlag konnte er Schwaner immerhin beschreiben.
Keine Menschenseele ist auf dem Flur zu sehen und keiner kümmert sich um den anderen. Das an der Fassade gepriesene „creative networking“ innerhalb dieses „house of brain“ scheint eher im Stillen vonstattenzugehen.
Die Siegel zu Wolffs Wabe innerhalb dieses Bienenstockes erfolgshungriger Neugründer, Ewigpatentierer, verpeilter Internetjunkies und nutzloser App-Entwickler sind zerschnitten. Das Schloss musste wohl gar nicht aufgebrochen werden. Der Schreibtisch hat all seine Innereien auf den Boden gekotzt, die wenigen Regale sind abgeräumt, magere Leitz-Ordner sperren ihre Mäuler auf.
Erstaunlicherweise steht ein uralter Laptop unberührt auf dem Tisch. Schwaner klemmt ihn ab und unter den Arm. Schon wieder auf dem Weg nach unten ruft er Messner an und gibt den Einbruch durch.

Schwaner steht an einem Gartentor, etwas dahinter eine zweistöckige Doppelhaushälfte aus den 1960er-Jahren, die Firmen- und Privatadresse von Bert Dreier. Auf sein Klingeln knurrt ein riesiger Hund heran, bleibt nur wenige Zentimeter vor den dünnen Holzlatten stehen, bellt in einem tiefen Bass und lässt den Besucher nicht aus seinen himmelblauen Augen. Sein Fell ist grauweiß, mit einigen dunkleren, braunen Flecken darin. Ein herrliches Tier.
„Aus Buck! Aus!“ Sofort herrscht Ruhe. „Komm her!“ Der Hund läuft auf einen mittelgroßen Herrn mit Glatze zu, der ihm etwas zuflüstert, kurz streichelt, nach hinten zeigt und sich Schwaner zuwendet.

„Guten Tag. Was kann ich für Sie tun?“ Eine rahmenlose Brille sitzt auf der schmalen Nase. Er ist lässig gekleidet – vielleicht etwas zu lässig für sein Alter.
„Berthold Dreier?“ Der andere nickt nur. „Mein Name ist Martin Schwaner. Hauptkommissar Martin Schwaner. Ich komme ...“
„Wenn Sie heute nicht hier erschienen wären, wäre ich zu Ihnen gekommen.“
„Wie bitte?“
„Ich habe leider erst gestern von Axels Tod erfahren. Ich war verreist. Ich habe auf Sie gewartet.“
„Von wem haben Sie ...?“
„Berlioz! Er hatte hier angerufen und eine Nachricht hinterlassen.“
„Sie kennen Michail Berlioz?“
„Natürlich. Ich bin zwar kein Freund von ihm, aber wir kennen uns.“ Dreier streicht sich über den glatten, etwas geröteten Kopf. Beide stehen in der Sonne. „Kommen Sie doch herein. Buck tut Ihnen nichts.“
Sie gehen seitlich um das Haus herum, zu einer kleinen Wiese, auf der unter einem Sonnenschirm ein Tisch und ein Stuhl aufgestellt sind. Auf dem Tisch ein Computer, ein Telefon, mehrere Blätter.
„Ich habe heute mein Büro nach draußen verlegt. Die ersten warmen Tage sind immer so herrlich, finden Sie nicht? Kann ich Ihnen etwas anbieten? Wasser? Kaffee?“
„Beides gerne.“
Dreier springt mehrere Stufen zu einer Terrasse hinauf, ruft dabei „Einen Stuhl können Sie sich von hier nehmen!“ und ist im Haus verschwunden. Schwaner hört ihn mit jemandem sprechen, als er von oben einen Stuhl holt. Buck erscheint im Türrahmen, blickt kühl zu ihm herüber und geht nach einer kurzen Wendung des Kopfes an ihm vorbei in den Garten, wo er sich unter einen Haselnussstrauch legt und zufrieden hechelt.
Dreier erscheint mit einem Tablett, sie setzen sich unter den Sonnenschirm.
„Warum haben Sie mich erwartet?“
„Nun, das ist doch eine ganz merkwürdige Sache, Axels Tod. Letzte Woche habe ich ihn noch getroffen. Zugegeben, er sah furchtbar aus ...“

„Wussten Sie von seiner Erkrankung?“
„Ja, natürlich. Aber er hat nicht viel darüber gesprochen. Das war ihm unangenehm. Es hatte sich vor allem nach dem Tod von Alban sehr verschlechtert.“
„Alban Winter?“
„Genau.“
„Sie waren auch mit Herrn Winter befreundet?“
„Nein. Auch das nicht. Axel und ich kannten uns aus unseren gemeinsamen Jahren beim Greno-Verlag. Wir schätzten und wir mochten uns. Dennoch hatte jeder seine eigenen Kreise.“
„Aber weshalb erwarteten Sie dann meinen Besuch?“
„Ich glaube, das wissen Sie doch mittlerweile genauso gut wie ich?“ Dreier lächelte Schwaner fragend an.
„Herr Dreier, ich habe eine anstrengende Nacht hinter mir. Können wir nicht einfach offen miteinander sprechen?“
„Aber Sie sind doch sicherlich wegen der Postkarte hier?“
„Wegen der Postkarte?“ Schwaner hatte schon nicht mehr daran gedacht.
„Ja, die Postkarte?!“, antwortet Dreier jetzt sehr ernst. „Ich denke, Sie haben diese sicherlich auf Fingerabdrücke und was auch immer Sie heute feststellen können untersucht und sind auf mich gekommen?“
„Eh, ja, eh, nein. Doch.“ Schwaner weiß wirklich nicht, was er sagen soll.
„Als ich gestern von Axels Tod erfuhr, da war mir klar, dass Sie früher oder später zu mir kommen würden.“
„Sie haben die Postkarte abgeschickt?“
„Ja, das wissen Sie doch sicher schon.“
Schwaner bestätigt nun souverän und ergänzt: „Sie haben sie zu spät eingeworfen.“
Damit waren bei Dreier alle Vermutungen und Ängste über die hochmodernen Fahndungsmethoden der Polizei abschließend bestätigt.
„Ja, wie gesagt. Ich war verreist. Vatertag. Wandern mit Freunden. Axel hatte mir die Karte letzte Woche gegeben. Ich sollte mit Ihnen auf keinen Fall darüber reden. Und ich sollte sie unbedingt am Mittwoch einwerfen.“ Dreier schweigt einen Augenblick, schaut zu seinem Hund hinüber. „Ich habe es

vergessen und die Karte in meiner Tasche gefunden, da war ich schon im tiefsten Frankenland. Erst Freitag konnte ich sie einwerfen."
„Da war Herr Wolff schon längst tot."
„Ja, das habe ich gehört."
„Sagte Herr Wolff etwas dazu, warum er mir diese Karte schicken wollte?"
„Nein. Er sagte mir, dass Sie bei der Kriminalpolizei arbeiten, Sie sich kennen und Sie schon verstehen würden."
„Aber was verstehen?"
Dreier zuckt nur mit den Schultern.
„Warum schickt mir Axel Wolff eine Postkarte mit einem Bild von Joseph Roth darauf?"
„Joseph Roth war einer seiner Lieblingsautoren."
„Das weiß ich auch schon!", darauf Schwaner ungewollt gereizt. Dreier war wiederum sehr beeindruckt, dass Schwaner es wusste.
„Kann es vielleicht sein, dass Axel Wolff ein besonders wertvolles Buch in seinem Besitz hatte?"
„Davon weiß ich nichts. Mir gegenüber hatte er nichts dergleichen angedeutet."
„Kennen Sie auch Sonja von Rath?"
„Oh ja, Madame Bovary! Natürlich kenne ich sie."
„Madame wer?"
„Madame Bovary, so habe ich sie für mich genannt."
„Hat das eine Bedeutung?"
„Sie kennen Madame Bovary nicht?" Dreier lächelt milde. „Es ist ein Roman von Flaubert, in dem sich die Hauptperson, eben Madame Bovary, aus Langeweile ständig in jemand anderen verliebt und nebenbei den gesamten Besitz ihres Mannes verschleudert."
„Und bei Sonja von Rath ist das auch so?"
„So ähnlich. Sie verliebt sich immer in die Männer, die ihr nützlich sind."
„Wie meinen Sie das?"
„Sie war zunächst mit Alban Winter befreundet ..."

„Dem Autor?!“
„Ja, genau. Dort lernte sie das Schreiben. Danach kam Axel. Bei ihm veröffentlichte sie ihre ersten Bücher. Heute lebt sie bei diesem Jake, der sie zu einer erfolgreichen Autorin machte.“
Wieder lächelt Dreier, faltet die Hände im Schoß. „Sie sehen, sie ist ihren Weg gegangen.“
Schwaner erkannte den Unterton des Neides, die giftige Böswilligkeit, die in den Sätzen Dreiers mitschwang. ‚War Dreier in Wolff verliebt?‘, schoss es dem Hauptkommissar durch den Kopf. Er zwingt sich zum Thema zurück.
„Also kein wertvolles Buch oder Ähnliches, von dem Ihnen Wolff erzählt hätte?“
„Da müssen Sie Berlioz fragen. Er ist der Bücherdealer.“
„War! Berlioz ist tot.“
„Was?“ Dreier wäre fast aufgesprungen, Buck ist es und kommt herüber.
„Berlioz wurde gestern Abend von der Straßenbahn überfahren.“
„Nein!“
„Doch!“
Dreier krault seinem Hund den Nacken, der das mit geschlossenen Augen genießt.
„Kennen Sie Franz Großkopf, auch Franzl genannt?“
„Ja, wir trafen ihn hin und wieder ...“
„Der ist auch tot.“
„Wie?“ Dreiers Hand steht plötzlich still, Buck reißt die Augen auf und stellt die Ohren. „Aber, aber, aber ... wie? Wie ist das passiert? Wo? Wissen Sie schon genaueres?“
„Das tut jetzt nichts zur Sache. Jemand sucht etwas. Wolffs Wohnung wurde abgebrannt, sein Büro verwüstet.“
Dreier sagt nichts mehr. Schwaner fragt nochmals: „Kann es ein besonders seltenes Buch sein?“
Dreier ist die Mühe anzusehen, die es ihn kostet, seine Gedanken zu konzentrieren. „Vielleicht, ja! Aber wer bringt denn dafür Menschen um? Es wird keine Gutenberg-Bibel und auch keine Handschrift von Shakespeare sein. Und was will derjenige damit? Er kann es doch wahrscheinlich gar nicht verkaufen.“

„Vielleicht möchte er das gar nicht?“
„Ja, es gibt ja solche Verrückte, denen der Besitz eines Buches wichtiger ist als dessen Inhalt!“
„Womöglich ist es auch etwas völlig anderes, etwas Unbekanntes, etwas ...“
„Etwas Unbekanntes?“ Dreiers Gesicht leuchtet förmlich auf. „Etwas Unbekanntes, ja, etwas Unbekanntes. Axel hatte mir vor längerer Zeit davon erzählt, hatte sehr geheimnisvoll getan ...“
„Um was ging es?“
„Um Joseph Roth.“
„Joseph Roth!“, entschlüpft es Schwaner überrascht. Dreier fixiert ihn mit schmalen Augen. „Sie kennen Joseph Roth?“
„Ja, natürlich. Hiob, Radetzkymarsch. Ein großer Autor. Was erzählte Wolff über ihn?“
„Joseph Roth ist damals im Exil sehr plötzlich verstorben. Er hauste in Paris, in einem kleinen Zimmer, über irgendeinem Café. Er hatte keine Angehörigen, nur ein paar Freunde, Kollegen, die er ständig anbettelte.“ Dreier macht eine Pause und überlegt. „Axel erzählte mir, dass Roth damals mit verschiedenen Verlagen in Kontakt stand und Manuskripte aller Art anbot. Es waren Verlage in Österreich, in Holland, in Frankreich.“ Wieder eine Pause, er krault auch wieder Bucks Fell, der nicht von seiner Seite weicht. „Axel beschrieb mir die Sensation, die es wäre, wenn heute ein verschollenes Manuskript von Joseph Roth auftauchen würde.“
„Und wäre das denn tatsächlich eine solche Sensation?“, Schwaner ungläubig. Er wusste nichts über die Mechanismen des Literaturbetriebes.
„Das wäre wie ein Sechser im Lotto, ein Selbstläufer. Presse ohne Ende, Bestsellerplatz über Monate, ein Riesen-Lizenzgeschäft, womöglich sogar Filmrechte. Ein irrer Impuls für die alten Titel, die mittlerweile, glaube ich, gemeinfrei sind.“
Der Hauptkommissar versteht nur die Hälfte, möchte Details wissen, die ihm Dreier erklärt und die Schwaner dennoch unklar bleiben.
„Kennen Sie das Buch von Alban Winter? ‚Innercircle‘?“
Schwaner muss verneinen.

„Das ist das Richtige für Sie. Es ist ein Buch über die Verlagswelt. Darin wird die gesamte Branche so wunderbar bloßgestellt. Es war auch Axels einziger Bestseller, wenn man so will. Es hat ihn aber auch endgültig zum Außenseiter in diesem Zirkus abgestempelt."
„Das bedeutet?"
„Axel hatte sich nie mit den Gepflogenheiten zwischen Autoren, Verlagen, Medien und Kultureinrichtungen abfinden wollen. ‚Die Hölle, das sind die anderen', pflegte er immer zu sagen. Ständig wetterte er gegen irgendwelche Jurys, die mit immer den gleichen Leuten besetzt wären und immer dieselben Autoren auszeichnen würden. Die Feuilletons, die lediglich auf Zuruf der renommierten Verlage Bücher besprechen würden und die Kulturämter, denen mehr an überregionalem Glanz gelegen wäre als an einer Förderung örtlicher Künstler."
„Und hatte er damit recht?"
„Teils, teils. Es ist allerdings schwierig, so etwas zu thematisieren."
„Warum?"
„Warum?" Dreier lässt den Hund los und gestikuliert mit beiden Händen. „Einerseits müssen sie pointieren, das heißt schwarzweiß malen, übertreiben. Das macht sie angreifbar und auch ein Stück unglaubwürdig. Andererseits lässt sich dem scheinbar Erfolglosen schnell Neid und Missgunst unterstellen. Beides ist so geschehen und hat Axel nur noch verbitterter werden lassen."
„Ich dachte, es war ein Bestseller?"
„In seinen Verhältnissen. Unterm Strich schadete ihm das Buch mehr, als es ihm half."
„Worum geht es genau?"
„Es geht um einen jungen Mann, der ein brillantes Buch schreibt, das keiner haben will und das er schließlich, völlig frustriert, ins Internet stellt. Die Tochter eines bekannten Journalisten, talentiert, aber ohne Stoff, schreibt es ab und es wird schon im Vorfeld als ein Riesenerfolg beworben, dank Papa! Ferner geht es um eine satte Erfolgsautorin, die unter Pseudonym einen Roman herausbringt, der floppt und der anschließend, als sie sich zu dem Buch bekennt, sofort zum Bestseller aufsteigt. Ein Kleinverleger, der dem jungen Autor helfen möchte, der dessen

Potenzial erkennt, aber von den Medien völlig ignoriert wird. Ein Kulturredakteur, der letzte in seiner Abteilung, der kein einziges Buch mehr liest und nur noch die von den Verlagen vorbereiteten Pressetexte übernimmt. Ein Lektor eines großen Verlages, der für einen Mystery-Roman einen Autoren sucht, da ein anderer Verlag gerade mit Vampiren, Hexen und Elfen so große Erfolge feiert. Von all diesen Dingen und noch so manchem anderen handelt es. Es ist ein Abgesang auf die heutige Verlagswelt. Ein Abgesang mit zahlreichen Indiskretionen, wenn Sie verstehen, was ich meine?“ Dreier ist sichtlich in Fahrt gekommen und merkt es. Sein zynisches Lächeln verschwindet. Schwaner weiß nicht so genau, ob er das jetzt verstanden hat und ob er es überhaupt verstehen musste. Mit vager Geste lässt er Dreier weiter ausführen.

„Wissen Sie, diese Branche wurde schon so oft tot gesagt, dass ich es schon gar nicht mehr zählen kann. Und doch bringt sie immer wieder den Stoff für Milliardenumsätze heraus. Denken Sie nur einmal an ‚Herr der Ringe‘ oder ‚Harry Potter‘.“

„Das sind doch sicherlich Ausnahmen …“

„Ausnahmen? Vielleicht. Aber vergessen Sie nicht, wo überall schon Literatur und Bücher die Vorlage waren …?“ Dreier mustert den Kommissar und scheint zufrieden mit dessen nachdenklicher Miene zu sein. „Bücher entstehen aus dem Alltag, sie kommen aber auch wieder in unseren Alltag, in unser Leben zurück. Ob wir sie kennen oder nicht.“

„Und um all dies geht es in diesem einen Buch, in …?“, Schwaner fällt der Titel nicht ein.

„Sie sollten es einfach einmal lesen – glauben Sie mir, es lohnt sich. Danach verstehen Sie diese Branche, die von Neid, Eitelkeit und Missgunst zerfressen ist.“ Dreier reibt sich die Hände auf den Hosenbeinen. „Ich glaube, ich habe irgendwo noch ein Exemplar, das ich Ihnen leihen kann.“

„Danke. Sie meinen also, wenn Wolff tatsächlich eine solche Sensation entdeckt haben sollte, würde es andere sogar zu Mord und Brandstiftung verleiten?“

„Nun, äh, ich weiß es nicht, ich kann mir jetzt niemanden vorstellen – äh, ich kenne niemanden, dem ich das zutrauen würde, wenn Sie verstehen? – Es war jetzt mehr so im Allgemeinen gesagt."
„Hatte Wolff Ihnen gegenüber von einem solchen Fund gesprochen?"
„Nein!" Dreier wirkt nervös, scheint plötzlich die Konsequenzen seiner Aussagen zu erahnen. „Er hatte mir nur etwas von einer Fortsetzung erzählt."
„Welche Fortsetzung?"
„Alban Winter und er arbeiteten wohl an einer Fortsetzung von ‚Innercircle', das hatte Axel einmal angedeutet. Mit dem Tod von Alban war das Thema dann erledigt. Das hatte Axel auch sehr getroffen. Ich glaube, von dem Moment an – und dann natürlich nach seiner eigenen Erkrankung – hatte er den Lebenswillen verloren."
Es ist Mittag geworden an diesem sehr warmen Tag. Buck, der neben seinem Herrn lag, richtet sich ebenfalls auf, gähnt, kratzt sich und streckt seine Pfoten, eine nach der anderen, nach vorne, um das schläfrige Gefühl darin loszuwerden. Er trottet einige Schritte hinter dem Hauptkommissar und Dreier her, kehrt um und legt sich wieder unter den Haselnussstrauch.
Dreier verschwindet im Haus, kommt nach einigen Augenblicken wieder, ein Buch in der Hand, auf dessen Cover eine Art Mandala oder Ornament aufgedruckt ist. In einem Kreis sind, ähnlich einem Labyrinth, Linien ineinander verschlungen. Darüber steht in Versalien „INNERCIRCLE".

Schwaner kämpft gegen seine Müdigkeit an. Kurz entschlossen fährt er zum Vereinshaus, zieht sich um und ist wenige Minuten später mit einem Boot auf dem Main. Er zieht lang und ruhig. Der Kopf droht ihm zu bersten, das sanfte Gleiten beruhigt ihn, lenkt auch seine Gedanken in einen sanften Rhythmus. ‚Was habe ich übersehen? Es ist nicht nur das Motiv. Es ist mehr. Es sind Puzzlesteine. Es ist ein Rätsel. Es sind Bilder. Von Anfang an Bilder …'

15. Kapitel

„Auch bei mir nichts“, schließt Messner die Runde, nachdem zuvor schon Anne keine Ergebnisse bei Tankstellen und Blitzanlagen vorzeigen konnte und auch Sven Beck mit leeren Händen aus dem Bahnhofsviertel zurückkehrte. „Niemand hat was geseh'n, niemand weiß was.“

„Und Studer?“, wollte Schwaner wissen.

„Die ham' den Großkopf wohl abends im Viertel registriert. Als dann die zweite Schicht abrückte, hat sich niemand mehr drum gekümmert.“

„Scheiße!“, flucht Schwaner und schlägt auf den Tisch. „Wohnung?“, blafft er hinterher. Alle winken ab oder schütteln den Kopf, auch Messner, der überhaupt nichts damit zu tun hatte.

„Verdammt!“ Wieder knallte es.

„Aber warum ist das so wichtig?“, möchte Anne die Atmosphäre etwas beruhigen.

„Es ist wichtig, da der oder die Täter offensichtlich etwas suchen. Großkopf war, soweit wir wissen, die letzte Person, die mit Wolff gesehen wurde. Vielleicht hatte Wolff ihm etwas übergeben. Sicher ist, dass er deshalb sterben musste, denn er hatte ...“, Schwaner liest von einem Blatt. „... neben anderen auffälligen Substanzen eine hohe Konzentration Thiopental-Natrium im Blut. Thiopental ist auch als Wahrheitsserum bekannt.“ Schwaner schiebt das Blatt zur Seite. „Laut Bericht wurde Großkopf ein Drogencocktail verpasst, offensichtlich in Kombination mit Alkohol.“

„Und der Antiquar hatte es an Wolff vermittelt und wusste damit ebenfalls Bescheid? Deshalb musste auch er verschwinden?“, fragt Anne zaghaft nach.

„Wahrscheinlich!“, antwortet Martin Schwaner noch immer gereizt. Plötzlich sind alle mucksmäuschenstill und hängen ihren Gedanken nach. Beck flüstert zu Messner über den Tisch: „Hermes pass“ und grinst.

Schwaner funkelt seinen Kollegen wütend an, nimmt den Faden allerdings wieder auf. „Ich glaube, dass es um ein besonders

wertvolles Buch oder ein bisher unbekanntes Werk, womöglich von Joseph Roth, geht. Die Brandstiftung, der Einbruch in Wolffs Büro, Großkopf, Berlioz ... Hier sucht jemand etwas wirklich Wichtiges, etwas wirklich Wertvolles – und dieser Jemand ist skrupellos."
„Aber wegen 'nem Buch? Meinst du wirklich?" Beck schüttelt den Kopf.
„Laut Dreier geht es dabei um Millionen."
„Na dann!" Beck klingt nicht wirklich überzeugt.

„Anne, weißt du schon mehr über diesen Winter?", fährt Schwaner fort, nachdem von der Tischrunde keine anderen Theorien eingebracht wurden.
„Martin, ich bin noch nicht einmal mit Wolffs chaotischen Unterlagen durch! Entweder es hilft mir mal einer von euch, oder ihr müsst warten."
„Und bei Wolff?"
„Hier bestätigt sich die bereits beschriebene Situation. Wolffs Verlag warf nichts ab, ein privates Einkommen ist, bis auf gelegentliche Kleinbeträge, nicht vorhanden. Es existieren erhebliche Verbindlichkeiten bei der Bank ..."
„Irgendwelche Versicherungen?"
„Bisher Fehlanzeige. Auch kein anderes Vermögen, soweit ich es erkennen kann. Wie gesagt, die Unterlagen aus seinem Büro sind völlig unsortiert ..."
„Bitte prüfe doch auch die Verbindungen zwischen Winter und Wolff. Dreier sagte, dass Winter der einzige erfolgreiche Autor in Wolffs Verlag gewesen wäre. Und bitte, auch die Umstände von Winters Tod sind wichtig. Vielleicht besteht hier ein Zusammenhang?" Anne notiert.
„Auch zu Wolff gibt es aus der Gerichtsmedizin etwas Neues." Schwaner zieht ein anderes Blatt hervor, liest nochmals einige Zeilen, richtet sich auf. „Wolff ist nicht an einer Überdosis Rauschgift, sondern an Kaliumchlorid gestorben. Es wurde ihm direkt ins Herz gespritzt. Sandra ...", einige der wenigen Male, dass Martin Frau Dr. Thielacker in dieser Runde beim Vornamen nannte, „... fand eine weitere Einstichstelle auf der Brust. Der

Einstich muss definitiv von einer anderen Person ausgeführt worden sein. Die Nadel wurde zwischen zwei Rippen hindurch geführt, das heißt, derjenige kannte sich aus. Kaliumchlorid verursacht in der vorgefundenen Konzentration und durch die Art der Injektion den sofortigen Herzstillstand. Der Schlag auf den Kopf war nicht tödlich, er hat Wolff wohl nur betäubt. Die Einstiche am Arm stammen wahrscheinlich vom Opfer selbst. Er hat sich hier starke Schmerzmittel gespritzt. Reste davon konnten im Blutbild nachgewiesen werden." Schwaner schlägt wieder mit der Hand auf das Papier.
„Also auch hier Mord?", ruft Beck spontan und dieses Mal mit dem Klang der Überzeugung.
„Ich weiß nicht, Sven. In diesem Fall bricht ständig jeder Ansatz wie ein Kartenhaus in sich zusammen. Ich war fest von Suizid ausgegangen. Suizid mit der Unterstützung eines Freundes ..."
„Großkopf?"
Schwaner nickt. „Jetzt kann ich mir auch wieder Mord vorstellen."
„Aber warum und weshalb dort im Brunnen? Denk an seine Lage, das ist doch kein Mord, das ist doch inszeniert.", kontert Messner nachdrücklich. „Denk an das Bild, das verschwundene Bild ..."
„Ich denke daran. Unentwegt denke ich daran ...", flüstert Schwaner wie abwesend.
„... und auf diese Weise wurden im Dritten Reich Menschen exekutiert. Das deutet doch umso mehr auf einen symbolischen Akt hin!"
„Kann sein, kann sein ...", flüstert der Hauptkommissar wieder vor sich hin und ist dann plötzlich wieder hellwach, „... eines ist aber doch völlig klar: Der oder die Täter müssen Wolff sehr gut gekannt haben."

Schwaner sitzt vor seinem PC. Der Bildschirm zeigt das Fallschema, dessen Muster sich dem Titelbild des Buches angleicht, das auf seinem Schreibtisch liegt. Die Linien fließen in- und umeinander, ohne einen Weg von oder nach außen zu öffnen.

Ein geschlossener Kreislauf, in den niemand eindringen kann, es sei denn, er ist darin geboren. Der Hauptkommissar greift das Buch, lehnt sich zurück und beginnt zu lesen.

Saskia betrat müde und unausgeschlafen das kleine Büro, in dem sie vor Wochen von ihrem anfänglich netten Chef abgestellt worden war. Eigentlich war Georg gar nicht Chef des Lektorats, sondern nur die Ansprechperson für alle Volontäre und Praktikanten innerhalb des Verlages. Georg war Produktmanager, so die Bezeichnung innerhalb des Organigramms, das Saskia die ersten beiden Tage intensiv studieren konnte und sollte. Georg erklärte ihr in den wenigen Minuten, die er dafür aufbrachte, dass ein Lektor heute nicht nur den Inhalt eines Buches betreue, sondern auch für die Bereiche Produktion und Vermarktung verantwortlich sei und damit innerhalb der Kostenrechnung des Gesamtunternehmens eine weit größere Bedeutung besitze, als es ehemals die reine Arbeit am Text ... So etwa ab dieser Stelle hatte Saskia nicht mehr zugehört. Sie konnte keine Sätze leiden, die mit „früher" oder „damals" beginnen, diese hatte sie zu Hause zur Genüge gehört. Für Saskia war das Volontariat der Schritt aus dem elterlichen Kerker gewesen, der Beginn des eigenen Lebens.
Ihr kleines Zimmer in der Wohngemeinschaft, nicht viel größer als das karge Büro, war eine neue Welt für sie. Insbesondere mit Charlotte aus der WG verstand sie sich prima. Sie hatten dieses Wochenende in Berlin verbracht und Freunde von Charlotte besucht. Die geplanten Museumsbesuche wurden den bis in den Morgen dauernden Clubtouren geopfert. Und dann war da Daniel, von allen nur Dani genannt. Ein toller Typ, zwar völlig verpeilt und chaotisch, aber ungemein liebenswert. Saskia wollte so bald als möglich wieder nach Berlin, vielleicht schon kommendes Wochenende. Überhaupt ist Berlin die Stadt, ganz anders als dieses dröge Kaff hier.
Auf der Rückfahrt hatte sie sich mit Charlotte ausgemalt, wie es wäre, nach Berlin zu ziehen. Immer mehr Verlage siedelten sich dort an und boten sicherlich ganz andere Perspektiven als dieser

Laden. Frustriert schaute sie auf den neuen Stapel Manuskripte, die sich seit letztem Freitag auf ihrem Schreibtisch angesammelt hatten.

Von Georg war ihr Aufgabenbereich als Sichtung eingehender Buchvorschläge beschrieben worden und Saskia war diese Arbeit damals ungemein wichtig erschienen. Voller Neugier und Interesse nahm sie den Stapel eingesendeter Buchideen entgegen und schleppte sie in ihre Kammer. Sie öffnete die zahlreichen Umschläge behutsam und voller Ehrfurcht. Saskia befreite förmlich die Manuskripte aus ihren Gefängnissen und legte sie wie etwas Zerbrechliches vor sich ab. Anschließend sortierte sie nach Eingangsdatum, um auch hier fair und gerecht zu bleiben. Sie wollte sich nicht durch verheißungsvolle Überschriften und reißerische Themen beeinflussen lassen. Jeder Buchvorschlag sollte ihre gleiche Aufmerksamkeit erhalten.

Heute ist es für sie bloße Routine, die sie mechanisch und ohne Empathie abspult. Würde sie jemand dabei beobachten, er würde schwören, dass diese junge Dame in ihrem ganzen Leben noch nie etwas anderes getan habe. Wie im Akkord riss Saskia die Umschläge auf, zerrte mit geübtem Schwung den Inhalt heraus und legte diesen auf eine Waage – Einsendungen über 500 Gramm durften wegen der Portokosten nicht zurückgesendet werden und landeten sofort im Mülleimer.

Den anderen legte sie ein kurzes Anschreiben bei. Dieses war vierzehn Tage vordatiert. Ein von Saskia erfundener Trick zur Schonung des Empfängers, damit dieser glaubte, sein Buch sei tatsächlich geprüft worden. Beides schob sie gekonnt in einen braunen Umschlag, legte noch einen Verlagsprospekt bei und verschloss ihn. Im Regal hinter ihr schichtete sie die Sendungen auf und steckte einen Zettel mit dem Datum hinein, wann sie zur Poststelle gebracht werden mussten. War diese Arbeit erledigt, konnte Saskia tun, was sie wollte: aus dem Fenster schauen, ein Buch lesen, im Internet surfen oder ihren Gedanken nachhängen. Hin und wieder kamen ihr dabei die ersten Wochen im Verlag in den Sinn.

Ernst und konzentriert saß sie am Schreibtisch, in mehreren Ablagekörben die Manuskripte. Es war eine beachtliche Menge und darin befanden sich sowohl die Idee für ein Kinderbuch als auch die für einen Thriller, die Biografie eines bis dato unbekannten Naturwissenschaftlers neben der „Psychologie der Kapitalmärkte", mehrere Liebesdramen, Erzählungen und Romane. Es waren Titel wie: „Die Kaschuben", „Das Gerät", „Nur Segeln" oder einfach nur „N".

Der Autor des Thrillers versuchte, durch eine fett herausgestellte Passage ihre Aufmerksamkeit zu erheischen: ***„Ich sag Euch, ich scheiß auf das Paradies und die Jungfrauen, ich scheiß auch auf alles andere. Was später mit mir passiert, ist mir scheißegal. Ob ich verdammt werde und eine Ewigkeit in der Hölle schmoren muss, ist mir scheißegal. Wenn ich unserer Sache in diesem Leben zum Sieg verhelfen kann, dann tue ich, was auch immer erforderlich ist. Was da in irgendeinem Buch geschrieben steht, interessiert mich nicht."*** *Diese Sequenz beschreibt den Kern meines neuen Thrillers „Jenseits des Dschihad", in dem eine Gruppe ultraradikaler Islamisten eine Schule überfällt und mehr als einhundert Kinder abschlachtet.*

In den folgenden Tagen arbeitete sich Saskia von oben nach unten voran. Sie las ein Exposé und zwei Kapitel eines Romanvorschlages über das Nachkriegsschicksal einer aus dem Osten geflohenen Familie, schrieb eine umfangreiche Beurteilung dazu und verfasste eine Empfehlung, die das Projekt als insgesamt interessant, an manchen Stellen verbesserungswürdig, hier und da sogar fehlerhaft, darstellte.

Nicht ohne Stolz legte sie Georg das Ergebnis ihrer ersten Arbeit auf den Schreibtisch, wo es mehrere Tage unberührt liegen blieb. Saskia stürzte sich derweil auf das nächste Manuskript: Die Liebesgeschichte zweier in Heimen groß gewordener Jugendlicher, die, ohne wirkliche Liebe herangewachsen, zu großer und bedingungsloser Liebe fähig sind. Die Geschichte begeisterte sie und entsprechend fiel ihre Empfehlung aus. Saskia feilte gerade an einigen Stellen ihres Resümees, als Georg ihr Zimmerchen betrat, die zuvor verfassten Seiten in der Hand.

Sie habe hier wohl etwas falsch verstanden, so würde das viel zu viel Zeit in Anspruch nehmen und Zeit sei immerhin auch Geld. Überhaupt sind diese Biografien völlig unbekannter Personen unverkäuflich, wen interessiere schon Krethi und Plethi. Mit den

Liebesdramen verhalte es sich genauso. Jeder wurde schon mal verlassen, ja und? Wenn der Betroffene es in einem Buch verarbeite, schön. Aber das muss doch nicht die Allgemeinheit lesen. Kurzum, dieses Geschmiere von Leuten ist einfach abzusagen. Er selbst schaue im Vorfeld schon mal auf den Absender, ob da eine prominente und zumindest halbwegs bekannte Person dabei sei. Alles, was auf diesem Schreibtisch lande, er legte die Blätter vor Saskia ab, ist mit einem Zweizeiler zurückzuschicken oder gleich zu vernichten.
Somit hatte sich Saskias zunächst wichtig erscheinende Tätigkeit von jetzt auf gleich in ein langweiliges, monotones und stupides Abarbeiten verwandelt. Nur noch einmal versuchte sie Georg mit der erschütternden Geschichte eines Ehepaars zu überzeugen, deren einziges Kind an Krebs erkrankte und die es bis zur letzten Minute begleiteten. Saskia war tief berührt und erschüttert, daher umso enttäuschter von Georgs kategorischer Ablehnung.
„So etwas will niemand lesen, das ist viel zu ernst. Wer möchte denn bitte schön etwas über sterbende Kinder erfahren? Das ist doch keine Unterhaltung, viel zu schwer, ja fast geschmacklos. Die Leute möchten etwas Leichtes.“
Es war unterm Strich immer das gleiche Argument und es hieß: unverkäuflich. Georg nahm für sich in Anspruch, den Käufer – von Lesern sprach er bewusst nie – genauestens zu kennen. „Nur der Käufer zählt, der Leser interessiert mich nicht!“ war sein Slogan. Für die Lebensgeschichte eines B-Promis oder das pikante Privatleben einer Popikone opferte er Unsummen im Bieterstreit mit anderen Verlagen gegenüber den Agenten. Er schaute noch nicht einmal in diese Manuskripte hinein, die, wie er sagte, „sichere Investitionen“ seien.
Saskia las von diesem Moment an keine Zeile mehr, verwendete für die Rücksendungen einen Standardbrief, der vorrangig aus den Wörtern „herzlichen Dank“ und „leider“ bestand.

Schwaner überblättert einige Seiten und gähnt einmal herzhaft.

Auf der Programmsitzung für den Herbst präsentierte Georg eine junge Frau, ein Mädchen – sie war sicherlich noch einige

Jahre jünger als Saskia – als die Neuentdeckung am literarischen Himmel. In den letzten Jahren, ja fast Jahrzehnten, hätte er kein solches Debüt gelesen, wie diese junge Autorin es vorgelegt habe. Es folgten zahlreiche weitere Hymnen, bis endlich die schüchterne Person aus ihrem Buch vorlas. Die Sätze, die Bilder, die Personen kamen Saskia ungemein vertraut vor. Die Geschichte spielte im Berliner Nachtleben und beschrieb eine Gruppe junger Leute, die durch die Clubs der Großstadt ziehen. Ihr Leben ist eine Mischung aus Illusion, Phantasie und knallharter Realität. In einem Wechsel aus Rausch, Sex und zäher Ernüchterung fließt die Zeit dahin, die wie auf unterschiedlichen Planeten unterschiedlich schnell vergeht.

Es fällt Saskia schwer, die vorgelesenen Passagen mit dem jungen Mädchen als Person in Verbindung zu bringen. Sie selbst fährt seit Monaten fast jedes Wochenende nach Berlin, kennt die beschriebenen Orte wie kaum ein anderer hier im Raum, hört förmlich die Musik, riecht die schwitzenden Körper, sieht die ekstatischen Bewegungen. Auch Saskia kennt den schnellen Sex auf der Toilette oder in einem benachbarten Hinterhof. Die durch Drogen und Musik explodierende Geilheit, die nach einer sofortigen Befriedigung schreit. Der frühmorgendliche Taumel durch die Straßen, absurde und völlig sinnentleerte Gespräche, dazwischen fast lyrische Momente. Saskia kennt den bohrenden Schmerz im Kopf nach einem verschlafenen Tag, wenn es beim Aufstehen bereits wieder dunkel wird, alle statt Kaffee das erste Bier trinken und sich wie automatisch auf den nächsten Rave vorbereiten.

Nur mit diesem Kind da vorne passen ihre Erinnerungen nicht zusammen, finden keinen Halt, sehen keine Berührung und spüren keine Übereinstimmung. Es ist auch keine Eifersucht, dass diese Jüngere dort über eine unbestreitbare Gabe verfügt, ein sprachliches Vermögen, das alle Anwesenden fesselt.

Applaus. Georg nimmt das junge Ding wie seine Tochter in den Arm, reißt ihre Hand nach oben. Sie steht mit hochrotem Kopf daneben und kann niemanden ansehen. Georg führt ein offensichtlich einstudiertes Interview mit ihr, in dem er geschickt auf den Vater des Mädchens, ein äußerst prominenter Journalist und Kritiker, zu sprechen kommt. Heimische Szenen werden beschrieben: sie in ihrem Zimmer am Schreibtisch, ihr Vater schulterklopfend dahinter. Ihr erster Kritiker, ihr erster Mentor, denn natürlich, wieder von Georg geschickt eingeflochten, wird sich der Papa mit all seinen Kontakten für die Tochter und ihr wirklich fabelhaftes Buch einsetzen. Applaus.

Schwaner überblättert wieder einige Seiten. Saskia belauscht offensichtlich eine Unterhaltung zwischen Georg und dem Verlagsleiter.

„Und du hattest keine Ahnung, dass hier etwas nicht stimmt?" Vito schien sehr aufgebracht, seine Stimme war ungewöhnlich laut.
„Nein, natürlich nicht. Wo denkst du hin. Glaubst du, ich hätte das dann so durchgehen lassen?", verteidigt sich Georg entrüstet und doch selbstbewusst wie immer.
„Aber wie konnte das dann passieren?"
„Du kennst doch ihren Vater. Er hat sich für seine Tochter verbürgt – und er hat Druck gemacht, wir hätten doch in der Vergangenheit immer von seinen Gefälligkeiten profitiert. Da sei es doch nicht unredlich, auch einmal eine Gefälligkeit einzufordern. Ein Ausgleich, für das Gewesene und für die Zukunft." Georg legte eine Pause ein, eine Pause, die Saskia inzwischen nur zu gut kannte. Jetzt würde sein schlagendes Argument kommen, gegen das nichts mehr zu sagen ist, nichts mehr gesagt werden darf.
„Was hätte ich denn tun sollen. Ich dachte mir, gut, tun wir ihm den Gefallen, bringen wir das Buch seiner Tochter, was wird es schon sein, was kann uns schon passieren. Drucken wir ein paar Hundert und werfen sie anschließend weg, wenn es keiner haben will." Wieder eine Pause.
„Ich konnte doch nicht ahnen, dass er ein solches Fass aufmacht, dass er alle hier einspannt, alle Strippen zieht ... ich, ich, ich wusste doch auch nichts von seinen Plänen, wie er seine Tochter groß rausbringen möchte, mit Radio, Fernsehen und allem."
Nichts ist mehr zu hören. Georg hat es wieder einmal geschafft, hat sein Gegenüber schachmatt gesetzt, indem er sich selbst als gar nicht am Spiel beteiligt darstellt.

„Gut!“ Vito räuspert sich. „Zum Glück ist alles noch einigermaßen unter der Decke, vielleicht kommen wir halbwegs glimpflich durch die Sache durch. Diese Praktikantin, wie heißt sie noch mal ...?“
„Saskia!“
„... Saskia, richtig. Du musst sie unter Kontrolle halten. Gib ihr mal was Richtiges, etwas, woran sie arbeiten kann, verstehst du?“
„Keine Sorge, ich weiß schon, wie ich sie auf unsere Seite ziehe.“
Stühle rückten, Saskia verschwand über den Flur in die Damentoilette.

Schwaner überblättert ganze Kapitel, liest nur noch punktuell einige Passagen. Offensichtlich wird über Saskia das Plagiat aufgedeckt. Der eigentlich brillante Autor ist Dani, dessen Buch von allen Verlagen abgelehnt wurde. Dem Hauptkommissar scheint es sehr konstruiert, dass die wenigen Personen der Handlung wie zufällig zusammentreffen. Aber vielleicht muss das in einem Buch so sein.
Einen Satz notiert sich Schwaner, der ihm auch für seinen Fall sehr passend scheint. Als Saskia Georg bezüglich des Plagiats anspricht, sagt dieser unumwunden: „Es kommt nicht darauf an, was geschrieben wird, sondern wer es schreibt. Wenn Lieschen Müller wandern geht, juckt das niemanden, aber bei einem prominenten Showmaster verkaufst du Millionen.“
Eine ältere Autorin, zeitweilige Liebesgefährtin des Kritikers und offensichtlich eine Anspielung auf Sonja von Rath, taucht auf. Auch ihre Bücher werden dank seiner wohlwollenden Besprechungen Bestseller.
Ein Blick in das Büro des Journalisten. In der Ecke stapeln sich meterhoch Rezensionsexemplare, alle unberührt. Gelegentlich werden die Türme von einem Antiquar, hier ist Berlioz zu erkennen, abgeholt. Der bekannte Kritiker hat seit Jahren kein Buch mehr gelesen, lässt sich von den Verlagen zu großzügigen Buchpräsentationen und gemeinsamen Essen mit den Autoren einladen, übernimmt vorgefertigte Pressetexte, die er an einigen Stellen etwas umformuliert und bleibt dennoch für alle der Richter, dessen Urteil über den Erfolg eines Titels entscheidet.

Schwaner klappt das Buch zu, legt es auf seinen Schreibtisch. Ein wenig glaubt er nun zu verstehen. Aber wer ist dieser Kritiker?
Er ruft Dreier an.
„Ah, ich sehe, Sie haben schon im Buch gelesen. Wie gefällt es Ihnen?"
„Gut, danke. Für meinen Geschmack ein paar Zufälle zu viel."
„Wie meinen Sie das?"
„Das tut jetzt nichts zur Sache. Sagen Sie, dieser Kritiker im Buch, gibt es ihn auch in Wirklichkeit?"
„Oh ja, natürlich. Es ist Hans Henry Wiener, der bekannte Kulturredakteur und Feuilletonist. Übrigens auch kurzfristig ein Partner von Madame Bovary, ich meine von Sonja, äh, Frau von Rath."
„Das dachte ich mir. Und Wolff und Winter kannten ihn auch?"
„Aber selbstverständlich!"
„Waren Wolff und dieser Wiener enger befreundet?"
„Mal so, mal so. Nach der Buchveröffentlichung eher nicht mehr."
„Und wer ist dieser Georg?"
Dreier lacht wieder. „Georgs gibt es viele. Er steht stellvertretend für die Gattung Lektoren, die auch Alban Winters Manuskripte früher kommentarlos abgelehnt hatten."
„Das heißt, Alban Winter hatte sich früher an andere Verlage gewandt?"
„Ja natürlich! Autoren glauben doch immer, den kommenden Bestseller geschrieben zu haben, und wenden sich an die großen Häuser. Dann hagelt es Absagen über Absagen, bis sie sich reuig einem kleinen Verlag anbieten – der dann seine liebe Mühe mit ihnen hat."
„Was soll das heißen?"
„Na, dass die Autoren immer noch davon ausgehen, dass ihr Buch eigentlich der Bestseller ist, aber, leider völlig verkannt, nun in diesem armseligen Kleinverlag erscheinen muss, den sie dann für den ausbleibenden Erfolg verantwortlich machen."
Wieder lacht Dreier. Schwaner versteht nicht, was daran so lustig ist und schweigt.

„Sehen Sie, die Autoren schütten dann all ihren Frust, ihre Enttäuschung, ihre Wut über dem Verlag aus, der sie letztlich aufgenommen hat. Der Verlag setze sich nicht genügend ein, schalte keine Anzeigen, plane keine Lesereise, beschicke keine Redaktionen, behindere wo nur möglich den Verkauf ...“

„Aber das ist doch unsinnig, der Verlag investiert doch ...“

„Ja, ja, sicher! Aber welcher Autor versteht das? Verlage sind immer noch mit dem Nimbus behaftet, dass sie Autoren, wo sie nur können, ausnehmen ...“

„In gewisser Weise steht es auch so im Buch ...“

„Nein, nein – da haben Sie etwas missverstanden. Im Buch geht es um die Auswahl der Autoren, nicht wie die spätere Zusammenarbeit abläuft. Die ist so, wie ich ...“

„Das ist vielleicht alles nicht so wichtig ...“, unterbricht Schwaner, dem es nun doch ein wenig zu viel ins Detail geht. „Sagen Sie, wer kommt noch alles in diesem Buch vor?“

„Na so ziemlich alle.“

„Agenten auch?“

„Oh ja! Sie werden als die eigentlichen Blutsauger der Branche dargestellt, schlimmer noch als Investmentbanker und Immobilienmakler, die schmarotzerhaft vom geistigen Eigentum anderer profitieren.“

Schwaner sieht den cleveren Jake Hyde vor sich, wie er mit dem typischen Gehabe des Besitzenden auf der Dachterrasse seiner Villa steht.

„Herr Kommissar? Sind Sie noch da?“, reißt ihn Dreier aus seinen Erinnerungen.

„Ja, ja. Ich bin am Apparat.“ Schwaner nimmt den Hörer auf die andere Seite. „Und wer ist Saskia, die junge Praktikantin?“

„Sie ist, glaube ich, erfunden.“ Dreier lacht wieder kurz auf der anderen Seite. „Aber glauben Sie mir, die Zukunft der zeitgenössischen deutschen Literatur liegt fest in den Händen unzähliger Praktikanten und Volontäre, die genauso arbeiten müssen, wie in ‚Innercircle‘ beschrieben. Das ist so!“

Bert Dreier scheint sich, wie schon bei ihrer ersten Begegnung, sehr am Thema des Buches zu ergötzen.

„Und Sie, tauchen Sie nicht auf? Sie gehören doch auch dazu?“ Schwaner ist auf die Reaktion gespannt.
„Nein, zum Glück nicht“, antwortet Dreier sofort, vielleicht etwas zu schnell.
„Zum Glück?“
„Ja, zum Glück. Die dargestellten Personen schneiden ja größtenteils nicht gut ab. Ich bin und war zu unbedeutend für diesen Zirkus.“ Schwaner glaubt einen anderen Ton in Dreiers Stimme zu hören: immer noch lästerlich und voller Spott, doch auch ein wenig zynisch und voller Selbstironie.
„Jagen Sie nicht auch hinter dem nächsten Bestseller her?“, hakt der Hauptkommissar nach.
„Ich?“ Dreier scheint für einen Moment sprachlos zu sein. Es dauert einige Augenblicke bis er anfügt: „Früher einmal, ja ... vielleicht ... Ich habe mich dann aus diesem Hammsterrad verabschiedet.“ Dieses Mal klingt ein Hauch von Trauer an.
„Sie sprachen bei meinem Besuch von einer Fortsetzung des Buches, die Wolff und Winter planten?“
„Ja, Axel hatte mir einmal davon erzählt, sagte, dieses Mal werden sie allen die Maske vom Gesicht reißen.“
„Wissen Sie Genaueres?“
„Leider nein. Axel war in dieser Richtung immer sehr vorsichtig. Warum?“
„Es ist ein neuer Aspekt. Vielleicht geht es gar nicht um ein altes wertvolles Buch, vielleicht geht es darum, ein neues zu verhindern?“ Schwaner bedankt sich und möchte auflegen.
„Eine Sache ist mir noch eingefallen“, hält ihn Dreier zurück. „Winter sagte einmal zu mir: ‚Ich hätte dieses Buch nicht veröffentlichen dürfen, das war mein größter Fehler. Es war nicht fertig – es wird nie fertig sein. Vielleicht hätte ich gar nicht damit beginnen sollen?‘ “ Der Hauptkommissar murmelt nochmals seinen Dank und legt endgültig auf.

Kaum hat seine Hand den Hörer losgelassen, steht Anne neben seinem Schreibtisch.
„Ich habe jetzt einiges über diesen Alban Winter in Erfahrung bringen können. Viel ist es nicht. Geboren und dergleichen

willst du sicher nicht wissen ...", Anne versichert sich durch ein kurzes Aufschauen von ihren Blättern. „Fang ich hinten an. Also, Alban Winter ist vor etwa drei Monaten tot in seiner Wohnung aufgefunden worden. Laut Bericht lag er dort schon einige Tage. Axel Wolff hatte die Polizei verständigt, nachdem er Winter nicht erreichen konnte. Im Totenschein steht Herzversagen ohne besondere Merkmale ..."

„Wer war vor Ort?"

„Winter wohnte in Bad Homburg, das haben die Kollegen von dort erledigt."

„Und sie haben nichts vermerkt?"

„Nichts."

„Wurde eine Obduktion durchgeführt?"

„Nein – nur die Leichenbeschauung."

„Typisch!" Schwaner faltet die Hände hinter seinem Kopf und lässt sich nach hinten gegen die Rückenlehne fallen. „Natürlich nichts! Das war den Kollegen sicher zu aufwendig und zu eklig. Tot, Tür zu, abrücken."

„Vielleicht war ja wirklich nichts ...?"

„Und wenn doch? Was, wenn Alban Winter das erste Opfer war?"

„Wie kommst du jetzt darauf?"

Schwaner kippt nach vorne, greift nach dem Buch, reicht es Anne hin. „Deswegen! Darin bekommen einige Personen ganz schön ihr Fett weg – und Winter und Wolff planten eine Fortsetzung, angeblich noch brisanter."

Anne hält den Band etwas ungläubig in ihren Händen. „Noch nie gehört!"

„Kannst du bitte mal schauen, was du darüber in Erfahrung bringen kannst? Was stand dazu und über wen in der Presse? Sind Wolff und Winter vielleicht sogar direkt angefeindet worden? Gab es Drohungen?"

16. Kapitel

Schwaner fährt am Abend einen kleinen Umweg und bei den Singers vorbei. Wieder steht der amerikanische Oldtimer in der Einfahrt, einige Häuser vor Wolffs Adresse. Dieses Mal sind auf beiden Seiten die Türen geöffnet. Bedrohlich, wie ein böser Engel mit ausgebreiteten Flügeln, starren die Scheinwerfer dem Kommissar entgegen. Hinter der Windschutzscheibe ist schemenhaft das Gesicht eines Mannes, womöglich ein apokalyptischer Reiter, zu erkennen.

Auf Schwaners Klingeln ertönt Ida Singers Stimme in der Sprechanlage. Der Hauptkommissar gibt vor, nochmals in Wolffs Wohnung zu müssen, und bittet aufzuschließen.

Wenig später stehen beide in dem völlig verwüsteten Raum, Decke und Wände sind rabenschwarz. Irgendjemand hat die verkohlten Reste der Bibliothek in einer Ecke zusammengefegt. Auf dem Fußboden sind die Striemen eines grobborstigen Besens zu sehen. Die leeren Regalbretter wirken wie ein verkohltes Gerippe. Es riecht dumpf und penetrant nach Asche. Schwaner erinnert sich, als Kind gemeinsam mit seinem Vater einen Köhler besucht zu haben. Tief im Wald standen mehrere Meiler, aus denen dicker Qualm quoll und die frische grüne Luft mit einem beißenden Brandgestank überdeckte.

Stumm stehen er und Ida Singer mitten im Zimmer. Durch das grob mit Folie verhangene Fenster fällt milchiges Licht. Ein dicker Schlauch windet sich an der Wand nach oben ins Freie und bläst die von einem Radiator gesammelte Feuchtigkeit nach draußen. Der halb verbrannte Schreibtisch ist zur Wand geschoben, mehr zum Schein öffnet Schwaner einige Schubladen, ohne deren Inhalt wirklich zu prüfen. Eine zierliche Lesebrille wäre ihm beinahe herabgefallen. Frau Singer fängt sie auf und hält sie anschließend andächtig in den Händen. Tränen, die sie dieses Mal nicht mehr zurückhalten kann, fließen ihre Wangen hinab.

„Sie waren öfter hier unten bei Herrn Wolff?“, fragt Schwaner einfühlsam. Beinahe hätte er die nun hemmungslos weinende Frau zum Trost in seine Arme geschlossen. So bleibt es eine

Geste, die Ida Singer ermahnt, wieder ihre Fassung zu finden. Beide gehen nach draußen, ein Stück in den Garten, weg von dem stinkenden Schlauch, der die Terrasse verpestet.
„Hatten Sie ein Verhältnis mit Herrn Wolff?“, fragt Schwaner nach einigen Schritten.
„Ein Verhältnis?“, wiederholt sie wie in Trance, die Brille in ihren Händen reibend. „Ein Verhältnis? Ja! Wir hatten ein Verhältnis.“ Sie bleibt unter einer herrlich blühenden Magnolie stehen, greift nach den zarten rosa Blättern. „Ja, wir hatten ein Verhältnis.“ Dieses Mal spricht sie es mit einem gewissen Stolz in der Stimme. Sie dreht sich zu Schwaner um. „Aber nicht so, wie Sie sich das jetzt ausmalen.“ Ihr Blick wird ernst. „Wir haben oft hier unten zusammengesessen. Axel hat mir vorgelesen – er konnte das sehr gut. Wunderbare Abenteuer haben wir gemeinsam dort erlebt, sind um die Welt gereist, hatten immer Gesellschaft und sagenhafte Träume.“ Ihr Gesicht strahlt auf in der nachempfundenen Verzückung. Sie geht einige Schritte. „Axel hat mir die Welt der Bücher geöffnet, obwohl ich selbst gar nicht lesen mochte, vielleicht auch nie wieder lesen werde. Mir fehlt seine Stimme ...“ Sie bleibt stehen, den Rücken wieder Schwaner zugedreht, schaut sie an den Zweigen eines Kirschbaumes empor, an denen bereits die ersten kleinen Fruchttriebe wie kleine grüne Tropfen hängen.
„Wusste Ihr Mann davon?“
Wie nach einem Schrecken fährt Ida Singer herum. „Mein Mann? ... nein ...“, als sei ihr der Gedanke völlig neu und müsse erst probiert, geprüft werden, hängt sie ihm einige Wimpernschläge lang nach. „Nein, das kann ich mir nicht vorstellen. Wissen Sie, mein Mann ist viel unterwegs, auf Reisen, im Ausland ...“
„Das muss nicht bedeuten, dass er nicht etwas von Ihrem Verhältnis zu Axel Wolff ahnte?“
„Was soll das heißen?“ Ida Singer ist plötzlich vehement, fast wütend. „Ich sagte Ihnen doch, so ...“ Sie betonte das „so“ wie einen Gegenstand, der ihren Ekel erregt und dessen pure Erwähnung bereits höchst abstoßend ist. „... ‚so‘ war unser Verhältnis nicht. Es war platonisch, rein geistiger und romantischer Natur.“

„Das könnte von Außenstehenden vielleicht auch missverstanden worden sein?"
„Nein!" Ida Singer verschränkt ihre Arme vor der Brust, wodurch sie ihren Busen nach oben drückt. Sie ist nicht mehr jung, doch keineswegs unattraktiv. „Und außerdem bin ich verheiratet, wodurch sich gewisse Dinge von selbst ausschließen. Auch wenn das heute altmodisch erscheint, für mich gelten hier klare Regeln."
„Sieht Ihr Mann das auch so?"
Ida Singers Gang am Rande der kleinen Rasenfläche entlang stockt. „Was wollen Sie ständig von meinem Mann?"
„Es könnte doch sein, dass er Ihre Beziehung zu Axel Wolff anders gesehen hat, als sie in Wirklichkeit ..." Schwaner wird von ihrem Lachen unterbrochen.
„Mein Mann hat Axel überhaupt nicht ernst genommen. Ich glaube, allein aus dieser Geringschätzung heraus hätte er nie auch nur einen Gedanken daran verschwendet, ob ich ein ‚Verhältnis' mit ihm habe. Außerdem ...", sie ging wieder einige Schritte um Schwaner herum, „... unterhält mein Mann seine eigenen Verhältnisse, wenn Sie verstehen, was ich meine?"
„Und Sie wissen davon?"
„Nicht direkt, aber glauben Sie mir, Herr Kommissar, eine Frau merkt das."
„Und es stört Sie nicht?"
„Nein!"
Schwaner beginnt seinerseits zu gehen. Zwei Gestirnen gleich kreisen die beiden um einen unsichtbaren Mittelpunkt.
„Herr Wolff zahlte keine Miete, zumindest konnten wir keine regelmäßigen Abbuchungen dafür erkennen."
„Das ist richtig. Axel ging es finanziell nicht sehr gut."
„Und Sie haben ihm auch Geld für den Kauf seltener Bücher gegeben?"
„Ja, auch das."
„Und Ihr Mann hat dies so akzeptiert?"
„Ich bin selbst vermögend und nicht auf meinen Mann angewiesen. Das Haus hier gehört mir ..." Frau Singer bleibt stehen, schaut zum Gebäude hin, dessen Rückseite durch den

breiten schwarzen Rauchstreifen wie geteilt wirkt. „... und einige andere auch. Mein Mädchenname ist Gontard, falls Ihnen das etwas sagt?“
Schwaner ist wie synchronisiert auch stehen geblieben, nun bewegen sich beide wieder auf ihren Bahnen. Der Name sagt ihm nichts, zumindest im Moment, daher nickt er wissend. „Was arbeitet Ihr Mann?“
„Er ist Anlageberater und betreut wohlhabende Familien in finanziellen Dingen.“
„Erfolgreich?“
„Ich glaube schon, wir sprechen nicht häufig über seine Geschäfte.“
„Und das Verhältnis zwischen Ihrem Mann und Axel Wolff war ...?“
„Ich sagte doch schon, er hat ihn überhaupt nicht ernst genommen. ‚Ein Traumtänzer' nannte er ihn. Anfangs saßen wir manchmal abends hier im Garten. Doch mein Mann hat dann schnell das Interesse daran verloren. Mit Büchern und all dem kann er nichts anfangen.“
„Und umgekehrt? Wie stand Herr Wolff zu Ihrem Mann?“
Ida Singer lacht wieder kurz auf. „Er nannte ihn einen Dieb, einen, der den Armen das letzte Hemd stiehlt, um es den Reichen zu geben.“
Jetzt bleibt Schwaner plötzlich stehen und auch Ida Singer verharrt ihm gegenüber. Das aufgeschlagene Buch auf Wolffs Schreibtisch fällt ihm wieder ein. ‚Wie war das noch mal‘, denkt er angestrengt, ‚Der Koch, der Dieb, seine Frau und ihr Liebhaber?‘
„Was haben Sie?“
„Ach, nichts. Mir ist nur etwas eingefallen.“ Schwaner setzt sich wieder, die Hände auf dem Rücken, in Bewegung.
„Wie lange hatten denn Sie und Herr Wolff dieses Verhältnis?“
„Fast von Anfang an. Ich fand seine Arbeit spannend und hochinteressant. Er brachte mir gelegentlich einige Bücher aus seinem Verlag mit, später hat er mir andere vorgestellt. Er konnte so wunderbar darüber sprechen, er wusste so viel darüber. Wie sie entstanden sind, warum gerade dieses Buch so wertvoll und

bedeutend ist, über den Autor ..." Ida Singer lächelt beseelt. Wie zwei Zeiger auf einem unsichtbaren Ziffernblatt laufen beide die Zeit ab.

„Und dies war so bis zuletzt?"

Das Lächeln verschwindet aus ihrem Gesicht. „Nein. Vor einigen Wochen hat sich Axel plötzlich völlig verändert, war nicht mehr wiederzuerkennen, wollte alleine sein, mich nicht mehr sehen." Es war ein Anflug von Zorn in ihrer Stimme zu spüren.

„Und wissen Sie warum?"

„Nein!"

„Wussten Sie von seiner Erkrankung?"

„Welche Erkrankung?"

„Axel Wolff hatte Krebs." Die Uhr blieb stehen. Ida Singer fasst sich erschrocken über Mund und Kinn, starrt vor sich auf den Boden, der plötzlich sein leuchtendes Grün verloren und in tiefes Schwarz verwandelt scheint. „Krebs?", wiederholt sie einige Male: „Krebs? – Aber warum hat er nichts gesagt? Ich hätte ihm doch helfen können?" Sie schien die Tränen auf ihren Wangen gar nicht zu bemerken.

Schwaner hebt die Schultern. „Ich glaube, er wollte nicht, dass man ihm hilft."

„Aber das muss doch schrecklich sein, so allein ...?" Sie bleibt noch einige Augenblicke stehen, setzt dann in kurzen Abständen ihre Füße voreinander. Schwaner möchte sie ablenken.

„Kannten Sie Alban Winter?"

„Alban Winter? War das nicht ein Autor von Axel?"

„Richtig! Kannten Sie ihn?"

„Nein. Ich bin ihm nie begegnet. Axel hatte hier so gut wie nie Besuch. Ein, zwei Mal sah ich eine Frau hier, diese Sonja von Rath ..." Sie ist ihr nicht gleichgültig, das war deutlich an der Betonung des Namens zu hören.

„Sie wussten, dass sie und Axel Wolff ...?"

„Nein! Über solche Dinge haben wir nicht gesprochen. Ich interessierte mich nicht für seine Affären."

‚Sie lügt', denkt Schwaner. „Ich muss nochmals auf das Geld zurückkommen – waren es denn größere Beträge, die Sie Axel Wolff für seine Sammelleidenschaft übergaben?"

„Meist einige Hundert Euro, selten mehr."
„Was war die größte Summe?"
„Achttausend Euro, warum?"
„Und Sie übergaben ihm dieses Geld ohne Verpflichtungen seinerseits oder gibt es darüber irgendwelche Vereinbarungen?"
„Nein! Gibt es nicht. Es waren Geschenke, Geschenke an ihn, Geschenke an uns."
Schweigend drehen sie einige Runden, jeder in seine Gedanken versunken.
„Ich möchte Sie nicht länger stören", unterbricht der Hauptkommissar den Kreislauf. „Vielen Dank und einen schönen Abend noch."

„Exhumieren? Nach drei Monaten? Das wird unappetitlich!" Sandra sitzt neben Martin im Wintergarten, beide drehen jeweils ein langstieliges gefülltes Sektglas zwischen Daumen und Zeigefinger. „Vor allem, was möchtest du feststellen?" Sie wartet eine Antwort gar nicht ab. „Zum jetzigen Zeitpunkt ist die Fäulnis der inneren Organe womöglich gerade abgeschlossen. Das äußere Gewebe wird, je nach Luftzufuhr, so weit verwest sein, dass es sich von den Knochen löst." Sandra nippt an ihrem Glas. „Du sagtest, er lag einige Tage unentdeckt in seiner Wohnung?" Martin nickt mit vollem Mund und runden Wangen. „Dann sind sicherlich Eier im Leichnam abgelegt worden, die mittlerweile längst geschlüpft sind. Die Larven werden Haut und Muskulatur weitgehend zersetzt haben. Es wird eine schwammige Masse sein, die bei der kleinsten Unachtsamkeit vom Skelett rutscht. Ich denke, es wird überhaupt eine ziemlich schmierige Angelegenheit werden. Wenn der Sargboden noch intakt ist und je nachdem wie viel Sägemehl und andere Saugstoffe unter dem Körper liegen ..."
Martin winkt immer heftiger. „Es reicht, Sandra, es reicht." Angewidert schaut er in sein Glas. „Du möchtest mir also sagen, es hätte wenig Sinn, Alban Winters Leichnam zu untersuchen?"
„Du müsstest schon genau wissen, wonach ich suchen soll. Äußere Verletzungen, sofern sie keine Spuren auf den darunter liegenden Knochen hinterlassen haben, werden wir nicht mehr

feststellen können. Vergiftungen mit plötzlich verabreichten hohen Dosierungen sind im Zuge der abgelaufenen oder noch ablaufenden chemischen Zersetzungsprozesse nicht nachweisbar. Du könntest wahrscheinlich nur über einen längeren Zeitraum verabreichte Mittel in den Knochen identifizieren. Ob diese tatsächlich tödlich waren oder, im Gegenteil, zu einer verordneten Medikation gehörten, müsste mittels detaillierter Anamnese geklärt werden. Jedenfalls bedarf es hierzu einer engen Kontaktperson, die demjenigen über einen bestimmten Zeitraum die Stoffe zuführt. War er verheiratet?", fragt Sandra trocken.

„Nicht dass ich wüsste, wieso?"

„Es wäre der klassische Ehemord. Die Frau mischt ihrem Mann über Monate Gift ins Essen. Mit der Zeit wird die Konzentration in seinem Körper so hoch, dass er daran stirbt."

„Na ja. Der Mann würde doch sicherlich etwas merken? Erkranken?"

„Bestimmt sogar. Wahrscheinlich geht er sogar zum Arzt. Der kann nichts finden. Verschreibt ihm irgendetwas, ein paar Wochen später geht er dahin. Der Arzt stellt den Schein aus, Klappe zu, Affe tot."

„Du machst mir richtig Angst."

„Angst? Wovor?"

„Na vor dem Heiraten."

„Willst du etwa heiraten?"

„Jetzt nicht mehr. – Und schon gar keine Giftmischerin."

„Wer ist hier eine Giftmischerin?"

„Na du! Du kennst dich doch anscheinend wunderbar aus damit. Und du kannst dir ohne Probleme alles besorgen."

„Vielleicht habe ich dir schon etwas in dein Glas getan, pass auf."

„Aber wir sind doch gar nicht verheiratet …"

„Warum bis dahin warten?"

„Habe ich noch einen letzten Wunsch frei …?"

Sandra und Martin liegen nackt auf dem Bett. Seine Hand wühlt sanft in ihrem Haar, ihre Finger streifen zart über seinen Bauch.

„Was denkst du?“
„Ich habe gerade an Frau Singer und Wolff gedacht. Ob die beiden tatsächlich so ein asexuelles Verhältnis hatten …“
„Warum denn nicht?“
„Sie hätten zumindest einiges verpasst.“ Martin küsst Sandras Nacken.
„Es ist schön.“
„Was? Das da?“, er küsst sie nochmals.
„Das auch.“
„Was noch?“
„Dass du an deine Arbeit denkst und nicht an das, was ich dir erzählt habe.“
„Was hast du mir denn erzählt?“ Mehrere Male ziehen seine Lippen an ihrem Haarflaum, sie schnurrt zufrieden. „Ach so, dass ich bald von goldenen Löffeln essen werde, das ist schon in Ordnung.“
Sandra boxt ihn in den Magen, seine Beine fliegen nach oben. Und nochmals. Und nochmals. Martin stöhnt, zieht sie zur Seite, deckt sie mit seinem Körper zu, hält ihre Arme fest.
„Du Biest!“ Sie küssen sich, lassen wieder voneinander ab.
Es ist schon später Abend. Sandra und Martin sitzen, spärlich bekleidet, in der Küche. Vor jedem ein Glas Wein, in der Mitte ein Teller mit mehreren Käsesorten darauf. Der Tisch ist mit Brotkrümeln übersät.
„Du …“ Sandra schiebt sich den letzten Bissen eines dick belegten Baguettestücks in den Mund und ist kaum zu verstehen „… isch hamb aaauch üwer … ich hab auch über Wolff nachgedacht.“
„So? Und worüber?“
„Besonders über den Brunnen. Warum liegt er ausgerechnet in diesem Brunnen?“
„Und was glaubst du?“
„Vielleicht ist die übliche Methode hier nicht die richtige?“
„Was ist denn die übliche Methode?“ Martin verharrt mit dem Messer über seinem Teller.
„Na …“, sie beugt sich vor, um ein weiteres Stück Käse abzuschneiden. „… Du hast ein Opfer, du suchst ein Motiv, über das Motiv kommst du zum Täter. So läuft es doch, oder?“

„Im Idealfall? Ja!“ Martin legt das Messer ab und greift nach dem Weinglas.
„Siehst du. Und vielleicht funktioniert das hier nicht. Ich glaube, Wolff wollte dir etwas sagen.“
„Mir?“ Martin hätte sich fast verschluckt.
„Ja, dir! Deswegen hat er dir doch die Postkarte geschickt. Ich glaube, alles ist eine Botschaft, sind Hinweise, ist ein Rätsel, das du lösen sollst.“
„Meinst du?“ Martin lacht skeptisch auf.
„Ja, mein ich. Und ich helfe dir dabei!“

17. Kapitel

Hauptkommissar Martin Schwaner sitzt an seinem Schreibtisch. Auf dem Bildschirm das Schema „Götterbote“. Ihm platzt der Kopf. Vor mehr als einer halben Stunde ging die morgendliche Teambesprechung zu Ende und Schwaner versucht, die zahlreichen neuen Erkenntnisse von gestern und heute in dem Bild vor ihm einzuordnen.

In der Mitte Axel Wolff. Zu den bereits aufgelisteten Punkten ergänzt er: „Kaliumchlorid“ und „Stich ins Herz“. Die bereits vorhandenen Angaben zu „Ort“ und „weiterer Person“ hebt er fett heraus. Kurz flackert Sandras Gedanke in ihm auf. ‚Nicht nach der üblichen Methode.‘ Welche sonst? Er muss irgendwo hin mit den Fakten, die ihm den Schädel sprengen. Ja, er ist wie ein Hund, der in der Vergangenheit wühlt, in der modrigen Erde der Ereignisse, über die sich der Staub der Zeit legte. Er scharrt nach einzelnen Knochen, die zusammen vielleicht einen Körper ergeben, damit der Fall Kopf und Fuß bekommt und alles erklärbar wird. Denn wie wäre die Welt, wenn sie plötzlich nicht mehr erklärbar ist?

Links von Wolff steht Alban Winter. „Fortsetzung Innercircle“ hatte Schwaner bereits zuvor ergänzt, jetzt setzt er „Erstes Opfer?“ darunter. Anne konnte das Verhältnis von Winter und Wolff nicht wesentlich erhellen. Es herrschte ein reger Kontakt zwischen beiden, sowohl telefonisch als auch per E-Mail. Sofern nachvollziehbar ging es um Termine, wann man sich wo trifft.

„Winter besaß in der Nähe Frankfurts ein Gartengrundstück oder Ähnliches. Es taucht immer wieder als „Glen Ellen“ in den Verabredungen auf. Wo dieses liegt, konnte ich noch nicht herausfinden“, so Anne eben.

Nähere Verwandte von Winter gab es keine, Wolff war in einem kleinen Testament als Alleinerbe genannt. Der Hausrat der kleinen Wohnung war von einem Unternehmen entsorgt worden, er hatte bereits sechs Tage darin gelegen. Vermögen gab es nicht. Schwaner fühlt sich wie ein Anfänger im Schlittschuhlaufen, der sich an der Bande der vermeintlichen Fakten festhält und der überdies dort übt, wo das Eis besonders glatt ist.

Zu Berlioz konnte Sven Beck tatsächlich eine komplette Skizze vorlegen, welche Personen zum betreffenden Zeitpunkt wo standen. Zwischen verschiedenfarbigen, mit Namen überschriebenen Punkten war der Weg des Täters eingezeichnet. „Rote Punkte ham ihn geseh'n, blaue Punkte nicht." Es gab nur wenige rote Punkte. Beck war nochmals zur selben Zeit an der Haltestelle gewesen. Er hoffte, weitere Zeugen zu finden, Pendler, die jeden Tag diese Linie benutzen. „Nur zwei konnte ich ausfindig mach'n, ham aber nix geseh'n, sag'n sie."
Auch die Angaben derer, die etwas gesehen hatten, waren höchst unterschiedlich. Die Zugführerin beschrieb den Täter als klein und rund, jedenfalls dicklich. Ein anderer als groß und eher schlank, ein dritter als normal groß, jedoch außergewöhnlich breit. Der Großteil, alle blauen Punkte, das waren mehr als achtzig Prozent, „War'n die drei Affen: nix geseh'n, nix gehört, nix sag'n könn'n." Messner hob an dieser Stelle zu einem Vortrag an, in welchem er das Phänomen beschrieb, dass Zeugen, die eine besonders grauenvolle Tat beobachteten, aus eigenen Schuldgefühlen heraus jede Aussage verweigern. „Lieber habe ich nichts gesehen, als dass ich hätte etwas unternehmen können oder müssen. Wir kennen das ja!"
Einig waren sich alle roten Punkte, dass der „schwarze Mann" durch die Seitenstraße links am Haus vorbei verschwunden war. Bisher ist es nicht gelungen, den weiteren Weg zu rekonstruieren. Die Vielzahl von Abzweigungen lassen zahlreiche Möglichkeiten offen. Befragungen von Anwohnern, Geschäften und so weiter erbrachten bislang keine Hinweise.
Großkopf: Hier hatte sich ein Zeuge gemeldet, ein gewisser Willi Kufalt, der etwas beobachtet haben möchte. Zunächst wollte er abklären, was für ihn dabei herausspringt. Da nichts zu erwarten war, hatte er auch nichts gesehen. Er bot sich allerdings an, wenn eine Aussage von Nöten sei, könne er diese jederzeit und in jeder gewünschten Art abgeben – gegen ein kleines Honorar, selbstverständlich. „Die Polizei wird doch auch an ihrem Erfolg gemessen, oder nicht?"
Bezüglich der Wohnung von Großkopf gab es einen Hinweis. Eine ältere Dame, ehemals wohl selbst im Gewerbe tätig,

hätte ihm ein Zimmer vermietet – gegen kleinere Hilfen und Besorgungen. „Der Studer will mir heute noch die Adresse besorg'n."

Alle Wege vom Bahnhofsviertel zur Fundstelle Großkopfs waren überprüft, alle Verkehrsbeobachtungen ausgewertet, alle Tankstellen und sonstigen Kamerastandorte gesichtet worden.

Nichts.

Schwaner berichtete über seinen Besuch bei Frau Singer, das Verhältnis von Wolff zu ihr und die angeblich tolerante Ehe. „Auf der einen Seite eine innige Beziehung, der andererseits keine sexuelle gegenübersteht?"

Beck lachte hämisch und unterstrich seine Meinung mit einer anzüglichen Geste.

„Ich glaube ihr ebenfalls nicht. Dazu war sie in Bezug auf Sonja von Rath zu eifersüchtig. Und sie scheint mir auch kein Typ Frau zu sein, die ihre Reize versteckt."

Messner konnte wenigstens vermelden, dass das verschwundene Bild nun identifiziert ist. Es stamme von William Blake und hieße „Jacobsladder". Es müsse sich auf alle Fälle um eine Kopie handeln, da das vermeintliche Original in der National Gallery in London hänge. Das Original sei unschätzbar, eine Kopie faktisch wertlos. Schwaner fielen die Worte des verstorbenen Berlioz ein: „Es sei denn, es trägt den Makel des Einzigartigen." Womit er alle Anwesenden völlig verwirrte.

Der Hauptkommissar stellte „Innercircle" vor und seine daraus abgeleitete These, dass in der Verhinderung einer Fortsetzung ebenfalls ein Motiv bestehen könne. In diesem Zusammenhang kam er auf den Journalisten Wiener, dem er bei nächster Gelegenheit einen Besuch abstatten möchte. Dr. W. erhob sofort heftige Einwände dagegen. Er erklärte, wie gefährlich es wäre, eine Person aus den Medien direkt in die Ermittlungen hineinzuziehen.

„Das ist ein sehr dünner Grat, auf dem Sie da gehen. Und hoch riskant! Entweder Sie bringen jemanden gegen sich auf, oder er erhält bevorzugt Informationen. Beides wird uns eine sehr schlechte Presse einbringen. Ich habe Sie gewarnt. Ich halte mich da raus."

Für dieses Heraushalten und Auf-Distanz-Bleiben, war Winkler im Präsidium bekannt. Einige nannten ihn deshalb auch Mister Alibi. Es kursierte der Witz, dass, falls Dr. W. einmal über das Wetter berichten müsste, er zuvor beim lieben Gott vorsprechen und sich bestätigen ließe, dass er, falls es nicht so einträfe oder sich etwas ändern sollte, völlig unschuldig daran sei. Dieses Verhalten hatte natürlich eine Vorgeschichte.

Zu Beginn seiner Arbeit als Polizeisprecher war Dr. Winkler großen Anfeindungen ausgesetzt gewesen. Es war der Zeitpunkt der Euroeinführung und eine große Anzahl Blüten kursierten im Raum Frankfurt. Es handelte sich ausschließlich um Fünfzigeuronoten und sie wurden meist bei kleineren Händlern in Umlauf gebracht. Dr. W. informierte die Presse umfassend und detailliert, hoffte er doch auf deren Hilfe. Die Blüten waren von solch schlechter Qualität, dass sie heute keinem Menschen mehr unterzujubeln wären. Damals, als das neue Geld noch frisch und unbekannt war, gelang es den Fälschern, es in einem hohen fünfstelligen Betrag unter die Leute zu streuen.

Nach wenigen Tagen war man den Tätern auf der Spur. Es waren Schüler einer Privatschule, alle aus bestem Hause, die zunächst als Scherz, später aus Lust, das Falschgeld verbreiteten. Die Namen der bekanntesten Familien tauchten auf den Ermittlungslisten auf. Der Polizeipräsident und das Innenministerium schalteten sich ein. Durch eine gezielte Indiskretion waren plötzlich auch die Eltern der Kids informiert. Dr. W. bekam Druck von allen Seiten, sofort die Medien aus dieser Sache rauszuhalten und den Fall nicht mehr zu erwähnen. „Man werde den Vorgang anders lösen", so sein Chef. „Überhaupt hätte er viel zu viel Eigeninitiative gezeigt. Das solle er doch bitte lassen, wenn er weiterhin als Polizeisprecher arbeiten wolle." Seit dieser Zeit entzog sich Dr. W. nach Möglichkeit jeglicher Verantwortung.

Staatsanwalt Körner gab Schwaner freie Hand, nicht ohne in der Runde anzudeuten, dass er Ergebnisse sehen möchte. „Ich muss Sie alle nicht auf den Zeitfaktor hinweisen. Die ersten Tage zählen!"

Schwaner fügt Stichwörter ein, zieht Linien, hebt manches heraus und baut an das ein oder andere Kästchen an. Wieder denkt er ‚Die übliche Methode funktioniert vielleicht nicht' und das Wirrwarr vor ihm scheint diesem Gedanken recht zu geben.

Es ist später Nachmittag, Schwaner sitzt neben Beck im Auto. Beck fährt. Sie quälen sich durch den bereits einsetzenden Pendlerverkehr in Richtung Hauptbahnhof. Der Kollege Studer hatte ihnen die Adresse einer Linda Lee Beighle, im Viertel besser bekannt als „Linda King", genannt. Sie wohnt in der Poststraße, in unmittelbarer Nähe zum Bahnhof. Bei ihr soll auch Franz Großkopf gewohnt haben.
Stop-and-go geht es quer durch die Innenstadt. Mehr als Scherz fragt Schwaner seinen Kollegen: „Und was macht dein Buch? Hast du schon angefangen?"
Statt der erwarteten Verneinung holt Beck aus. „Du, das is' gar nich' so einfach. Ich hab' mir da den alten Fall von uns vorgenomm'n, weißt du noch, mit der Supermarktkette und all dem drumherum ..."
„Du weißt schon, dass du keine Namen nennen darfst?"
„Ja, ja! Schon klar. Aber ich versteh' nich', wie die das mach'n. Wie die ganze Bücher voll krieg'n mit so was. Wie da die Leute sich stundenlang unterhalt'n, die Polizisten von einer Ecke in die andere fahr'n, stundenlang in Besprechungen rumsitz'n und so weiter und so weiter. Bei mir waren nach zwanzig Seiten alle tot oder verhaftet."
„Ist vielleicht ein bisschen kurz für einen Krimi?"
„Ja, weiß ich selber! Danke!"

Sie steigen die enge Treppe in den vierten Stock hinauf. Auf dem Absatz geht eine Tür nach links, eine nach rechts ab. Links steht, auf einen roten Kunststoffstreifen geprägt, wie auch schon unten auf dem Briefkasten, Linda L. Beighle. Sie klingeln und klopfen, bis sie schlurfende Schritte hinter der Tür hören.
„Where is da? Frank, it's you?", hören sie eine tiefe Frauenstimme mit der typisch breiten amerikanischen Aussprache.

„Nein, Frau Beighle, hier ist die Polizei. Police!“
„Police? What ...? Show me your identity cards.“
Hinter dem kleinen Glasauge in der Türmitte war ein Schatten zu erkennen. Beck und Schwaner halten ihre Ausweise nach oben. Mehrere Schlösser werden gelöst, die Tür einen Spalt geöffnet. Hinter einer dicken Sicherheitskette erscheint der Kopf einer etwa siebzigjährigen Frau, von unzähligen Falten durchfurcht, eine unglaublich dicke Brille vor den Augen, die diese wie Halbkugeln aus dem schmalen Gesicht hervorheben.
„Show me again!“, befiehlt sie. Die beiden Polizisten gehorchen.
“What do you want?”
„Wohnt hier Franz Großkopf?“
„Who? Frank what ...? I don’t know him?“ Sie will die Tür schon wieder schließen.
„Frau Beighle, Franz ist tot.“ Sie hält inne.
„Dead? Frank is dead?“
„Ja, leider. Wir haben gehört, dass er bei Ihnen wohnt. Könnten wir uns vielleicht sein Zimmer ansehen?“
Sie zögert, überlegt, drückt dann die Tür zu und zieht hörbar die Kette heraus. „Okay, come in.“
Es ist eine kleine Wohnung. Fast direkt gegenüber des Einganges geht es über den Flur in die Küche. Sie ist aufgeräumt, nur eine Flasche Wein und ein Glas stehen auf dem Tisch. Frau Beighle geht voraus zu einer Tür am Ende des schmalen Ganges. An vereinzelten Haken hängen schlaffe Kleidungsstücke herab. Ein einziges Bild zeigt Linda Arm in Arm mit einem pomadig aussehenden Herrn, dessen Haar nach hinten gekämmt zwei tiefe Ecken auf der Stirn frei lässt. Ein grauer, kurz geschnittener Vollbart umfasst das zernarbte Gesicht, aus dem eine knollige Nase hervorspringt. Linda zeigt ein strahlendes Lachen inmitten ihres brillenlosen hübschen Gesichts. Ihr Kopf ist von einer lockigen Mähne bedeckt, vielleicht eine Perücke, vielleicht ist das Haar auch echt? Sie trägt ein knappes Trägershirt in einem schreienden Pink. Über dem gewaltigen Busen steht in geschwungener Schrift „King“.
Schweigend öffnet sie die Tür, tritt ein, bleibt mitten im kleinen Zimmer stehen. Zu Schwaners und Becks Überraschung ist es

aufgeräumt und sauber. Das Bett ist gemacht, zwei Hausschuhe stehen ordentlich darunter. Auf einem Bord darüber stehen zahlreiche Bücher unterschiedlicher Größe. Auf ihrem Rücken das Logo ‚AW'. Auf einem schmalen Tisch am Fenster liegt ein Notizbuch, daneben ein abgenagter Bleistift, Radiergummi und Spitzer.
Beck öffnet den Kleiderschrank, hebt die zusammengelegten Stapel an, schaut unter dem Bett nach, zieht einige Bücher heraus, die alle ungelesen scheinen. Frau Beighle beobachtet sein Tun stumm und regungslos.
„Wiie ist er gestorben?", fragt sie zu Schwaner gewandt, der das Notizbuch auf dem Schreibtisch durchblättert.
„Dazu kann ich Ihnen im Moment nichts sagen."
„Diese verdammten Drugs?"
Martin Schwaner hebt entschuldigend Schultern und Hände.
„Ich hab ihm immer gesagt, er soll lassen … Er war ein kluger Junge … he was a really smart boy … you can read his poems." Sie zeigte auf das Buch in Schwaners Händen. „You will see …"
„Hatte er noch andere Notizbücher? Vielleicht auch gerade in letzter Zeit…?", hält der Kommissar Linda zurück, die soeben das Zimmer verlassen wollte.
„No, not more. Er hat sie einem Freund gegeben… I think so." Sie geht hinaus, wohl in die Küche. Schwaner hört das Quietschen des Korkens.

Schwaner war vom Bahnhof die wenigen Meter zum Main und dem Bootshaus zu Fuß gegangen. In Großkopfs Wohnung konnten sie nichts finden, das auch nur annähernd wertvoll erschien.
„Kein Wunder ...", meinte Beck, als ihnen das Fehlen von PC, Fernseher und Musikanlage auffiel, „... das hätte der doch sowieso gleich versetzt."
Martin absolviert sein Pensum, ohne dass sich heute die Gedanken in seinem Kopf lösen. Er zieht unrhytmisch und einseitig, wodurch er immer wieder seine Bahn auf dem Main korrigieren muss. Mehr als sonst fühlt er sich vom Wellengang, den die zahlreichen Binnenfrachter auf dem Main verursachen,

gestört. Unzufrieden trägt er das Boot zurück, reibt es mürrisch ab, muffelt Vereinskollegen an und verzieht sich in die Umkleide. Er ruft Sandra an und hat Glück. Sie ist noch im Institut, nicht weit vom Vereinshaus entfernt. Eine Viertelstunde später steht er neben ihrem Schreibtisch.

„Schau mal!", beginnt sie ganz aufgeregt, „Ich habe heute mal wegen diesem ‚Merkur' recherchiert." Auf dem Bildschirm sind diverse Skulpturen, Köpfe und Zeichnungen zu sehen. Neben der Tastatur liegt ein in Sandras kaum lesbarer Schrift vollgekritzeltes Blatt. Mehrere Buchstabenreihen sind dick unterstrichen.

„Wusstest du, dass Merkur nicht nur als ‚Bote der Götter' galt, er war auch der Gott des Handels, Schutzpatron der Diebe und Begleiter in das Reich der Toten. Darüber hinaus haben viele Zeitungen ihn später zu ihrem Sinnbild als Nachrichtenüberbringer erhoben. Daher die vielen ‚Merkur-Blätter' ..."

„Ja, aber ich weiß nicht, was ...", Martin ist noch immer schlecht gelaunt und frustriert und möchte im Moment gar nichts davon hören. Sandra dagegen ist voller Elan und Begeisterung.

„Hör doch einfach einmal zu, es geht noch weiter. – Also, Merkur, identisch übrigens mit dem griechischen Gott Hermes, war der Bote, der den Willen der Götter, also ihre Wörter, den Menschen überbrachte. In der Antike wurden daher auch Dichter und sprachgewandte Zeitgenossen als Sendboten der Götter verehrt. Es ging sogar so weit, dass bekannte Lügner, wenn sie besonders geschickt waren, ebenfalls für ihre Fertigkeiten hoch angesehen waren." Sandra strahlt Martin ob ihrer Entdeckungen erwartungsvoll an.

„Ja und?", antwortet dieser weiter griesgrämig.

„Verstehst du es denn nicht?"

„Was soll ich verstehen?"

„Na, es ist doch offensichtlich?!" – Martin zeigt keine Reaktion.

„Es gibt gleich mehrere Lesarten, warum Wolff ausgerechnet in diesem Brunnen liegt! – Erstens: Er legt sich zu Füßen des Gottes der Dichter und des Wortes. Zweitens: Er schließt sich dem Begleiter ins Totenreich an – und das auch noch an Himmelfahrt. Drittens: Er gibt dir ein Zeichen, das mit dem Handel in Beziehung steht und ..."

„...Viertens: Er sagt mir, dass einige hier lügen – ausgezeichnet lügen! Das Zeichen habe ich bereits verstanden!“ Martin ist immer noch muffelig.
„Genau! Oder auch eine Kombination aus allem. Zum Beispiel: Wolff nimmt sich das Leben, weil er zuvor belogen wurde. Merkur wird ihn sicher ins Totenreich begleiten ...“
„Das passt wenigstens zu dem Bild ...“
„Welches Bild?“
„Über seinem Bett hing ein Bild, das zeigte, wie Engel vom Himmel herab zu einem auf der Erde liegenden Mann steigen ...“
„Die Jakobsleiter?“
„Ja, genau. Und in genau dieser Position lag Wolff im Brunnen.“
„In welcher Position?“
„Wie der Mann auf dem Gemälde. Genau so!“
Sandra suchte nach dem Bild, rief es auf ihrem Bildschirm auf, sieht die Engel eine geschwungene Treppe hinauf und hinab wandeln.
„Ein schönes Bild! – Es strahlt eine solche Ruhe und Zufriedenheit aus. Wolff war sich sicher, wie Jakob hier, von den Engeln empfangen zu werden.“ Sandra ist fasziniert.

Sandra hatte ein neu eröffnetes Lokal vorgeschlagen: Litfass. „Es passt so schön zu deinem Fall.“ Jetzt sitzen sie an einem kleinen, hübsch eingedeckten Tisch am Rande des Gastraumes. Das Lokal ist nicht sehr groß, zwölf Tische, manche davon nur für zwei Personen. Die Wände sind mit großen und kleinen Porträts berühmter Literaten ausgeschmückt und erinnern Martin an die Lobby in Jake Hydes Büro. Die Vorderseite der ungewöhnlich langen Bar besteht aus Quadraten, jedes mit einem anderen Zitat gefüllt:
„Hier bin ich Mensch, hier darf ich sein“
„Ein Gott ist der Mensch, wenn er träumt, wenn er denkt, ein Thor“
„Die Liebe ist der Liebe Preis“
„Es gibt kein richtiges Leben im falschen“
„Eigentlich müsste man sich fürchten, aus dem Haus zu treten“
Die anderen sind verdeckt. Ansonsten liegen zahlreiche Bücher links und rechts übereinander gestapelt, wie Säulen, die den

Tresen stützen. Der Barkeeper trägt ein T-Shirt mit dem Porträt eines bärtigen Mannes auf der Brust, wie es Martin nur von Popstars kennt. „Ernest Hemingway“ kann er unter den weißen Linien auf dunkelblauem Grund lesen.
Freundlich werden Sie von einem nicht mehr ganz jungen Kellner begrüßt, der ihnen das Konzept des Litfass vorstellt. „Die Gerichte wechseln alle vier Wochen und stammen ausschließlich aus berühmten Büchern, so zum Beispiel die ‚Nierchen à la Bloom' oder ‚Stör vom Zauberberg'. Bei den Getränken ebenso, wobei hier natürlich die Cocktailkarte besonders zu empfehlen ist. Zu den Gerichten wird auf einem Tischset der entsprechende Auszug geliefert. Damit die Wartezeit – alles wird frisch zubereitet – schneller vergeht.“
Sandra lächelt beglückt und liest laut alle Gerichte vor, die genauso in Martins Speisekarte stehen.
„Irgendwie bin ich seit Neuestem nur noch von Büchern umgeben“, brummelt dieser vor sich hin.
„Das ist doch toll! Früher habe ich sehr gern gelesen, du nicht?“
„Nach der Schule nicht mehr.“
„Ich hatte wahnsinnig viele Bücher. Meine vorherige Wohnung war vollgestopft damit. Als ich umzog, habe ich alle weggegeben – heute fehlen sie mir. Nicht alle, aber ein paar. Neulich bin ich ins Wohnzimmer gelaufen und wollte ein Buch holen, das ich bereits fünf Mal gelesen habe. Dann fiel mir ein, es ist nicht mehr da. Traurig, nicht?“
„Fünf Mal? Wie kann man ein Buch fünf Mal lesen?“
„Kennst du das nicht?“
„Nee. Warum soll ich ein Buch mehr als einmal lesen, es ändert sich doch nichts.“
„Wie oft hast du deinen Lieblingsfilm gesehen?“
„Äh, zehn Mal oder so.“
„Warum? Es ändert sich doch nichts.“
Sandra blickt wieder in die Karte, kann sich nicht entscheiden zwischen „Pasta Corleone“ und „Lasagne Pirandello“. „Corleone wäre doch etwas für dich!“, versucht sie es Martin schmackhaft zu machen, um davon auch etwas probieren zu können. Er lässt sich allerdings nicht von den „Matjes nach Frau

Maigret“ abbringen, auch in Erinnerung an seine Leseerfahrung vor kurzem. „Dazu ein schönes Bier!“, bestellt er, jetzt schon versöhnter und voller Vorfreude.
Sandras Augen wandern über die Wände und mustern intensiv die Gesichter in den unterschiedlichen Rahmen. Einige davon erkennt sie und ruft ihre Namen. Plötzlich wird sie still und ernst. „Ich hatte ein Buch, das ich wie ein Orakel immer wieder befragt habe. Und immer wenn ich es aufschlug, war es die gleiche Stelle, die ich vor mir hatte: ‚Was ist schon das menschliche Schicksal? Eine Handvoll Staub gegen das Sternenfirmament geworfen.‘ Das tröstete mich, ich weiß gar nicht warum? Vielleicht war es wirklich ein Orakel? Oder nur ein Bruch in der Bindung, die mich immer wieder die gleiche Stelle aufschlagen ließ.“

Sandra verschwindet für einige Minuten. Martin belauscht das Gespräch an einem Nachbartisch. Ein junger Mann, die Beine lässig übereinandergeschlagen, den Oberkörper halb über der Rückenlehne, ein struppiger Bart läuft ihm von einem Ohr zum anderen, unentwegt schiebt er seine dunkle Hornbrille auf die Nase, erklärt seiner Begleiterin, von der Martin nur den Rücken und die beinahe hüftlangen Haare sehen kann: „Ich konnte mit Kafka noch nie etwas anfangen. Dieser ewige Pessimismus, diese Distanziertheit zum Leben, dieses entfernte Betrachten des Seins – nein – das ist nicht meine Literatur, das fasst mich gar nicht an.“
Seine Begleiterin antwortet, doch leider so leise, dass Martin nichts davon versteht.
„Das ist doch albern. Was sagte er: ‚Schriftsteller reden Gestank‘ oder so ähnlich? Jedenfalls in dieser Richtung. Das mag für ihn ja zutreffen, wenn er das …“ Er wird unterbrochen, hört nur halb zu.
„Ja, ja. Kaum taucht eine Beschreibung eines lebensuntüchtigen Protagonisten auf, schon ist die Szene ‚kafkaesk‘. Ich bitte dich, es gibt weit mehr als nur die Mitmenschen, die einem das Dasein vermiesen …“
Wieder antwortet die Frau, dieses Mal heftiger, entschiedener. Martin erkennt es an den Wellenbewegungen ihres Haars.

„Nein, nein. So habe ich das nicht gemeint. Natürlich gibt es auch schöne Passagen in seinen Büchern – da hast du völlig recht. Ich finde an sich diese Traurigkeit auch schön …"
Sandra kommt zurück, setzt sich dem schmunzelnden Hauptkommissar, jetzt im Feierabend, gegenüber. „Was hast du? Warum lachst du?"
„Ach, nichts – erzähl ich dir später." Was Martin erst nach dem Essen und einigen Gläsern Wein tat, als ihre Tischnachbarn aufgestanden und gegangen waren. Er mittlerweile lammfromm, Wachs in ihren Händen. Sie sagte auf seinen flehenden Blick: „Also gut! Gehen wir zu mir. Ich wohne gleich um die Ecke."

18. Kapitel

Schwaner ist müde. Es fällt ihm schwer, den Ausführungen der Kollegen zu folgen. Anne hatte eben zahlreiche Presseartikel zu „Innercircle“ verlesen. Sie reichten von böser Anfeindung gegen Buch und Autor bis zu euphorischen Lobeshymnen und „… dass endlich jemand einmal die Wahrheit über diese Branche ausspricht, die nur aus Vetternwirtschaft und dem ungeschminkten Kopieren erfolgreicher Plots besteht und die im Schutze der Preisbindung schon viel zu lange ein geistiges Reservat bewohnt, in das Fremde keinen Zutritt haben.“

„Ist denn auch ein Artikel von Hans Henry Wiener dabei?“

„Nein, von ihm habe ich nichts gefunden.“

„Fällt sein Name irgendwo?“

„Soweit ich sehe, nicht. Warum?“

„Wie schon gestern gesagt, er kommt in dem Buch mit am schlechtesten weg. Wenn einer wütend auf Wolff und Winter sein durfte, dann er.“

„Da haben wir noch ein paar andere gefunden“, meldet sich Messner. „Ich habe mir Wolffs PC aus seinem Büro angeschaut, vor allem den E-Mail-Verkehr der letzten Wochen. Er scheint überhaupt nicht mehr reagiert zu haben …“

„Kann ich ihm nich' verdenk'n. Wenn du schon am Abkratzen bist und weißt es.“

„… Jedenfalls haben ihm einige Personen, wohl auch Autoren aus seinem Verlag, bitterböse Mails geschrieben. Einer wirft ihm vor, ich zitiere: „Ihre unglaubliche Unfähigkeit, die mir und meinem Werk unermesslichen Schaden zufügte.“ Eine andere spricht sogar von Betrug und Diebstahl, ein Dritter von erheblichen Schulden, die Wolff bei ihm hätte, nennt aber keine Summe, spricht immer nur von ‚Rechten, Lizenzen, Nebeneinnahmen'. So in dieser …“

„Wie heißen die?“ Schwaner möchte ungern noch weitere Personen in diesem Fall haben.

„In erster Linie ein Jürgen Brauer und Stefan Vogel“, liest Messner von seinen Notizen ab.

„Oh Gott!“, stöhnt Anne, „schon wieder die beiden“, und berichtet kurz von deren Besuch vor zwei Tagen. „Ich habe es hier nicht weiter erwähnt, da es meiner Meinung nach nicht zum Fall gehört.“

Schwaner erinnert sich an die Worte Dreiers, dass sich die Autoren zum Schluss aus ihrem Frust heraus auf den Verleger stürzen und ausschließlich ihn für den Misserfolg verantwortlich machen.

„Ich glaube auch, dass wir die ausschließen können. Die haben ja etwas von ihm gewollt, die hätten ihn sicherlich nicht umgebracht. Und Berlioz und Großkopf schon gleich gar nicht.“

„Wer weiß, wer weiß ...?“, streut Messner noch ein, ohne ein weiteres Argument anzufügen.

Sven Beck nutzt den Moment der Ruhe und präsentiert mit einem lauten „Tatatataaaa!“ eine Plastiktüte, aus der heraus ein schwarzer Kapuzenpulli fällt.

„Ich hab's gefunden!“, lobt er sich selbst. „Aber fragt nich', wie viele Straßen ich dafür abgerannt bin.“

„Was ist das?“, möchte Schwaner wissen.

„Was das ist, fragst du?“ Theatralisch sackt Beck zusammen. „Was das ist? Das ist ein Kleidungsstück unseres Täters. Ich bin gestern alle Straßen dort abgelauf'n. Kantstraße, Wielandstraße, Eiserne Hand und wie sie alle heiß'n. Ich hab' in jeden Mülleimer geschaut, denn heute wird geleert, und es war doch klar, wenn keiner den schwarzen Mann geseh'n hat, dann war er nicht mehr schwarz. Er hat seine Klamott'n ausgezog'n oder getauscht. Dazu musste er einen Platz find'n, oder er hatte seine Sach'n dort schon versteckt. Jedenfalls irgendwann: Bingo! Da liegt in einer Tonne dieses nigelnagelneue Kapuzenshirt und ich schwör' euch, das hat unser Mann getrag'n.“

„Gibt es Zeugen dafür?“, Schwaner unbeeindruckt.

„Nee, Zeugen gibt's leider nich'. Aber ich weiß, dass es von ...“

„Dann weißt du selbst, dass uns das überhaupt nichts bringt. Als Spur vielleicht, aber nicht als Beweis.“

„Danke für die Motivation.“ Beck lässt sich in seinen Stuhl fallen.

„Tut mir leid, ich habe die Regeln nicht gemacht. Günther soll es sich dennoch einmal ansehen. Aber es könnte genauso gut von einem x-beliebigen Anwohner stammen, der überhaupt nichts mit unserem Fall zu tun hat.“
Schwaner möchte gerade zu Großkopf überleiten, als aus der Zentrale ein Notruf gemeldet wird. Sonja von Rath ist überfallen worden.

Die Autorin sitzt am großen Tisch in ihrer Wohnung, vor ihr steht ein unberührtes Glas Wasser. Trotz der sommerlichen Temperaturen, hat sie sich eine Decke um die Schultern geschlungen, die sie vor ihrer Brust mit beiden Händen festhält. Ihre Frisur ist zerwühlt, ihr Blick geht ins Leere.
Rechts neben ihr sitzt Jake Hyde, der ihr in unregelmäßigen Abständen über den Rücken streicht, was Sonja von Rath gar nicht wahrzunehmen scheint. Auf der anderen Tischseite, die großen Fenster im Rücken, sitzen Beck und Schwaner. Ohne dass sie fragen mussten, beginnt die Autorin zu berichten.
„Ich ging gegenüber im Park spazieren. Ich hatte schon länger das Gefühl, dass mir jemand folgt. Ich wollte mich eben umdrehen, da spüre ich etwas Kaltes an meinem Hals, ein Messer! Es war sicher ein Messer. Gleichzeitig packt er …“
„Er?“, unterbricht Schwaner.
„Ja, er. Er hat ja auch zu mir gesprochen …“
„Was sagte er?“
„Wirres Zeug. Ich wusste nicht, was er meint, ich konnte kaum reden. Er sagte mir, wenn ich schreie, bringt er mich um …“
„So hat er das gesagt?“
„Nein, natürlich anders. ‚Halts Maul oder ich mach dich kalt, du …‘, das möchte ich jetzt lieber nicht sagen …“
„Bitte! Es ist wichtig für uns.“
„Fotze.“ Frau von Raths Wangen röteten sich
„Fotze? ‚Halts Maul oder ich mach dich kalt, du Fotze.‘ Das waren seine Worte?“
Sonja von Rath beißt sich in die Fingerknöchel, nickt. Ihre Ellenbogen hat sie jetzt wie zum Schutz auf der großen Tischplatte

vor sich verankert und nimmt hinter ihren Armen Deckung. Die Decke rutscht herab, Hyde springt auf, legt sie wieder um die Schultern seiner Frau.
„Mehr sagte er nicht?“
Sonja von Rath schüttelt heftig den Kopf.
„Er hat Sie festgehalten, wie genau bitte?“, möchte Schwaner wissen.
„Hier hinten, an meinen Haaren.“ Sie packt sich mit der linken an den Schopf und zieht daran. „Ganz fest und brutal. Und dabei hat er immer wieder wiederholt: ‚Halts Maul, halts Maul oder du bist tot‘“
„Genau so?“
„Ja, genau so: ‚Halts Maul oder du bist tot‘“ Sonja von Rath hebt den Kopf und schaut über den Tisch zu den beiden Polizisten hinüber. Die verschmierte Schminke gibt ihrem Blick etwas trauriges, hilfloses.
„Hat er Sie noch an anderen Stellen angefasst?“
„Sie meinen, ob er …? Nein, nein, ich glaube nicht.“
„Sie glauben es nicht?“
„Ich weiß es nicht mehr genau. Eigentlich ging alles ganz schnell und dennoch kommt es mir vor, als hätte es unendlich lange gedauert.“
„Und wonach hatte er gefragt?“
„Ich weiß es nicht. Er fragte immer anders: ‚Hast du es? Hat er es dir gegeben? Warst du bei ihm? Hat er dir gesagt, wo es versteckt ist?’ Immer so, ganz durcheinander. Ich konnte gar nicht antworten. Ich wusste gar nicht, was er will. Wissen Sie es vielleicht?“ Wieder der hilfesuchende Blick, den Schwaner mit einer unbestimmten Geste seiner Hände beantwortet.
„Ist Ihnen sonst etwas an ihm aufgefallen. Wie sah er aus?“
„Ich habe ihn doch gar nicht gesehen. Er hat mich vom Weg gezerrt, hinter einen Baum, hat mich an den Stamm gedrückt, das Messer immer an meiner Kehle, dann hat er mich weggestoßen, gegen den Baum, ich bin hingefallen. Ich wollte mich gar nicht umdrehen, dachte, er steht jetzt über mir, wird mich …“ Frau von Rath vergräbt ihr Gesicht in den Händen. Mister Hyde nimmt sie „Oh my darling“ murmelnd, beschützend in den Arm.

Schwaner steht auf, geht einmal um den großen Tisch herum und bleibt gegenüber dem Porträt stehen. Das Bild scheint sich verändert zu haben, zumindest kommt es dem Hauptkommissar so vor. Heute scheint der dargestellte Mann älter zu sein als bei seinem letzten Besuch. ‚Sicher nur eine Frage der Perspektive', denkt Schwaner und wendet sich wieder Sonja von Rath zu.
„Hatte Axel Wolff bei Ihrem letzten Treffen ein besonderes Manuskript erwähnt?"
Frau von Rath befreit sich aus der Umarmung ihres Mannes, reibt sich über die Augen, aus denen bislang keine einzige Träne geflossen ist.
„Was für ein Manuskript? Geht es etwa um irgendein Buch oder ..." Sie schaut Schwaner fassungslos an. „Wer macht denn ..."
„Wir glauben, dass der oder die Täter ein seltenes Manuskript oder die Fortsetzung eines Romans suchen."
„Welche Fortsetzung?"
„Die Fortsetzung von ‚Innercircle', dem Roman von Alban Winter ..."
„Von Alban? Die Fortsetzung?" Sie schaut ihren Mann an, dann wieder zum Kommissar. „Das ist nicht Ihr Ernst, oder?" Ein ungewolltes Lachen unterstreicht ihre irre Miene bei dieser Frage.
„Leider ja.", antwortet der Hauptkommissar ernst.
Frau von Rath versinkt in Gedanken, wieder blickt sie leer über die Tischplatte zu der blauen Schale hin, richtet sich dann auf.
„Doch! Jetzt fällt es mir wieder ein. Er hatte etwas erwähnt. Ich glaube, es ging darum, dass er ein Buch nun fertigschreiben müsse, nachdem Alban so plötzlich verstorben ist. Aber warum sollte jemand deswegen Menschen überfallen und drohen, sie umzubringen?"
„Vielleicht möchte derjenige verhindern, dass dieses Buch jemals erscheint? Vielleicht stehen Dinge darin, die nicht an die Öffentlichkeit sollen?"

Wenig später gehen Frau von Rath, Jake Hyde, Sven Beck und Hauptkommissar Schwaner im Park zu der betreffenden Stelle. Unterwegs bleibt die kleine Gruppe immer wieder stehen. Sven

Beck mimt den Verfolger, bleibt einmal mehr, einmal weniger zurück. Nach einer Weggabelung folgt ein von Büschen links und rechts bestandenes Stück. Kurz vor dessen Ende bleibt Sonja von Rath stehen.

„Hier war es, genau hier! Hier war er plötzlich hinter mir."

Beck stellt sich nur wenige Zentimeter von ihr entfernt auf, fasst nach ihrer Anweisung die Haare, legt seine Taschenlampe an ihre Kehle und schiebt sie nach rechts hinter eine große Buche. Nach wenigen Sekunden stößt er sie zu Boden, dreht sich um und entfernt sich von ihr. Schwaner steht neben der sich langsam umdrehenden Frau, unterbricht mehrmals ihre Versuche aufzustehen, blickt sich immer wieder um. Als Sonja von Rath neben ihm steht, ist die kleine Gruppe bereits von etwa einem Dutzend Schaulustiger umringt, die Beck, seinen Ausweis vorhaltend, vertreibt.

Die beiden Polizisten verabschieden sich von Jake Hyde und seiner Frau. Sie bleiben unter dem Baum zurück.

„Ein ziemlich öffentlicher Platz für'n Überfall, findest du nich'?"

„Ja. Finde ich auch. Entweder wird unser Freund nervös und unvorsichtig ..."

„Oder?"

„... oder er glaubte nicht wirklich, etwas von ihr zu erfahren." Schwaner umrundet den prachtvollen Baum. „Da hätte er sich sicherlich mehr Zeit gelassen." Er schaut in die Krone, betrachtet die sich wirr kreuzenden Äste und Zweige, deren Muster ihm eigenartig bekannt vorkommt. Er geht noch eine Runde, steht dann wieder Beck gegenüber.

„Findest du die Ausdrucksweise nicht merkwürdig?"

„Welche Ausdrucksweise? Wieso merkwürdig?"

„Er sagte ‚Fotze, halts Maul, ich mach dich kalt'. Das passt doch irgendwie nicht." Schwaner geht noch eine Runde, die Hände auf dem Rücken.

„Das passt doch nicht zu jemandem, der mit Sprache, mit Büchern zu tun hat, findest du nicht?", ruft er hinter dem Baum seinem Assistenten zu.

„Wieso? Es gibt doch auch versaute Bücher? Gab's da nich' dieses eine – wo es nur ums Pimpern ging? Von dieser Mo-

deratorin. So mit allem Drum und Dran?“ Beck feixt Schwaner lüstern an, als dieser erneut an ihm vorbeizieht. „Vielleicht sollt' ich doch mal ein Buch les'n?“ Schwaner schüttelt den Kopf und kreist weiter um den Baum.
„Vielleicht is' es auch ein Auftragstäter?“, ruft Beck nun wieder sachlich seinem Chef hinterher, der, vom Stamm verborgen, stehen bleibt.
„Aber das ist doch auch merkwürdig. Berlioz und Großkopf sind doch nur deshalb gestorben, weil sie Zeugen waren ...“
„Zeugen wovon?“
„Zeugen davon, dass etwas gesucht wird oder des Buches oder was auch immer selbst.“ Schwaner taucht wieder vor Beck auf, bleibt stehen, immer noch die Hände auf dem Rücken, wippt auf und ab. „Die Suche sollte verdeckt bleiben. Nicht nur wer sucht, sondern auch was gesucht wird.“ Schwaner mustert wieder das leuchtend grüne Blätterdach über sich. „Würde so jemand einen Mitwisser engagieren?“
„Zwei oder drei Leich'n zu hinterlass'n is' auch nich' gerade unauffällig.“, entgegnet Beck.
Der Hauptkommissar blickt sich sinnend um. Seine Augen bleiben an den noch immer vorhandenen Müllbergen hängen. ‚Wie viele Tage ist es jetzt her?‘, ist ein Gedanke in seinem Kopf, der von einem anderen verdrängt wird. Schwaner nimmt, plötzlich loslaufend, Beck am Arm. „Komm, ich muss noch diesen Journalisten treffen.“ Sie gehen quer über die Wiese. Schwaner erzählt beiläufig vom vergangenen Vatertag und dem pavianartigen Gebrülle quer durch den Park.

Schwaner schreitet im weitläufigen Foyer der Frankfurter Zeitung die mit Werbefotografien für das Blatt behangenen Wände ab. Beck ist ins Präsidium gefahren. Er möchte die Spur des Kapuzenshirts weiterverfolgen.
Der Raum ist bis zum obersten Stockwerk offen und in Glas gefasst. Zwei Aufzüge, ebenfalls aus Glas, befördern wie miteinander kommunizierende Röhren Menschen auf und ab. Im hinteren Teil, vor einer kleinen Bühne, werden Stuhlreihen für eine abendliche Veranstaltung aufgebaut. Die beiden Männer

in ihren blauen Latzhosen arbeiten sehr behutsam und leise, damit die aneinanderschlagenden Metallbeine die im Verborgenen über ihren Artikeln brütenden Redakteure nicht stören. Schwaner spürt eine Atmosphäre wie bei Prüfungen oder Klassenarbeiten.
Der Hauptkommissar bleibt vor einer der Fotografien stehen. Sie zeigt im Hintergrund eine in den Himmel rasende Rakete, die wie mit Wolkenballen an der Erde festgeklebt scheint. Ein greller Lichtstrahl geht von ihrem Ende aus, gerade so, als wären genau an diesem Punkt die Naturgesetze ineinander verhakt und würden ihre Kräfte miteinander messen – das eine, das den schlanken Körper in seinem Raum halten möchte, das andere, das ihn mit brüllender Kraft und menschlicher Wissenschaft in den Orbit hinaus treibt.
Im Vordergrund sitzt, durch die aufgeschlagene Frankfurter Zeitung verborgen, ein Mensch, angeblich ein ehemaliger Raumfahrer, der erste deutsche Astronaut im Weltall, wie Schwaner auf einer kleinen Tafel lesen kann. Alle Bilder tragen den Slogan: „Dahinter steckt immer ein kluger Kopf'".
„Er ist es wirklich", hört Schwaner plötzlich eine männliche Stimme hinter sich und sieht sich einem sehr dünnen Herrn gegenüber, an dem der bereits sehr schmale Anzug herabhängt wie ein Vorhang. Sein runder, karger Schädel wirkt wie mit Haut bespannt. Eine Hornbrille ummalt in dicken Strichen seine stechenden Augen.
„Wie bitte?", fragt der Hauptkommissar, der zuvor nicht bemerkte, dass jemand zu ihm getreten war.
„Es ist die am häufigsten gestellte Frage: Ob hinter der ausgebreiteten Zeitung tatsächlich all diese berühmten Köpfe sitzen? Man sieht sie ja nicht, es könnte ja irgendjemand sein. Aber es sind tatsächlich die benannten Personen."
Schwaner schaut nochmals hin. Diese Frage hatte ihn gar nicht beschäftigt, er findet sie nun jedoch interessant.
„Und das soll man nun glauben ...?"
„Diese Kampagne symbolisiert das Verständnis unserer Arbeit. Auch wenn der Leser, hier der Betrachter, die Fakten nicht sieht, kann er sich darauf verlassen, dass sie der Wahrheit

entsprechen." Beide schauen sie nochmals auf das Bild. „Wiener, mein Name, Henry Wiener. Sie wollten mich sprechen?"
„Ja! Hauptkommissar Schwaner von der Mordkommission." Schwaner zieht seinen Ausweis, den sein Gegenüber überhaupt nicht beachtet. „Ich hätte einige Fragen an Sie."
„Worum geht es?"
„Sie kennen Alban Winter und ..."
„Kannten. Alban Winter ist, soweit ich weiß, tot."
„Sie kannten Alban Winter und Axel Wolff?"
„Ist Axel Wolff auch verstorben?"
„Ja. Vergangene Woche. Wussten Sie das nicht?"
„Ich hatte die letzten Monate keinen Kontakt mehr zu Herrn Wolff."
„Und die Nachricht von seinem Tod hatte Sie auch noch nicht erreicht?"
„Nein, wie denn? Ich war einige Tage verreist."
„Ich hörte, solche Nachrichten sprechen sich in Ihren Kreisen schnell herum?"
„Ich weiß jetzt nicht, welche Kreise Sie damit meinen? Mich hat sie jedenfalls nicht erreicht."
„Bedauern Sie den Tod von Herrn Wolff?", fragt Schwaner nun direkt, da er bislang keine Regung bei Wiener erkennen konnte.
„Da Sie von der Mordkommission sind, nehme ich an, dass es kein freiwilliger Tod war. Das bedauere ich. – Das bedauere ich bei jedem Menschen."
„Ich hörte, Sie waren mit Herrn Wolff näher bekannt?"
„Was Sie alles hören?" An Wiener bewegte sich keine Falte und er wich dem suchenden Blick Schwaners nicht aus. „Wir waren einmal näher bekannt. Das hat sich dann wieder gelöst."
„Warum? Hatte es etwas mit Winters Buch zu tun? Mit ‚Innercircle'?"
„Möglich." Der Redakteur war wie ein kalter Fisch.
„Geht es etwas präziser?", so der Hauptkommissar nun doch leicht gereizt.
Wiener überlegte einige Augenblicke. „Sehen Sie, niemand verfolgt Sie mit mehr Hass, mit mehr Ingrimm, mit mehr Verbitterung und Leidenschaft als derjenige, dem Sie zuvor einmal,

womöglich auch öfter, geholfen hatten und es irgendwann einmal nicht mehr tun." Der Redakteur geht einige Schritte zur Seite, betrachtet wie nebenbei ein Bild, in dem irgendjemand in einem Baum sitzt und Zeitung liest. „Der andere glaubt, ein Anrecht auf Ihre fortwährende Hilfe zu haben, und sobald sie – in seinen Augen plötzlich, in Ihren Augen nach einer Unendlichkeit – versiegt, stürzt er sich auf Sie, wie Ihr schlimmster Feind." Wiener lächelt Schwaner an. „Präzise genug?"

„Und so war es bei Alban Winter und Ihnen?"

„Ach, was wollen wir noch darüber reden, er ist tot. Ehre den Toten."

„Aber er hat Sie in seinem Buch massiv angegriffen, Ihnen Käuflichkeit, Korruption und Intrigantentum unterstellt?"

„So, hat er das? Woher wollen Sie das wissen? Tauche ich in seinem Buch auf?"

„Wie mir gesagt wurde, sind Sie der Kritiker ..."

„Soweit ich mich erinnere, hat dieser Kritiker im Buch keinen Namen. Es kann also jeder gemeint sein ...", Wiener geht einen kleinen Schritt zurück und wieder nach vorne, „... und keiner."

Der Redakteur legt nochmals eine Pause ein, setzt dann hinzu: „Ich habe Alban Winter nicht den Gefallen getan und bin auf sein Buch eingegangen. Von daher fühle ich mich auch überhaupt nicht angesprochen."

„Wussten Sie, dass er und Wolff eine Fortsetzung planten?"

„Nein, das ist mir neu. Aber warum nicht. Es war ja ein einigermaßen erfolgreiches Buch. Wer will es den beiden da verdenken, dass sie den Gaul weiter reiten."

„Haben Sie Kinder?"

Wiener zeigt bei dieser Frage erstmalig eine Reaktion, verliert für einen kurzen Moment die Beherrschung, so etwas wie Zorn flackert in seinen Augen auf.

„Ich wüsste nicht, was Sie das angeht?" Wieners Stimme zittert und er weicht dem Blick des Hauptkommissars aus.

„Sie wissen ganz genau, warum ich das frage." Schwaner bleibt kühl und sachlich. „Also, haben Sie Kinder?"

„Mein Privatleben tut hier nichts zur Sache."

„Oh doch! – Vor allem wenn es in einem direkten Zusammenhang mit unseren Ermittlungen steht."

Die plötzliche Spannung zwischen den beiden Männern scheint sich durch die gesamte Halle auszubreiten. Mehrere Personen schauen zu dem ungleichen Paar – der große, athletische Schwaner gegenüber dem dürren, kleinen Wiener – herüber. Jeder der Umstehenden scheint die Luft anzuhalten und angestrengt zu lauschen.
„Ich habe dem nichts mehr hinzuzufügen." Der Redakteur gibt sich demonstrativ gelassen, versucht sogar ein Lächeln auf seine Lippen zu zwingen.
„Gut, wie Sie wünschen. Dann werden wir uns im Polizeipräsidium wiedersehen, morgen um zehn Uhr ..."
„Morgen bin ich verreist."
„Gut, dann übermorgen – wenn es recht ist. Ich kann auch eine Ladung an die Geschäftsleitung schicken ..."
„Ich bin mir nicht sicher, ob Sie diese Auseinandersetzung tatsächlich führen möchten." Jetzt grinst Wiener den Hauptkommissar offen an. „Immerhin ist unsere Zeitung das auflagenstärkste Blatt in der Stadt und wird von vielen gelesen." Der Redakteur zögert kurz. „Sicher auch von Ihren Vorgesetzten?"
„Da bin ich völlig angstfrei, glauben Sie mir." Schwaner hält Wiener die Hand hin, „Einen schönen Tag wünsche ich", und will gerade gehen, dreht sich dann noch einmal zur Wand und den ausgestellten Bildern hin.
„Wofür steht diese Kampagne? Für die Wahrheit hinter den Dingen? Vielleicht sollten Sie nochmals darüber nachdenken?" Mit seinen großen Schritten durchquert er die Halle und murmelt der Dame am Empfang einen letzten Gruß zu.
Vor der Tür greift Schwaner zu seinem Handy und ruft im Präsidium an.
„Hallo Anne, ich bin's. Kannst du bitte einmal rausfinden, ob Henry Wiener, der Redakteur, bei dem ich gerade war, Kinder hat und falls ja, was diese tun?"
„Martin, ich sitze hier vor ..."
„Bitte schnell! Und bitte schau nach, ob es eventuelle Querverbindungen zu Wolff und Winter gibt."

19. Kapitel

Die nachmittägliche Besprechung wurde von Schwaner kurzerhand abgesagt und auf den nächsten Morgen verschoben. Er selbst arbeitete an seinem Schema, versuchte den Überfall auf Sonja von Rath und die Rolle des Redakteurs Wiener zu verorten. Messner meldete zwischendurch, dass es ihnen, besonders dank Freitag, gelungen sei, DNA-Spuren des Trägers am Kapuzenshirt zu sichern. Deren Auswertung würde allerdings einige Zeit dauern.

Anne sprach kein Wort mit Schwaner, deutete nur auf einen Berg von Unterlagen auf ihrem Schreibtisch, schüttelte den Kopf und versank wieder im blauen Licht ihres Bildschirms. Von Beck war nichts zu sehen. Er war wahrscheinlich auf der Suche nach einem Zeugen, der den „schwarzen Mann" in der Nähe des Fundortes des Shirts gesehen haben mochte.

Auf dem Weg zurück ins Büro hatte sich Schwaners Gemüt so weit abgekühlt, dass er Wiener die Chance einräumte, übermorgen freiwillig im Präsidium zu erscheinen. Bis dahin würde er nichts unternehmen. Für seine Verhältnisse früh, schwang er sich auf sein Fahrrad und fuhr nach Hause.

„Martin, ich hab's", strahlt Sandra noch in der Tür, nachdem sie später als er und mit einem „Du bist schon da?" in die Küche getreten war. „Ich hab's!" Sie küsst Martin schnell auf die Wange und zieht ihn zu ihrem Laptop im Wohnzimmer.

„Ich weiß, wo wir suchen müssen – es war so einfach, dass wir nicht sofort darauf kamen ..." Vor sich hin redend tippt Sandra gezielt einige Wörter ein, dreht dann den PC zu Martin hin. Auf dem Bildschirm steht: „Frankfurter Hauptfriedhof".

„Dort ist es versteckt!" Sandra strahlt ihn siegesgewiss an.

„Was?" Martin schaut auf das Bild vor ihm, dann zu Sandra, wieder auf das Bild. „Was soll da versteckt sein?"

„Na, das Buch, das du suchst, oder was auch immer?"

„Wie kommst du denn jetzt darauf?"

„Ganz einfach! Ich sagte dir doch, es ist so einfach, dass wir es die ganze Zeit übersehen haben. Schau, dieser Brunnen, Merkur, er ist der Begleiter ins Totenreich. Das war der Hinweis.

Und wo befindet sich das Totenreich ...?“ Sandra schubst ihn auffordernd an.
„Auf dem Friedhof?!“, antwortet Martin wie ein Schuljunge.
„Genau! Wolff lag deshalb in diesem Brunnen, weil das sein Zeichen war. Es sollte dir den Weg zeigen, den Ort, an dem du suchen musst.“
„Aber ist Merkur nicht auch der Gott des Handels, wenn ich mich recht erinnere? Müssen wir dann auf allen Marktplätzen suchen, oder wie?“
Sandra lässt sich nicht aus der Ruhe bringen. „Daran hatte ich auch schon gedacht – nicht an die Marktplätze, aber an die Börse, zum Beispiel. Ich war sogar heute Mittag schon einmal dort ...“
„Was?“ Martin setzt sich. „Ermittelst du jetzt oder wie muss ich das verstehen?“
„Ja, vielleicht. Spaß macht es schon! Besser als immer im Institut rumsitzen ...“
„Spaß?“ Martin wird immer hysterischer. „Spaß?“
„Jetzt hör doch erst einmal zu und reg dich nicht gleich auf.“ Sie küsst ihn links und rechts, sein Gesicht in beiden Händen haltend. „Ich war heute an der Börse. Wie du schon richtig sagtest, steht Merkur auch dafür. Also bin ich hin und um das Gebäude gegangen. Aber dort findest du kein geeignetes Versteck. Dazu ist es viel zu belebt drumherum und dabei ist mir der Friedhof eingefallen. Dort findest du massenhaft Verstecke und du bist völlig unbeobachtet.“ Wieder strahlt Sandra Martin an, vergeblich auf eine Bestätigung hoffend. Sie setzt hinzu: „Selbst wenn du etwas auf dem Friedhof vergräbst, findet das niemand merkwürdig. Du pflegst vielleicht nur ein Grab oder pflanzt etwas ein.“
Dies ist der erste Punkt, an dem Martin plötzlich zustimmend nickt. Er findet Sandras Theorie nach wie vor lächerlich und laienhaft, doch hier muss er ihr recht geben. Der Friedhof wäre ein hervorragendes Gelände, um etwas zu verstecken. Noch immer zögerlich, nimmt er ihre Idee auf.
„Mal angenommen, es ist so, dann gibt es dort, wie du schon sagtest, tausend Möglichkeiten ...“

„Genau! Wir müssen jetzt nur noch die richtige Stelle finden. Vielleicht liegen die Eltern von Wolff dort begraben, Geschwister, Namensvetter ..."
„Winter! Alban Winter!", ruft Martin.
„Ja! Alban Winter. Er hat das Buch im Grab von Alban Winter versteckt. Das ergibt doch Sinn, oder nicht?" Sandra hüpft vor Aufregung und klatscht in die Hände. Wie in einem Spiel, das sie zu gewinnen scheint, färben sich ihre Wangen vor Freude.
„Wo liegt er begraben?" Sandra sieht schon das Ziel vor Augen.
„Ich weiß es nicht. Ich glaube, hier in Frankfurt. Wolff hatte die Beerdigung übernommen. Aber das lässt sich herausfinden."
„Komm, lass uns hinfahren!"
„Jetzt?"
„Ja, jetzt gleich. Es ist doch auch so schönes Wetter. Ich kann doch hier nicht bis morgen rumsitzen. Ich würde sowieso kein Auge zutun."
Schwaner ruft im Büro an und hat Glück. Anne, die zwar wild über die neuerliche Unterbrechung schnaubt, ist noch da und nennt ihm den Platz von Winters Grab: Gewann J, Grab 306. Kaum eine Viertelstunde später fahren Sandra und Martin mit ihren Rädern durch den Haupteingang auf den Friedhof.
Martin war in all den Jahren kein einziges Mal hier gewesen. Zum Glück hatte es hierfür keinen Anlass gegeben und Friedhofstouristen belächelte er milde. Insgeheim hielt er es für morbid, auf einem Gottesacker spazieren zu gehen und sich Gräber anzusehen.
„Was hat man davon, einen Stein mit einem Namen darauf zu betrachten?", ruft er unterwegs Sandra zu, die ihm zuvor von einer Führung über den Hauptfriedhof erzählt hatte, an der sie einmal teilnahm.
„Du wirst sehen, es ist wunderschön dort!"
Schwaner spart sich weitere Kommentare bis zu ihrer Ankunft. Sie stellen ihre Fahrräder am Eingang ab. Ihnen gegenüber steht die schmale, steinerne Figur eines nackten Mannes auf dem Rasen, der sich wie ein Lufthauch in den Himmel windet.
Wo anfangen? Das Gelände ist riesig. Sandra und Martin stehen vor einem Übersichtsplan, der diesen Namen kaum verdient.

Die Gewanne oder Grabfelder sind völlig unterschiedlich in Form und Größe. Darüber hinaus folgt auf römisch eins römisch fünf, daran römisch zwölf?
Auf der rechten Seite sind die Felder mit Buchstaben gekennzeichnet. Aber auch hier scheint die Reihenfolge willkürlich zu sein. A bis D bilden ein Rechteck, alle anderen Buchstaben sind wild verstreut, mit freien Flächen dazwischen.
Schwaner, der alles liebt, was auch nur im Entferntesten an eine Grafik, ein Schaubild oder Diagramm erinnert, verdreht die Augen und lästert: „Da hat wohl einer zu viel Messwein getrunken?“ Er schnaubt. „Oder die haben das ausgewürfelt …! Das ist doch das reinste Chaos, ein Labyrinth!“
„Dort oben ist J“, beruhigt ihn Sandra und legt ihre Hand auf seinen Arm.
Sie müssen sich zunächst rechts halten, an einer alten Mauer entlang. Alte, mächtige Bäume beschatten die Wege. Zwischen blendend grünen Büschen stehen gewaltige Grabmale. Tempelartige Bauten möchten mit ihrer Pracht alles um sie herum überstrahlen. Dazwischen kleine, schlichte Steine, die sich demütig wegducken.
Martin stichelt wieder: „Im Tod sind scheinbar doch nicht alle gleich. Es würde mich nicht wundern, wenn diesem Herrn dort …“, er deutet auf ein fast haushohes Gebilde aus Säulen, „… seine Hausangestellten folgen mussten. Ich dachte immer, das letzte Hemd hat keine Taschen.“
Nach und nach muss Martin eingestehen, dass hier wirklich eine besondere Atmosphäre herrscht. Der Lärm der Stadt scheint an diesem Ort ausgeschlossen zu sein. Vogelgezwitscher erfüllt die Luft. Zwei Eichhörnchen verfolgen einander über mehrere Bäume hinweg. Die Sonnenstrahlen malen Muster auf Wege, Mauern und Steine. Die Gräber leuchten frühlingswild und blütenbunt. Schlanke Engel wachen über den Begrabenen, breiten ihre Flügel und Arme aus.
Die Zeit scheint hier in einem anderen Tempo zu vergehen. Sandra und Martin, zunächst voller Tatendrang und Aufregung, schlendern gemächlich dahin, bleiben immer wieder stehen, lesen Namen, Geburts- und Todestage und rechnen die

Lebensspanne der Einzelnen nach. Ob es gute und erfüllte Jahre waren?
„Wir müssen weiter nach rechts", zerbricht Martin die Stille und erinnert an den Grund, warum sie hier waren.

Selbst das Gewann ist nicht einfach zu finden, noch schlimmer die Nummerierung der Gräber. Größtenteils sind gar keine Ziffern an den Grabstätten zu erkennen, falls doch, folgen sie keiner systematischen oder logischen Reihenfolge. Es bleibt den beiden nichts anderes übrig, als alle Wege im Bereich nacheinander abzugehen.
Es dauert allerdings nicht lange. Schon von Weitem erkennen sie Winters Grab. Es ist leicht an den herausgerissenen Blumen, der durchwühlten Erde und den auseinandergebrochenen Gestecken und Kränzen von den gepflegten Nachbarfeldern zu unterscheiden. Das armselige Holzkreuz steckt jämmerlich schief und muss sich mit einem Arm auf der Erde abstützen. Auf dem Rest einer schmutzig weißen Schleife stehen die Zeilen: „Nicht alle sind todt, die begraben sind!"
Martin und Sandra stehen fassungslos vor dem geschändeten Grab.
„Da hatte wohl jemand die gleiche Idee", zischt Martin zynisch und gleichzeitig enttäuscht.
„Ja ...", antwortet Sandra traurig, „... es war auch zu einfach."
„Ich ruf Messner an. Er soll gleich herkommen und sich das ansehen."

Sandra und Martin sitzen auf einer nahe gelegenen Bank und warten. Schon nach wenigen Minuten fährt langsam der Wagen der KTU den asphaltierten Hauptweg herauf. Martin steht auf und winkt.
Kurze Zeit später – und nach einer überschwänglichen Begrüßung Sandras durch Messner – stehen alle vor dem Grab Winters. „Das ist ja eine schöne Sauerei." Der Leiter der Kriminaltechnik stemmt die Arme in die Hüfte. „Ich glaube nicht, dass ich hier viel finde." Er geht in die Hocke, greift ein vertrocknetes Knäuel, das obenauf liegt. „Stiefmütterchen" murmelt er vor sich hin. „Habe

ich auch dieses Frühjahr auf das Grab meiner Mutter gesetzt. Sie stehen für die Dreifaltigkeit Gottes und …"
„Günther, bitte …"
„Ja, ja. Schon gut!" Messner steht auf, blickt auf die aufgeworfene Erde herab. „Wenn hier etwas nachträglich vergraben wurde, dann sicherlich nicht sehr tief …" Er macht einen großen Schritt über das Grab hinweg. „… dann wurde es sicherlich bereits gefunden, wobei ich keinen wirklichen Fundort ausmachen kann." Er geht nochmals in die Hocke, schaut, wie ein Golfspieler über das Green, auf die zerwühlte Fläche vor sich. „Wenn etwas herausgezogen worden wäre, dann könnten wir das sicherlich erkennen …"
„Du meinst also, da war nichts?", fragt Schwaner hoffnungsvoll.
„Oder unser Grabräuber hat alles wieder einigermaßen planiert …"
„Wann, glaubst du, ist das passiert?"
Messner beugt sich hinab, nimmt etwas Erde zwischen die Finger, zermahlt sie, riecht daran, wirft sie wieder hin. „Ich würde sagen, nach der Erde und den vertrockneten Blumen zu urteilen, vor mindestens zwei, wenn nicht drei Tagen." Messner dreht sich um, sucht die Umgebung ab. „Es war trocken und warm die letzten Tage. Der Platz hier liegt den größten Teil des Tages im Schatten …" Er geht zu einem sehr gepflegten Grab einige Meter weiter, prüft auch dort den Boden. „Vielleicht auch erst gestern …?", ruft er herüber, steht auf, kommt näher. „Das Grab dort ist vorgestern gegossen und gerecht worden. Ich glaube nicht, dass diejenige – auf dem Grabstein steht ein Männername, also war es sicherlich eine Frau – es gegenüber der Friedhofsleitung unerwähnt gelassen hätte, wenn in ihrer Nachbarschaft etwas Derartiges geschieht." Hierbei zeigt er auf die Ruhestätte Winters.
Martin und Sandra staunen Messner an. „Mensch Günther. Du hättest doch Ermittler werden sollen."
„Bin ich doch. Ich löchere eben keine Menschen, wie du, ich befrage lieber die Dinge."
„Und was mach ich dann?" Sandra zieht einen Schmollmund. „Ich schneide Löcher in Menschen hinein oder was?"

„Aber klar doch …“, ruft Martin dazwischen.
„Wieso klar doch. Ich bin also wirklich nur eine Leichenschnipplerin, wie du mich immer nennst. Und warum sind wir hier. Wessen Idee war das?“
„Nein, das meinte ich jetzt nicht. Wenn Winters Grab gestern durchsucht wurde, dann hat derjenige das Manuskript noch nicht gefunden.“
„Wie kommst du jetzt darauf? Was macht dich da so sicher?“
„Na ganz einfach. Heute Morgen erst wurde Sonja von Rath im Park überfallen. Der Täter suchte noch immer nach dem Buch. Also hat er es hier nicht gefunden.“
„Es war also nie hier gewesen?“ Sandra ist traurig und beglückt zugleich. „Dabei war ich mir so sicher. Es war so klar, so eindeutig.“
„Vielleicht zu klar?“, versucht Martin sie zu trösten. Sie verabschieden sich von Messner, der noch einige Proben vor Ort sichern möchte, und schieben ihre Räder in Richtung Ausgang.
„Wolff war ein schlauer Kopf. Dein Ansatz ist womöglich gar nicht falsch. Wir haben nur zu einfach gedacht. Auf das Grab Winters kommt jeder – wie wir sehen. Den Hinweis ‚Reich der Toten ist gleich Friedhof‘ finde ich nach wie vor sehr plausibel …“
„Ach, auf einmal …“
„Auch als Versteck ist es ideal …“, doziert Schwaner wie vor seinen Kollegen während der Besprechungen weiter.
„Was du nicht sagst …“ Sandra stemmt ihre Hände in die Hüften.
„Wir müssen nur den richtigen Zusammenhang finden. Vielleicht gibt es andere Personen hier im ‚Reich der Toten‘, die mit Wolff in Beziehung standen?“
„Toll Herr Kommissar, wie Sie das wieder herausgefunden haben.“ Sandra schwingt sich in den Sattel, tritt heftig in die Pedale und lässt Martin verdutzt stehen.
Schwaner möchte ihr nach, als ihm im Vorbeifahren etwas aus einem Schaukasten ins Auge springt. Er bremst abrupt und wäre fast hingefallen. Er lässt sein Gefährt auf dem Boden liegen und läuft zurück. Hektisch winkt er Sandra herbei.
„Hier, schau, lies mal!“

Hiob im christlichen und jüdischen Glauben

Friedhofsbegehung zur Statue von Gerhard Marcks und zu jüdischen Gräbern.

Treffpunkt um 19.00 Uhr

„Hiob!“, ruft Martin Sandra zu. „Hiob!“
Sandra schaut verständnislos auf das kleine Plakat, das oben ein Bild eines gebeugten Mannes zeigt. Sein Kopf hängt ihm, von zahllosen Schicksalsschlägen getroffen, auf der Brust. Mit letzter Kraft stützen seine Arme den Oberkörper, der, dünn und abgemagert, nach vorne fallen möchte, auf die Erde, in die Erde, zerschmettert von Leid und Verlust.
„Ja und? Was bedeutet das?“, fragt Sandra verständnislos.
„Wolff hat mir doch die Postkarte geschickt. Die Postkarte mit dem Bild von Joseph Roth. Darauf steht hinten, dass die beiden Hauptwerke von Roth der Radetzkymarsch und Hiob seien.“ Jetzt ist es Martin, der ungewohnt aufgeregt ist und sich hektisch umsieht. „Und hier haben wir ‚Hiob‘. Es scheint ein Denkmal oder so etwas zu sein. Komm, lass uns diese Statue suchen. Sie muss hier irgendwo stehen. Vielleicht können wir jemanden fragen ...“
Sandra zeigt nochmals auf den Aushang. „Die Führung ist heute, wir müssen nur nach einer Gruppe Ausschau halten.“ Schon sitzen beide in den Sätteln und radeln die Hauptallee hinauf.
Auf einem der großen Querwege sehen sie verstreut zwei Dutzend Personen. Ihnen geht ein Herr mit einem Klemmbrett unter dem Arm voraus.
„Können Sie uns bitte sagen, wo wir die Hiob-Figur finden?“
„Die Führung ist zu Ende. Der Friedhof schließt in einer Viertelstunde.“
Martin zückt seinen Dienstausweis, fragt nochmals nach dem Weg.
„Gleich hier vorne links hoch, vor dem Denkmal der Gefallenen nach rechts, dann sehen Sie die Statue bereits ...“ Noch bevor

der Herr nach dem Warum fragen kann, sind Sandra und Martin davon. Wie beschrieben finden sie die mattschwarze Figur, die in Wirklichkeit viel größer ist, als es vom Bild zu vermuten war. Vogeldreck läuft wie weiße Tränen über Schultern, Arme und Beine an ihr herunter.
Sandra und Martin umkreisen das Mahnmal, klopfen den Sockel und die Bodenplatten ab. Martin schaut sogar in den Knien und in den Achseln nach, ob dort etwas versteckt oder angeklebt ist. Anschließend suchen sie die gesamte Figur nach möglichen schriftlichen Nachrichten darauf ab. Nichts!
Der Herr mit dem Klemmbrett steht plötzlich vor ihnen. „Kann ich Ihnen irgendwie helfen? Suchen Sie etwas Bestimmtes?" Sandra und Martin fahren herum.
„Ist Ihnen heute oder die letzten Tage an der Figur etwas Ungewöhnliches aufgefallen. Lag vielleicht ein Gegenstand darauf oder davor, war etwas darauf notiert ...?" Martin wirkt hilflos, fast verzweifelt.
„Nein, mir ist nichts aufgefallen."
„Wann waren Sie zuletzt hier gewesen?"
„Sie meinen vor heute Abend?" Schwaner nickt ihm auffordernd zu. „Vorgestern. Da war ich hier und bin meine Führung nochmals abgegangen. Es sind ja oft ältere Menschen ..."
„Da ist Ihnen auch nichts aufgefallen?"
„Nein. Nichts. Warum? Was suchen Sie denn?"
Schwaner winkt ab und geht in einigem Abstand nochmals um die Figur herum, prüft die niedrige Mauer, die das Areal umrahmt. Nichts.
„Wofür steht diese Statue hier?", fragt Sandra den Herrn, der das seltsame Treiben der Polizei neugierig beäugt.
„Hiob? Hiob steht hier zum Gedenken an die Opfer der nationalsozialistischen Gewaltherrschaft. Sie kennen die Bedeutung der Figur?"
Sandra verneint. Ihr Gegenüber schlägt sich das Klemmbrett vor die Brust und wiederholt wohl den Vortrag, den er eben den Teilnehmern der Führung gehalten hatte: „Hiob war ein ehrwürdiger und gottesgläubiger Mann. Er war wohlhabend, besaß Haus und Hof, eine große Herde Vieh und hatte von einer

treuen Frau zehn Kinder geschenkt bekommen – sieben Söhne und drei Töchter. Den Satan ärgerte der gottesfürchtige Hiob und er schlug Gott eine Wette vor. Er werde Hiob alles wegnehmen, was dieser besitze, denn Hiob sei nur deshalb so fromm, weil er begütert und sorgenfrei lebe. Gott stimmte zu unter der Bedingung, dass der Teufel Hiob nicht das Leben nehmen dürfe. Gesagt, getan. Der Teufel nahm ihm nach und nach sein Vieh, seine Ernten, seine Kinder, sein Haus, seine Frau. Immer neue Hiobsbotschaften", hier malte er mit den Fingern Gänsefüßchen in die Luft, „erreichten den schon Gebeugten und Geprüften. Zuletzt strafte Satan ihn mit einer schlimmen und schmerzhaften Krankheit, doch nicht einmal sagte sich Hiob von Gott los, sondern wiederholte: ‚Der Herr hat es gegeben, der Herr hat es genommen. Gepriesen sei der Herr.' In dieser Symbolik steht Hiob hier als Mahnmal an die Zeit des Dritten Reiches, für all die Opfer, denen damals alles genommen wurde: Besitz, Stolz und leider auch das Leben …"
Martin war dazugetreten. „Warum liegen die Steine zwischen seinen Füßen?" Er deutet auf kleine Kiesel hin, aufgesammelt auf den Wegen des Friedhofes, die zu einem kleinen Häufchen geschichtet, auf dem Sockel liegen.
„Äh das? Das sind Gedenksteine. Hiob ist eine Figur des Alten Testaments und damit auch des jüdischen Glaubens. Jüdische Besucher legen diese Steine hier ab. Als Erinnerung an die Opfer …"
„Haben Sie vielen Dank für Ihre Hilfe, wir müssen jetzt weiter, der Friedhof schließt ja gleich. Wie kann ich Sie erreichen, falls ich noch Fragen habe?"
Der Herr zieht einen Prospekt von seinem Klemmbrett und reicht ihn Schwaner. „Unter der angegebenen Nummer können Sie mich jederzeit anrufen."

Ernüchtert und enttäuscht sitzen Sandra und Martin in ihrer Küche, jeder ein Glas Wein vor sich.
„Vielleicht ist der andere Weg doch nicht der richtige? Vielleicht sollte ich mich doch wieder mehr an die übliche Methode halten. So ist es doch nur ein Stochern im Nebel." Martin nimmt einen

kräftigen Schluck, lacht dann vor sich hin. „Wie hoch wohl die Wahrscheinlichkeit ist, dass wir auf diese Art und Weise tatsächlich etwas gefunden hätten? Bestimmt weniger als ein Sechser im Lotto.“
„Sei doch nicht so verbittert.“ Sandra legt ihre Hand auf die seine. „Ich bin auch enttäuscht. Wahnsinnig enttäuscht. Ich war mir so sicher …“
„Ja, es hat ja auch was. Es ist ein bisschen wie im Fernsehen. Ein, zwei Mal nachgedacht, schon ist der Täter gefasst …“
„Jetzt hör doch auf. Es klingt fast so, als würdest du mich jetzt dafür verantwortlich machen?“
„Nein!“ Martin nimmt Sandras Hand. „Nein, ganz bestimmt nicht. Nur die Kollegen werden sich amüsieren, wenn sie das hören. Wir rennen auf dem Friedhof herum, durchwühlen Gräber und klopfen Grabplatten ab …“
„Immerhin waren wir nicht die Einzigen, das vergiss bitte nicht.“
„Aber ich bin Polizist! Ich bin ein Profi. Ich habe das gelernt. Und zwar Fakten, Fakten, Fakten und nicht Vermutungen über Vermutungen.“
„Also bist du doch böse auf mich?“
„Nein! Ich habe mich nur selbst mitreißen lassen. Ich hätte einen kühlen Kopf behalten müssen …“
„Aber es hat Spaß gemacht, oder nicht?“ Sandra prostet ihm zu.
„Spaß schon, das stimmt!“ Die Gläser klingen.

Vor der morgendlichen Runde ruft Schwaner in der KTU an, fragt, ob Messner noch etwas entdeckt habe, was dieser verneint, und bittet ihn, die gestrige Suche vor den anderen nicht zu erwähnen.
Anne Wiegand kommt mit einem riesigen Stoß Papiere in den Besprechungsraum und lässt diesen laut und demonstrativ auf den Tisch fallen. Schweigend sortiert sie daraus verschiedene größere und kleinere Stapel.
„So, wo soll ich anfangen?“, fragt sie spitz und setzt ihre markante, schwarz gerahmte Brille auf. Schwaner überlässt es ihr.
„Also, hier haben wir Winter, Wolff und den Verlag. Hier haben wir die Singers, insbesondere Klaus Singer. Hier, was ich über

Franz Großkopf herausfinden konnte, hier die Unterlagen Berlioz. Dann habe ich mir Bert Dreier und Sonja von Rath noch etwas genauer angeschaut und nicht zuletzt den Herrn Wiener." Wie an einem Instrument gehen ihre Hände über die Papiere.
„Fangen wir mit den Singers an, da sie und auch Großkopf, über den es außer den bereits bekannten Drogendelikten kaum etwas zu sagen gibt, etwas außerhalb stehen. Alle anderen, auch die kürzlich erwähnten Autoren, die Wolff böse E-Mails schrieben, sie alle kennen sich untereinander, mal mehr, mal weniger." Anne zieht einen Stapel zu sich heran.
„Das Haus, in dem Wolff lebte, gehört Ida Singer – und noch einige andere. Wolff lebte dort seit Jahren scheinbar kostenlos. Darüber hinaus sind alleine über die Banken etwa siebzigtausend Euro von Frau Singer an Wolff geflossen." Von Beck ist ein leiser Pfiff zu hören.
„Klaus Singer betreibt eine Beratungsfirma. Seine wirtschaftliche Situation ist eher angespannt und unkonstant. Hin und wieder gingen größere Beträge ein, dann monatelang nichts. Kein weiteres Eigentum. Vor einiger Zeit war er in einen Anlageskandal verwickelt. Er konnte einen außergerichtlichen Vergleich schließen, den seine Frau bezahlte ..."
„Wusste er von den Zuwendungen seiner Frau an Wolff?", fragt Schwaner dazwischen.
„Er besitzt keine Vollmacht für die Konten seiner Frau, daher weiß ich es nicht. Ich kann mir aber nicht vorstellen, dass es ihm gänzlich verborgen blieb." Anne schaut über die Gläser ihrer Brille hinweg zu Schwaner, fährt dann fort.
„Gegen Klaus Singer wurde auch im Zusammenhang möglicher Steuerhinterziehung ermittelt. Es geht um Konten, die er angeblich in der Schweiz oder anderswo besitzt. Auslöser war eine anonyme Anzeige, das Verfahren wurde eingestellt."
Anne schiebt den einen Stapel zurück, zieht den nächsten, größten an sich heran, blickt einmal durch die Runde.
„Winter, Wolff. Hier gibt es zahlreiche Verbindungen. Beide waren alleinstehend, ohne nähere Verwandte, ohne Erben. Wolff war wohl früher einmal vermögend gewesen. Über die Jahre hatte er das Elternhaus, diverse Versicherungen und andere Vermögenswerte veräußert und immer wieder Löcher im Verlag

gestopft, ohne Erfolg. Das Geld wurde aufgesaugt wie Wasser in der Wüste. In den besten Jahren ging es Null auf Null auf, oft stand ein dickes Minus am Ende …"
„Is' ja ein suuuper Geschäftsmodell." Beck gähnend, worauf Anne den Stoß Blätter in ihren Händen auf den Tisch knallte und alle aufschreckte. „Seid ihr noch bei mir?" Sie lächelt über ihre Brille hinweg in die Runde.
„Bis zum Erscheinen von ‚Innercircle' hatte er mehr als eine halbe Million in den Verlag gesteckt, … das war vor drei Jahren …" Anne sortierte einige Seiten nach hinten, fuhr dann fort. „Es war das beste Jahr des Verlages, mit einem satten Plus, aber leider nur ein Strohfeuer. Der Gewinn war schon bald wieder aufgezehrt, die Situation für Wolff die gleiche wie zuvor."
„Er war pleite, meinst du damit?"
„Ja und nein."
„Anne, bitte …" Schwaner hasste unkonkrete Antworten.
„Nein, er war nicht pleite, da er mit seinem Geld immer wieder Forderungen erfüllte und alles bezahlte. Privat gesehen war er am Ende, da er sich nichts entnahm und seine Rücklagen immer wieder in neue Projekte investierte. Es gab aber jetzt nichts mehr, was er hätte versilbern können. Es war alles weg."
Der Hauptkommissar notierte sich etwas auf seinem Blatt und fragte dabei nach Winter.
„Winter war finanziell von Wolff abhängig, lebte ausschließlich von den Honoraren aus dessen Verlag. Diese waren durch den Erfolg von ‚Innercircle' zeitweise recht üppig, aber auch nicht so, dass er sich zur Ruhe hätte setzen können. In den letzten Monaten bekam Winter von Wolff ein monatliches Fixum von tausendzweihundert Euro. Es wurde als ‚Vorschuss' deklariert. Winter hatte Wolff als Erben eingesetzt, wobei es nicht wirklich etwas zu vererben gab. Mehrfach wird ein Gartengrundstück erwähnt."
„Wo liegt dieses Grundstück?"
„Das ist noch etwas merkwürdig. In den Papieren befand sich kein Grundschein oder Ähnliches. Ich habe bei den Katasterämtern in Bad Homburg und Frankfurt nachgefragt, leider ohne Ergebnis. Wenn er das Grundstück innerhalb eines Kleingartenvereins oder dergleichen besitzt, wird es schwierig ..."

„Du bleibst da weiter dran.“ Schwaner notiert sich weitere Stichpunkte. ‚Vielleicht ist es dort?‘ schoss es ihm durch den Kopf. ‚Das wäre naheliegend und wahrscheinlich.‘
Annähernd eine halbe Stunde ging es so weiter. Von Anne wurden mehr oder minder interessante Fakten präsentiert, in der ihr eigenen ruhigen und sachlichen Art. ‚Das ist die bekannte Art, die sichere Art‘, dachte Schwaner. ‚Das Auswerten von Spuren, die jeder in seinem Leben hinterlässt, ohne jemals daran zu denken. Irgendwann erhalten diese Nichtigkeiten eine Bedeutung, werden wichtig. Es ist die zähe Alltagsarbeit, über die niemand schreibt, die in keinem Film gezeigt wird.‘
Schwaner denkt auch an Kommissar Maigret, der, mit seiner Pfeife im Mund, die Ufer der Seine entlangspaziert, von einem Bistro aus, bei Bier oder Wein, Telefonate führt und durch sein Grübeln hinter dicken Rauchwolken die kompliziertesten Fälle löst. Der Hauptkommissar lächelt vor sich hin.
„Was ist daran so lustig?“, stört ihn Anne auf. „Hörst du mir überhaupt noch zu?“
„Ja, ja, natürlich, natürlich!“
„Ich war eben bei Wiener angekommen. Dass es vor einigen Jahren einen Skandal gab …? Bist du soweit noch mitgekommen?“
„Ja, ja. Mach weiter!“
„Also, sein Sohn veröffentlichte seinen ersten Roman, unter Pseudonym allerdings, in einem großen Verlag. Das Buch wird schon vor Erscheinen als die literarische Sensation angepriesen, der Junge ist erst siebzehn. Kaum ist das Buch auf dem Markt, werden erste Plagiatsvorwürfe laut. Schließlich stellt sich heraus, dass der Text in weiten Teilen wortwörtlich kopiert war. Dann kam heraus, wer sich hinter dem Namen ‚Isemeyer‘ wirklich verbarg, nämlich Jakob Wiener, der Sohn von Henry Wiener. Es wurde auch über die Rolle des Vaters in dieser Sache einiges geschrieben. Wie und wo er seinen Einfluss geltend …“
„Dann ist er eindeutig der Kritiker in Winters Roman.“
„… wahrscheinlich, ich habe das Buch nicht gelesen. In der Presse stand später, als ‚Innercircle‘ erschienen war, nichts darüber. Es wurde nur einmal auf einen ‚Vorfall vor längerer Zeit‘ verwiesen …“

„Natürlich nich'! Da hackt keine Krähe der ander'n ein Auge aus."
„Was ist aus dem Sohn geworden?", möchte Schwaner wissen.
„Er hat noch ein weiteres Buch veröffentlicht, das kein Erfolg und auch nicht weiter beachtet wurde. Dann wurde es still um ihn ... irgendwo hatte ich etwas von Depressionen und Klinikaufenthalten gelesen ..." Anne kramt in den Papieren, kann das gesuchte Blatt aber nicht finden.
„Ist ja nicht so wichtig", unterbricht sie Schwaner. „Mir scheint, dass der Vater dadurch ein klares Motiv besitzt ..."
„Rache!", ruft Beck in die Runde.
„Rache und auf alle Fälle eine mögliche Fortsetzung verhindern!"
„Aber bitte, meine Herren, bleiben wir doch sachlich." Dr. W. von der Presseabteilung faltete die Hände fast flehentlich zusammen. „Es gibt doch gar keine Hinweise darauf, dass der Redakteur – ich kenne ihn nicht, er ist ja aus dem kulturellen Bereich – irgendetwas mit dem Fall zu tun hat. Das wird doch unter allen Kollegen unglaubliche Wellen schlagen. Bitte ..."
„Ich habe bereits mit ihm gesprochen. Er war dabei nicht sehr kooperativ. Wenn er bis Montag nicht wie von mir aufgefordert hier im Präsidium erschienen ist, werden wir ihn abholen lassen."
„Herr Schwaner, das können Sie doch nicht tun!" Dr. W. blickt zu Staatsanwalt Körner hinüber, der sich zunächst in Schweigen hüllt.
„Lieber Dr. Winkler. Trotz Pressefreiheit und alledem unterliegen auch Journalisten dem Gesetz und sind nicht immun."

20. Kapitel

War der gestrige Tag mit Routine- und Alltagsarbeiten zu Ende gegangen, beginnt der Samstag mit einem Paukenschlag. Mit dem Fahrrad auf dem Weg zu seinem ersehnten Training springt Martin an einem Kiosk die ausgestellte Schlagzeile einer Boulevard-Zeitung ins Auge:

Mordserie in Frankfurt

Kurze Zeit später hält er die Ausgabe in Händen, die in ihrer typischen Aufmachung viel verspricht, jedoch wenig liefert. Von „mehreren Toten“ ist die Rede, ohne eine genaue Zahl zu nennen, dass die Polizei völlig im Dunkeln tappe und nicht den Hauch einer Spur besitze. Dr. Winkler wird mehrfach als Pressesprecher zitiert. Seine Aussagen unterstreichen die Hilflosigkeit der Ermittler und zeichnen das Bild eines unfähigen und überforderten Ermittlerteams.

Als erste Reaktion möchte Martin ins Präsidium fahren, Dr. W., Staatsanwalt Körner und wenn es sein muss den Polizeipräsidenten persönlich anrufen. Er überlegt es sich anders. Einem Ratschlag seines Ausbilders folgend, nie spontan auf emotionale Provokationen zu reagieren, fährt er zum Main, nimmt sich ein Boot und ist wenig später auf dem Wasser. Schlag um Schlag baut sich seine Erregung, seine Wut ab und weicht kühleren Gedanken. ‚Vielleicht ist es gar nicht so schlecht?’ Einige Züge weiter: ‚Aus dem Hinterhalt agieren.’ Kurz vor der Wende: ‚Kein Motiv genannt, alles ist noch im Spiel. Der Täter kann sich sicher fühlen.“ Auf halbem Weg zurück: ‚Wir müssen schneller sein, müssen das Gartengrundstück finden.’ Auf der Höhe der Anlegestelle, am Beginn der zweiten Hälfte in die Gegenrichtung: ‚Wenn nichts stimmt? Wenn alles falsch ist? Wir tatsächlich jede Spur verlieren?’ Martin zieht kräftiger, stemmt sich gegen die Strömung: ‚Nein, nein, nein, nein, nein; nein, nein; nein; nein, nein, nein, nein, nein, nein, nein, nein, nein, nein, nein, nein …

Martin sitzt mit Sandra beim Essen. Es gibt Spaghetti. Martin liebt Spaghetti nach dem Sport. Es fühlt sich an, als würden die Kohlenhydrate direkt von seinen Muskeln aufgesaugt. Die Erschöpfung weicht einer tiefen Zufriedenheit und, nach einer kurzen Pause auf dem Sofa, neuem Tatendrang.
Als hätte Sandra nur auf diesen Moment gewartet, stellt sie eine Tasse Kaffee auf den kleinen Tisch und setzt sich gegenüber in den Sessel.
„Weißt du, was ich mir überlegt habe?"
„Neiinnn", antwortet Martin gähnend.
„Ich glaube, Wolff hat sich selbst als Hiob gesehen."
„Wie meinst du das?" Martins rechter Arm liegt noch immer über seinen Augen.
„Er hatte wie Hiob alles verloren: seinen Freund, seine Frau, seine Arbeit, seine Gesundheit."
„Ja und?", weicht Martin aus.
„Ich glaube, dass wir auf der richtigen Spur waren. Wir haben nur nicht weitergedacht."
„Sandra!" Martin richtet sich auf, stellt seine langen Beine zwischen Tisch und Sofa. „Sandra! Da war nichts, wir haben alles abgesucht. Wir haben auch nichts übersehen." Er streicht sich mit beiden Händen den letzten Rest Schlaf aus dem Gesicht. „Wir müssen das Gartengrundstück finden. Das ist die Spur."
Sandra schweigt. Martin kennt dieses Schweigen. Es bedeutet Angriff, es heißt: „Ich gebe nicht auf. Ich räume das Feld nicht so leicht."
„Aber nur einmal angenommen, die Spur mit Hiob ist richtig? Woran müssen wir als Nächstes denken, was würde danach folgen?"
„Nichts folgt danach! Gar nichts!", Martin unwirsch. „Was soll denn auch noch folgen? Willst du alle Friedhöfe in der Stadt umgraben?"
„Nein. Ich möchte einfach mit dir ein Stück weiterdenken, mehr nicht." Auch ihre Stimme klingt jetzt gereizt.
„Sandra", versucht es Martin beschwichtigend und fast väterlich. Leider ist es für Sandra genau der falsche Ton.

„Nenn mich nicht Sandra! Nicht in diesem Ton! Ich bin doch kein Kind!“ Sie springt auf, geht hinaus in die Küche. Lautes Geschirrklappern setzt ein. Martin bleibt sitzen, trinkt seinen Kaffee, trägt die Tasse hinaus.
Sandra starrt in die stetig wachsende Wolke aus Schaum, in der ihre Hände stecken und wilde Bewegungen ausführen. Martin küsst sie auf den Nacken: „Entschuldigung.“
Sandra arbeitet ungerührt weiter, Martin bleibt hinter ihr stehen, umfasst sie am Bauch. „Ich glaube einfach, dass es auf diese Art und Weise nichts bringt.“
„Weil du es nicht ernst nimmst, das ist der Punkt!“ Sandra befreit sich aus seinen Armen, geht zum Herd und greift das dort hängende Geschirrtuch, trocknet sich die Hände und wirft das Tuch Martin zu.
„Er ist so gut oder schlecht wie der andere Weg. Du glaubst an diese Gartenhütte – warum? Weil es sie gibt? Was, wenn dort auch nichts ist?“
Martin nimmt sich den ersten Teller, trocknet ihn kreisend ab, stellt ihn auf den Tisch, zuckt dabei mit den Schultern. „Ich weiß nicht. Ich gehe erst einmal davon aus, dass wir dort etwas finden können.“
„Aber wenn nicht? Dann stehst du da und hast nichts mehr. Und vielleicht ist es dann zu spät?“
Der zweite Teller, das Besteck, die Gläser, zum Schluss der große und der kleine Topf. Sandra geht zum Tisch, räumt das Geschirr in den Schrank, wirft das Besteck in die Schublade.
„Was schlägst du vor?“, fragt Martin, während er das Geschirrtuch wieder an seinen Platz hängt.
„Du sagtest, Hiob stand auf der Postkarte mit dem Bild von Joseph Roth. Also ist Roth vielleicht die Verbindung zu einem weiteren Puzzlestück?“
„Für dich ist das alles nur ein Spiel, für mich ist es …“
„Ja, ich weiß. Glaube mir, ich verstehe dich. Aber was können wir verlieren? Und Spaß hat es doch gemacht, oder?“

Als sie wenig später vor dem PC sitzen und die erste Zeile über Joseph Roth lesen, schreit Sandra schon: „Das ist es, das ist

es!“ Sie drückt ihren Zeigefinger auf den Bildschirm. „Roth war Jude!“
„Ja und …?“
„Roth war Jude. Hiob existiert auch im jüdischen Glauben und der jüdische Friedhof liegt gleich neben dem Hauptfriedhof. Wir haben den Hinweis der Steine nicht verstanden. Wir sollten zum jüdischen Friedhof gehen.“
„Meinst du wirklich?“ Martin ist seine Skepsis über diesen neuen Ansatz deutlich anzusehen.
„Na sicher! Das ist doch logisch!“ Sandra springt auf, zieht sich im Flur schon ihre Schuhe an. „Na komm schon, mein großer Sherlock Holmes. Oder muss ich als Sandra Watson das Rätsel alleine lösen?“

Eine Viertelstunde später schließen sie ihre Fahrräder vor dem jüdischen Friedhof ab. Der Eingang, die Gebäude dahinter, die gesamte Anlage strahlt eine beruhigende Nüchternheit aus. Geradlinig wie die Fugen zwischen den dunkelrot gebrannten Backsteinen verlaufen die Mauern und Wege.
Ungestüm laufen Sandra und Martin durch das Portal und sind schon fast über den weiß geschotterten Vorplatz, hinter dem nach einem weiteren Tor der eigentliche Friedhof beginnt, als sie von einem älteren Herrn freundlich, aber bestimmt, zurückgerufen werden.
„So können Sie den Friedhof nicht betreten. Sie tragen keine Kopfbedeckung.“ Er reicht Martin eine hauchdünne Kippa, die sich anfühlt, als würde sie beim ersten Windstoß von seinen Haaren geweht. Sandra reicht er ein fast durchsichtiges Dreieck aus Kunststoff, das sich an zwei Bändern unter dem Kinn knoten lässt.
„Gibt es hier einen Hiob?“, möchte Sandra noch von dem Herrn wissen, der schon wieder auf dem Weg in sein kleines Refugium hinter einer Glasscheibe ist.
„Einen Hiob?“ Der Angesprochene wendet sich Sandra zu. „Was meinen Sie damit?“
„Eine Figur auf einem Grab oder ein Denkmal, das Hiob darstellt?“, wird Martin konkreter.

„Nein, so etwas haben wir hier nicht. Unsere Gräber werden bewusst schmucklos gehalten. Es ist auch kein Blumenschmuck zugelassen.“ Der Herr lächelt mild und setzt die Fingerspitzen aufeinander. „In der letzten Ruhestätte sind alle Menschen gleich, egal welchen Reichtum sie zuvor angehäuft haben.“

Sandra und Martin sind getroffen. Ihre Suche scheint schon beendet, bevor sie überhaupt damit begonnen haben. Martin zieht schon seine Kopfbedeckung ab.

„Gibt es hier ein Grab auf den Namen Roth?“, versucht es Sandra weiter.

„Roth? Da muss ich nachsehen.“ Sie folgen dem Herrn in sein Büro. Es ist mit drei einfachen Stühlen, einer hinter, zwei vor einem schnörkellosen Schreibtisch eingerichtet. Aus einem Regal hinter sich greift der Herr einen Ordner, legt ihn ab, sucht zunächst in seinen Taschen, dann in der obersten Schublade nach einer Brille und blättert lange zwischen den Seiten hin und her.

„Nein, einen Roth haben wir hier nicht. Rothschild vielleicht?“

„Nein“, antwortet Martin knapp. „Vielleicht Winter oder Wolff?“

„Winter, Winter?“, spricht der Herr leise vor sich hin und schlägt Seiten vor und wieder zurück. „Nein, Winter auch nicht. Wie war der andere Name?“

„Wolff. Mit zwei ‚f‘.“ Sandra presst ihre Daumen zwischen den Fingern und versucht damit ihr Glück zu zwingen.

„Ja! Ein Grab mit dem Namen ‚Wolff‘, Doppel-f, gibt es. In KIII, das ist, wenn Sie dem Hauptweg folgen nach etwa einhundert Metern auf der linken Seite, Sie sehen es dann schon.“

„Danke, Sie haben uns sehr geholfen!“ Sandra und Martin rennen fast los, besinnen sich dann des Ortes und gehen bedächtig in die angegebene Richtung. Der Unterschied zum Hauptfriedhof ist sofort sichtbar. Kein herausragender Grabstein, keine meterhohen Skulpturen, keine Gruft, kein Mausoleum, keine Grabplatten, breit wie Parkplätze. Alle Gräber sind gleich groß, lediglich durch das Alter der Steine heben sie sich voneinander ab. Kein Blumenschmuck, keine aufwendige Bepflanzung ist zu sehen.

„So ist es richtig. Warum sollen sich noch die Toten voneinander unterscheiden und der Reiche auch hier den Armen in den Schatten stellen." Sandra drückt Martin zustimmend die Hand.
Das Grab finden sie ohne Probleme. Darauf steht ein verwitterter Stein, der, ohne Einfassung oder Beet davor, eine Linie mit gleichaltrigen auf einer Wiese bildet.
„Ob es tatsächlich ein Verwandter von Wolff ist?", fragt Sandra, die schon den Boden am Fuß des Steines abtastet.
„Das lässt sich sicherlich herausfinden." Martin fotografiert das Grab mit seinem Handy.
„Also hier ist alles fest und unberührt." Sandra steht auf. „Hier wurde nichts vergraben."
Beide suchen intensiv nach möglichen Nachrichten auf der grün schimmernden und stellenweise mit Flechten bewachsenen Oberfläche des Steines. Die bekannten und die unbekannten Schriftzeichen werden von Sandra auf etwaige Kennzeichnungen geprüft, ob darüber ein Code oder Stichwort hinterlegt wurde. Nichts. Kein Hinweis, kein Versteck, keine Nachricht.
„Hast du noch eine andere Idee?" Martin steht schon etwas abseits, Sandra geht kopfschüttelnd an ihm vorüber. Zufällig sehen sie auf ihrem Weg zum Ausgang ein Grab mit dem Namen ‚Wiener' und untersuchen auch dies. Nichts.
Sie geben dem Herrn ihre Kopfbedeckungen zurück. „Sie sehen enttäuscht aus. War es nicht das, wonach Sie gesucht haben?"
Martin und Sandra schütteln ohne ein Wort zu sagen die Köpfe.
„Das hier ist ja auch nur der Neue Jüdische Friedhof. Vielleicht sollten Sie es einmal in der Innenstadt versuchen, am alten Friedhof? Vielleicht haben Sie dort mehr Glück?"

„Auch wenn es nichts bringt, sollten wir es dennoch auch dort versuchen." Sandra mit einem letzten Funken Hoffnung. „Wir haben doch auch sonst nichts vor."
„Und es macht Spaß!", antwortet Martin sarkastisch.
Unterwegs gönnen sie sich eine Pause in einem Straßencafé. Sandra möchte Zuversicht dadurch aufbauen, dass sie weitere Varianten ins Spiel bringt. Womöglich ist der Ansatz mit dem „Reich der Toten" falsch und sie müssten doch eher die Richtung „Handel" überdenken, für die Merkur ja auch stehe.

„Oder in Richtung Presse? Merkur ist gleich Presse, verstehst du? Vielleicht war es von Wolff nur der Hinweis auf Wiener? Vielleicht hatte Wiener Wolff schon im Vorfeld gedroht ...?"
„Oder Wiener wurde von Wolff erpresst ...?"
„Anne muss nochmals alle Verbindungen zwischen Wolff und Wiener prüfen. Vielleicht haben wir da etwas übersehen." Martin tippte eine Nachricht in sein Telefon, Sandra schaute ihm zu.
„Was ist? Was guckst du?", fragt Martin irritiert.
„Ach nichts. Es ist nur schön zu sehen, wie du anspringst, sobald du wieder auf sicherem Terrain bist." Sandra lehnt sich zurück und nippt an ihrer Kaffeetasse.

Tausende kleine Quader sind in die Mauer eingesetzt. In mehreren Reihen übereinander ziehen sie sich wie endlose Züge um die gesamte Einfriedung. Auf jedem Kästchen steht ein Name, ein Geburts- und ein Todesdatum und der Ort

Jakob Hermann, 30.7.1864 – 16.10.1942 Theresienstadt
Karl Herxheimer, 26.6.1861 – 6.12.1942 Theresienstadt
Betty Herz, geb. Sohn, 19.12.1861 – 30.8.1942 Theresienstadt
Emanuel Hoexter, 10.11.1862 – 16.5.1942 Lodz

Jedes Kästchen steht für ein Leben. Unschuldig und voller Zuversicht auf die Zukunft begonnen, in einer Stadt, die als wohlhabend und, durch den seit Jahrhunderten betriebenen Handel mit allen Kulturen dieser Welt, als bürgerlich tolerant galt.
Alle diese Leben wurden abgeschnitten. Die Menschen wurden aus ihren Häusern und Wohnungen abgeholt, durch die Straßen der Stadt getrieben, in Viehwagen gepfercht und abtransportiert. Ihre Habe unter den Gesinnungsgenossen aufgeteilt oder von neidischen Nachbarn für einen Spottpreis erworben. Ihre Namen wurden gelöscht, ihre Existenz vergessen. Niemand hatte etwas gesehen.

Martin und Sandra klammern sich an den versperrten Eingang, durch den sie auf die parkähnliche Anlage blicken. Links, unter großen Bäumen, stehen schief und dicht an dicht Grabsteine, als seien sie dort zusammengetrieben worden. Manche sind

umgestürzt, andere drohen jeden Augenblick zu fallen, werden von den Nachbarn gehalten. Zahlreiche sind zerbrochen.
Auf der anderen Seite sind die Überreste von Steinen zu einem Scheiterhaufen ähnlichen Gebilde aufgeschichtet worden, dahinter, bis zur Mauer, nichts, Leere.
Martin und Sandra drehen ihre Köpfe hin und her, versuchen nochmals das vergitterte Eisentor zu öffnen.
„Hier kommen wir nicht weiter. Lass uns mal die Namen abgehen." Martin geht voraus.

Auguste Löwenbaum, geb. Morgenstern, 28.10.1858 – 4.9.1942 – Theresienstadt

„Alle 1942. Und alle Theresienstadt."
„Und wie alt sie alle schon waren. Über siebzig und achtzig." Sandra geht an Martin vorbei.

Friedrich Mayer, 21.12.1888 – 25.8.1943 – Auschwitz
Frieda Mayer, geb. Buxbaum, 18.10.1897 – Auschwitz

„Hier sind jetzt viele ohne Todesdatum. Alle Auschwitz."
„Hier ist ‚R'."

Karoline Rosenberg, geb. Liebermann, 2.8.1865 – 25.10.1942 – Theresienstadt
Sophie Rossbach, geb. Eger, 5.11.1873 – 7.10.1942 – Theresienstadt

„Hier ist Roth!", ruft Sandra aus einigen Metern Entfernung.
Ohne dass sie es bemerkten, ist ihnen ein tief gebeugt gehender Herr gefolgt. Die knöchrige Hand auf seinem klobigen Spazierstock zittert. Ein breitkrempiger Hut sitzt mehr auf seinem Hinterkopf und bedeckt den Nacken. Ein dunkelblauer Mantel, vorne offen, hängt über dem dürren Körper wie ein Tuch. In Zeitlupe beugt sich die Gestalt nach unten, immer weiter, immer weiter. Den langen grauen Bart zieht es senkrecht herab. Der stützende Stock zittert heftiger, der Saum des Mantels legt sich auf den Boden, als würde die Person im nächsten Augenblick zerfließen. Langsam, sehr langsam pickt die freie Hand einen Stein auf. Der dunkle Stoff spannt sich wieder, pendelt an die

gekrümmten Beine. Die Barthaare kleben wieder vor der Brust. In kleinen Schritten, die Füße über den staubigen Schotter ziehend, geht der Herr, zwischen Martin und Sandra hindurch, zur Mauer.

„Da! Schaut, was sie getan haben. Schaut, was sie getan haben", krächzt seine trockene Stimme, die Linke fährt mit gekrümmten Fingern in Richtung Wand. Scheinbar wahllos legt er das Steinchen auf einem Quader ab.

„Seht, was ihr getan habt." Dabei hebt er unter großer Mühe den Kopf, schaut aus wässrigen Augen zu den beiden hin, erst links, dann rechts. „Auch ihr! Ja – auch ihr!"

Das Männlein tippelt zurück, mehrmals noch „Auch ihr" zischend. Er bleibt stehen, dreht sich stockend und nur halb Sandra zu.

„Mein Stein ist nicht eingemauert ... – ... Menuschin nicht." Der breite Hut wackelt, der linke Arm fährt, wie einen zweiten Stock suchend, vor ihm durch die Luft. "Ich muss ihn seit über siebzig Jahren mit mir tragen ... – ... hier drin." Dabei tippt er sich mit den knochigen Fingern auf die Brust.

Martin und Sandra blicken dem sich langsam davon schiebenden Herrn hinterher. Peinlich berührt und überrascht, wagen sie es nicht, über den komischen Kauz zu lächeln. Sandra wendet sich wieder den Quadern zu.

„Es gibt sieben Roths: Jakob, Cizilie, Leopold, Moses, Pauline, Sara, Salomon."

Die Aufgezählten unterscheiden sich in nichts von den zehntausend anderen. Lediglich auf „Jakob Roth" sitzt auffällig ein fast faustgroßer Stein. Martin zieht an jedem der kleinen Kästchen, ob es sich vom Mauerwerk ablösen lässt und sich vielleicht darin etwas verbirgt –„ –„ –„ –„ –„ –„ –„ – nichts.

Sie gehen weiter, wollen zu „Winter" und „Wolff", als Martin plötzlich, einer Eingebung folgend, nochmals umdreht und den großen Stein vom Namen Jakob Roth nimmt. Eigentlich hatte er nicht damit gerechnet. Seine Überraschung ist so groß, dass er sich im ersten Moment noch nicht einmal freuen kann. Er nimmt den auf der flachen Rückseite festgeklebten Schlüssel wahr als etwas, das er seit ewiger Zeit suchte, aber niemals an dieser Stelle zu finden dachte.

Schweigend dreht er Sandra den Stein hin. Sie war schon ein Stück voraus und versteht zunächst gar nicht. Sie kneift ein Auge zusammen, als könne sie mit dem anderen nun doppelt so scharf sehen. Auch sie reagiert zunächst überwältigt. Sie geht einen Schritt, noch einen, wird schneller und springt Martin schließlich um den Hals, als sie den durch schwarze Streifen fast völlig verdeckten Schlüssel erkennt.
Martin zieht das robuste Klebeband samt Schlüssel vorsichtig ab, weiß nicht wohin mit dem Stein, denkt einen winzigen Moment an die Spurensicherung und stellt ihn wieder auf den Quader Jakob Roth zurück.
Er läuft zu einer Bank, neben ihr steht ein Papierkorb. Aus dem Müll zieht er eine ausgetrunkene Dose und eine aufgerissene Zellophantüte. Die Dose wischt er sorgfältig an seinem Jackett ab und wickelt anschließend das Klebeband, den Schlüssel vorsichtig lösend, um deren Bauch. Die Dose lässt er in die Tüte fallen und steckt sie in seine Jackentasche.
Der Schlüssel liegt flach auf Martins Hand. Er glänzt golden im Tageslicht. Es ist ein kleiner Schlüssel, vorne nur zwei Zähne, hinten ein ovaler, platter Griff, dazwischen ein kurzer zierlicher Hals.
„Es scheint ein Schlüssel für eine Schublade oder etwas Ähnliches zu sein“, bemerkt Sandra, die wieder vor Martin steht.
Martin legt seine Hände zusammen, wendet sie einmal, öffnet sie wieder. Auf der anderen Seite des Schlüssels ist oben die Zahl „42“ eingeschlagen. Unten, an der Verbindung zwischen Hals und Reite ist ebenfalls etwas zu erkennen, eine Art Krone innerhalb eines Kranzes oder Ringes.
„Hast du das schon einmal gesehen?“ Sandra, die immer noch ganz aufgeregt ist, will schon nach dem Fundstück greifen. Martin zieht seine Hand weg.
„Nicht doch. Wir müssen ihn erst auf Fingerabdrücke und dergleichen untersuchen.“ Martin zieht den Beutel mit der Dose aus seiner Tasche, lässt den Schlüssel hineinfallen und stopft alles wieder zurück.
„Wann denn?“ Sandra ist ungeduldig und aufgeregt.
„Na jetzt gleich. Ich rufe Günther an, er wird bestimmt kommen.“

„Na Kinder, was gibt es denn heute?“, Messner großväterlich zu den beiden Wartenden vor der verschlossenen Tür zur KTU. Wie ein Arzt seine Patienten bittet Günther Messner Sandra und Martin herein, wobei er Sandra leicht um die Schulter fasst und an sich drückt. Ohne dass er noch weiter fragen muss, stellt Martin den Beutel mit der beklebten Dose und dem Schlüssel auf den Tisch.
„Sind uns jetzt die sterilen Beutel ausgegangen oder was?“ Er funkelt den Hauptkommissar finster an. „Du weißt, dass so alle Spuren ...“
„Wir hatten nichts anderes dabei.“
„So? Nichts anderes dabei? Auf Schatzsuche gehen und dabei den Spaten vergessen, oder wie?“ Angewidert hebt er die mit weißen Verzierungen bedruckte Tüte nach oben. „Feinste Waffeln! ...“, liest er laut vor. „Na prima! War das euer Frühstück?“
„Bitte Günther, das ist doch jetzt unwichtig. Wir haben diesen Schlüssel gefunden ...“
„Wo?“
„Am alten jüdischen Friedhof.“
„Also doch Friedhof! Nehmt es mir nicht krumm, aber beim letzten Mal da dachte ich schon, ihr seid ...“
„Ja, ja, ja. Ist schon gut. Du siehst doch, es stimmte, es hat gepasst. Die Spur war richtig.“ Martin schaut zu Sandra hinüber und schickt ihr ein Augenzwinkern. „Der Schlüssel war mit diesem Klebeband ...“, Martin entreißt Messner den Beutel und deutet auf die Dose, „... an einem Stein befestigt. Ich habe es von unten links abgezogen und ohne weitere Berührung um die Dose gelegt. Den Schlüssel habe ich mit den Fingern nur hier oben seitlich berührt.“ Schwaner deutet auf die beiden äußeren Enden des Griffes. „Bitte schau so schnell du kannst, ob du etwas findest.“ Er reicht den Beutel zurück. „Und bitte mach eine Vergrößerung von dem Stempel auf dem Schlüssel.“
Messner nimmt den Beutel, schaut sich den Inhalt skeptisch an, stellt ihn neben einem Mikroskop ab. Er zieht seine Jacke aus, hängt sie an eine Garderobe neben seinem Schreibtisch und zieht einen weißen Kittel an. Jetzt wirkt er noch mehr wie ein Arzt oder Professor. „Ihr habt doch sicherlich noch etwas zu

tun, oder nicht? Bummeln oder im Park spazieren gehen, etwas Leckeres für heute Abend vorbereiten?“ Er strahlt Sandra an, als würden ihm noch zahlreiche weitere Dinge einfallen. Dann sagt er trocken: „Raus jetzt! Ich melde mich, wenn ich etwas habe und fertig bin.“
‚Wie lange wird …‘, möchte Schwaner fragen, lässt es aber dann doch lieber sein.

Die Zeit tropft zäher als Harz dahin. Die Zeiger scheinen wie festgenagelt. Erst saßen Sandra und Martin oben im Büro des Hauptkommissars, ungeduldig auf den Anruf Messners wartend. Als sie es nicht mehr aushielten, gingen sie hinaus, raus aus dem Gebäude, kreuz und quer durch die Seitenstraßen, bis nach etwa zwei Stunden das Telefon in Martins Brusttasche klingelte.
„Wo seid ihr denn? Seid ihr etwa nach Hause gefahren?“
„Quatsch! Wir sind um die Ecke, etwas frische Luft schnappen, sind gleich zurück.“
„Ich dachte schon, ihr lasst mich hier sitzen. Bis gleich.“
Keine fünf Minuten später erreichten Sandra und Martin das Polizeipräsidium, kurz darauf stehen sie schwer atmend vor Messner in dessen Büro.
„Rennen hättet ihr nicht müssen, ich wäre schon nicht weggegangen, ohne euch meine sensationellen Ergebnisse zu präsentieren.“ Messner schreitet mit geschwellter Brust zu einem der Arbeitstische hin, auf dem einsam und verlassen der gefundene Schlüssel liegt.
„An unserem kleinen Freund hier habe ich keine Spuren finden können, zumindest keine verwertbaren.“ Er zieht das metallene Stück etwas heran, lässt es dann liegen. „Aber am Klebeband …“, in seiner Hand hält er einen richtigen Beutel, in dem das Beweisstück eingeschlossen ist, „… konnte ich zumindest Teile eines Daumenabdrucks sicherstellen.“
„Und? Zu wem gehört er?“ Martin reibt sich nervös die Hände, Sandra steht starr daneben.
„Er gehört …“ Der Leiter der KTU legt eine weitere Pause ein, als ginge es um die Ziehung eines Hauptgewinnes oder die Be-

kanntgabe von „Germany's next Topmodel". „Er gehört zu mehr als neunzigprozentiger Sicherheit …", nochmals eine Pause.
„Günther, bitte …"
„… zu … Axel Wolff."
Sandra klatscht in die Hände und hüpft in die Höhe. „Ja!", brüllt Martin und ballt eine Faust.
„Jetzt müssen wir nur noch wissen, wozu der Schlüssel passt."
„Nichts einfacher als das." Messner zaubert ein Blatt mit dem vergrößerten Emblem des Schlüssels unter dem Tisch hervor. „Es ist zwar etwas abgerieben und auch nicht ganz sauber eingeschlagen worden, aber meiner Meinung nach ist es das Logo des Hessischen Hofes."
„Des Hessischen Hofes? Das Hotel? Nur ein paar Hundert Meter davon entfernt hatten wir Wolff gefunden."
„Exakt!" Messner geht zu einem PC, auf dem die Internetseite des Hotels aufgerufen ist. Er zeigt auf das Banner, in dem unverkennbar auch die Krone im Kranz zu sehen ist.
„Dann nichts wie hin!" Sandra schnappt sich den Schlüssel vom Tisch und ist schon fast an der Tür. Sie kommt nochmals zurück, stellt sich vor Messner auf die Zehenspitzen, nimmt sein Gesicht in beide Hände und schmatzt ihm einen Kuss auf die Lippen.
„Günther, du bist ein Schatz!"
„He, he!!", fährt Martin dazwischen. „Nur weil er ein Mikroskop hat, musst du ihn doch nicht gleich abknutschen."
„Von dir hätte ich sowieso keinen Dank erwartet …" Leicht verschämt lächelt Messner Sandra nach und ruft ihnen noch ein „Viel Glück!" hinterher.

Auf dem Weg zum Hessischen Hof stellt Sandra plötzlich fest: „Ich bin gar nicht passend angezogen für ein Fünf-Sterne-Hotel!"
Martin schüttelt nur den Kopf. „Möchtest du jetzt im Abendkleid weiter ermitteln?"
„Warum nicht? Wäre doch mal etwas anderes."
„Und ich soll mir wohl einen Smoking anziehen?"
„Bei James Bond wäre das selbstverständlich."

Wenig später sitzen sie in zwei tiefen plüschigen Sesseln gegenüber des Empfangs. Der Concierge, dem Martin mit dem Schlüssel auch seinen Ausweis auf die feine Lederunterlage knallte, möchte kurz beim Direktor nachfragen und bat, doch so lange dort Platz zu nehmen.
Alles um sie herum ist plötzlich verändert. Die angespannte Hektik der letzten Stunden weicht einer tiefen Ruhe. Dazu passt die Umgebung. Niemand hier scheint es wirklich eilig zu haben, dennoch geschieht alles zügig und akkurat.
Eine nette Kellnerin erscheint wie aus dem Nichts, fragt, ob sie etwas bringen könne und Martin bestellt weltmännisch zwei Gläser Champagner.
„Was ist denn mit dir los?", fragt Sandra völlig überrascht.
„Na, wir haben doch etwas zu feiern, oder nicht?"
Keine Minute später stehen die beiden leise säuselnden Kelche auf dem kleinen Tisch zwischen ihnen, gerade so, als sei das Servieren von Champagner hier so üblich wie anderswo ein Kaffee oder ein Glas Wasser.
Der Direktor erscheint in Begleitung seines Mitarbeiters und stutzt. Bisher hatte er wenig mit der Polizei zu tun – ‚zum Glück!', wie er sich insgeheim gratulierte. Zwei sich mit Champagner zuprostende Beamte in der Lobby waren ihm daher mehr als fremd.
„Guten Abend. Sie sind von der Polizei?" Er kann seine Irritation kaum verbergen.
Martin, der gerade einen kräftigen Schluck genommen hatte, nickt nur stumm und mit vollen Backen.
„Darf ich nochmals Ihren Ausweis sehen?" Gerne hätte der Direktor die Situation in sein Büro verlegt. Er konnte aber unmöglich zwei Gäste, die jeweils ein Glas vor sich hatten, bitten, ihm nach hinten zu folgen. Einen kurzen Moment taucht in seinem Kopf das Wort „Schnorrer" auf. ‚Die spielen uns hier etwas vor.'
Doch der Ausweis ist, soweit es der Hoteldirektor beurteilen kann, jedoch echt.
„Hauptkommissar Schwaner." Der Direktor reicht den Ausweis zurück. „Und Sie sind …?", wendet er sich Sandra zu.

„Das ist meine Kollegin, Dr. Sandra Thielacker, von der Gerichtsmedizin“, antwortet Martin stellvertretend. „Sie begleitet mich.“
„Sie sind dienstlich hier?“, versucht es der Direktor, weiterhin um Klärung bemüht.
„Ja!“, antwortet Martin knapp und fasst in seine Jacketttasche. „Wir haben in Zusammenhang mit unseren Ermittlungen diesen Schlüssel gefunden und vermuten, dass er zu Ihrem Hotel gehört.“ Martin reicht den Schlüssel dem Direktor, dem es nach wie vor unangenehm ist, vor dem Tisch der beiden Sitzenden zu stehen.
Der Direktor wirft nur einen kurzen Blick auf den Schlüssel, reicht ihn dann zu seinem Concierge, der mit einem kurzen Nicken bestätigt und etwas Unverständliches flüstert.
„Gehört der Schlüssel hier zu Ihrem Haus?“, hakt Schwaner ein und fasst sein Glas am Stiel.
„Ja, eindeutig.“
Martin hebt sein Glas und stößt mit Sandra an. Das kurze Klirren verwirrt den Direktor nur noch mehr. „Aber wie, was ... kann ich ...“, stottert er verzweifelt.
„Wozu passt der Schlüssel?“, fragt Schwaner ruhig und selbstsicher, als würde er seine Ermittlungen immer so führen.
„Es ist ein Schlüssel zu unserem Humidor, genauer zu einer Schublade darin, der Nummer 42.“
„Und wo steht Ihr Humidor?“
„Unten, in Jimmy's Bar, das heißt, in einem Nebenraum von der Bar.“
„Können wir bitte dahin gehen?“
„Selbstverständlich. Gerne.“ Der Direktor zögert einen Moment. „Möchten Sie austrinken oder kann ich Ihre Gläser nach unten bringen lassen?“
„Ach, das trinken wir rasch aus.“ Martin prostet nochmals Sandra zu und beide kippen den Rest hinunter. „Gehen wir...!“, springt Schwaner auf, nimmt Sandra an der Hand und sie folgen den beiden Herren in den farbgleichen Anzügen eine Treppe hinunter bis zu einer doppelten Holztür, an der „Jimmys Bar“ und „Raucherlokal“ angeschlagen steht.

Dahinter öffnet sich ein vertäfelter Raum, der fast zur Hälfte von einer Theke durchtrennt wird und mit seinen wuchtigen, braunen Sesseln an einen englischen Club erinnert. Es ist außer dem Barkeeper, einem älteren Herrn, dem es anzumerken ist, dass er hier schon zehntausend Lebensgeschichten erzählt bekam, niemand anwesend. Der Direktor wechselt einige Worte mit ihm, erhält einen weiteren Schlüssel, mit dem er zu einer weiteren Tür hinter dem rechts stehenden Flügel vorausgeht. Martin möchte folgen, doch der Concierge bittet ihn, hier an der Bar zu warten. Es sei ein klimatisierter Raum, mit äußerst wertvollen Zigarren darin, der nur von möglichst wenigen Personen betreten werden sollte.

Kurze Zeit später erscheint der Direktor wieder, mit einer Holzkiste, groß wie ein Foliant, in den Händen. Vorsichtig legt er sie vor Schwaner und Sandra auf der Theke ab und reicht den Schlüssel zurück. Alle warten gespannt, dass der Hauptkommissar den Deckel, der mit einem Messingriegel verschlossen ist, öffnet.

„Danke ...", sagt Martin zum Direktor, „... wir kommen jetzt schon zurecht. Den Champagner kann ich auch hier zahlen?"

Der Direktor nickt und entfernt sich schweigend. Der Concierge hinter ihm her.

„Lass uns noch etwas trinken", schlägt Martin vor. „Was hältst du von zwei Martinis?"

21. Kapitel

Obwohl sie es vor Neugierde kaum aushalten können, warten Sandra und Martin, bis ihnen die beiden Cocktails serviert werden. In der Zwischenzeit studieren sie die Zigarrenkiste, die mit allerlei Emblemen, Siegeln und Schriftzügen bedruckt ist.
„Habanos Colección Buch“ steht in fetten Lettern wie ein Titel auf dem Deckel. Unten ist ein Logo mit der Aufschrift „Cohiba Habanos SA“ eingeprägt. Die gesamte Kiste ist wie ein mittelalterlicher Band mit Leder überzogen, der runde Rücken mit goldenen Linien verziert.
Sie stoßen nochmals auf ihren Fund an, kosten den Moment aus, in dem die klare kühle Flüssigkeit über die Zunge den Gaumen hinunter rinnt und dabei seine warme Spur hinterlässt.
„Kannten Sie Axel Wolff?“, wendet sich Martin an den Barkeeper und bringt Sandra damit fast zur Verzweiflung.
„Wenn Herr Wolff der Besitzer dieser Zigarren ist, dann ja“, antwortet der Befragte diskret.
„War er oft hier?“
„Ich würde sagen, regelmäßig.“
„Alleine?“
„Oft in Begleitung eines anderen Herrn. Sie saßen immer dort …“, er deutet auf einen kleinen Tisch gleich neben dem Flügel, „… rauchten eine Zigarre, tranken ein, zwei Whiskeys dazu.“
„Wissen Sie, wer der andere war?“
„Offensichtlich ein Freund, zumindest hatte ich den Eindruck.“
„Wie sah er aus?“
Der Herr hinter dem Tresen beschreibt eindeutig Alban Winter.
„Wann waren sie zuletzt hier gewesen?“
„Zusammen? Das ist schon eine ganze Weile her. Herr Wolff alleine letzte Woche, vor dem Vatertag, wenn ich mich richtig erinnere.“
Schwaner bedankt sich, nimmt die Zigarrenkiste und geht mit Sandra, die es kaum noch aushält, zu dem kleinen Tisch hinüber.

Die Kiste ist innen mit Seidenpapier ausgeschlagen. Darauf liegen drei Zigarren, groß wie Schiffsbolzen, fein säuberlich nebeneinander. Martin hebt den Einsatz heraus, darunter liegt etwas, gleichfalls in das dünne Papier eingeschlagen und fest hineingepresst. Sandra kann ihre dünnen Finger an der Stirnseite darunter bringen, biegt es nach oben und zieht es heraus. Einen Augenblick starren sie auf das kleine Paket, ehe Sandra es auseinanderreißt, wie ein Kind seine Geschenke unter dem Weihnachtsbaum.

Vor ihnen liegt ein daumendicker Pack Papiere, zuoberst ein Blatt, das in mehreren Richtungen in einer kaum lesbaren Handschrift übervoll bekritzelt ist. Zentral im Kopf und in ein Kästchen eingerahmt steht: „Das Fenster zur Straße". Einige der Textblöcke sind eingekreist und Pfeile zeigen eine unverständliche Ordnung an.

Ein Kreis trägt den Namen „Metsch, Kindheit, Familie". Darunter sind Stichpunkte notiert, die nur schwer zu entziffern sind: „*1888/Polenzko, Urgroßvater Reichskanzler, Bruder Christian (*1884), vielleicht noch eine Schwester, unverheiratet (Affäre?), Wälder, Forstwirtschaft, Gutshof ..."

An anderer Stelle steht: „Weimarer Rep., die Ordnung bricht, Flattern, geistige Dekadenz, Hitler kommt auf, Metsch in F. vom Hof gejagt von C., zieht in Wohnung über Lederwaren Perlefter (Jude), arbeitet stundenweise in der Buchhaltung (Soll & Haben seines Lebens)."

Ein anderer Block ist mit „Im Krieg" überschrieben. „Ehre, Kameradschaft, Tapferkeit. Metsch als Held" – dies ist sogar unterstrichen – „Verwundung, Verlust, Lazarett, Zusammenbruch."

Martin und Sandra drehen das Blatt abwechselnd hin und her.
„Das erinnert mich irgendwie an mein Schema im Büro."
„Mmmhhh." Sandra ist schon wieder in einen anderen Absatz mit der Überschrift „Ende" vertieft, legt dann plötzlich das Blatt zur Seite und nimmt das nächste vom Stapel. Es ist ebenfalls eng, aber strukturierter und geordneter beschrieben. In Versalien steht „PERSONEN" darüber.

Hauptpersonen:

Adolf von Metsch, verarmte Adelsfamilie / Sitz im Anhaltischen Zerbst. bedeutendster Sproß: Ururgroßvater und Namens-

stifter, Johann Adolf von Metsch / Reichsvizekanzler in kaiserlichen Diensten. Diplomatie führt ihn nach Wien, stirbt 1740, Ehrengrab in Wien / Gut Polenzko: annähernd 300 Seelen, ausgedehnte Forstwirtschaft, wird von Adolfs älterem Bruder Christian geführt (Christian von Metsch, Nebenperson).
Adolf früh zur Armee / mit vierzehn Jahren Kadett im 93. Anhaltischen Infanterie-Regiment / jüngster Offizier, Befehlshaber der 2. Kompanie.
Einsatz 1914 in Belgien / Weihnachtsfrieden! / gilt als Mitinitiator, wird mit seinen Männern strafversetzt (von Nieuwkapelle nach Verdun) / schwer verwundet, verliert rechten Arm, mehrere Splitter entstellen sein Gesicht, er lahmt.
Neben ihm stirbt sein bester Freund und Kamerad, der Regimentsarzt Demant (Nebenperson) / möchte auf elterliches Gut zurück, entzweit sich mit dem Bruder. „Was willst du Krüppel mir schon helfen, durchfüttern soll ich dich!“ / Metsch zieht in die Stadt F. (Frankfurt?) / Schule für Kriegsversehrte, kaufmännische Ausbildung, arbeitet später stundenweise im Laden seines Vermieters Perlefter (Anselm Perlefter, Nebenperson?).
Stasia, Varieté-Künstlerin, lebt im gleichen Haus wie Metsch, besucht ihn regelmäßig / ungewöhnlich wie ihr Äußeres ist sie selbst / Anfeindungen und Spott. Sie ist eine Aussätzige / angeblich zwei Kinder, leben von ihr getrennt in Paris.
Stefan Brettauer, Kamerad aus dem Krieg, Sohn wohlhabender Kaufleute / Freund und Unterstützer von Metsch, hilft ihm finanziell, vor allem in den späteren Jahren / stirbt an einer Überdosis Veronal
Friedl Reichler, Nachbarin: Metsch ist in sie verliebt / beobachtet alle ihre Gänge / kennt jede Uhrzeit / nie ein Wort mit ihr gesprochen / Friedl ist verheiratet mit Georg Reichler / Friedl ist psychisch krank, verschlimmert sich bis zum Wahnsinn / kauft jeden Tag ein, kocht für ihren Mann, der es in den Abfall wirft / äußerliche Veränderung über die Jahre …
Georg Reichler, Bahnarbeiter, Trinker / schlägt und mißhandelt seine Frau / NSDAP-, dann SA-Mitglied der ersten Stunde, später Gruppenführer / organisiert Treffen im Kaiserhof, hält Reden dort …

Nebenpersonen:
Moser, Maler, Künstler, Mitbewohner im Haus
Stefan Fingal, Journalist, Mitbewohner im Haus / verheiratet, eine Tochter
Jetti Kupfer, Tänzerin, Mitbewohnerin im Haus
Dr. Max Demant, Regimentsarzt
Anselm Perlefter, Jude, Vermieter, Kaufmann

„Perlefter kenn ich!", ruft Martin viel zu laut dazwischen. „Das ist ein Roman von Joseph Roth. Der tote Berlioz hatte mir das Büchlein gezeigt. Er hatte es für Wolff zurückgelegt." Sandra schaut ihn überrascht an, streicht ihm mehrfach über die Hand.

Als Nächstes folgt eine Zeichnung, die offensichtlich eine Straße, zumindest ein Teilstück davon, darstellt. Entlang zweier parallel laufender Linien sind große und kleine Kästchen gezeichnet. In den Kästchen stehen Namen. Auf der linken Seite: Gasthaus Kaiserhof, Bäckerei Toller, Atelier Elisabeth Trotta, Eiscafé Frisch – dann, dick eingerahmt: Lederwaren Perlefter (Metsch!) – ehe es mit Apotheke Szabo, Haushaltswaren Kesten, Friseur Grübel weitergeht.
Auf der rechten Seite beginnt es oben mit Café Central, woran sich die Schneiderei Jadlowker, Kurzwaren Nowak und die Metzgerei Reisiger anschließen. Direkt dem dick eingerahmten Haus auf der linken Seite gegenüber befindet sich das „Mampe". In Klammern steht „Kaffeehaus, Lokal, Bühne" darunter. Es folgen die Samenhandlung Himmelreich und Kolonialwaren Kempf. Im letzten Kästchen ist dick „Friedl" eingetragen.
Das nächste Blatt ist auch eine Zeichnung. Sie zeigt in groben Zügen ein vierstöckiges Haus mit einem hohen Dach darauf. Schief sind mehrere Reihen Fenster als Kästchen hineingemalt, im Erdgeschoss ein einzelnes, fast über die gesamte Breite. Darin steht: „Lederwaren Anselm Perlefter". Neben diesem Fenster ist ein Tor gezeichnet, darauf ist notiert: „Aufgang" und „Jacques". Im nächsten Stock steht links „Fingal" und es bleiben zwei Rechtecke leer. In das folgende ist eine Figur skizziert und mit „Metsch!" beschriftet. In den weiteren Fenstern steht:

„Böhlaug, Josefine Matzner, Jetti Kupfer, Soma Morgenstern.“ Im Dach sind Mansarden als Dreiecke angedeutet. Darin die Namen „Moser, Künstler“ und „Kossak, Musiker“.
Martin und Sandra blättern weiter. Es folgen mehrere Briefbögen, wie sie früher von Hotels auf den Zimmern ausgelegt wurden. In einer geschwungenen Schrift, mit Bögen vor und hinter dem Namen, ist groß „Foyot“ in den Kopf eingeprägt. Darunter, nüchtern und gerade: „33, Rue de Tournon, PARIS“. Links steht eine Telefonnummer für „Hotel“, rechts für „Restaurant“. Die Briefe sind allesamt an einen Herrn Kranz gerichtet und datieren aus den Jahren 1937 bis 1939. Die Schrift ist unverwechselbar die gleiche wie zuvor, nur wesentlich größer, ausholender, raumgreifender, als wolle der Schreiber mit den wenigen Zeilen bewusst eine ganze Seite füllen. Ganz unten rechts steht, im Gegensatz zum Inhalt klein und zierlich, „Joseph Roth“.
Sandra und Martin fassen sich an den Händen, umarmen sich, strahlen vor Glück. „Wir haben es gefunden“, flüstert Sandra, „Wir haben es gefunden.“ Martin drückt als Bestätigung fest ihre Hand.
Der restliche und größte Teil der Blätter ist gelblich und fleckig. Das Papier wirkt wie getrocknet und scheinbar zerbrechlich. Auf den Seiten sind die schmalen und blutarmen, von einer Schreibmaschine aufgehackten Wörter zu sehen. Die weit durchschossenen Zeilen sind mit zahlreichen Ausstreichungen, Korrekturen, Ergänzungen und Anmerkungen übersät. Auch die Seitenzahlen sind stellenweise durchgestrichen, geändert und wieder durchgestrichen worden. Vor einige sind auch römische Ziffern gestellt.
„Komm, lass uns zusammenpacken und zu Hause weiterlesen“, bittet Sandra, die den wenigen, doch intensiven Blicken des Barkeepers ausweichen möchte. Auch ist plötzlich ein anschwellender Lärm vom Treppenhaus her zu hören.

Eine Clique laut miteinander scherzender und johlender Gäste fällt vom Hotel her in die Bar ein. Im Mittelpunkt steht offensichtlich ein Mann unbestimmten Alters. Er ist sagenhaft elegant gekleidet und verströmt die Aura des uneingeschränkten

Reichtums. Er führt die Gesellschaft an und wird von allen umschwärmt.
„Georg …“, begrüßt er laut und überschwänglich, dabei den Namen betont englisch „Tschortsch“ aussprechend, den Barkeeper und reicht ihm in falscher Freundlichkeit die Hand, als seien sie Bekannte von Kindheit an. „… Machen Sie uns doch bitte eine Runde wie gestern, Sie wissen schon, was ich meine …“ Als hätte er damit eine ungemein hinderliche Last in die Arme eines Vertrauten gelegt, wendet er sich wieder der Gruppe zu und ruft laut nach: „Daisy? Wo ist meine Daisy?“, woraufhin sich ihm eine nicht weniger elegante Schönheit an den Hals wirft.
„Oh, mein Engel!“, ruft er über alle Stimmen hinweg. „Hast du dich wieder mit Tom herumgetrieben?“ Daisy strahlt ihn an, flüstert etwas in sein Ohr, um dann, im nächsten Augenblick, als er ihr Gesicht nicht sehen kann, einen Ausdruck tiefster Gleichgültigkeit zu zeigen.
Der angesprochene Tom ist ein groß gewachsener, breiter und durchtrainierter Mann, unter dessen eng anliegendem Maßanzug sich bei jeder Bewegung Muskelberge abzeichnen. Er schaut finster drein und ist offensichtlich der einzige Konterpart in dieser Gruppe von Speichelleckern.
Alle reden, nein, brüllen miteinander um die Wette. Der elegante Herr geht von einem zum anderen, sie nennen ihn „Gat“ – es kann auch eine seltsame Sprechart von ‚Gerd‘ sein – und fällt jedem in die Arme. Die Cocktails werden über die Theke gereicht, woraufhin alle noch lauter werden.
„Danke, alter Junge, danke!“, ruft Gat oder Gerd dem Barkeeper mehrfach zu, dreht sich dann der wild schnatternden Gruppe zu, hebt sein Glas und ruft über die Köpfe hinweg:

„Am Morgen froh,
am Abend froh,
weiter so!“

Aus allen Mündern schallt der Trinkspruch zurück, Arme, an deren Enden Gläser schweben, werden nach oben gereckt, alle versuchen irgendwie miteinander anzustoßen.
Schon ein, zwei Mal schaute Gat zu Martin und Sandra herüber, gerade so, als wolle er sich seines Publikums versichern, ob es

ihn auch beobachtet, jede seiner Gesten, seiner Bewegungen, seiner Mimen verfolgt, jedes Wort hört und bewundert. Schließlich kommt er zu ihrem Tisch.
„Entschuldigen Sie bitte, wenn wir etwas laut sind. Meine Freunde sind einfach nicht zu bändigen. Darf ich Sie als Entschädigung zu einem Cocktail einladen?"
Martin und Sandra lehnen dankend ab, sagen, dass sie sowieso gehen wollten und möchten aufstehen.
„Nicht doch, nicht doch. Der Abend ist noch so jung, wie können Sie da nach Hause gehen? Sagen Sie …", an Sandra gewandt, „… kennen wir uns nicht? Sind wir uns nicht schon einmal begegnet?"
Sandra springt nun förmlich hoch und möchte die Bar verlassen. Martin klemmt sich die Zigarrenkiste unter den Arm und erhebt sich ebenfalls.
„Oh, das ist eine ausgezeichnete Marke." Gat oder Gerd klopft mit seinem Zeigefinger an die Holzkiste. „Ich sehe, Sie haben Geschmack …, nicht nur was Frauen angeht." Er grinst an Martin empor, im nächsten Moment zu Sandra hinüber. „Bleiben Sie, ich bitte Sie. Lassen Sie uns eine Zigarre rauchen …"
„Ich rauche nicht!", antwortet Martin trocken, drängt sich vorbei und stößt den feinen Herrn in den Sessel hinter ihm. Nur mit Mühe kann dieser verhindern, dass sich der Inhalt seines Glases über ihn ergießt. Martin legt seinen Arm um Sandras Schultern und beide verlassen das Lokal.

Vor der Tür atmet Sandra tief durch, sie ist wütend und entsetzt. „Ohhh, wie ich diese Typen hasse!", ruft sie zornig aus. Martin hält sie wieder im Arm, versucht sie zu beruhigen, was ihm zunächst nicht gelingt.
„Das ist genau diese Art Mensch, von der ich dir erzählt habe. Ignorant, dumm, eitel und dekadent. Sie protzen mit ihrem Geld, von dem kein Mensch weiß, woher es eigentlich kommt. ... Ohhh, wie ich sie hasse!"
„Vergiss ihn doch einfach …", versucht es Martin nochmals mit leiser Stimme, als sie vor ihren Fahrrädern stehen, die jetzt völlig deplatziert, wie Vehikel aus einer anderen Welt, wirken.

„Er hatte recht …“, beginnt Sandra von neuem und schüttelt sich, „… ich bin ihm schon einmal begegnet … bei irgendeiner Wohltätigkeitsveranstaltung, so einer Alibi-Party, zu der ich meinen Vater begleitet habe …, da hatte er sich auch so aufgeführt …, so laut, so angeberisch protzend … Im Laufe des Abends erzählte mir jemand, dass er wenige Tage zuvor, gegen eine äußerst geringe Geldstrafe, quasi freigesprochen wurde … Er soll nachts jemanden überfahren haben …, volltrunken …“ Sie schweigt einen Moment, schmiegt sich an Martin an. „Es hat ihn nicht im Geringsten berührt … Angeblich hatte er nach der Urteilsverkündung zwei Tage durchgefeiert.“

22. Kapitel

Am nächsten Morgen, einem Sonntag, werden Martin und Sandra schon früh von lautem Vogelgezwitscher geweckt. Trüdritri, Trüdritri, Trüdritri-eh“, schallt es von draußen herein. Es folgt eine ganze Arie von Melodien. Immer weiter schraubt sich der Vogelgesang in die Höhe.

„Das ist eine Lerche, hörst du?“, flüstert Sandra Martin ins Ohr.

Die Sonne strahlt durch das weit geöffnete Fenster und unter einem sacht schwingenden Vorhang ins Zimmer herein. Um sicherzugehen, dass nicht alles ein Traum war, erzählen sie sich gegenseitig vom gestrigen Tag.

„Ich wusste die ganze Zeit, dass wir auf dem richtigen Weg sind …“, Sandra streckt ihre Arme so weit es geht nach hinten, „… nur du hast nicht daran geglaubt.“

„Das mit dem Glauben funktioniert normalerweise auch nicht …“

„Dieses Mal schon …“

„Ja, Ausnahmen bestätigen die …“

„Ach, hör auf!“ Sandra schlägt Martin ein kleines Kissen ins Gesicht, worauf dieser sich über sie stürzt, ihre Arme festhält und versucht, in ihren Hals zu beißen.

„Ahh! Hör auf! Hör auf!“, kreischt Sandra und strampelt mit den Beinen. Sie ist an diesen Stellen äußerst kitzlig.

„Nur wenn du mich nicht mehr schlägst …“, Martin küsst weiter.

„Ich verspreche es, ich verspreche es.“ Martin lässt von ihr ab und springt auf.

„Kaffee?“, fragt er und das Kissen fliegt ihm im nächsten Moment wieder ins Gesicht.

„Du …!“, ruft er drohend und zum Sprung zurück ins Bett bereit.

„Kaffee, Kaffee, Kaffee …“ Sandra hebt beide Arme in die Luft.

Nach einer Weile kehrt Martin mit einem Tablett zurück, das er auf dem Bett abstellt. Darauf liegt auch der Umschlag mit dem gefundenen Manuskript.

„Lies mir vor!“, bittet Sandra und setzt sich, eine dampfende Tasse in den Händen, gegen das Kopfteil des Bettes, das sie zuvor mit Kissen ausgepolstert hatte.

„Ich? Vorlesen? Nein, das kann …“

„Bitte ...!", Sandra säuselt noch einige Male, „bitte, bitte, bitte ..."
„Nein, wirklich, ich kann ..."
„Du bekommst nachher auch eine Belohnung."
„Aber ..." Martin überlegt kurz. „Was für eine Belohnung?"
„Das wirst du schon sehen."
„Also gut!", gibt Martin nach. „Aber das wird bestimmt kein Vergnügen."
„Bestimmt doch." Sandra sinkt zufrieden in die Kissen, Martin nimmt den Umschlag, zieht die Blätter heraus, sortiert sie vor dem Bett auseinander und schnappt sich den Stapel Briefe, die im Kopf den Namen des Hotels in Paris tragen. Erst stockend, Wort für Wort entziffernd, dabei manchmal auch fluchend über „diese Klaue", schließlich immer flüssiger, liest er vor.
„Sehr geehrter Herr Kranz ..."
„Wer ist Herr Kranz?", wird er sofort von Sandra unterbrochen.
„Woher soll ich das wissen?"
„Das müssen wir herausfinden."
„Ach, wirklich?"
„Lies weiter ..."
„Sehr geehrter Herr Kranz, ich danke für Ihr Schreiben, das mich ..."
„Welches Schreiben?"
„Sandra, bitte! Könntest du einfach damit aufhören, mich ständig zu unterbrechen. Oder lies einfach selbst ..."
„Nein, nein, nein. Ich bin schon still und höre zu. Versprochen. Lies weiter! Bitte!"

Sehr geehrter Herr Kranz,

8. August 1937

ich danke für Ihr Schreiben, das mich über Umwege endlich erreichte. Wir haben einander während meiner Zeit bei der Frankfurter Zeitung nicht kennen gelernt, was ich sehr bedauere, da ich in Ihrem Brief erkenne, welch verlässlicher und unerschrockener Kollege Sie sind. Unsere Freunde, allen voran Kracauer, sind, wie ich selbst, vertrieben, ausgestoßen oder gar schlimmeres.

Wir seien „Feinde des Volkes“, „Eitrige Geschwüre am Volkskörper, die herausgeschnitten werden müssten“ – so nennen es die neuen Herren in Berlin, diese Tapezierer, diese Scharlatane! Als hätte ein Volk je einen Körper besessen, nein, ein Volk besitzt eine Seele und einen Geist und beides zusammen vereint niemand anderes mehr - als seine Majestät, der Kaiser! Wie dem auch sei, Kracauer ist fort, ich hatte ihn hier in Paris gelegentlich getroffen. Er war immer ein Förderer meiner Bücher gewesen. Da ich sonst keinen Menschen in der Redaktion kenne – oder mehr kennen möchte – habe ich auf einen tatsächlichen Journalisten gehofft – und diese Hoffnung hat sich in Ihnen erfüllt.
Wie ich in meinem Brief andeutete, möchte ich der Frankfurter Zeitung eine Arbeit anbieten, die nicht leicht zu beschreiben ist. Ich würde ja nach Frankfurt kommen, aber ich habe die begründete Befürchtung, nicht wieder aus Deutschland heraus zu kommen. Meine Bücher haben sie schon verbrannt, sie würden nicht zögern, auch mich zu verbrennen.
Ist es Ihnen möglich, nach Paris zu kommen? Es wäre mir sehr gelegen, die Sache mündlich und im ganzen Umfange mit Ihnen zu besprechen.
Ihr Hinweis hinsichtlich der Beförderung meiner Schreiben beachte ich selbstverständlich. Es gibt nach wie vor einige Personen, denen ich und auch Sie vertrauen können – der Überbringer dieses Briefes ist so eine Person.
Ihm können Sie bedenkenlos und ohne Zögern Ihre Antwort aushändigen.
In der Hoffnung, Sie möglicherweise bald hier in Paris zu sehen und eine Nachricht über Ihr Kommen zu erhalten, verbleibe ich, hochachtungsvoll

Joseph Roth

„Also scheint Kranz ein Redakteur der Frankfurter Zeitung zu sein. – Das Schreiben davor gibt es nicht?“, fragt Sandra über die noch immer dampfende Tasse hinweg.
„Nein. Ich habe nach Datum sortiert. Das ist der erste Brief.“
„Los, weiter!“ Sandra zappelt wie ein Kind mit den Beinen.

Sehr geehrter Herr Kranz,

4. September 1937

ich bedauere die Absage Ihres Besuches sehr. Bitte prüfen Sie nochmals mein Anliegen und hören Sie auf die Stimme, die Ihnen zu etwas Courage rät. Mut wird es von Ihnen und mir immer brauchen!
Sie haben Recht, ich kann mir kein exaktes Bild der Verhältnisse im Hause der Frankfurter Zeitung, noch der Heimat an sich machen. Dennoch verfüge ich über zahlreiche Quellen, die mir hier in Paris das Leben und die Ereignisse – über die Lektüre der hiesigen Zeitungen hinaus – eindringlich schildern. Ich glaube daher ein Gespür für die furchtbare Wirklichkeit, in der wir alle leben müssen, zu haben.
Auch habe ich in diesem Frühjahr eine Reise durch Österreich und Polen unternommen, die mir eindringlich ein Bild des Lebens im Nachbarland vermittelte. Auch hier sind viele Menschen gestrandet, die zuvor in Deutschland lebten.
Sie raten mir, zu unserem gemeinsamen Schutz, in jeglicher Hinsicht anonym zu bleiben. Das ist, verzeihen Sie mir, lächerlich. Ich scheue mich nicht, dem Leviathan meinen Namen ins Gesicht zu schreien, und habe dies auch in den vergangenen Jahren immer wieder getan, in meinen Briefen, meinen Artikeln und in meinen Reden in mancherlei Ländern, zu denen ich eingeladen wurde. Ich werde mich jetzt nicht Max Krause nennen, in der

Hoffnung, dadurch unerkannt zu bleiben. Damit hätte diese Saat von Perversen doch schon gewonnen. Sie können es halten, wie Sie möchten, ich werde weiterhin und für immer meinen Namen schreiben.
Bitte kommen Sie nach Paris.

Hochachtungsvoll

Joseph Roth

P.S.
Wenn es Ihnen möglich ist, geben Sie dem Überbringer eine Unterstützung für mein kärgliches Leben hier mit. Es droht mir neben dem geistigen, auch der finanzielle Ruin und der Rauswurf aus dem Hotel. Ich werde mir bald eine Gruft auf dem Friedhof aufbrechen müssen, um überhaupt noch ein Dach über dem Kopf zu haben. So liege ich dann als Lebender bei den Toten.

Sandra kreist mit ihrer Hand in der Luft und bedeutet weiter, weiter, weiter. Martin zieht den nächsten Brief hervor.

Sehr geehrter Herr Kranz,

12. Oktober 1937

ich habe alles erhalten! Sie haben mich vor einem bitteren Schicksal bewahrt, auch wenn es nur für kurze Zeit sein sollte. Das Leben in Paris ist – auch bei allen Beschränkungen, die ich mir auferlege – entsetzlich teuer. Sie bitten um Erklärungen, die ich Ihnen gerne mündlich gegeben hätte. Kommen Sie! Sie können, mir ist es unmöglich!
Ich möchte Ihnen kurz und in groben Zügen mein Ansinnen entwerfen.
Ich glaube fest daran, dass es in Deutschland und

Österreich noch genügend Kräfte gibt, um das Land den blutigen Barbaren zu entreißen. Diese Kräfte ruhen in allen Fasern der krank darniederliegenden Heimat; wenn ich auch einmal das Bild des Körpers verwenden darf; und müssen durch ein Signal geweckt werden. Dieses Signal wird eine Erzählung sein, die Tugend, wirkliche Tugend, Anstand, Ehrgefühl und Moral behandelt. Der vergangene Krieg war ein schwerer Fehler, wie auch jeder neue Krieg ein weitaus größerer Fehler wäre. Im letzten Krieg mussten alle Stände untergehen, im kommenden wird es die Menschheit sein.

Wir stehen vor dem Abgrund und nur ein Appell an die alten Kräfte kann uns vor dem Sturz in die Düsternis bewahren.

Diese Erzählung bin ich im Begriff zu schreiben, das ist mein Joch und es ist kein leichtes. An Ihnen wäre es, diese Erzählung in die Welt zu bringen. Die Frankfurter Zeitung ist immer noch eine der beachtetsten Organe in Deutschland und darüber hinaus. In ihrem Turm würde die Glocke am hellsten klingen.

Dies in aller Kürze.

Hochachtungsvoll

Joseph Roth

Sehr geehrter Herr Kranz,

2. Dezember 1937

schreckliche Dinge sind geschehen. Mein Hotel, das liebe, gute, alte Foyot, in dem ich seit sechzehn Jahren gewohnt habe, ist abgerissen worden. Ich saß gegenüber im Bistro und schaute dem entsetzlichen Treiben zu. Letztlich stand nur noch die Mauer gegen das Nachbarhaus hin. Ich erkannte die Tapete meines

Zimmers, eine himmelblaue, goldgeäderte. Zwei Arbeiter schlugen mit Pickeln und Steinhammer auf die Wand ein, bis sie brüchig war und unter großem Gepolter einstürzte. Eine weiße dichte Wolke aus Kalk und Mörtel verhüllte das Ganze.

Jetzt sitze ich gegenüber dem leeren Platz und höre die Stunden rinnen. Man verliert eine Heimat nach der anderen, sage ich mir. Hier sitze ich am Wanderstab. Die Füße sind wund, das Herz ist müde, die Augen sind trocken. Das Elend hockt sich neben mich, wird immer sanfter und größer, der Schmerz bleibt stehen, wird gewaltig und gütig, der Schrecken schmettert heran und kann nicht mehr schrecken.

Und dies ist eben das Trostlose.

Hochachtungsvoll

Joseph Roth

P.S.

Ich habe jetzt gegenüber, im Hotel de la Poste, 18, Rue de Tournon, Quartier bezogen. Einzig die Briefbögen des Foyot, die ich hastig in allen Zimmern einsammelte, sind mir geblieben. Ich werde sie benutzen, bis auch sie zur Neige gehen.

Sehr geehrter Herr Kranz,

3. Juni 1938

ich war in diesem Frühjahr sehr viel auf Reisen, in Österreich, Polen, Belgien und in den Niederlanden. Ich habe dabei auch den Boden für unser Projekt sondiert. Wenn die Frankfurter Zeitung „Am Fenster" als Vorabdruck bringen würde, wären gleich mehrere Verlage an Buchausgaben interessiert. Auch Übersetzungen sind schon zugesagt.

Leider habe ich meine letzten Reserven für diese Reisen verbraucht. Ich wäre Ihnen sehr verbunden, wenn Sie mir nochmals helfen könnten.
Hochachtungsvoll

Joseph Roth

Sehr geehrter Herr Kranz,

8. September 1938

ich arbeite vierzehn Stunden am Tag. Schreibe, lese, korrigiere, lese wieder, streiche aus, nicht selten werfe ich das ganze Blatt weg. Meine Zeit war immer eine andere, meine Orte waren andere, meine Personen waren andere. Mehr und mehr dünkt es mich, als sei ich selbst einer ganz anderen Zeit entsprungen.
Ich quäle mich unsäglich mit der Erzählung, die ich „Das Fenster" getauft habe. Alles spielt heute, in einer belebten Straße, in einer großen Stadt, mitten in Deutschland. Alleine diese Umstände lasten schon wie Mühlräder auf meiner Hand, die immer wieder stockt, ja zittert und nicht fortfahren kann. Ich muß trinken, um überhaupt einige Sätze zu Papier zu bringen, ohne das Trinken könnte ich überhaupt nicht schreiben.
Abends bin ich völlig erschöpft und besoffen, zu keinem klaren Gedanken mehr fähig. Ich sitze dann an meinem Stammplatz im Café und lasse mir von allerhand Leuten, die wenigsten sind mir näher bekannt, düstere Geschichten erzählen. Ich antworte nur einsilbig, aber es vertreibt dieses Gesindel nicht. Alle suchen sie meine Nähe, scheint mir. Ich komme mir schon vor wie eine Statue in einem der Museen ringsum - vielleicht bei Rodin - die von glotzäugigen Affen dumm bestaunt wird. Irgendwann werde ich dann böse, ich kann nicht anders.

Ich schimpfe, ich wüte, ich brülle sie alle an. Doch statt zu gehen, scheint es, dass sie alle nur darauf, wie auf den Höhepunkt des Abends, gewartet hätten. Ein Freund, ein wirklicher Freund – er ist Maler – hat mich in dieser Situation gezeichnet. So bin ich wirklich: böse, besoffen, aber gescheit.
Bitte! Geben Sie mir ein Zeichen, dass sich diese Qual lohnt! Und bitte, helfen Sie mir. Der Schnaps zehrt alles auf.
Hochachtungsvoll

Joseph Roth

Sehr geehrter Herr Kranz,

4. Dezember 1938

was ich über die Ereignisse erfahren habe, hat mich tief getroffen. Ich konnte mich mehrere Tage förmlich nicht bewegen. Ich sitze hier und kann die Welt nicht mehr begreifen.
Endlich zeigt dieser Pöbel sein wahres Gesicht, zeigt, zu welchen Grausamkeiten er fähig ist. Mir war es schon nach den Scheiterhaufen von 1933, nach dieser nationalen Pyromanie bewußt, welche Bande von Kriminellen das Land regiert. Doch haben wir uns scheinbar einschläfern lassen. Sind damals die Studenten und ihre Professoren, die sogenannte geistige Elite, in Prozessionen hinter den Karren voller Bücher einhergeschritten, so hat dieses Mal der Mob das Zepter geschwungen. All diejenigen, die seit Jahren ihre Wut und ihren Zorn in ihren armseligen Zimmern ausgebrütet haben, die nur darauf warteten, die angestaute Gewalt auf irgendjemanden niederfahren zu lassen, denen nach Blut dürstete und die endlich glauben

sollen, dass sie mehr wären, als irgendein anderer Mensch. Mögen eines Tages ihre schändlichen Taten auf sie zurückfallen, möge eines Tages auch ihr Haus brennen, ihre Kinder schreien, ihre Frauen um Gnade betteln.
Das war natürlich alles wohl vorbereitet und gelenkt, daran kann kein Zweifel bestehen. Das haben die Herren in Berlin von langer Hand vorbereitet. Es solle nie einer kommen und sagen, er habe das nicht gewollt oder nicht davon gewußt! Immerhin wurde diese Regierung einmal gewählt – das ist eben das Elend an Wahlen. Im alten Reich hat es zwar auch hier und da Pogrome gegen die Juden gegeben, aber niemals, ich wiederhole, niemals, wurde dabei so gezielt und in einem solchen Umfange vorgegangen. Kaum ein Ort, in dem noch eine Synagoge oder auch nur ein Bethaus steht. Die Scheiben zerschmissen, die Läden geplündert. Nur gut, jetzt kann keiner mehr die vorherigen Schmierereien daran lesen. Alle Kraft hat mich verlassen, mehr noch, ich möchte alles so gehen lassen, wie es eben geht. Was kann ich schon dem wütenden Pöbel, dieser massenhaften Dummheit entgegensetzen?

Joseph Roth

Sehr geehrter Herr Kranz,

8. Februar 1939

haben Sie vielen Dank für Ihre aufbauenden Worte. Sie haben mir Kraft gegeben. Dank auch für das andere. Zweig war hier gewesen und ich habe ihm von unserem Vorhaben erzählt. Er war wenig begeistert. Er hat mir gehörigen Wind in die Segel geblasen, manchen auch ins Gesicht.

Er sagte, ich sei kein politischer Schriftsteller und sollte mich auch nicht durch die Umstände dazu verleiten lassen. Ich sollte das einem Remarque, Brecht oder Mann überlassen – Heinrich Mann wohlbemerkt. Aber ich denke, er stößt sich wie immer an meinem Trinken. Wenn es nach ihm ginge, sollte ich ins Kloster ziehen.
Mit dem Buch geht es augenblicklich gut voran. Ich kann Ihren Wunsch verstehen, etwas davon zu lesen. Erlauben Sie mir, das ist aus mehreren Gründen nicht möglich. Zum einen arbeite ich nicht wie ein Zug immer in eine Richtung, sondern springe vor und zurück, meiner inneren Natur gehorchend, die niemals in einem fort auf etwas zustrebte, sondern suchend den Weg durch ein Labyrinth beschreitet.
Zum anderen wird Ihnen ein Teil des Ganzen überhaupt nichts nutzen, da es nur in seiner Vollständigkeit verstanden werden kann.
Daher muß ich Sie um Geduld ersuchen. Geduld und Vertrauen.
Hochachtungsvoll

Joseph Roth

Sehr geehrter Herr Kranz,

25. Februar 1939

brauche dringend Geld. Bitte senden Sie mir umgehend, was Ihnen möglich ist.
Hochachtungsvoll

Joseph Roth

Als Letztes zieht Martin eine Postkarte hervor. Auf ihr ist kein Datum vermerkt. Sie zeigt eine alte Stadtansicht von Paris.

Sehr geehrter Herr Kranz,
ich vertraue Ihnen alles an – ich kann nicht mehr.
Gott schütze Sie

Joseph Roth

Martin legt die Briefe wieder zu einem Stapel zusammen, obenauf die Postkarte. Sandra blickt gedankenverloren in die Ferne, wirft dann plötzlich die Decke zur Seite und ist mit: „Ich muss mal den PC holen" schon auf dem Weg ins Wohnzimmer. Wenige Augenblicke später kommt sie mit dem aufgeklappten Laptop zurück, setzt sich neben Martin, den Computer auf den Beinen.

Sie bittet Martin, nochmals einige Stichpunkte aus den Briefen vorzulesen, vergleicht sie mit den Informationen, die sie auf dem Bildschirm sieht. Ja, Roth lebte seit 1933 in Frankreich, im Exil, die letzten Jahre in Paris, im Hotel Foyot.

Aus dem Exil bot er unterschiedliche Manuskripte Verlagen und Zeitungen in ganz Europa an. Einige wurden schon damals veröffentlicht, andere erst viele Jahre später im Nachlass entdeckt.

Sandra tippt wieder etwas ein, liest, sucht, zeigt es Martin.

Herbert Kranz war zunächst Professor in Halle, wurde aber 1933 wegen seiner liberalen Einstellung entlassen und anschließend Lokalredakteur bei der Frankfurter Zeitung. Dort arbeitete er bis zu deren Einstellung 1943. Nach dem Zweiten Weltkrieg wurde er freier Schriftsteller und lebte zuletzt in Königstein im Taunus.

Das Hotel Foyot wurde im November 1937 abgerissen, von da an wohnte Roth gegenüber, über dem Café Tournon, in dem er täglich anzutreffen war. Dort, in einer Nische, war sein Stammplatz. Das Café wurde zu seinem Arbeitszimmer, in dem er seine letzten Werke verfasste, Besucher empfing, seine Korrespondenz erledigte und vor allen Dingen hemmungslos trank.

Roth erlitt im Café Tournon einen Schwächeanfall und wurde in eine Armenklinik eingeliefert. In Unkenntnis der Person und Umstände starb er dort am 27. Mai 1939 an plötzlichem Alkoholentzug, einem Delirium tremens. Mit Riemen war Roth an seinem Bett festgebunden, als er seinen Atem aushauchte.

23. Kapitel

Sandra klappt den PC zu, legt ihn neben sich auf das Tischchen, lässt sich zurück gegen die Kopflehne sinken.
„Weißt du eigentlich, was wir hier gefunden haben?", sagt sie zu Martin hin. „Ist dir bewusst, welchen Schatz wir hier in Händen halten? Das ist ein unglaubliches Zeitdokument! Das sind handschriftliche Briefe von einem weltberühmten Autor, die du sonst nur im Museum unter Glas sehen könntest!" Sie schaut schweigend und schwelgend zur Decke empor. „Wahnsinn!"
„Frühstück?", fragt Martin ungerührt.
„Ach, du bist ein Banause ..." Sandra schlägt nach ihm, doch Martin hat sich schon zur Seite aus dem Bett gerollt.
„Es bringt auch nichts, wenn wir über diesem Buch und den Briefen verhungern."
Sandra streckt ihm die Zunge raus. „Du denkst auch nur ans Essen."
„Das stimmt nicht. Ich denke auch an meine Belohnung."
„So wird das aber nichts."
„Du hast es versprochen ..."
„Aber nicht gesagt wann ..."
„Duuu ...!" Martin möchte schon wieder ins Bett kriechen, Sandra steht rasch auf und ruft ebenfalls „Frühstück!" und ist schon an Martin vorbei in die Küche unterwegs. „Und danach liest du mir weiter vor."

Martin und Sandra stehen im Wohnzimmer. Vor ihnen auf dem Tisch sieben Häufchen unterschiedlicher Höhe, insgesamt etwa achtzig Blatt. Mühevoll haben sie Seite für Seite sortiert. Die Reihenfolgen mussten sie teilweise erraten. Offensichtlich waren verschiedene Themen zunächst mit römischen Ziffern benannt worden. So war nach der römischen Eins handschriftlich „Metsch" angefügt, allerdings nur auf der ersten Seite. Bei einigen folgte nach einem Punkt eine weitere Zahl, zum Beispiel „II.1", wodurch wohl ein Thema in weitere Kapitel unterteilt wurde. Innerhalb der einzelnen Kapitel standen unten Seitenzahlen.
Das gesamte Konvolut war anfänglich völlig durcheinander und ohne jede Ordnung, gerade so, als hätte jemand es in größter

Eile zusammengerafft und die Blätter wahllos gebündelt. Durchgestrichene, geänderte und wieder eingesetzte Ziffern trugen ihr Übriges dazu bei, einen verworrenen Knäuel zu bilden, der von Martin und Sandra mühevoll entwirrt werden musste. Manches Mal lasen sie Seitenenden und Seitenanfänge, um sicher zu gehen, dass die Übergänge passten.

„Oh …", stöhnt Martin auf, „… das ist ja zum Verzweifeln. Wie soll man sich denn in diesem Chaos zurechtfinden?" Und etwas später: „Respekt vor den Leuten, die daraus ein Buch machen."

Auch das Lesen ist keine einfache Angelegenheit. Der eigentliche Text ist zwar in gestanzten Lettern, in einer serifenreichen Typo, geschrieben, deren Kontur sich durch den harten Anschlag und auf Grund des dünnen Papiers auf der Rückseite wie eine Blindenschrift spiegelt – dennoch gibt es fast keine Zeile, in der nicht ganze Wörter übermalt, andere handschriftlich ergänzt, manche dieser Ergänzungen wieder ausgestrichen, neue Sätze am Rand eingekreist und mittels einer dünnen Linie, wie das Band eines Ballons, in den Fortgang des Textes eingehängt sind.

Auf manchen Seiten stehen zwischen den Zeilen lange Erweiterungen des Absatzes, so, als dürfe kein Platz auf dem Papier verschwendet werden und wäre jeder weiße Raum darauf wertvoll.

Andere Seiten zeigen schief zueinander stehende Absätze, als sei das Blatt während des Schreibens verrutscht oder entnommen und nochmals eingespannt worden.

Es dauert nahezu zwei Stunden, ehe Sandra und Martin, die Hände jeweils in die Hüften gestützt, vor dem Tisch stehen und auf das Ergebnis ihrer Arbeit blicken. Sandra geht zum Sofa hinüber, setzt sich in die von ihr so genannte „gemütliche Ecke", verschränkt ihre Arme hinter dem Kopf und sagt: „Dann lies mal vor."

I. Metsch

Adolf Metsch stand am Fenster und schaute hinunter auf die Straße. Es war kein Zufall, ihn hierbei zu ertappen. Gewöhnlich stand er,

einen Schritt zurück, im Zimmer, auf einer bestimmten Diele, welche, von den kleinen Bewegungen der Filzpantoffeln poliert, leicht glänzte und golden schimmerte. Den Großteil des Tages und auch der Nacht, selbst den Blicken von unten verborgen, beobachtete Metsch das Treiben auf dem gegenüberliegenden Bürgersteig und entlang der Fahrbahn.
Er war ein Voyeur, zweifellos, doch empfand er daran nichts Anrüchiges. Es war ihm nicht daran gelegen, Privates seiner Nachbarn auszuspionieren. Weder suchte er die kleinen Verfehlungen der Passanten, noch wartete er auf ein besonderes Ereignis, den Unfall eines Menschen mit einem Automobil, scheuende Pferde, torkelnde Betrunkene. Nein, Metsch beobachtete vielmehr, ob sich alle Ereignisse in der Folge abspielten, wie sie sich ereignen sollten. Er war der verborgene Chronist des Alltages, Voyeur und Prophet zugleich, der einem unwissenden Besucher das erstaunliche Kunststück vorgeführt hätte, in dem er auf die Minute genau vorhersagen konnte, wann sich welche Tür, welches Fenster öffnet, welche Person dort auf die Straße tritt und geht, wann sie wieder nach Hause kommt, welcher Lieferant zu welcher Uhrzeit vor welchem Laden vorfährt, den Besitzer freudig begrüßt oder ob beide sich grimmig gegenüberstehen, von einem unnachgiebigen Schicksal dazu verdammt, immer und immer wieder diese unangenehmen Begegnungen zu durchleiden.
Es war der sogenannte Gang des Lebens, eine für viele unbekannte und verborgene Maschinerie, eine komplizierte Mechanik, dem Inneren einer Uhr vergleichbar, die schon einige Häuser weiter eine völlig andere sein

konnte, deren Kenner und Wächter er, Adolf Metsch, war. Er kannte jeden Dominostein, der in einer langen Kette anderer Steine seinen Platz hatte und dessen Fall - und er musste fallen - die weiteren Ereignisse des Tages auslösen würde. Ein unbekannter Gott oder die eisernen Gesetze der Zeit bauten täglich aufs Neue die immer gleiche Reihe, in mehr oder minder gleichen Bahnen auf und so war das, was der unbedeutende Mensch als freier Wille zur Tat betrachten mochte, nichts anderes als die Erfüllung längst beschlossener und in die Bleiplatte der Zukunft gravierter Lebenslinien.
Wie unumstößlich dieser Takt des Lebens war, konnte Metsch vor einigen Jahren beobachten, als an einem Abend im Mai Studenten Karren voller Bücher, in einem von Fackeln beleuchteten Zug, zum nahegelegenen Platz fuhren. Ihre Professoren schritten wie Kardinäle in einer Prozession hinter dem Wagen einher und erteilten dem Geschehen ihren Segen. Metsch eilte der Menge nach. Er sah den brennenden Scheiterhaufen, sah die jungen Burschen, die das Feuer umstanden und deren Gesichter von den lodernden Flammen und einer fanatischen Inbrunst gerötet waren. Laut den Namen des Autors oder des Buches ausrufend, warfen sie immer neue Bände hinein, jubelten, schrien und applaudierten. Metsch war niemand, der sich etwas aus Büchern machte, überhaupt nicht, er las noch nicht einmal. Dennoch ahnte er, daß hier etwas Ungeheuerliches vor sich ging, daß dieses Ereignis, dessen Zeuge er war, den Gang der Dinge verändern, wenn nicht sogar zum Stillstand bringen musste. Waren hier nicht Goethe, Schiller und Heine

geboren? Wurden in den Zeitungen nicht ständig große Geister wie Hegel, Kant und auch Nietzsche zitiert? War man nicht stolz darauf, das Land der Dichter und Denker zu sein? Wie konnten dann die Studenten und ihre Professoren Bücher verbrennen? Wie konnten ihnen Hunderte andere dabei zujubeln?
Doch nichts geschah. Der nächste Tag war wie die zahllosen Tage zuvor, alles ging seinen Gang, jedes Rädchen griff ins andere, jeder Stein stieß den nächsten. Nur ein milde rauchender und vom zarten Wind allmählich auseinander getriebener Haufen Asche bezeugte stumm die Vorfälle der vorangegangenen Nacht.

Hier endete das Blatt und es waren mehrere handschriftliche Notizen an das Ende geschrieben. Die letzte, unterstrichene lautete: „Hier weiter mit Kindheit." Martin suchte die passenden Seiten, die Sandra und er in einen völlig anderen Stapel eingeordnet hatten.

Ja, es war Sommer. Die alten Kastanien bewegten nur am Morgen und am Abend ihre dunkelgrünen, reich und breit belaubten Kronen. Tagsüber verharrten sie reglos, atmeten einen herben Duft aus und schickten ihren weiten, kühlen Schatten tief in den Hof hinein. Der Himmel war ständig blau. Manchmal rollte über das holprige Kopfsteinpflaster ein Fiaker, in dem ein Fremder saß, manchmal trappelten die Hufe eines Zweigespanns von Norden nach Süden, abends fuhr Herr von Winternigg, ein Nachbar, in seiner Kalesche, auf elastischen und lautlosen Gummirädern, deren braun lackierte, zarte Speichen die Sonne spiegelten, vorüber und grüßte, indem er den Schaft der Peitsche an die weite Hutkrempe führte.

Um diese Zeit begannen die Ferien. Der fünfzehnjährige Metsch, heimgekehrt von der Kadettenschule in Zerbst, erinnerte sich des Gutes Polenzko als sommerlichen Ort, es war die Heimat des Sommers. Weihnachten und Ostern verbrachte er bei dem Onkel in Zerbst. Nach Hause kam er nur in den Sommerferien. Der Tag seiner Ankunft war immer ein Sonntag, die Ferien mochten beginnen, wann sie wollten, auf dem Hof hatte der junge Adolf erst am Sonntag zu erscheinen. Rollte der Wagen mit ihm und seinem Gepäck ein, liefen Dienerschaft und Gesinde herbei, den jungen Herrn zu begrüßen. Sein wesentlich älterer Bruder, Adolf war ein um fünfzehn Jahre jüngerer Nachkömmling, zwei Schwestern dazwischen waren verstorben, die Mutter bei seiner Geburt ebenfalls, zeigte sich oben auf der Treppe und umarmte den Ankömmling kurz und kräftig. Der Vater saß in der Stube, öffnete die Tür, ließ mit leichtem Gruß dem Sohn den Vortritt. Den ganzen Vormittag von neun bis zwölf reservierte er für seinen Sohn und examinierte ihn. „Mach dir's bequem", sagte nach einer Weile der Alte und jetzt erst trat Adolf an den Stuhl, setzte sich, die Füße steif angezogen und die Mütze mit den weißen Handschuhen auf den Knien.

Nun folgten über mehrere Seiten Fragen des Vaters zu den schulischen Fortschritten des Sohnes, er musste aufsagen, Rechnungen lösen und eine Inhaltsangabe von Adalbert Stifters „Hochwald" abgeben. Danach begannen erst die Ferien.

„Du bist ja ein großer Bub geworden, mein Sohn!", sagte eines Morgens der Vater beim Frühstück. „Du mutierst ja! Etwa verliebt?"

Adolf wurde rot. Sein Gesicht brannte wie ein Lampion, er hielt es dem Vater tapfer entgegen und verneinte stumm. „Also noch nicht!", resümierte der Alte und ergänzte, „ist auch noch etwas früh, aber nimm dich in acht", drohte mit der Gabel und aß weiter, wobei sein gewaltiger Schnurrbart auf und ab hüpfte.
Die Tage vergingen erst ängstlich langsam, dann wie im Flug. Zum elterlichen Gut gehörten weite Wälder. Die Forstwirtschaft war der eigentliche Erwerbszweig derer von Metsch. Der letzte Krieg hatte sie zunächst reich werden lassen, dann fast in den Ruin getrieben. Die letzten Lieferungen waren vom Ministerium nicht mehr bezahlt worden. Die Revolution steckte auch ihre Arbeiter an, fast hätten sie alles verloren. Heute versuchte der ältere Bruder Christian, das Geschäft wieder auf solide Füße zu stellen. Er war von früh bis spät in den Wäldern, im Sägewerk, an den Verladestationen und wieder in den Wäldern unterwegs. Er sprach mit den Waldarbeitern, den Holzfällern, mit denen im Sägewerk und den Förstern nicht mehr wie der Herr, sondern wie ein Geschäftsmann, ein Unternehmer. Der Jüngere bewunderte den Älteren, der Ältere beneidete den Jüngeren.

Handschriftlich war am Rand vermerkt: „Mehr zu Bruder und verstorbener Schwester/Mutter."

Hinter dem Bahndamm stand das Gendarmeriekommando, das der Wachtmeister Slama führte. Adolf wollte ihn, er durfte als Junge einige Male mit ihm „die Runde machen", wie Slama es nannte, besuchen. Er klopfte an.

Frau Slama beugte sich über die Geranien und rief: „Wer da?“ Sie erblickte den jungen Metsch und sagte: „Sofort!“ Sie öffnete die Flurtür, es roch kühl und ein wenig nach Parfüm. Frau Slama hatte sich einen Tropfen Reseda auf das Kleid getupft. „Der Wachtmeister ist nicht da?“, fragte Adolf verlegen. „Dienst hat er, junger Herr, aber treten Sie nur ein.“ Stocksteif saß Adolf im Wohnzimmer der Slamas auf dem rotgepolsterten Sofa, ein Glas Limonade vor sich, Frau Slama neben ihm. Ihr Fuß, ohne Strumpf, nackt, gefangen in einem samtenen Pantoffel, wippte. „Sind recht groß geworden, der junge Herr“, sagte sie. Adolf schaute ihr nicht ins Gesicht. Seine Mütze lag auf den zusammengepressten Knien. Frau Slama zündete sich eine Zigarette an, sog an ihr, nachlässig, der Fuß wippte. Plötzlich steckte sie ihm, ohne ein Wort, die Zigarette in den Mund, an deren Ende noch die Feuchtigkeit ihrer Lippen lag. Sie stand auf, ging hinter das Sofa, ihre beiden schimmernden Ärmel legten sich um seinen Hals und ihr Gesicht lastete in seinen Haaren. Er rührte sich nicht. Aber sein Herz klopfte laut, ein großer Sturm brach in ihm aus. Sie knöpfte mit zärtlicher Genauigkeit einen Knopf auf seiner Brust nach dem anderen auf. Ein leises Kichern brach aus ihrer Kehle. Ihr Mund liebkoste seinen Nacken, seine Wangen, seine Ohren. Er rührte sich nicht. Sie ging vor ihn hin, zog ihn nach oben, führte ihn mit beiden ausgestreckten Händen, den Kopf zurückgeworfen, ein Leuchten im Gesicht, ins Schlafzimmer. Er empfing die Frau wie eine weiche große Welle aus Wonne, Feuer und Wasser.

Martin legt eine Pause ein und die Blätter zur Seite. „Du, was ist eigentlich mit meiner Belohnung?"
„Was, jetzt schon?", fragt Sandra und öffnet die Arme.
Ihr Spiel hatte sie ins Schlafzimmer zurückgetrieben, wo sie anschließend Arm in Arm eingeschlafen waren. Es ist Nachmittag geworden. Weiße Wolkenfetzen schweben am tiefblauen Himmel dahin. Sie waren zu einer nahe gelegenen Eisdiele gegangen und nach einem kleinen Spaziergang wieder zu Hause angekommen. Kaum zurück, wirft sich Sandra wieder aufs Sofa.
„Lies bitte weiter", sagt sie noch im Fallen.
„Bekomme ich noch eine Belohnung?", fragte Martin spitzbübisch.
„Wenn du kannst ...", Sandra mit geschlossenen Augen, „... dann vielleicht später."
Martin knistert mit den Blättern, sucht die letzte Stelle und fährt dann fort.

Von den Bäumen am Wegrand strömte süßer Duft. Der Abendwind kämmte die kleinen Gräser der Wiesenhänge zu beiden Seiten der Straße; man sah, wie sie sich zitternd wellten unter einer unsichtbaren, leisen und breiten Hand. In fernen Sümpfen begannen die Frösche zu quaken.Jeden Tag, wenn der Wachtmeister auf seiner Runde war, ging Adolf zu Frau Slama hin. Der Duft, den er von der Frau Slama mit brachte, vermischte sich mit den Gerüchen der trockenen, sommerlichen Abende und blieb an seinen Händen Tag und Nacht. „Es riecht nach Herbst", sagte eines Abends der Alte bei Tisch. Adolf war ihm versehentlich zu nahe gekommen. „Das ist nur die Reseda aus dem Garten, Papa", entgegnete er rasch und trat ans Fenster.

I.3 Der Krieg

Metsch war einer der jüngsten Offiziere im Felde. Mit dem 93. Infanteriebataillon war er in den ersten Tagen eingerückt und nach Westen verlegt worden. Die Armeen aus dem Westen kamen ihnen unterwegs entgegen, sie sollten an der östlichen Front kämpfen. So wollte die Generalität mögliche Sympathien der Truppen zur jeweils anderen Seite vermeiden. Nach wenigen Wochen, die eigentlich schon das Ende gebracht haben sollten, stand Metsch mit seinen Männern in Flandern. Sie hatten sich tief eingegraben in die Erde, ein Labyrinth von Gängen, Gräben, Stellungen und Fluchten angelegt, dass es von oben wie ein Fingerabdruck auf der Erde aussah. Die Tage vergingen, die Wochen, die Monate. Das Schlachten zu beschreiben hat es keine Worte. Die Maschinerie des Krieges verschlang mit nimmersatter Gier das ihr dargebotene Fleisch. Es wurde Winter, es wurde Dezember, es wurde Heiligabend. Alles schwieg. Keine Kanone brüllte, kein Gewehr knatterte, kein Befehl schallte. In die unglaubliche Ruhe hinein erhob sich der leise Gesang eines Kameraden, ein Weihnachtslied, „Stille Nacht, heilige Nacht". Mehr und mehr Stimmen fielen ein, auch von der Gegenseite waren deutlich die englischen Strophen zu vernehmen. Schon stand der erste auf, kletterte aus dem Graben, stellte sich entblößt und schutzlos auf den Wall, hob die Arme, ging die wenigen Meter zur anderen Seite hinüber, aus deren Tiefen sich ebenfalls Menschen erhoben hatten. Immer mehr verließen die Stellungen und gingen ihren Feinden entgegen, umarmten und

küssten sich, reichten einander die Hände, die noch vor wenigen Stunden aufeinander geschossen hatten. Der Friede dauerte drei Tage ohne einen einzigen Schußwechsel. Als der Stab von den Ereignissen erfuhr, wurden alle Truppenteile sofort verlegt.
Wenige Tage später war Metsch mit seiner Kompanie in der Nähe von Verdun angekommen. Die Stellungen glichen sich auf das genaueste. Es scheint Architekten für diese Art von Befestigungen zu geben, für tief liegende Unterkünfte und vorspringende Schanzen, in denen sich die Maschinengewehre verbargen.
Im Hinterland wurden Quartiere beschlagnahmt, die Häuser für die Offiziere, die Stallungen für die Gemeinen, es wurden Lazarette eingerichtet, in denen diejenigen, die täglich ihren Blutzoll an der Front entrichteten, ihre Arme und Beine dort ließen, versorgt und, wenn möglich, am Leben erhalten wurden.
Unaufhörlich schlugen die Bomben und Granaten ein. In einem fort pfiffen die Kugeln und Splitter über die Köpfe der tief in der Erde Kauernden hinweg. Kam der Befehl zum Angriff, wurde schon die Hälfte der Männer am eigenen Graben niedergemäht.
Die Toten und Verwundeten blieben liegen, wo die grausige Hand des Krieges sie berührte, die einen für immer stumm, die anderen schrien stundenlang, bis ein gnadenvoller Schuß sie erlöste.
Die Leiber wurden aus den Gräben über die Schanze geworfen und bildeten dort den obersten Grat, ein Wall aus Fleisch und Knochen, die beim nächsten Angriff zerfetzt und in Stücke gerissen wurden. Einem Kameraden durchbohrte der abgerissene Arm eines Toten die

Brust. Die umherfliegenden Knochen waren gefürchteter als die Splitter der Granaten. Überall stieg man über Leichenteile, in den Gräben, den Wällen, den Senken, beim Sturm auf die feindlichen Linien. Wie die Körper, löste sich auch der Geist auf, wurde zerrieben, zerfetzt, zerstückelt.
Es vergingen weitere Wochen, weitere Monate, in denen der allgegenwärtige Leviathan die Menschen wie Sand in seinen Händen hin- und herrieseln ließ und diejenigen, die ihm durch die Klauen fielen, für immer verloren waren.

Der Text endet auf halber Seite. Auf der folgenden ist nur ein kleiner Absatz zu lesen, darunter ein großes Fragezeichen von Hand.

Metsch haßte Pferde. Er hasste nicht so sehr die Tiere, er haßte ihren Geruch, ihren Schweiß. Um genau zu sein, er haßte den Schweiß der beim Militär dienenden Pferde. Früher, auf dem eigenen Hof, bei der Jagd oder einem vergnüglichen Ausritt hatte ihn der Duft nicht gestört, er war ihm sogar angenehm. Vielleicht schwitzen die Pferde auch unterschiedlich, entwickeln einen anderen Geruch, je nachdem, ob sie in der Armee, ähnlich ihren Reitern, den dienstlichen Gehorsam erlernen und unbedingt folgen müssen, oder ob sie, den liebkosenden Arm ihres Herrn auf der Flanke spüren, der sie sanft lobt oder tadelt, nachdem sie fröhlich trabend Wald und Flur durchquerten.

?

Es folgen wieder einige sehr eng beschriebene, allerdings auch heftig korrigierte Seiten. Martin fällt es schwer, den richtigen Verlauf zu finden.

Dem neuen Leutnant der Artillerie war es seit seiner Abkommandierung ein Dorn im Auge, die Nutzlosigkeit seiner Batterie erleben zu müssen. In einer Art stiller Übereinkunft mit dem Feind schoß zunächst die eine Seite und die andere suchte in den Gräben Schutz vor den Stahlgewittern, die manchmal über Tage andauerten. Das Schweigen der Kanonen kündigte den Sturm der Infanterie an, woraufhin sich alle aus ihren Bunkern und Erdlöchern erhoben, ihre Gewehre auf den First des Grabens legten und die Heranstürmenden unter gewaltiges Feuer nahmen. Gleichzeitig begannen die eigenen Geschütze zu feuern, wodurch dem Gegner weitere Verluste im Angriff wie auch im wenig später folgenden Rückzug beigebracht wurden. Die Kanonen schossen noch eine Salve ab, bevor nun ihrerseits die Soldaten aus den Schutz bietenden Gräben sprangen und in das Feuer der Gegenseite liefen. Nur ein kaltblütiger Stratege, der mehrere Kilometer hinter den Linien seinen Stand hatte, konnte diesem Anrennen einen Sinn, sogar eine Logik abgewinnen. Irgendwann einmal müßten die Reserven verbraucht und der Vorteil der ein oder anderen Seite zufallen, was unweigerlich zur Eroberung der feindlichen Stellungen führen mußte. Da aber beide Seiten in endlosen Zügen

stets lebendes Material an die Front schickten, war dieser Tag noch nicht absehbar. Vielleicht auch in Anbetracht dieser Tatsache ließ der Leutnant der Artillerie; seinen Namen verschweigen wir, wie auch die Heeresleitung dem gesamten Vorfall in Anbetracht der bedeutenden Abkunft des jungen Offiziers keinerlei Beachtung schenkte; also, er ließ noch einmal nachschießen. Er gebot seinen Kanonieren für ein, zwei Minuten Halt, beobachtete, wie auf der anderen Seite sich die ersten Läufe am Rande der Gräben zeigten, und befahl „Feuer!", sicherlich in der Absicht, den eigenen Männern einen Vorteil zu verschaffen und den Feind damit zu überraschen. Doch der anhaltende Regen, der den Boden schon tief aufgeweicht hatte, und das fehlende Nachstellen der Rohre nach jedem Schuß, führte dazu, daß die Salve viel zu kurz lag und in die vordersten Reihen der eigenen stürmenden Truppen einschlug.
Dort vorne, fast alleine an der Spitze, war Metsch. Er war seinen Untergebenen, im Felde nannte er sie „Brüder" oder „Kameraden",stets ein Vorbild an Mut und Tapferkeit. Er kannte den Augenblick, wenn vor ihm die kleinen Blitze aufflammten, und er „Deckung!" brüllend sich hinwerfen mußte. Die Kugeln surrten über ihn hinweg. Jetzt galt es, einen eigenen Weg zu finden, ein schwach besetztes Teilstück zu erkennen, dorthin die Kameraden zu lenken, um in die Stellungen des Feindes zu gelangen.
Metsch vernahm das dumpfe Grollen hinter sich, ohne einen Grund damit zu verbinden. Erst als sein Freund, der Regimentsarzt Dr. Max Demant, neben ihm von einer Granate zerrissen wurde, ahnte er, was vor sich ging.

Doch dieser Gedanke ging in der nächsten Sekunde in dem grellen Blitz, der rechts von ihm einschlug, unter. Er wurde zur Seite geschleudert, über Kameraden hinweg, die sich zum Schutz vor dem eigenen Feuer in die Erde verkrallt hatten.

Wieder bricht der Text ab. Stichpunkte wie „Lazarett“, „Arzt“, „Zimmernachbar“, „Gesundung“ stehen links und rechts am Rand. Martin blättert um. Wieder eine fast leere Seite.

Der Krieg hatte ihn gezeichnet und entstellt. Er war zum Krüppel geworden, nicht nur äußerlich. Sein rechter Arm fehlte, ebenso zog er das rechte Bein, es war steif wie ein Stock, nach. Sein Gesicht ist rechts von mehreren tiefen Narben zerfurcht, die sich wie dunkelrote Bäche über Wange und Stirn erstreckten. Er zitterte. Sein noch vorhandener Arm wedelte ohne Unterlaß.

Es folgen drei weitere Blätter, die nur in den oberen Zeilen beschriftet sind und wohl Anfänge für weitere Szenen dar stellen.

Metsch fühlte sich unwohl, trotzdem er wieder zu Hause war. Alle hatten Stand und Rang, Besitz und Namen, Geld und Wert verloren. Dennoch, jeden Morgen, wenn er erwachte, jede Nacht, wenn er sich schlafen legte, verfluchte er den Tod, der ihn zu seinem gewaltigen Fest vergeblich gelockt hatte. Er beneidete die Gefallenen. Sie ruhten unter der Erde, und im nächsten Frühling würden Veilchen aus ihren Gebeinen wachsen. Wir, die Überlebenden, waren unfruchtbar heimgekehrt, mit lahmen Lenden, vom Tod verschmäht. Der Befund lautete: „Für den Tod und das Leben untauglich."

Metschs Bruder fragte: „Wovon willst du leben? Was kannst du überhaupt? Vor dem Krieg warst du ein fescher Kadett aus guter Gesellschaft, das heißt aus jener Gesellschaft, die es heute nicht mehr gibt. Du hast nichts, du hast keinen Beruf, du hast keine Armee, du hast keinen Krieg und du hast auch keine Gesellschaft mehr."
„Aber meine Ehre habe ich noch", entgegnete Metsch mit tonloser Stimme.

Tragen andere ihre Seele in einem dicken Leib wie in einem Futteral, so steckte sie bei Metsch förmlich an der Brust. Er war hager, ja man kann sagen unnatürlich dünn, der Kopf schmal und lang, die Wangen eingefallen. Seine Haut war wie Perlmutter von zarten Äderchen durchzogen, und da er kaum nach draußen ging, von einem weißen Schimmer. Umso mehr leuchteten die tiefen Narben rot hervor, insbesondere eine, die von der Schläfe bis zum Munde reichte. Insgesamt erinnerte seine Gestalt an die eines Heiligen, der die Last der Welt zu tragen bereit ist und sein Martyrium still erwartet.

Martin schob die Blätter wieder zusammen, stieß sie einmal auf dem Tisch auf und legte sie beiseite.
„Und, gefällt es dir?", fragt er Sandra, die mit geschlossenen Augen neben ihm auf dem Sofa liegt.
„Ja, es gefällt mir gut! Ich kann mir vorstellen, wie es mit ihm weitergeht. Er wird sich mit Vater und Bruder überwerfen und den Hof verlassen. Diese Frau Slama will ihn als Krüppel sicherlich auch nicht mehr, wenn sie überhaupt noch lebt. Er ist einsam, einsam und traurig. Er zieht weg, auch weg vom Land, in eine Stadt."
„So, meinst du?" Martin ist beeindruckt.
„Ja, für mich würde es so weitergehen. Er sitzt eines Tages im Zug, die Landschaft, seine geliebte Heimat, zieht an ihm vorbei, er schläft ein, erwacht bei den ersten Ausläufern der Stadt, sieht die Vororte, die rauchenden Schlote, die Fabriken, das düstere Grau …"
„Vielleicht solltest du die Geschichte weiter schreiben?"
„Warum? Es kann sich doch jeder selbst etwas dazu ausdenken." Sie dreht sich auf die Seite, zu Martin hin. „Wie würde es bei dir weitergehen?"
Martin überlegt. „Vielleicht noch ein bisschen mehr Action am Anfang. Seine Rettung, der Transport, der Krieg tobt …"
„Oh ihr Männer, bei euch muss immer gekämpft und geschossen werden."
„Nein, gar nicht wahr. Das wäre doch realistisch, so wäre es doch in Wirklichkeit gewesen."
„Vielleicht kommt es nicht immer auf die Wirklichkeit an. Vielleicht will dir der Autor etwas anderes erzählen, was unter der Wirklichkeit liegt?"
„Was unter der Wirklichkeit liegt? Was soll das sein?"
„Eine Art …", Sandra sucht den passenden Begriff, „... eine Art Wahrheit. Noch besser: eine innere Wahrheit.", sagt sie nach einigen Sekunden, zufrieden mit dem gefundenen Wort.
„Wirklichkeit, Wahrheit – das ist mir jetzt zu hoch." Martin greift den nächsten Stapel Blätter.

II. Das Haus

Anselm Perlefter war Kaufmann, ohne Frage. Hätte man ihn gefragt, welche Eigenschaften seiner Meinung nach einen Kaufmann auszeichnen, so hätte er genannt: Bescheidenheit im Leben, Strenge im Einkauf und Geduld im Verkauf. Und ohne Frage besaß er alle diese Eigenschaften, zumindest nach außen hin. Er lebte mit seiner Frau Deborah und seiner Tochter Mirjam in einer kleinen Wohnung, direkt hinter dem Laden. Es waren drei kärgliche Zimmer, keines größer als das folgende. Eine stets offene Tür, geschützt durch einen Vorhang aus unbestimmtem Stoff und unbestimmter Farbe, führte hinter dem Verkaufstresen in die privaten Räume. Dort versah Frau Perlefter nicht nur den bescheidenen Haushalt, sie war auch gleichzeitig für den Verkauf und die Beratung der Kunden, die sich durch das helle Klingeln eines über der Tür angebrachten Glöckchens ankündigten, zuständig. Die Glocke war mit einem elastischen Stahlbügel an der Tür befestigt und schwer zu umgehen. Sie war hoffnungslos gesprungen, doch beim geringsten Anlaß schepperte sie mit impertinenter Feindseligkeit hinter jedem Kunden her. Auf dieses warnende Signal hin betrat Frau Perlefter, ihre Hände an einer immer gleichen Schürze trocknend, einem geübten Artisten gleich, den Vorhang mit einer Hand fast zur Seite drückend, den Laden. Kein greller Scheinwerfer empfing sie dort, der jede ihrer Bewegungen begleitete. Nein, Perlefter war sparsam und nur wenige trübe Lampen vergossen scheinbar widerwillig ihr Licht in den kräftig nach Gerbstoffen riechenden Raum.

Wo Familie und Geschäft so nah beieinander sind, daß sie sich, man möchte sagen, körperlich berühren, kann man das eine nicht kennen und zugleich das andere übersehen. Die Familie war überzeugt, das Perlefter schwer arbeitete, daß er nicht schlief, daß er unaufhörlich um das tägliche Brot kämpfte, daß ihm jede Ausgabe neue Sorgen machte. Deshalb machte die Familie keine einzige Ausgabe ohne Sorgen. Es gab in diesem Haus keine Freude, an deren Seite nicht der Gram stand; kein Fest ohne Schmerz; keinen Geburtstag ohne Krankheit; keinen Wein ohne Wermut. Gelegentlich erlaubte Perlefter einen guten Kuchen, aber in so dünnen Scheiben, daß man seine Qualität gar nicht schmeckte. Perlefter handelte mit Lederwaren aller Art. So stand es in großen, goldenen, mit schwarz umrandeten Lettern auf dem Fenster zur Straße hin: „Anselm Perlefter, Lederwaren aller Art". Sein Vater war noch Schuster in der Stadt W. gewesen, pflegte das Handwerk, saß zwölf Stunden am Tag auf einem Schemel, die alten Werkzeuge vor sich, in deren Griffe der Schweiß der Jahre eingesickert war und tiefe Risse hinterlassen hatte, Risse wie die Falten im Gesicht des Alten. Die Klingen und Spitzen waren abgewetzt, wie die geschickten Hände, die selbst wiederum wie mit Leder überzogen schienen.

Es zeigte sich, daß sein Sohn nicht das handwerkliche Geschick besaß wie der Vater. Überhaupt war er in vielen Dingen völlig anders als sein Herr Papa. Der Vater seines Vaters, sein Großvater, war ebenfalls Schuster gewesen und stammte aus Zlotogrod, einem Bezirk in Galizien, nahe der russischen Grenze.

Er hatte noch das fahrende Handwerk ausgeübt und ist in den Sommermonaten weit über den Horizont hinaus durch allerlei Länder gezogen. Ein armseliges Wägelchen hinter einen dürren Esel gespannt, seine Dienste mit knochiger, heißer Stimme in den staubigen Dörfern ausrufend, war er das Sinnbild eines armen Ostjuden, vielleicht des ewigen Juden überhaupt.

Seine Frau war dürr. Jeden Morgen zählte er ihr und der Tochter eine kleine Anzahl Münzen auf den Tisch, die für die täglichen Besorgungen und die Mahlzeiten reichen mußten.

Er selbst lebte im Überfluß. Er aß die besten Suppen, die größten und frischesten Kuchen, die ausgesuchtesten Spezialitäten, das frischste Brot. Er war rund und wohlgenährt, da er auf seinen geschäftlichen Wegen durch die Stadt Cafés, Konditoreien und Gasthäuser aufsuchte, die sich alle in gebührender Entfernung zu seiner eigenen Straße befanden. Hier verzehrte er Krapfen, dort ein zweites Frühstück oder eine dampfende Zwischenmahlzeit. Seine Orte und Zeiten waren denjenigen bekannt, die ein Geschäft mit Perlefter einfädeln wollten. Ebenso war seine Vorliebe für das Essen bekannt. So passten ihn seine Geschäftsfreunde mal an diesem, mal an jenem Ort ab, offerierten ihm die seltsamsten Dinge en gros, luden ihn ein und lieferten am nächsten Tag. So kam es, daß Perlefter mit den unterschiedlichsten Dingen handelte. Holz, Möbel, Schaufeln, hin und wieder Pferde. Er hatte ein Gespür für einen guten Verdienst und er war reich, wovon seine Frau und seine

Tochter nichts ahnten, denn das Geld verbarg er bei einem Freund, einem Bankier. Er besaß einen ledernen Taschenkalender. In diesen notierte Perlefter in Abkürzungen, die kein Fremder zu entziffern vermochte, alle seine Geschäfte, seine Einnahmen, sein Vermögen. Auf den letzten Seiten, knapp hinter den Israelitischen Feiertagen, führte er eine Liste von Adressen alleinstehender Damen, die sich als Masseusen, Hebammen und Besitzerinnen von Schönheitssalons in der Stadt einen Namen erworben hatten. Seine Favoritin war eine gewisse Mizzi.

Mirjam verschaffte sich auf andere Art ihre Freuden. Sie war eine junge Frau, mit vollem Busen in einem engen Mieder und mit ausladenden Hüften. Sie war als leichtes Mädchen bei den Burschen und einigen Männern bekannt. Schon für kleine Geschenke, ein Stück Schokolade, Bonbons oder Konfekt gewährte sie die Berührung ihres kühlen weißen Busens, einen Kuß auf ihre stets feuchten Lippen, erlaubte das Ertasten ihrer Schenkel. Mirjam war schön. Sie liebte nicht nur Süßigkeiten, sie liebte auch die süße Lust und gewährte sie vielen. So war es für die dennoch Verschmähten eine doppelte Schmach, nicht mit ihr in einen Hinterhof, einen Eingang oder einen Keller gehen zu dürfen.
So fiel sie auch in die Blickfelder einiger Herren, die keiner bestimmten Tätigkeit nachgehen und von früh bis spät die Cafés und Terrassen bevölkern. Mirjam blieb haften in ihren sorglosen, untätigen und lustsüchtigen Köpfen. Mancher stellte ihr nach. Nichts anderes nahm sie von ihren Jägern zur Kennt-

nis, als was sie im Vorübergehen erhaschen konnte, einen verwehenden Duft von Pomade und Rasierseife, einen knalligen Schimmer von leuchtenden Knöpfen oder das stete Klopfen eines Stockes auf das Pflaster. Es war wenig, es war genug. Gleich hinter den äußeren Toren ihrer Sinne lauerte die Neugier in Mirjam, die Schwester der Jugend, die Künderin der Lust. In einer süßen und heißen Furcht floh das Mädchen vor seinen Verfolgern. Nur um den schmerzlichen, erregenden Genuß der Furcht auszukosten, floh sie durch mehr Gassen, viele Minuten länger als nötig. Sie flüchtete auf Umwegen. Nur um wieder fliehen zu können, ging Mirjam häufiger, als nötig war, aus dem Haus. An den Straßenecken hielt sie ein und warf Blicke zurück, Lockspeise den Jägern. Es waren Mirjams einzige Genüsse. Selbst wenn jemand vorhanden gewesen wäre, der sie verstanden hätte, ihr Mund wäre verschlossen geblieben. Denn die Genüsse sind stärker, solange sie geheim bleiben.

Im Hinterhof lebte der alte Jacques. Wie er wirklich hieß, wußte niemand, auch nicht, woher er stammte oder welcher Religion er angehörte. Er bewohnte zwei karge Zimmer über der Werkstatt. Er war ebenfalls ein Erbstück des alten Perlefter, scheinbar der einzige, zu dem der Verblichene jemals eine Art Freundschaft gepflegt hatte, obwohl er von ihm wie ein Knecht, oder bestenfalls wie ein Geselle, behandelt wurde.
Jacques saß in der Werkstatt, so lange sich Anselm Perlefter erinnern konnte. Er selbst hatte ihm schon als Knabe viele Stunden bei der Arbeit zugesehen, wenn er die groben Stiefel der Bauern, die hohen der feinen

Herren und die zarten, eleganten der Damen reparierte. Er erfand lustige Geschichten dazu, die den sicheren Griffen seiner Hände mal voraus-, mal hinterherliefen. Wie sich wohl dieses Loch in die Sohle des Bauern gestohlen habe oder warum das Riemchen der Dame abgerissen sei. Anselm lauschte gespannt und war ebenso von den knotigen, knochigen Händen fasziniert wie von dem zahnlosen Geplapper.
Nun war er alt geworden, sehr alt. Er hörte schlecht, überspielte es aber mit eiserner Disziplin. Bald - so dachte Perlefter - wird er taub sein, wie ein Klavier ohne Saiten.
An manchen Tagen schlief Jacques in seinem Lehnstuhl ein. Ein Stock lag zu seinen Füßen wie ein treuer Hund.

Es ging noch mehrere Seiten weiter mit Jacques, dem die Leute ihre Schuhe, Taschen und anderes zur Reparatur brachten, allerdings nicht mehr durch den Laden Perlefters, sondern direkt im Hof ihre Bitten vorbrachten, die Jacques gegen kleines Geld erfüllte. Am Ende stirbt er.

Jacques lag in seinem Zimmer im Bett. Sein steifes Hemd hatte man ihm angezogen. Über seinem schwarzen Gehrock hing es, ein glänzender Panzer aus Leinen. Die gewichsten Stiefel standen wie Wachposten am Fußende des Bettes. Die Socken aus Wolle, vielfach gestopft, lagen schlaff neben den Stiefeln. So viel bleibt übrig von einem Menschen. Ein paar Knöpfe aus Messing auf dem Nachttisch, ein Kragen, Stiefel, Socken, Gehrock, Hose, Hemd. Die alten Füße mit den verkrümmten Zehen lugten unter dem unteren Deckenrand hervor. Perlefter zahlte seine Beerdigung und war zum ersten Mal in seinem Leben großzügig.

Auf dem Grabstein stand - Jacques war Katholik - „Hier ruht in Gott Franz Xaver Joseph Kromichl, genannt Jacques, ein alter Diener und ein treuer Freund."

Es folgen weitere Personenbeschreibungen, mal ausführlich, mal knapp. So sind da die Nachbarn von Metsch, die Familie Fingal. Er arbeitet als Lokalredakteur bei der Zeitung, seine Frau kümmert sich um die beiden Kinder und auch um Metsch. Sie kocht für ihn mit, dafür versorgt er sie mit Lebensmitteln, die er per Post vom elterlichen Gut erhält.
Da ist Josefine Matzner, eine stattliche Witwe, die sich den Anschein einer Dame von Welt gibt, von der es aber heißt, sie habe in der Stadt W. ein Freudenhaus betrieben.
Unterm Dach wohnt der Maler Moser, ein greiser, versoffener Künstler, der seine Bilder in den umliegenden Cafés und Lokalen anbietet, insgeheim von einem alten Schulfreund, der ein höherer Beamter ist, unterstützt wird.
Zwei Blätter sind bis auf die jeweiligen Namen oben links „Stania" und „Böhlaug" komplett leer.

Perlefter schien seine Mieter wie seine Waren in der ganzen Welt zu sammeln. Das Haus war voll mit Menschen unterschiedlichster Herkunft und unterschiedlichsten Charakters. Insgeheim verfolgte der Besitzer des großen Hauses damit einen Plan. Nie hätte er nur an Personen einer Schicht seine Wohnungen vermietet, befürchtete er doch, daß diese sich irgendwann verbünden, revoltieren und Forderungen gegen ihn stellen konnten. So gab es oben den Arbeiter Mendel. Er ging morgens als erster aus dem Haus. Seine schweren Stiefel schallten durch das Treppenhaus, gerade so, als wolle er auch alle anderen an ihr Tagwerk erinnern.

Neben Mendel wohnte der Student Tucher. Er stammte aus armen Verhältnissen. Er ist fleißig und still, bis auf gelegentliche Dispute mit seinem Nachbarn. Da wurden beide politisch und laut. Tucher verteidigte die Ideen von Marx, Engels und Lenin, Mendel schimpfte auf die weltfremden Idealisten, die besser einmal Hammer und Sichel in die Hand nehmen sollten, als nur unter deren Fahne einher zumarschieren.

Martin legt auch dieses Bündel zurück auf den Tisch, nimmt das nächste.

III. Die Straße

Es war eine belebte und breite Straße. Nicht die Hauptstraße der Stadt, die mit ihren zahllosen Passanten, Fahrzeugen, Geschäften und dem damit verbundenen eifrigen Treiben jedem fremd bleibt,sondern eine Straße, in der sich die Menschen kennen und voneinander wissen. Sie mochten sich nicht unbedingt, doch zweifelsohne war ihnen die Existenz des Nachbarn vertraut und sein Schicksal war mit dem ihren auf eigentümliche Art und Weise verbunden. Würde sie die Nachricht erreichen, dem ein oder anderen sei etwas zugestoßen, oder gar der Tod habe ihn ereilt, es bliebe nicht ohne Reaktion. Man sehe sich sogar gezwungen, den Anzug aus dem Schrank zu nehmen, den einen Anzug, der nur für bestimmte Feierlichkeiten und Anlässe, seien es Hochzeiten oder eben Beerdigungen, dort hängt, man würde also den Anzug nehmen, einen sauberen Kragen an das frisch gewaschene und gestärkte Hemd anlegen, die Schuhe putzen und sich in die Reihe der bedächtig Schweigenden und Schreitenden einreihen, und demjenigen das letzte Geleit geben, der noch vor kurzem auf der Straße, wenn nicht getroffen, so doch gesehen worden war. Später, nachdem der Sarg in die Grube herabgelassen und jeder der Anwesenden mit dem Schäufelchen Erde auch einige stille Worte des Abschieds auf die dumpf klingenden Bretter geworfen hatte, würden unter den Lebenden Erinnerungen an den Verblichenen ausgetauscht und die verpassten Gelegenheiten bedauert werden, an denen doch nochmals ein letztes Wort möglich gewesen wäre, eine letzte Unterhaltung, doch nun aus und vorbei, vertan, für immer dahin.

Jedes Haus beherbergte zu ebener Erde ein Geschäft, einen Laden oder ein Lokal.

So also war die Straße, deren Namen hier auch nicht genannt werden muß, da es viele solcher Straßen gab und ich, als der stille Chronist, gar nicht in den Verdacht kommen möchte, daß mit diesem Ort etwas Besonderes verbunden ist, was ihn von anderen unterscheidet, und daß das, was ich im Folgenden erzählen werde, nur an genau diesem Fleck sich hätte so zutragen können.
So also war die Straße und Adolf Metsch stand am Fenster, ein Stockwerk über ihr. Heute hatte er Zeit, einen ganzen Tag, von den frühen Morgenstunden an. Er wußte, wann die Bäckerei Toller ihren schweren, braunen Holzladen nach oben zog. Er sah es zwar nicht - die Bäckerei lag auf seiner Straßenseite -, dennoch wußte er an den schräg über den Fahr-

damm wechselnden Frauen, die kurze Zeit später mit ganzen oder halben Laibern Brot zurückkamen, um davon ihren Männern das Frühstück und den Kindern die Brotzeit zu bereiten, daß die rundliche Frau Toller mit ihren roten Wangen hinter der Theke stand und alle mit Namen begrüßte, die den Laden betraten.
Nach der Bäckerei öffnete die Metzgerei Reisiger. Sie lag seinem Fenster leicht schräg gegenüber. Zu dieser Zeit hatte der Strom der Arbeiter bereits eingesetzt. Sie strebten dem Platz am oberen Ende der Straße zu, um dort die Straßenbahnen zu besteigen und in Richtung der östlichen Stadtbezirke davon zubrausen. Andere schoben ihre Fahrräder aus den Höfen und Hauseingängen, bestiegen sie schlaftrunken am Bordstein, um dann in den dunklen Morgen davonzufahren.
Reisiger, der Schlachtermeister, war nicht sehr pünktlich. Er konnte, bekleidet mit seiner rot gestreiften Leinenjacke, darüber die lange Lederschürze, die ihm, trotz seines enormen Leibes, fast einmal herum reichte, darunter die klobigen Stiefel, bereits kurz vor sieben Uhr vor seinen Laden treten und die schöne Markise über dem Eingang herauskurbeln. Es konnte aber auch halb acht oder gar acht werden, er nahm es nicht so genau. Reisiger war nicht verheiratet, und es fehlte an vielen Stellen die ordnende Hand. Seine Kunden übten Nachsicht mit ihm und die Zeiten, an denen er in dieser Woche aufgeschlossen hatte, waren, wie das Wetter, ein fester Bestandteil des täglichen Tratsches unter den Frauen. Manche Mutter aus der Straße hoffte auf eine gute Partie, denn Reisiger galt als wohlhabend, vermögend gar,

ihm gehörten Haus und Hinterhaus. Seine Fehler wurden ihm nachgesehen, auch seine Eigenarten, bis dahin, daß er es insgeheim mehr mit Knaben hätte. Der Vater eines Jungen, der bei ihm in die Lehre ging, wollte schon einmal Anzeige erstatten, es kam nicht dazu, da ein stattliches Schweigegeld und eine neue Lehrstelle bei einem Kollegen in der Stadt alles heilte. Das waren Gerüchte, die jeder in der Straße kannte, über die niemand mehr sprach, denn sie waren offensichtlich wahr geworden und hatten ihren Reiz verloren.

An dieser Stelle steht eine weitere Notiz: „Später in Gefängnis wegen HJ-Buben".

IV Die Stadt

„Diese Stadt liegt außerhalb Deutschlands", so sagen es viele, besonders auch die neuen Herren in Berlin. Sie mieden diese Stadt, mieden ihre Kultur, die sie jüdisch nannten, ihre Vielseitigkeit, die undeutsch sei, ihr geschäftiges Treiben, das keine Nationalitäten kannte. Sie ist die Hauptstadt ihrer selbst. Sie nährt sich nicht vom Lande. Sie bezieht nichts von der Erde, auf der sie erbaut ist. Sie verwandelt diese Erde in Asphalt, Ziegel und Mauer. Sie ist die Hauptstadt des Geldes, das in ihr zu wachsen scheint wie Korn auf ganzjährigen Feldern, unaufhörlich und satt. Sie liefert allerhand Waren aus ihren Fabriken und handelt mit allen Kontinenten. Sie ist der Inbegriff einer Stadt. Das Land verdankt ihr seine Existenz und geht gleichsam aus Dankbarkeit in ihr auf. Sie hat ihre eigene Tierwelt im Zoologischen Garten und im Aquarium, im Vogelhaus und im Affenhaus, ihre eigenen Pflanzen im Botanischen Garten, ihre eigenen Felder aus Sand, auf denen Fundamente gesät werden und Fabriken aufgehen, sie hat sogar ihre eigenen Häfen, ihr Fluß ist ein Meer, sie selbst ist ein Universum. Sie allein von allen Städten, die ich bis jetzt gesehen habe, hat Humanität aus Mangel an Zeit und anderen praktischen Gründen. In ihr würden viel mehr Menschen umkommen, wenn nicht tausend vorsichtige, fürsorgliche Einrichtungen Leben und Gesundheit schützten, nicht weil das Herz es befiehlt, sondern weil ein Unfall eine Verkehrsstörung bedeutet, Geld kostet und die Ordnung verletzt. Diese Stadt hat den Mut gehabt, in einem häßlichen Stil erbaut zu sein, und das gibt ihr den Mut zur weiteren Häßlichkeit. Sie stellt Pfeiler, Hölzer, Planken, ekelhafte, gläserne, bunte, von innen beleuchtete Kröten an die Straßenränder, in die Kreuzungen, auf die Plätze. Ihre Verkehrspolizisten stehen mit metallenen Signalen da, die wie eben und provisorisch von der Eisenbahnverwaltung ausgeliehen sind, und tragen dabei gespenstisch weiße Handschuhe. Außerdem duldet sie noch in sich die Provinz, freilich, um sie eines Tages aufzufressen. Sie hat keine Religion und alle Religionen, vor allem hat sie Juden. Sie hat die häßlichsten Gotteshäuser der Welt. Selbst der sogenannte Dom, der gar keiner ist, zieht keine Touristen ins Innere, sondern nur auf seinen Turm, der Aussicht wegen. Sie hat keine Gesellschaft. Aber sie hat alles, was überall in allen anderen Städten erst durch die Gesellschaft entsteht: Theater, Kunst, Börse, Handel, Kino, Untergrundbahnen.

Auch in dieser Stadt hatte sich die neue Ideologie ausgebreitet wie eine Krankheit. Man ist stolz darauf und hängt diesen Stolz aus dem Fenster. Metsch sah es in seiner Straße: die braunen Wimpel, die selbstgenähten Banner und Fahnen, darauf ein uraltes Symbol, das aus fernen und wilden Kulturen stammt, die heute, als niedere Rasse, in diesem veränderten Land keine Berechtigung mehr hätten, Tieren gleichgestellt wären und dadurch zur Sklaverei verdammt.

Die in ihrem Leben nie etwas erreicht hatten, die jeder Arbeit auswichen und von der fürsorglichen Hand der Gesellschaft lebten, kleiden sich in phantastische Uniformen, geben sich gegenseitig Ränge und Abzeichen, formieren sich mit Fackeln und anderem okkulten Gehabe zu langen Märschen durch die Stadt, parieren auf ihren Plätzen, huldigen ihren Führern wie Kinder dem strengen Vater.

Man malt den Juden Sterne an die Fenster und Türen, näht ihnen Sterne auf Mäntel und Jacken. So soll das Volk Israels wieder einmal alle Buße auf sich nehmen, die jahrtausendealte Schuld erneut tragen, die ihnen damals durch das Kreuz aufgebürdet wurde. Doch die, die heute diese Schuld bemessen, kennen selbst keine Religion, keinen Gott. Sie opfern Mördern, Wegelagerern und Brandstiftern, den besten Sprößlingen ihrer üblen Gesinnung.

An Sonntagen ging Metsch gerne zum Bahnhof. Dort saß er in einem Lokal, dem Vorplatz gegenüber, und schätzte die Nationalität der Fremden ab, die den Zügen entstiegen und zu den Taxis oder Hotels eilten. Kam einer der Reisenden herein und er hatte richtig geraten, so freute er sich still. Er brachte es in den Monaten und Jahren zu einer beachtlichen Sicherheit. Er wäre sicherlich in Verlegenheit geraten, wenn er die nationalen Merkmale aufzuzählen hätte, woran er den Engländer, den Deutschen, den Italiener oder den Franzosen unterschied. Vielleicht war es die Kleidung oder Kleidungsstücke? Nein, die ganze Haltung war es. Manchmal konnte man Deutsche mit Engländern verwechseln, besonders, wenn es sich um ältere Menschen handelte. Deutsche und Engländer hatten manchmal dieselbe rote Gesichtsfarbe. Aber die Deutschen hatten Glatzen, die Engländer meist dichte, weiße Haare, so daß ihre Gesichtsröte tiefdunkel erscheint. Ihr silbernes Haar war nicht imstande, Ehrfurcht zu erwecken. Im Gegenteil, es schien manchmal, als wären die Engländer lediglich aus Koketterie alt und grau geworden. Ihrer Frische mutete etwas Widernatürliches und beinahe Gottloses an. Sie gingen herum wie zur Reklame für Turngeräte und Tennis-Rackets, die ein jugendliches Greisenalter garantierten.

Dagegen sahen manch ältere Herren vom Kontinent so aus, als hätten sie eine Reklame für Büromöbel und gute Sessel zu besorgen. Von den Hüften abwärts wurden sie breit, ihre beiden Knie stoßen gegeneinander, auch die

Arme waren dem Oberkörper so nahe, als lägen sie auf weichen breiten, ledernen Stuhllehnen.

Metsch liebte diese Stunden, entbanden sie ihn doch von seiner üblichen Pflicht und gewährten ihm etwas Neues, Überraschendes.

Sandra musste zwischendrin einige Male lachen, vor allen Dingen bei den „häßlichsten Gotteshäusern“ und den „dicken Herren“.

V. Mampe

In der Straße, direkt dem Hause Perlefters und damit Metschs Fenster gegenüber, mit zwei Tischreihen auf dem breiten Bürgersteig, die bei zu heißem oder schlechtem Wetter von einer leuchtendroten Markise überdeckt werden konnten, lag das Café Mampe. In der Mitte der blutroten Bahn ist ein weißer Elefant aufgedruckt, das Wahrzeichen der Likör- und Schnapsdestillerie, die dem Lokal seinen Namen verlieh: Mampes gute Stube, von allen nur Café Mampe, oder, noch kürzer, schlicht Mampe genannt. Das Mampe war der anerkannte Mittelpunkt, nicht nur der Straße, sondern der Stadt überhaupt. Es schien ohne Unterlaß geöffnet zu sein. Am Morgen war es Treffpunkt der Damen, die sich zu einem Kaffee, einem zweiten Frühstück und natürlich zum Schwatz hier trafen. In den Mittagsstunden diente es geschäftig daherkommenden Herren als Bistro, denn sie verlangten eine schnelle und günstige Mahlzeit. Am Nachmittag war es Ziel der Honoratioren, die zur stets gleichen Stunde zum Schachspiel, einer lebhaften Diskussion über Politik oder dem stillen Genuß einer Virginia an ihren angestammten Plätzen saßen. Abends erschien das Mampe in einem anderen Kleid. Wie sich ein Gigolo für die verheißungsvollen Stunden in seinen besten Anzug wirft, so wandelte sich das tagsüber schlichte Lokal in ein nobles Restaurant. Nachdem die letzten Tagesgäste das Café verlassen hatten, wurden die Tische mit strahlend weißen Leinentüchern bedeckt, schweres Besteck auf allen Plätzen ausgelegt und die eisig glänzenden Kristallgläser dazwischen warteten darauf, mit einem samtenen Bordeaux, einem honigfarbenen Chardonnay oder prickelndem Champagner gefüllt zu werden. Mehrere Kellner, die allesamt schon die gestrige Nacht bis in den frühen Morgen hier gearbeitet hatten - sie zeigten die Blässe der Tagesschläfer - standen in der Mitte des Raumes wie Kegel in einem Spiel. Alle Tische waren reserviert, und in wenigen Minuten würde ein Sturm an Gästen aus allen Winkeln der Stadt über sie hereinbrechen. Später am Abend wandelte sich das Mampe ein letztes Mal. Die Tücher waren befleckt von Wein und Speisen, Asche und Kaffee, Teller und Besteck sind verschwunden, einzig die Gläser wollten nicht weichen und immer wieder gefüllt sein. Um diese Stunde, meist war Mitternacht bereits vorüber, werden die Tische aus der Mitte des Raumes zur Seite geräumt, der Musiker Nechwal stand schon seit geraumer Zeit an der Bar und wartete dort auf seinen Einsatz. War das Essen allgemein beendet, schritt er zum Klavier, klappte die Abdeckung der Tasten mit einer fast zärtlichen Geste seiner Hände nach oben, zog den

Hocker ein Stück hervor, nahm Platz und fing an zu spielen. Die erste halbe Stunde blieb er allein, und sein Spiel war mehr eine sanfte Untermalung der noch lebendigen Gespräche an den Tischen.
Nicht immer, doch sicher an den Wochenenden, kamen zu noch späterer Stunde zwei oder drei weitere Musiker mit ihren Instrumenten herein, unter ihnen der junge Kossak von gegenüber, ein begnadeter Sänger und Komponist, gruppierten sich um den ohne Unterbrechung weiterspielenden Nechwal, nahmen seine Melodien auf und begleiteten ihn, wie Freunde, die sich zufällig irgendwo trafen und feststellen, daß sie den gleichen Weg haben. Die Musik wurde lebendiger, der Takt schneller, die Stimmung gelöster. Manche Paare tanzten bereits seit dem ersten gemeinsamen Stück auf dem abgewetzten Parkett, denn sie wußten, daß in wenigen Minuten kein Platz mehr für gewagte Bewegungen, Pirouetten und Figuren sein würde und sie im dichten Gedränge nicht aus der Menge herausstechen könnten. Die Stimmen wurden noch lauter und die Gäste noch ausgelassener, man trank viel. Wer nicht tanzte, war in allerlei Gespräche vertieft.

Ja, Metsch liebte die Aussicht auf die schillernde Welt gegenüber, er liebte sie fast so sehr wie die neunte Stunde am Morgen, wenn Friedl Reichler die Straße betrat. Auch sie blieb manchmal vor dem Mampe stehen, schaute ungläubig in die Fenster, als sei dahinter eine andere Welt verborgen, einem Aquarium gleich, in dem der Besitzer Goldtruhen, gesunkene Schiffe, Meernixen und nicht zuletzt Neptun selbst dekoriert hatte.

So staunte Friedl durch die Scheiben hindurch. Ihr Mann betrank sich im Königskeller, diesen kannte sie von früher, als sie es noch unternommen hatte, ihn rechtzeitig, bevor sein Rausch allzu heftig wurde, aus dem Lokal zu rufen, ihn nach Hause zu bitten, ihn, vor allen Leuten, an seine Versprechen, nie wider ein Glas anzurühren, erinnerte - vergebens. Später bekam sie die doppelte Tracht Schläge, da sie nicht nur sein Gewissen plagte, sondern es darüber hinaus gewagt hatte, ihn vor all seinen Freunden zu demütigen.
Doch daran dachte Metsch in diesen Stunden nicht. Er schaute hinüber, über die spärlich beleuchtete Straße hinweg, sah die Gesichter hinter den Fenstern, im Gespräch einander zugewandt, und glaubte jedes Wort von den Lippen ablesen zu können. Immer mehr Gäste strömten hinein, zeitweise bildeten sich Schlangen vor der Tür, niemand wurde abgewiesen, wenn er denn eine Reservierung besaß. Später war auch dies nicht mehr nötig, man drängte hinein und wie durch ein Wunder fanden alle im Innern Platz.
Erst zu später Stunde quollen die ersten Gäste wieder hinaus. Wie bei einem Schwimmer, der lange unter Wasser ausharrte, die Backen und die Lunge voller Luft, die er nach und nach, in kleinen Blasen, entweichen ließ, um noch ein wenig länger in dieser anderen Welt verbleiben zu können, so entließ das Mampe die Menschen in die Nacht.

Viele Jahre hatte er nun das Mampe beobachtet, hatte die Zeit nach dem großen Krieg gesehen, als auf der Straße gekämpft und innen getrunken wurde. Hatte das Ungeheuerliche erlebt, daß Frauen, in nur knielangen, engen Röcken, mit kurzen Haaren und kecken Hüten auf dem Kopf, alleine das Café betraten. Er hatte die bitteren Jahre gesehen, in denen morgens immer weniger Arbeiter ihre Wohnungen verließen und wenn, nur um bald darauf wieder nach Hause zu kommen. Die Taschen ihrer Frauen waren nach dem Einkauf beinahe so leer, als wie sie fortgegangen waren. Im Mampe wurde dennoch getrunken. Auch in dieser Zeit, oder gerade in dieser Zeit, brauchte die verzweifelte Seele den Alkohol, und es gab noch genügend Wohlhabende, die keinen billigen Schnaps in einer kargen Küche trinken mußten, sondern die scheinbar ein Fest feierten, ein Fest nach dem anderen, als sei es womöglich das letzte.

„Trinken ist eine gute Idee!", sagt Sandra und streckt sich auf dem Sofa aus. „Möchtest du auch einen Schluck Wein?" Sie steht auf, lässt ihre Hand über Martins Schulter gleiten. Er greift nach ihr und wirft einen schnellen Kuss darauf.
„Ich komm mit."
Beide stehen in der Küche, Martin hantiert mit einem Korkenzieher und einer langhalsigen Weinflasche. Sandra sucht die passenden Gläser im Schrank, in dem es munter klingt.
„Wie gefällt es eigentlich dir?", fragt Sandra und schließt die Schranktür.
Martin zieht, die Flasche zwischen den Beinen, mühsam den Korken heraus, schnüffelt an dessen unterem Ende, gießt einen Schluck in eines der Gläser, riecht auch daran, füllt beide gleichmäßig mit der honiggelben Flüssigkeit. Sie prosten sich zu, stoßen miteinander an, trinken.
„Mmmhh …", antwortet Martin zögernd, noch einen letzten Schluck Wein im Mund, „… ein bisschen altmodisch, finde ich … so ein bisschen steif und … wie soll ich sagen … plüschig …"
„Plüschig? Du meinst geschwollen?"

„Nein, das meine ich nicht. Ich finde nur, so würde sich heute kein Mensch mehr ausdrücken."
„Aber das ist doch gerade das Schöne daran, findest du nicht?" Sandra nimmt einen kräftigen Schluck. „Heute gibt sich niemand mehr so viel Mühe, die Dinge genau zu beschreiben, ja fast mit Wörtern zu malen. Heute ist alles ‚geil' oder ‚obergeil' oder ‚endgeil' oder was auch immer."
„Versteht doch auch jeder, oder nicht?"
„Jeder versteht etwas anderes darunter – und, es ist immer nur pauschal, verstehst du. Die Kleinigkeiten interessieren nicht mehr, oder die Feinheiten ..." Wieder trinkt Sandra, Martin gießt nach.
„Komm, ich lese noch den Rest, dann muss ich mal etwas essen."

VI. Friedl

Neun Uhr war Metschs liebste Stunde, denn es war die Zeit, da Friedl, die Frau des grobschlächtigen Reichler, aus dem Haus rechts gegenüber, ihre Einkäufe erledigte. Unruhig wartete er auf die zierliche Person, die, kaum aus dem Haus getreten, sich links und rechts umschaute, mehr um sich zu vergewissern, daß sie nicht gesehen wurde, als in der Hoffnung, eine Bekannte zu treffen. Meist zog sie ihr Kopftuch oder was sie sonst an schmucklosen Kopfbedekkungen trug, weit in ihr Gesicht hinein. Metsch kannte sie ohne diese Verkleidung, lag doch ihre Wohnung auf gleicher Höhe zu seinem Zimmer. Wenn er näher an das Fenster trat, was er zu diesem Zweck auch immer wieder tat, konnte er sie bei ihrer Hausarbeit beobachten oder wie sie oft stundenlang ohne ersichtliche Tätigkeit am Tische saß, versunken und einsam, wie er selbst.

Ihre Augen waren sich dabei nie begegnet, zu mindest glaubte es Metsch, denn die wenigen Male, da dazu Gelegenheit bestanden hätte, war sie ohne erkennbares Zeichen in ihrer Arbeit fortgefahren.

Die kleinste, die geringste ihrer Handlungen und Gesten rührte ihn tief, denn er fand, daß jede Bewegung ihrer Hand, jedes Kopfnicken, jedes Wippen ihres Fußes, das Glätten des Rockes eine unmittelbare Beziehung zu ihm verrieten.

Er kämpfte lange Zeit vergebens gegen diese Liebe, nicht so sehr deshalb, weil er sie als aussichtslos erachtete, sondern weil er im stillen den Spott der Nachbarn fürchtete.

Aus manchen Anzeichen, der scheinbar unwillkürliche Blick, die höchst zufällige Berührung seiner Schulter, leitete Metsch Versprechen ab, an deren Einlösung nicht zu zweifeln war.

Sie hatte eine weiche, tiefe, aber auch leise Stimme. Überhaupt war Friedl ein unauffälliges Wesen, das die Stille wie einen Schleier um sich trug. Ihr aufrechter Gang, als trüge sie etwas auf dem Kopf, ließ sie arrogant und distanziert erscheinen.
Metsch stand oft hinter Friedl in der Schlange bei der Bäckerei Toller. Schon völlig angekleidet wartete er hinter dem Fenster auf sie. Sobald Friedl die Straße betrat, ging er aus dem Zimmer, die wenigen Stufen nach unten, hinaus auf den Bürgersteig und schon war er dicht hinter ihr. Manches Mal drängte

sich eine eilige Nachbarin oder ein Hausmädchen dazwischen. Ihr Sprechen erinnerte ihn an eine Art gedämpftes, gezähmtes, keusches und dennoch verheißungsvolles Gurren, an ein Murmeln unterirdischer Quellen, an das ferne Rollen ferner Züge, die man manchmal in schlaflosen Nächten vernimmt. Jedes ihrer banalsten Worte barg eine bedeutungsvolle Kraft.

Mehr als einmal erlebte Metsch, daß, nachdem Friedl die Bäckerei verlassen hatte, die gehässige Frau Toller mit dem nächstbesten Dienstmädchen einen lauten Tratsch begann und sie hinter der Gehaßten herzischten wie Nattern. Es schien ihm, daß dieses Schauspiel absichtlich in seinem Beisein aufgeführt wurde, um ihn zu schrecken oder um ihn zu warnen, wer kann es wissen.
„Die Reichler ist nicht ganz richtig im Kopf. Jeden Tag geht sie einkaufen, jeden Tag verdirbt sie alles, jeden Tag kann es ihr Mann, der Gestrafte, auf den Mist werfen. Nicht die einfachsten Sachen kann sie zubereiten."

VII. Schluß

Metsch stand hinter dem Fenster, die harten grauen Borstenhaare über der gelblich tausendfach zerknitterten Stirn, die winzigen, tiefliegenden Augen, die keine Lider zu haben schienen, die hageren, knochigen Wangen, die schmalen Schultern. Alles bebte, alles zitterte an ihm.

Metsch lebte nur noch zurückgezogen in seinem Zimmer, beobachtete - wie durch Glas -

das Leben um ihn herum. Hatte er änfänglich noch gearbeitet, ist ihm dies nun unmöglich. Jede Minute versucht er am Fenster zu verbringen, ißt kaum noch, fiebert.

Etwas ging vor, Metsch spürte es ganz deutlich. Der gewohnte Gang der Dinge war unterbrochen. Die Männer blieben zu Hause oder kamen früher als gewöhnlich zurück. Sie eilten alleine oder in kleinen Gruppen durch die Straße, verschwanden in Höfen und Toren, kamen wenig später wieder heraus, liefen in unterschiedlichen Richtungen davon. Schon am frühen Abend kehrte eine bedrohliche Stille ein. Die Zeit schien wie eingefroren, die Welt für immer stillzustehen. So brach die Nacht herein.

Lärm und Geschrei erhob sich im Haus. Uniformierte und Menschen in Zivil, mit Peitschen, Stöcken und Knüppeln in den Händen, trieben den düstern Schwarm der Juden durch die trübe beleuchtete, nächtliche Straße. Einige bildeten mit Fackeln einen bewachten Kreis. Es waren Fremde, Metsch erkannte nur wenige bekannte Gesichter, die den anderen den Weg wiesen, auf Türen und Fenster deuteten. Man brach in jedes der Häuser ein, löschte die Lichter aus, befahl den Juden, herauszukommen, wie sie waren. Manche hatten ihre Kleider schon abgelegt, Mädchen, Kinder, Frauen, auch einige Männer.
Bald brannten Tischtücher, Vorhänge und Bettlaken. Der Tod hatte zu einem großen Fest geladen. Die jüdischen Kinder erhoben ein jämmerliches Geschrei, die jüdischen Weiber rauften sich die Haare, riefen die

Namen ihrer Männer, deren Klang den Peinigern lächerlich und nichtswürdig erschien und der sie bis zum tränenvollen Lachen erschütterte. Verschiedene ahmten das Heulen der Kinder und der Weiber nach. Und es erhob sich ein ganz irrsinniger Tumult in der Luft. Einige von den mitgeschleppten Juden machten den kindischen Versuch, sich in den Häusern, die ihnen vertraut waren, zu verbergen. Sie wurden aber schnell gefaßt und jämmerlich verprügelt. Auf der Straße wurden sie mit unsinnigen Fragen gepeinigt, wo ihr Gott sei, oder auch, wo dieser oder jener sein Geld, sein gestohlenes Geld versteckt habe. Und da alle Juden, samt ihren Weibern und Kindern, mit allen heiligen Eiden in einem äußerst verworrenen Chor zu schwören begannen, daß sie nicht wüßten, wo ihr Gott sei, daß sie nichts Unrechtes getan hätten und auch nicht die Verstecke ihres Nachbarn kannten, verstärkten und verdoppelten sich nur die grausamen Fragen.
„Wir werden euch zwingen!", rief einer aus der Menge. Es war der neue Geselle Reisigers, des Metzgers. Ein mächtiger Kerl, mit breiten Schultern und einem winzigen Köpfchen, das an eine kleine Nuß erinnerte, ein armseliges Früchtlein auf einem gewaltigen Stamm. Er zerteilte die Menge, trat vor und stellte sich vor Mirjam hin, deren bräunliches, schönes Gesicht mit den unschuldig erschrocken aufgerissenen, goldbraunen Augen unter dem weißen, seidig schimmernden Kopftuch er schon aus der Ferne erkannt hatte.
In ihm stiegen die vielen Zurückweisungen, ihre stete Verweigerung auf, die er in den letzten Monaten durch dieses teuflische Weib erdulden mußte. Er hatte ihr alles angebo-

ten, was er zu geben in der Lage war, jedes Geschenk hatte sie ausgeschlagen, ihn nur höhnisch verlacht oder gar nicht beachtet. Dieses stumme Entziehen des Mädchens hatte sich in ihm zu einer heißblütigen Liebe gesteigert, einem unbändigen Verlangen - und diese Liebe wurde nun zum Haß.
Mirjam erstarrte. Sie versuchte nicht einmal zurückzuweichen. „Das ist so eine, so eine jüdische Hexe, eine jüdische Hure!", rief der Geselle. Eine unsagbare, unmenschliche Gier entzündete sein fahles, kleines und nacktes Angesicht. Er erhob einen kurzen, hölzernen Knüppel und ließ ihn auf das Kopftuch Mirjams niedersausen. Sie fiel sofort um. Alle stießen einen Schrei aus. Blut zeigte sich auf dem schimmernden Weiß des seidenen Kopftuches. Und als hätte der Anblick des roten Blutes, des ersten, das an diesem Tage floß, dem stumpfen Grimm der Menge erst einen deutlichen Sinn und eine bestimmte Richtung gegeben, erwachte auch in den anderen eine unbezwingliche Gier, zu schlagen, zu treten, und schon sahen sie rote Schleier aus Blut vor ihren Augen, rote Schleierströme, wie blutige Wasserfälle. Sie hieben hinein, jeder mit dem Gegenstand, den er gerade in Händen hielt, auf die Menschen, Kinder, Gegenstände, die sich gerade vor ihm und neben ihm befanden. Das breite Fenster Perlefters wurde eingeschlagen, es brach wie ein Regen aus Glas auf die Straße nieder. Tränen aus Eis, die sich weigerten zu schmelzen, lagen weit über den Fahrdamm verstreut. Ein Firmament aus kalten Sternen vor einer grauen Unendlichkeit.

Metsch öffnete den Schrank, sah die alte Uniform, die wie ein zweites, vergangenes Leben über dem Bügel hing, sah den Säbel über den Nägeln an der Rückwand abgelegt, die goldenen Fransen hingen wie Tränen an ihm herab, sah den Orden, ein leerer, einsamer Stern an einem hölzernen Himmel. Er legte alles eilig an. Die Uniform war ihm viel zu groß geworden. Sie umflatterte ihn wie ein Gespienst aus vergangenen Zeiten. Seine Schultern erschienen noch schmaler, der rechte Ärmel hing leblos herab, dünn und leer, einst Zeichen seines Mutes und seiner Tapferkeit, heute zu nichts zu gebrauchen. Einen gesunden Arm wünschte sich Metsch, zum ersten Mal in all den Jahren, seit er ihn verloren hatte. Einen gesunden starken Arm, der den Säbel halten konnte. So blieb die Klinge in der Scheide und schlug hart gegen seine Beine, als er die Treppe herabstürzte.

„Habt ihr denn keine Ehre im Leib?", Metsch war auf die Straße getreten. Der Pöbel hielt einen Moment inne, einen kurzen Augenblick verharrten sie, schauten einander verwundert an, dann die seltsame Erscheinung des schmächtigen Krüppels, der in der Uniform wie verkleidet wirkte, dessen Orden auf der Brust angesichts der vielen tausend Sterne auf dem Pflaster zu einem Stück wertlosen Metalls verblaßte.
„Habt ihr keine Ehre im Leib!" rief Metsch erneut. Nun war es keine Frage mehr. Er schaute auf Perlefter, der reglos auf dem Boden lag, auf dessen Frau Deborah, die wimmernd ihre Tochter in den Armen hielt. Auf

die anderen, Himmelreich, Frisch, Singer, Roth, die verkrümmt und die Arme schützend um ihre Köpfe geschlungen, wie Schnecken über die Straße krochen. Einer der Männer richtete sich auf. Metsch kannte ihn nicht. Er hatte ihn heute im Laufe des Tages mehrmals die Straße hinauf und hinab gehen sehen. Sein Körper war groß, die Schultern breit, seine Augen leer wie aufgenähte Knöpfe. Es war Kramrisch, ein Schmuggler und Schwarzmarkthändler. Ihm war Perlefter mit seinen verschiedenen Geschäften schon seit längerem ein Dorn im Auge. In seiner Rechten hielt er den Stiel einer Axt, blutig verfärbt am breiten flachen Ende. An seinem Gürtel hing ein grober Leinensack, der einen faustgroßen runden Stein gefangenhielt. „Aber natürlich haben wir Ehre im Leib", hob dieser zynisch an. „Lassen wir unseren Nachbarn nicht die ihnen gebührende Ehre zukommen?" Ein paar andere lachten und nickten mit den Köpfen. „Erweisen wir ihnen nicht die Ehre eines kleinen Tanzes mit uns?" Noch mehr lachten und grinsten taub und böse. „Und ist es nicht schön zu sehen, wie sie uns ebenfalls die Ehre erweisen?" Dabei wies er auf die zu ihren Füßen liegenden Juden. „Jedem das seine", sagte Kramrisch zu den anderen hin. „Jedem das seine." Die Menge schrie es ihm nach.

Die Juden aber erschreckten milde Worte und sanfte Behandlung noch mehr als die Schläge und Peinigungen zuvor. Es schien ihnen, daß der allgemeinen Milde nur noch stärkere Folterungen folgen müßten. Näherte sich ihren Schultern eine friedliche Hand, so zuckten

sie zusammen wie vor einer Peitsche. Sie sahen aus wie ein Häufchen Wahnsinniger, sie stellten eine besondere Art des stumpfen, schwachen und furchtsamen Irrsinns dar, mitten unter dem gewaltsamen und gefährlichen der anderen. Sie sahen ihre Häuser brennen, ihre Weiber, Kinder und Enkel mochten schon tot sein, sie hätten beten mögen, aber sie fürchteten, einen Laut von sich zu geben. Warum strafte sie der alte Gott so hart?
In diesem Moment ereignete sich etwas, das alle Umstehenden noch mehr verwunderte als die Erscheinung des ehemaligen Offiziers. Aus der Tür gegenüber trat Friedl auf die Straße, den Kopf mit einer Art Turban umwickelt, die Augen dunkel, wie mit Kohle ummalt, ein rotes Tischtuch als Umhang um die Schultern geworfen. Darunter trug sie ein weißes dünnes Nachthemd, auf dem sich ihre Brüste abzeichneten. Ansonsten war sie nackt. Sie flog augenblicklich zwischen den Stehenden und Liegenden umher, einem flatternden Vogel gleich, dessen Gefieder sich vom Blute der Opfer verfärbte. Sie sprang über die Toten und sie sprang über die Lebendigen. Zunächst tat sie dies schweigend und alle Augen folgten ihr. Selbst einige Juden hoben zaghaft die Köpfe, nahmen die schützenden Hände von den Augen, besahen sich das seltsame Wesen, das zu ihrer Rettung oder ihrem endgültigen Untergang gekommen war. Vor Metsch blieb sie stehen wie ein Pfeil, der nach seinem Flug sein Ziel gefunden hatte. Metsch trat unwillkürlich einen Schritt zurück. Das Weiß ihrer Pupillen glänzte wie Schnee aus den schwarzen Kratern ihrer Augen. Irrsinn loderte darin, Irrsinn.

Ihre Lippen verzogen sich schief über ihr vom Fackelschein schimmerndes Gesicht. Es war, als würde sie im Munde etwas tragen, das sie nun zurechtlegen und auf die Straße spucken müsse.
„Schlagt sie tot!", schrie sie plötzlich laut heraus, und Metsch taumelte einen weiteren Schritt zurück. „Schlagt sie alle tot!" Friedl flog nicht mehr, sie hüpfte mit nackten Füßen über die Körper hin, ungeachtet der Scherben, ungeachtet ihrer Scham, die sie bei jedem Sprung entblößte. „Schlagt sie alle tot, schlagt sie alle tot!", rief die Wahnsinnige unaufhörlich, zog dem noch immer wie versteinert dastehenden Kramrisch den Leinensack vom Gürtel und hieb auf die Wehrlosen am Boden ein.

In einer Toreinfahrt verborgen hatte Georg Reichler stumm den Auftritt seiner Frau verfolgt. Sein lange gehütetes Geheimnis war enthüllt. Wie eine Furie sprang Friedl zwischen den Schindern und den Geschundenen umher, keiner rührte sich. Mit drehenden Köpfen verfolgten alle Augen die offensichtlich Verrückte. Mit steigender Gier erwarteten sie den nächsten Sprung, der die Schenkel, den Schoß und das Gesäß Friedls enthüllte. Langsam löste sich Georg aus dem Dunkel, ging über die Straße zu den Juden und ihren Peinigern hin und blieb wenige Schritte neben Metsch am Rande stehen.
„Friedl, komm her!", sprach Reichler eindringlich, doch leise, und die Gerufene hielt inne, drehte sich überrascht zu ihrem Mann hin, stürmte ihm entgegen.

„Schau, schau, wie du es wolltest. Alles ist so, wie du es wolltest. Du wolltest doch alle totschlagen, das hast du doch immer wieder gesagt ..."
Reichler faßte seine Frau an beiden Armen. „Sei still!", befahl er genauso leise wie zuvor, und augenblicklich verstummte Friedl. Metsch hatte alles mit angesehen und angehört. Ihn traf der zornige Blick Georg Reichlers, als würden nur sie beide auf der Straße stehen, als wäre Metsch der einzige Zeuge des nackten Tanzes seiner wahnsinnigen Frau gewesen. Bittere Wut lag in diesem Blick. Die Wut knechtvoller Jahre, die nun vergebens waren.
Friedl folgte den Augen ihres Mannes, und für einen kurzen Augenblick wurde Metsch von zwei Augenpaaren

Der Text bricht ab. Martin dreht das Blatt um, sucht auf der Rückseite. Sandra ist emporgeschreckt.
„Was ist?"
„Es hört hier auf ..." Nochmals dreht er das Blatt um. Ein letztes hält er noch in der anderen Hand.

Metsch begann zwar zu sterben, aber er lebte noch. Was weiß er davon, daß man ihn auf den Kopf mit einem Stein geschlagen hat? Was weiß er davon, daß er mit offenen Augen auf der Straße liegt, so offen wie die Augen Perlefters ihm gegenüber? Er erlebt, während man ihn für einen Toten hält, etwas ganz anderes: Er ist kein Krüppel mehr, er ist wieder gesund. Der leuchtende Blitz, der ihn eben wie damals an der Front getroffen hatte, ist ein gütiges Licht gewesen. In seiner rech-

```
ten Hand hält er den Säbel, sein Arm war nie
fort, seine Uniform immer akkurat gewesen.
Er steht da, hinter den Gräben, die nicht
nach Verwesung stinken, sondern sie blühen,
strahlen und sind voller Grün. Sein Kamerad
Max Demant steigt strahlend heraus, kommt
ihm entgegen, reicht ihm die Hand, spricht
dabei die Worte: Ehre und Gewissen. Da kom-
men die anderen, Wagner, Trotta, Taittinger,
```

Dann bricht auch diese Seite ab. Martin blickt ratlos zu Sandra hinüber.
„Mehr gibt es nicht." Hilflos hält er ihr das letzte Blatt entgegen. „Das war's."
Beide schweigen. Martin trinkt einen Schluck Wein, sein Mund ist ganz trocken.
„Was glaubst du, wer hat ihn erschlagen, sie oder er?"
„Du meinst Metsch?"
Sandra nickt. „Ich glaube, er war es. Er nimmt Friedl den Sack aus der Hand und schlägt Metsch nieder."
„Vielleicht war es aber auch Friedl, die den Zorn ihres Mannes auf Metsch sieht und es ihm recht machen möchte ..., alle totschlagen, ... sagte sie doch."
„Aber eine Frau macht so etwas nicht, das glaube ich nicht."
„Vielleicht keine Frau bei normalem Verstand, Friedl ist verrückt."
Es ist spät geworden. Sandra und Martin diskutieren den Schluss in alle erdenkliche Richtungen. Vielleicht war es auch Kramrisch, der seinen Stein wieder an sich nahm und das beendete, was er vorher nicht zu Ende bringen konnte.
Sie erzählen sich Szenen aus den anderen Kapiteln, während sie etwas Brot und Käse essen. Bis ins Bett hinein sprechen sie über das Buch, kommen auch nochmals auf ihre Suche zurück und schlafen schließlich eng umschlungen ein.

24. Kapitel

Hauptkommissar Martin Schwaner sitzt an diesem Montag als Erster im Besprechungszimmer und kann den Beginn kaum erwarten. Nicht dass er den Fall bereits als gelöst ansehen würde, doch glaubt er sich jetzt den entscheidenden Schritt im Vorteil. Er und Sandra haben das Manuskript gefunden und sind damit dem Täter oder den Tätern voraus. Anstatt immer nur den Ereignissen hinterherzuhecheln, können sie selbst agieren. Ein erster, noch grober Plan ist bereits in Schwaner entstanden, wie er mit dem Fund umgehen möchte.

Als endlich alle Platz genommen haben, präsentiert der Hauptkommissar – nicht ohne Stolz und nicht ohne die gebührende Erwähnung von „Frau Dr. Thielacker“, die „ganz entscheidend an der Lösung und Suche beteiligt war“ – den Umschlag und die darin lose eingeschlagenen Blätter. Messner hustet laut und vernehmlich und Schwaner fügt an, dass auch der Leiter der KTU mit „viel Einsatz außerhalb der Dienstzeit“ geholfen habe.

Der Hauptkommissar erzählt von der Entschlüsselung der verschiedenen Hinweise, die ihnen Axel Wolff hinterlassen habe, und an deren Ende tatsächlich, obwohl ihn selbst zwischendrin „ernste Bedenken über die Methode haben zweifeln lassen“, das erhoffte Ergebnis stand.

Sven Beck wirft ein: „Den Film kenn ich. Das ist doch wie in? ... Wie hieß der noch gleich? ... Mit dem Professor aus Amerika, in dem die Kardinäle abgemurkst werd'n? ... Und mit dieser scharf'n Braut ... die von Denkmal zu Denkmal renn'n, in irgendwelch'n Kirchen ... und Hinweise samm'ln. Mensch, wie heißt der noch mal?“

Da niemand auf seinen Gedanken einsteigt, zieht er sich schmollend den Fund heran und möchte gerade darin stöbern. Messner springt auf und stößt Beck mitsamt seinem Stuhl zur Seite.

„Seid ihr wahnsinnig!“, brüllt er über den Tisch und hält plötzlich – woher auch immer – weiße, dünne Baumwollhandschuhe in den Fingern. „Das ist ein unschätzbares Kulturgut, das ihr hier über den Tisch werft, als sei es der wöchentliche Speiseplan der Kantine ..." Sanft und vorsichtig, die Blätter nur an den Ecken berührend, schiebt er alles wieder zusammen und legt andächtig das Seidenpapier darum. Wie einen kostbaren Schatz trägt er das Bündel zu seinem Platz, legt es vor sich ab und wacht darüber wie ein hungriger Löwe über seine soeben erlegte Beute.

Die Runde ist wie erstarrt und schaut gebannt dem Leiter der KTU zu. Schwaner ergreift wieder das Wort.

„Äh, gut ... Günther. Du schaust dir bitte mal die Blätter an ... welche Spuren sich darauf finden lassen." Messner nickt stumm zurück.

„Damit ist der Fall noch nicht gelöst", wirft Staatsanwalt Körner ein. „Ich gratuliere Ihnen und Frau Dr. Thielacker zu Ihrem außergewöhnlichen Fund." Er deutet lapidar über den Tisch zu Messner hinunter. „In der Sache bringt es uns allerdings nicht sehr viel weiter."

„Da denke ich anders." Schwaner lässt sich in seinen Stuhl fallen. „Vor uns liegt das vermeintliche Motiv für die Ereignisse, der Grund, warum mindestens zwei Menschen ums Leben kamen und all die anderen Vorkommnisse. Laut Einschätzung von Experten steckt in diesen Blättern ein Vermögen – einmal abgesehen von irgendwelchen Sammlerbegierden ..."

„Das mag alles sein, aber ..."

Schwaner wehrt Körner ab, indem er aufspringt und um den Tisch herum zu Messner geht. Dieser legt sich mit seinem Oberkörper über die Blätter.

„Wir haben jetzt den entscheidenden Vorsprung, da der oder die Täter noch immer nach dem Manuskript suchen." Dabei deutet er durch Messner hindurch auf den Tisch. „Wir müssen uns diesen Vorsprung nur zu Nutze machen, dann ist der Fall innerhalb kürzester Zeit gelöst."

„Und wie soll das gehen?", fragt Körner skeptisch.

„Geben Sie mir noch ein, zwei Tage, dann sage ich Ihnen wie."

Körner nickt und möchte bereits aufstehen.

„Ich kann's immer noch nich' glaub'n, dass die paar Blätter so viel Kohle wert sein soll'n", spricht Beck vor sich hin und erhebt sich ebenfalls.

„Falls es noch jemanden interessiert ...“, ruft Anne in die allgemeine Aufbruchstimmung hinein, „... ich habe den Garten gefunden.“
„Sehr gut!“ Auch Schwaner packt bereits zusammen. „Gib Beck die Adresse, wir fahren später hin.“ Dann nochmals an alle gewandt: „Wir sehen uns um fünfzehn Uhr wieder.“

Die Koniferen stehen dicht an dicht und bilden eine grüne, undurchdringliche Wand. In sie eingeschnitten ist ein Tor, das zwei dicke Baumstämme links und rechts einrahmen und die ein Dreieck aus zugesägten Balken tragen. In der Mitte des Giebels hängt, von zwei dicken, rostigen Ketten gehalten, ein massives Holzschild herunter. Darauf ist fett „Glenn Ellen“ eingebrannt.
Das Grundstück ist vom Tor aus nicht zu überblicken. Durch eine weitere Hecke, etwa drei Meter hinter dem Gatter, ist eine Wiese erkennbar. Alles andere bleibt verborgen.
Der Eingang ist nicht verschlossen, nur der Riegel scheint etwas eingerostet. Schwaner und Beck gehen hindurch und nach einer Art Pergola stehen sie wenige Schritte später in beinahe hüfthohem Gras. Für einen Moment scheint alles zu verstummen, kein Insekt zirpt, kein Vogel singt, kein Blatt rauscht. Selbst die Hummeln verharren mitsamt ihrem tiefen Gebrumm wie eingefroren im Flug, ehe im nächsten Augenblick das unsichtbare Orchester wieder einsetzt.
Der gesamte Garten mag etwa fünfzig Meter breit und fünfzehn Meter tief sein. In der Mitte, fast an der hinteren Grenze, steht ein kleines gemauertes Haus, mit einer gleich großen überdachten Veranda davor. Das grün bemooste Dach läuft zu beiden Seiten weit über die Außenwände hinaus und bildet so einen Schutz für das darunter lagernde Brennholz. Auf dem First thront ein schwarzer, künstlicher Rabe auf einem Sockel, in dessen verwitterten Stein „Nevermore“ eingraviert ist.
Links, in der prallen Sonne, ist ein Rosenbeet angelegt. An einem dunklen Holzgitter ranken sich mehrere prachtvolle Sträucher empor. Die vollen, gelben Blüten schweben wie Sterne in einem Meer aus Grün. Sachte nicken sie den Besuchern entgegen. Ein Emailschild ist, halb verdeckt durch das hohe Gras, vor dem

Beet in den Boden gesteckt. „Rose is a rose is a rose is a rose" ist darauf zu lesen.

Mehrere Windspiele pendeln im leichten Hauch der Luft hin und her, überdecken den Garten mit einem leisen Klangteppich, gewebt aus den dumpfen Tönen des Bambus und den hohen der glänzenden Metallzylinder.

Stühle sind auf der Terrasse an einen klobigen Tisch gelehnt, trockenes Laub liegt überall auf dem verschmutzten Betonboden, fett beladene Spinnweben atmen mit dem Wind zwischen den Stuhlbeinen.

Das große Fenster ist mit einem Holzladen verschlossen und von innen verriegelt. Abgerissene Netze deuten darauf hin, dass es vor nicht allzu langer Zeit geöffnet war. Auch die grün gestrichene, massive Stahltür am Eingang zur Hütte ist von Schleiern eingefasst. Nur in den oberen Ecken sind schon wieder neue Gewebe entstanden.

Auf die Tür sind, mit dicken Pinselstrichen, zwei sich überlagernde Dreiecke gezeichnet. Die Spitzen werden von einem Kreis eingeschlossen und die Berührungspunkte sind mit kleinen Tupfen markiert. Nur die unterste Spitze ist seltsamerweise offen. Daneben stehen zwei Zeilen:

„Den Teufel halte, wer ihn hält!
Er wird ihn nicht so bald zum zweiten Male fangen."

Beck rüttelt an der Tür, sie ist verschlossen.

„Die werd'n wir so schnell nich' auf krieg'n."

Schwaner schaut nach oben. Direkt unter dem Dach sind über die gesamte Breite Scheiben eingesetzt und geben einer Art Mansarde Licht. Auf dem Sims davor stehen verschiedene Figuren – ein Zentaur, in ungemein aufrechter Haltung, eine Spinne aus Draht, der irgendjemand den menschlichen Kopf einer Puppe angeklebt hatte – aber auch Steine und leere Blumentöpfe. Schwaner greift das unmittelbar über der Tür stehende Gefäß, eine Art Krug, der aus lauter Scherben zusammengesetzt ist, und schüttelt es hin und her. Ein leichtes metallenes Klingen verrät den Inhalt, der kurz darauf in Schwaners Hand fällt.

„Gewusst wo!", hält er grinsend Beck den Schlüssel hin.
„Du scheinst dich ja zu einem richtig'n Schatzjäger entwickelt zu ham'." Beck schließt auf. Abgestandene Luft strömt ihnen mit dem Halbdunkel des Raumes entgegen. Ein Lichtschalter ist nicht vorhanden. Sie bleiben an der Tür stehen, warten, bis sich ihre Augen angepasst haben, streifen Handschuhe über.
Die Rückwand und die Seitenwände sind vom Boden bis zur Decke komplett gemauert. Nur die Tür und das große Fenster vorne gehen nach draußen. Eine Leiter rechts an der Wand führt zu einer Falltür in der Decke. Dort scheint es zu der Schlafkoje darüber zu gehen. Schwaner öffnet das Fenster, entriegelt den Laden und stößt ihn auf.
An der Rückwand steht ein alter Ofen auf gespreizten Füßen. Ein dickes schwarzes Rohr läuft wie ein Schwanenhals nach oben und steckt kurz vor der Decke in der Wand. Auf der Ofenplatte steht ein alter Wasserkessel, mehrere Töpfe und Pfannen hängen an Haken darüber. Zu beiden Seiten stapeln sich gespaltene Holzscheite in alten Weinkisten, links davor ein großer Weidenkorb. Zwei Blecheimer stehen mit einem alten Reisigbesen in der Ecke.
Links befindet sich ein alter, zweiteiliger Schrank, unten zwei Türen, oben ein Aufsatz mit Glasscheiben, hinter denen Geschirr, Tassen und Gläser zu sehen sind. Auf der Anrichte eine Schale, darin ein völlig vertrockneter Apfel und drei Haselnüsse an einem Zweig.
Den Raum dominiert ein wuchtiger Tisch auf massiven quadratischen Beinen. Auf der zentimeterdicken Tischplatte thront eine alte klobige Schreibmaschine der Marke Adler, drum herum liegen und stehen Bücher, manche in einem blauen Leinen eingebunden, andere schwarz-grau. Es sind die gesammelten Werke von Joseph Roth, wie Schwaner beim Blättern darin erkennt. Dazu eine mehrere Hundert Seiten umfassende Biografie und ein Bildband über das Leben Roths. Großformatige Bücher über den Ersten Weltkrieg, die Weimarer Republik, das Kaiserreich und Frankfurt am Main zwischen den Kriegen türmen sich auf. Auf fast allen Buchdeckeln ist der Stempel des Antiquariats Berlioz zu finden.

In der Mitte des Tisches, vertikal zur Schreibmaschine, ist eine Straßenzeile aufgebaut. Sie besteht aus Miniaturhäusern, wie sie bei Modelleisenbahnen verwendet werden. Kleine Figuren überqueren die Straße, führen einen Hund aus oder stehen vor Schaufenstern. Zwei Fahrzeuge, ein klobiger Lastwagen und ein unförmiges Automobil aus den 1930er-Jahren, stehen zwischen den Reihen an einem mit Bleistift auf die Tischplatte gezogenen Straßenrand. Auf die Dächer sind kleine Schildchen aus Papier geklebt. Auf einem steht „Mampe", gegenüber „Perlefter", weiter oben Bäckerei, Schwaner liest sie nicht alle.
In der Schreibmaschine ist ein Blatt eingespannt. Auf ihm reihen sich gleichförmig die Zeilen untereinander: „All work and no play, All work and no play, All work and no play ..." und weiter unten: „Was du heute kannst besorgen, das verschiebe nicht auf morgen." Schwaner schüttelt den Kopf.
In die Tastatur der Schreibmaschine ist eine Fotografie eingesteckt. Sie zeigt Wolff und Winter, an dem kleinen Tischchen in Jimmy's Bar sitzend, jeder eine dicke Zigarre in der rechten Hand, wie sie hinterhältig in die Kamera grinsen. Schwaner nimmt das Foto und dreht es um. Auf der Rückseite steht: „Der Sinn des Lebens".
Ebenfalls auf dem Tisch stehen zwei schlanke Flaschen mit langen Hälsen. Die eine, sie ist mit „Neunziggrädiger" beschriftet, beinhaltet eine klare Flüssigkeit, während die zweite, mit dem Namen „Der Heimische", mit einem leicht gelblichen Schnaps gefüllt ist.
Beck zieht aus einem Stapel alter französischer Zeitschriften und vergilbter Zeitungen einige Briefbögen hervor. Sie tragen den Namenszug des Hotels Foyot in Paris, andere sind unbeschriftet und gelblich.
Schlagartig ist dem Hauptkommissar alles klar, noch ehe Beck etwas von „Fälscherwerkstatt" schwatzt und sie im Weidenkorb zerknüllte Blätter mit scheinbaren Schreibübungen der Handschrift finden, die Schwaner von den Briefen Roths so vertraut ist. Er geht nach draußen, atmet wild die frische Luft ein. Brennende Wut steigt wie glühende Lava in ihm auf, droht in seinem Kopf zu explodieren. Gleichzeitig hat sich der Stachel

der Enttäuschung tief in sein Herz gebohrt. Er fühlt sich benutzt und nachträglich um die schönen Stunden des Jagdfiebers und das intime Rätseln am gestrigen Tag betrogen. Die Vorstellung, es Sandra zu offenbaren, ist ihm schon jetzt unerträglich. Sein Zorn sucht ein Ziel für die schneidende Klinge, die in ihm wütet.
„Lass alles liegen und ruf Messner an, er soll sich hier um alles kümmern – wir müssen zurück.“

Schwaner brütet vor seinem Bildschirm, keiner wagt ihn zu stören. Anne fragte unbedarft nach seiner Rückkehr, was sie in Winters Garten gefunden hätten. Sein Blick genügte, um sie sofort aus seinem Büro zu verscheuchen. Sie schloss die Tür und die Jalousien der Zwischenscheibe.
Ein, zwei Mal schon hatte der Hauptkommissar nach dem Hörer gegriffen, eine unverfängliche Begrüßung auf den Lippen, bleischwere Sätze dahinter.
‚Ich muss es ihr sagen. Ich muss es ihr sagen. Ich muss es ihr sagen.‘ Der Satz drehte sich wie ein Mühlstein in seinem Kopf. Kurz entschlossen drückte er die Wahlwiederholung, Sandra war gleich dran.
„Es ist alles gefälscht!“, platzte Martin heraus. „Alles, alles!“
Mit einem einfachen „Ach!“ hatte Schwaner nicht gerechnet. Noch weniger mit: „Das ist aber schade.“ Sandra schien nicht zu verstehen.
„Nichts davon ist echt, verstehst du?“ Er wartete auf eine Reaktion, die nicht kam. „Wir haben heute das Gartenhaus von Winter gefunden. Dort stand die Schreibmaschine, lagen die Briefbögen, waren Papiere mit der Handschrift …“
„Wirklich?“, fiel ihm Sandra ins Wort.
„Ja, wirklich. Es ist alles ein einziger Betrug!“ Um Sandras Enttäuschung so klein wie möglich zu halten, wollte Martin seine Wut umso größer zeigen, wollte seinen Zorn über Sandra ausbreiten wie einen Schirm, der sie vor der bitteren Erkenntnis der Wahrheit schützt.
„Na ja …“, sagte Sandra nach einer kurzen Pause und zu Martins vollkommener Überraschung, „… Bücher sind ja fast

immer erfunden." Nochmals vergingen einige Momente, ehe sie anfügte: „Aber Spaß hat es dennoch gemacht – oder nicht?"

Langsam wie ein Tautropfen, den die Sonne frühmorgens von einem Grashalm leckt, löst sich der Zorn des Hauptkommissars auf. Auf seinem Schreibtisch liegt der Stoß Papiere, den er grimmig schweigend aus Messners Büro mitnahm und wütend auf seinen Schreibtisch knallte. Erst gallig von ihm beäugt, dann schmunzelnd, später freudig betrachtet, wie etwas, das plötzlich verschwunden war und genauso plötzlich wieder auftaucht, trommeln die Finger Schwaners auf der Folie, in die der gewissenhafte Messner den vermeintlichen Schatz eingeschlossen hatte.

25. Kapitel

Am Nachmittag ist der Hauptkommissar wie verwandelt. Munter pfeifend betritt er den Raum, das Manuskript lässig unterm Arm, das er kurz darauf zu Messner über den Tisch schiebt.

Zunächst berichten wie gewohnt die Kollegen, ohne wirkliche Neuigkeiten beisteuern zu können. Am Ende sitzt wie immer Schwaner, der zuvor entspannt den Mitteilungen lauschte und, für ihn ungewöhnlich, nicht einmal nachfragte.

Er steht auf und beginnt am Kopf des Tisches auf und ab zu gehen, ähnlich einem Professor vor seinen Studenten:

„Folgendes ist meiner Meinung nach die Sachlage: Alban Winter und Axel Wolff planen eine Fortsetzung ihres Romans ‚Innercircle'. Dieser soll, noch mehr als der Vorgänger, Personen und Mechanismen innerhalb der Buchbranche enthüllen. Einen Skandal möchten sie heraufbeschwören. Der Plan der beiden besteht darin, ein gefälschtes Manuskript des berühmten Autors Joseph Roth zu entdecken und auf den Markt zu bringen. Alban Winter, der es schreiben soll, stirbt überraschend – ob auf natürlichem Weg oder durch Fremdeinwirkung ist nicht geklärt. Axel Wolff erfährt seinerseits, dass er todkrank ist. Der ursprüngliche Plan ist damit gescheitert." Schwaner stützt sich auf die Rückenlehne seines Stuhls, schaut einmal in die Runde.

„Nun scheint Wolff einen anderen Plan gefasst zu haben, einen Plan, den er auch alleine umsetzen kann. Er streute das Gerücht, er habe eine sensationelle Entdeckung gemacht, etwas Außergewöhnliches, Einmaliges gefunden. Berlioz, der geschwätzige Antiquar, diente als Verteiler dieser Neuigkeit." Schwaner nimmt seinen Gang am Kopfende wieder auf.

„Aber für diesen zweiten Plan haben wir bislang ...", möchte Anne anmerken, wird jedoch sofort vom in seinem Gehen stockenden Hauptkommissar unterbrochen.

„Gerade weil bislang alle dazu geschwiegen haben, bestätigt dies meine Theorie ... Aber lass mich weiter erklären." Schwaner setzt sich wieder in Bewegung.

„Seinen eigenen Tod inszenierte er mithilfe seines Freundes und Studienkollegen Franz Großkopf. Er wählte dazu einen ungewöhnlichen Ort, eine außergewöhnliche Art, ließ sich womöglich niederschlagen und mir, um ganz sicherzugehen, eine Postkarte schicken. Wolff möchte sich der Aufmerksamkeit der Polizei versichern. Warum?“ Wieder bleibt Schwaner hinter seinem Stuhl stehen, fixiert Anne, ohne sie wirklich zu meinen. Niemand antwortet ihm.

„Warum also?“ Der Hauptkommissar muss an Jules Maigret denken, der in diesem Augenblick sicherlich hinter den dicken Rauchwolken seiner Pfeife verschwunden wäre.

„Er ahnte, dass diejenigen, die von dem Manuskript erfahren, nichts unversucht lassen würden, um in seinen Besitz zu gelangen. Ob er mit Mord und Totschlag rechnete …“ Schwaner hob nur die Schultern. „… Jedenfalls sollten wir mit im Spiel sein … wenn es zum großen Finale kommt.“

Schwaner lief wieder von links nach rechts, unaufhörlich. Statt einer Pfeife hatte er sich seinen Bleistift in den Mund gesteckt, schwieg.

„Äh …“, fragt Beck nach längerer Zeit, „… und was folgt nun daraus?“

Schwaner wird aus seinen Gedanken gerissen.

„Daraus folgt, dass wir den Täter im unmittelbaren Umfeld Wolffs finden werden. Er sucht noch immer, hungert auf einen neuen Hinweis, den wir ihm geben werden …“ Schwaner lächelt vor sich hin.

Der Lärm und das Beben der in immer längeren Abständen vorbeiratternden Straßenbahnen sind seit längerer Zeit verebbt. Auch die Stimmen aussteigender Fahrgäste und der wenigen Passanten, durch die Fenster zu einem unverständlichen Murmeln gedämpft, sind verstummt. Gelegentlich kündigt sich ein Auto mit zunächst leisem, dann immer lauter werdendem Summen der Reifen auf dem Kopfsteinbelag an. Eine Lichtsichel fährt dann durch den dunklen Raum, schreckt alle Gegenstände aus ihrem dämmernden Schlaf, lässt die goldenen Buchstaben auf den Rücken in den oberen Reihen aufblitzen.

Schwaner sitzt hinter den Zinnen aus Büchern, die Berlioz um sich herum errichtet hatte. Der speckige Stuhl verströmt den

Geruch des Verstorbenen, der wohl – noch quicklebendig – den Großteil seines Lebens an dieser Stelle verbrachte. Unter dem Tisch hatte er sich sogar eine Art Fußschemel aus den alten Bänden eines Lexikons erbaut. Bei gelöster Rückenlehne ergab sich dadurch eine recht bequeme, fast liegende Position.

Das zunächst leichte, dann immer deutlicher vernehmbare Hebeln an der Tür weckt Schwaner aus seinem ungewollten Schlaf. Die SMS von Beck, der vor der Tür in einiger Entfernung in einem Wagen auf der Lauer liegt, hatte er komplett überhört. Wie in Zeitlupe setzt der Hauptkommissar seine tauben Füße auf den Boden und kommt mit dem Oberkörper nach oben. Die Rückenlehne quietscht, das Geräusch an der Tür verstummt, Schwaner erstarrt. Ein Moment der absoluten Stille. ‚Hermes pass' ist ein sinnloser Gedanke in Schwaners Kopf.
Die Person vor der Tür kann schon jetzt nicht mehr entkommen. Alle Fluchtwege, alle Seitenstraßen sind besetzt. Um jedoch einen eindeutigen Beweis im Zusammenhang mit den vorherigen Taten zu erhalten, muss derjenige in das Antiquariat einbrechen und zum Glasschrank hinter dem Schreibtisch gehen. Ein Bild des Schlüssels, den der Antiquar immer an einer langen Kette um den Hals trug, mit der Bitte um Hinweise, wer das für die Polizei wichtige Beweisstück kennt, war am Vormittag veröffentlicht worden. Ansonsten gaben die Ermittler nach wie vor ein hilfloses Bild ab, sprachen häufig von „keinen eindeutigen Spuren" und „wenig Ansatzpunkten in diesem Fall", der auch als „Verkettung unglücklicher Umstände gelesen werden könnte". Ungewohnt offen sprach Dr. W. vom „Dunkeln, in dem man stünde" und den „verlorenen Tagen, die ein baldiges Ergebnis immer unwahrscheinlicher werden lassen". Auch die Ermittler selbst hatten per Telefon nochmals alle bereits in Erscheinung getretenen Personen kontaktiert, sinnlose Fragen gestellt und wie nebenbei den gefundenen Schlüssel erwähnt.
Ganz kurios antwortete Brauer, einer der Autoren, der sofort ein Schließfach in der Schweiz vermutete, in welchem der tote Wolff neben den unterschlagenen Honoraren auch die überlassenen und bislang unveröffentlichten Manuskripte verbergen würde.

Er selbst möchte schon jetzt Anspruch auf den Inhalt dieses Schließfaches erheben und bereite bereits über einen Anwalt eine Klage gegen die möglichen Erben vor. Anne führte dieses Gespräch und lästerte anschließend: „Also warum sich der Wolff nicht schon eher umbrachte, bleibt mir ein Rätsel."
Schwaner war sich in zwei Punkten sicher. Erstens: Der Täter würde den Schlüssel sofort erkennen. Zweitens: Er würde enorm unter Zeitdruck gesetzt werden, da er damit rechnen musste, dass auch andere wissen, zu welchem Schrank er passt.
Vor Einbruch der Dunkelheit war zwar nicht mit dem Erscheinen des Täters zu rechnen, dennoch schloss sich Schwaner bereits am frühen Abend im Laden ein. Am Tag zuvor hatte er nochmals Frau Berlioz besucht. Sie schien wie zuvor völlig abwesend und in ihrer eigenen Welt gefangen. Der Hauptkommissar fragte sie nach einem möglichen Ersatzschlüssel.
„Nein, Herr Kommissar, so etwas weiß ich nicht. Michail kümmerte sich um das Geschäft. Er verwahrte alle Schlüssel."
„Falls jemand anruft und ebenfalls danach fragen sollte, sagen Sie mir bitte Bescheid." Frau Berlioz nickte eifrig, begleitete Schwaner zur Tür und fragte spitzbübisch: „Haben Sie schon damit begonnen?"
„Womit begonnen?"
„Na mit Don Quijote. Es ist so wunderbar!" Sie lächelte und winkte dem Hauptkommissar durch den sich schließenden Türspalt nach.

Im Antiquariat fand Schwaner tatsächlich eine Ausgabe von Cervantes und las darin, solange das Tageslicht es gestattete. Darüber war er eingenickt und sein Schlaf wurde von Figuren und Szenen aus dem Buch begleitet. Ob ihn ein wildes Schnauben Rosinantes im Traum oder das erste laute Geräusch an der Tür weckte? Er hätte es nicht sagen können.
Jetzt ist er hellwach, hält sich noch immer bewegungslos in der Schräge und gibt erst dann dem Druck der Rückenlehne nach, als wieder die Geräusche an der Tür einsetzen. Jeden Moment müsste sie nachgeben, die Vorkehrungen gegen einen Einbruch waren lächerlich gering – vielleicht wollte auch niemand Bücher stehlen?

Schwaner gleitet vom Stuhl in die Hocke und verschwindet hinter dem Vorhang zur Küche. Erst dort richtet er sich wieder auf. Mit Entsetzen sieht er das aufgeschlagene Buch auf der Tischplatte liegen, er zögert, schnellt dann doch nochmals nach vorne, greift es über den Stuhl hinweg und ist im nächsten Moment wieder unsichtbar.

Fast zeitgleich springt die Tür auf, das Glöckchen verkündet den Besucher, wird aber sofort erstickt. Schwaner kann eben noch das Pendeln des Vorhanges mit einer Hand beruhigen, in der anderen umklammert er das Buch. Der Einbrecher verliert keine Zeit und ist mit wenigen Schritten hinter dem Schreibtisch. Der Kommissar hört wieder das Hantieren mit einer Stange oder Ähnlichem und möchte bereits herauskommen, da erklingt das Glöckchen von Neuem.

Schwaner verflucht schon Beck, der erst dann in Aktion treten sollte, wenn er das Licht anschaltet. Es ist totenstill. Es ertönt kein Ruf, keine Aufforderung. Der Hauptkommissar glaubt ein leises Atmen, direkt vor ihm am Boden zu vernehmen. Der zweite Besucher, offensichtlich nicht über die bereits aufgebrochene Tür verwundert, nähert sich vorsichtig.

„Komm raus!“, zischt es durch die Dunkelheit. „Komm raus, ich weiß, dass du da bist ... Hast mich lange genug da draußen warten lassen.“ Langsam über den Boden gezogene Schritte sind zu hören. „Dort ... hinterm Schreibtisch steckst du ... Ich kann dich sehen.“

Noch immer keine Reaktion des Ersten.

„Los, mach schon. Komm vor – oder muss ich dich heraustreiben.“ Ein dünner Lichtstrahl huscht über den Vorhang dahin. Im nächsten Moment fliegen Bücher hinter den Schreibtisch, einige poltern bis in die Küche hinein. Schwaner sucht sein Handy, drückt Becks Nummer, hofft, dass der Kollege geistesgegenwärtig reagiert. Er hält den Kasten so dicht wie möglich an den Vorhang.

„Sie sind es also.“ Der Erste scheint sich erhoben zu haben. Schwaner wundert sich über die plötzlich förmliche Anrede. „Mit Ihnen hätte ich nicht gerechnet, ich dachte eher, es sei einer von Axels verprellten Autoren.“ Schwaner kann die Stimme des Sprechers nicht zuordnen.

„Ich wusste, dass es noch einen anderen gibt – Sie sicherlich auch? ... Den armen Berlioz unter die Straßenbahn zu werfen, das war nicht sehr nett von Ihnen … egal, verdient hatte er es … das fette Aas." Schwaner hört ein Knarren.
„Na, na, na. Hübsch da stehen bleiben. Machen Sie keinen Unsinn." Einen Augenblick ist alles ruhig. „Haben Sie es schon gefunden?" Der Lichtstrahl schweift wieder über den Vorhang. „Ich sehe, nein." Ein Stuhl wird gerückt. „Lassen Sie uns ruhig bleiben und gemeinsam überlegen, wie wir vielleicht beide etwas davon haben. Sie wissen jetzt, wer ich bin, ich weiß, wer Sie sind. Ich weiß, was Sie getan haben. Sie ahnen, was auf mein Konto geht."
„Okay!", das erste Wort des Ersten.
„Sehr gut. Ich sehe, wir verstehen uns." Ein undefinierbares Geräusch, ein Klicken oder Schnappen. „Wir sind doch beide Geschäftsmänner. Wir sollten vernünftig bleiben und miteinander reden."
„Okay!"
„Sie haben Ihre Stärken, ich habe meine. Gemeinsam können wir viel erreichen. Mehr, als der arme Axel je geschafft hätte."
„Haben Sie …?"
„Ich, den Axel? Nein, nein, nein! Das war er selbst, mit seinem alten Freund, dem Franzl. Hat damit viel zu viel Staub aufgewirbelt. Ich habe für ihn auch noch diese Postkarte eingeworfen, da wusste ich noch nicht …"
Dem Hauptkommissar wäre fast das Telefon aus der Hand gefallen.
„… Als ich von der Überdosis hörte, wusste ich gleich, mit wem er da zusammen im Brunnen war." Es ist wieder einen Augenblick still. „Ich habe den Franzl im Bahnhofsviertel abgepasst … Er wusste aber von nichts … war auch wieder total zugedröhnt, dieser Junkie … Mit so einem hat Axel sein Leben beendet … eigentlich traurig."
„And you have dann diesen Franzl …" Schwaner weiß nun auch, wer auf der anderen Seite des Vorhanges steht.
„Ein Unfall, wenn man so will. Glauben Sie mir. Ich bin kein gewalttätiger Mensch. Ich habe ihn eigentlich nicht angerührt.

Er wollte aussteigen, aussteigen für immer. Verstehen Sie?"
„Ich dachte, Axel was your friend?"
„Dachte ich auch. Ich hatte ihn gebeten, er solle das Manuskript einfach mir geben, in alter Freundschaft, er könne doch sowieso nichts mehr damit anfangen. ... Ich wollte auch mal einen Bestseller haben, so einen richtigen Kracher ... etwas, das bleibt ... Joseph Roth, stellen Sie sich das vor, Joseph Roth ... Wollte er nicht, der sture Hund." Der letzte Satz war noch mehr geflüstert, dann wieder Stille. „Aber wir können nicht die ganze Nacht hierbleiben. Wie sieht es aus. Ich mache das Geschäft hier in Deutschland und drum herum, Ihnen gehört das Lizenzgeschäft? Ist doch ein fairer Vorschlag, haben wir beide etwas davon?"
„Well, ich sehe es so. Ich stehe dem Gesuchten wesentlich näher als Sie. Sie können es nicht bekommen, ohne mich ... well, Sie wissen schon ... Wer sagt mir, dass Sie mich nicht einfach erschlagen, wenn ich es herausgeholt habe. You understand? ... And, wer nimmt es dann mit?"
„Das ist ein wichtiger Punkt. Wer nimmt es? Ich schlage vor, wir teilen es auf, Sie die Hälfte, ich die Hälfte. Keiner kann ohne den anderen ..."
Plötzlich sind zwei, drei hastige Schritte und ein kurzer, tiefer Aufschrei zu hören. Ein Stuhl stürzt um, Dinge fallen zu Boden, laut schlägt etwas auf, dann ist das Stöhnen miteinander kämpfender Männer zu hören. Unter gepresstem Atem: „You bastard! ... Verdammter Dreckskerl ... Hurensohn, elender ..." Wieder ein lautes Donnern, das muss ein komplettes Regal gewesen sein.
Schwaner steckt sein Handy ein, greift in den Sicherungskasten, schaltet das Licht an, reißt den Vorhang zur Seite und springt hinter den Schreibtisch. „Polizei, sofort aufhören!", ruft er laut in das ihn blendende Licht, den dicken Don Quijote wie eine Waffe über seinem Kopf erhoben. Durch die Eingangstür stürmt Beck mit gezogener Pistole herein, hinter ihm drei weitere Beamte. Auch Beck schreit: „Polizei!"
Auf dem umgestürzten Lyrikregal liegen Bert Dreier und Jake Hyde. Beide umklammern eine Brechstange, als sei sie der letzte Halt über einem unendlich tiefen Abgrund.

26. Kapitel

Die beiden Kampfhähne sind schnell auseinandergebracht. Jeder trägt Blessuren davon. Dreier eine dicke Platzwunde an der Stirn, Hyde ein zusehends schwellendes Auge neben einer offensichtlich gebrochenen Nase. Wie Boxer in der Pause sind die Kontrahenten in unterschiedlichen Ecken des verwüsteten Raumes platziert worden. Statt eines Betreuers steht jeweils ein Beamter hinter ihnen. Bis zum Eintreffen des gerufenen Krankenwagens haben ihnen die Polizisten feuchte Tücher und einige Eisstücke aus dem Gefrierfach gereicht.

Schwaner und Beck stehen wie die Ringrichter in der Mitte, mal zu dem einen, mal zu dem anderen schauend. Eine weitere Streife fährt vor, platziert sich mit Blaulicht direkt vor dem Eingang. Wie der Takt einer neumodischen Uhr zählt der dahinhuschende Lichtstrahl die Zeit herunter. Nach einer Weile bittet Schwaner, es abzustellen. Es wird keine nächste Runde geben.
„Ich hatte das Vergnügen, Ihrer äußerst interessanten Unterhaltung zu lauschen. Gerade beim Einbruch sollte man sich vergewissern, dass niemand mehr im Haus ist." Die beiden sagen kein Wort, starren, halb verborgen durch die Kühlauflagen, vor sich auf den Boden.
„Wenn ich es richtig verstanden habe, haben Sie ...", Schwaner wendet sich Bert Dreier zu, „... Franz Großkopf aus dem Wagen gestoßen?" Er geht ein, zwei Schritte auf den Angesprochenen zu, keine Reaktion.
Er dreht sich zur anderen Ecke: „Sie, Mister Hyde, haben Berlioz umgebracht, richtig?" Schwaner geht wieder zur Mitte zurück.
„Ich habe niemand umgebracht, nobody! Ich habe auch nichts dergleichen gesagt."
„Soso, haben Sie nicht .... Na, das wird sich zeigen."
„Hören Sie ...", meldet sich plötzlich Dreier. „Wir sind hier eingestiegen, um ein paar Bücher zu klauen, dabei sind wir in Streit geraten ... Okay, Sie haben uns erwischt ... Das war ein Einbruch, mehr nicht."

„Aha, ein Einbruch, mehr nicht. Nur ein simpler Einbruch, bei Ihrem ehemaligen Freund Berlioz?“ Schwaner und Beck grinsen sich an.
„Ja, wir wussten, dass er hier noch einige Schätzchen versteckt hält, dort in diesem Glasschrank … nicht wahr, Jake?“
„Oh, auf einmal Jake?“, bemerkt Schwaner spitzfindig.
„Yes, genauso war es. Wir wollten einige alte Bücher nehmen. Dann, wir haben Stress miteinander and then ...“
„Verstehe. Sie haben also nicht nach einem Buch von Joseph Roth gesucht?“
„Joseph wer?“ Dreier hatte sich wohl vollends entschlossen, den Idioten zu spielen.
„Na gut, lassen wir das. Mich würde interessieren, wer die Wohnung von Wolff in Brand setzte? Wahrscheinlich Sie?“ Schwaner zeigt auf Hyde. „Sie hatten einen Schlüssel, wahrscheinlich von Ihrer Frau, die ihn noch von Wolff besaß?“
„I was never in the house … never!“, raunt Hyde fast flehentlich.
„Auch das wird sich zeigen, glauben Sie mir. Wir haben da so unsere Möglichkeiten.“ Der Hauptkommissar geht mehrmals zwischen beiden hin und her, die Hände auf dem Rücken verschränkt. „Überhaupt bin ich gespannt, welche Rolle Frau von Rath in alledem spielt?“ Auf dem Absatz dreht er sich Dreier zu: „Haben Sie, wie nannten Sie sie, ‚Madame Bovary?‘ im Park überfallen?“
„Was? Ich? Nie im Leben! Ich bin ein friedfertiger Mensch, ich stehle vielleicht Bücher, das ist eine Manie von mir, aber ich überfalle keine Leute …“
„Pech für Sie, man wird es Ihnen anhängen“, erwidert Schwaner lapidar.
„Was!?“ Dreier will schon aufspringen, wird aber von dem Polizisten auf seinen Stuhl niedergedrückt. „Das geht doch nicht. Ich habe niemals in meinem Leben jemanden überfallen. Was erlauben Sie sich …?“
„Herr Hyde wird es bestimmt nicht gewesen sein, oder Mister Hyde?“ Der Angesprochene schüttelt nur den Kopf.
„He, Moment einmal, was sagen Sie da. Ich hätte Ihre Frau überfallen …?“

„Oh, warum plötzlich wieder so förmlich?“, stichelt Schwaner süffisant. Dreier sackt verzweifelt auf seinem Stuhl zusammen. Der Krankenwagen fährt vor und zwei Herren in orangefarbenen Jacken betreten den Laden. Schwaner gibt Anweisung, beide ab sofort getrennt zu behandeln und anschließend ins Revier zu bringen.

Im Präsidium präsentiert Schwaner einem nach dem anderen das gefundene Manuskript, zeigt ihnen die Briefe, die Textseiten, das Schema der Personen und der Handlung. Er hat sich dazu Handschuhe von Messner geben lassen und zelebriert das vorsichtige Anheben und Halten wie ein Kunsthistoriker bei einer jahrtausendealten Handschrift.
Dann, als er das Feuer in den Augen sieht, wirft er die Blätter achtlos hin, zieht die Baumwollhandschuhe aus und schiebt alles mit bloßen Händen zusammen. Mit „Alles eine Fälschung“, schließt er das kleine Theaterstück, verlässt das jeweilige Verhörzimmer und gönnt jedem eine kleine Pause, um den Brocken zu schlucken. Er sieht zu, wie es in jedem arbeitet, wie sich die Gedanken in ihren Hirnen überschlagen, wie sie sich die Hände reiben, unsinnig über den Kopf streichen und plötzlich wieder erstarren, da in jedem die Erkenntnis reift, es war alles umsonst. Schwaner weiß, dass jeder von beiden hastig an einer Lüge bastelt, einem Gerüst, an dem er sich halten möchte, so lange bis er selbst glaubt, dass es wahr ist und es ihn sicher trägt. Dann kommen die Anwälte ins Spiel. Sie bessern hier und da etwas nach, prüfen die Belastbarkeit, ziehen neue Verstrebungen ein und am Ende steht eine Konstruktion, die mehr oder minder einem Jenga-Turm kurz vor Spielende ähnelt.

Die folgenden Wochen waren ein zäher Kampf der Ermittler gegen immer neue Lügengespinste. Dreier leugnete schlichtweg alles, selbst den Einbruch im Antiquariat. „Die Tür hätte offen gestanden und er wollte nur nachsehen, ob alles in Ordnung wäre. Immerhin sei Berlioz ein guter Bekannter, sogar ein Freund von ihm gewesen. In der Dunkelheit hätte er dann den Einbrecher überrascht …“

Mit den Spuren Franzls in seinem Wagen konfrontiert, behauptete er, er habe diesen einige Tage zuvor einmal mitgenommen, als er ihn rein zufällig im Bahnhofsviertel aufgegabelt hätte. Erst die nochmalige Überprüfung der unterschiedlichsten Verkehrsüberwachungen und Videoanlagen – nun war der Wagen bekannt – belegte die unmittelbare Nähe zu Tatort und Tatzeit.
Danach schwenkte er um, gab die gemeinsame Fahrt mit Franzl in der Tatnacht zu, allerdings sei dieser selbst, im Zuge einer durch Drogen verursachten Wahnvorstellung, aus dem fahrenden Wagen gesprungen.
Den Überfall auf Frau von Rath bestritt er nach wie vor hartnäckig und konnte für die betreffende Zeit sogar ein Alibi vorweisen.

Hyde schwieg zu allem. Er wurde den Zeugen der Haltestelle vorgeführt und erkannt, ein Schlüssel zu Wolff Wohnung wurde bei ihm gefunden, ebenso das vermisste Bild aus Wolffs Schlafzimmer. Vielleicht hatte er es aus Sentimentalität mitgenommen – immerhin war Blake auch Engländer und Hyde wollte das Bild nicht in den Flammen zurücklassen.
Abgesehen davon, dass von seiner Seite ein Überfall auf Sonja von Rath völlig unsinnig gewesen wäre, war er zum betreffenden Zeitpunkt in seinem Büro und in einer Besprechung, als seine Frau völlig aufgelöst ins Zimmer wankte und vor allen Anwesenden zusammenbrach.
Gab es noch einen weiteren Schatzsucher? Alle Ansätze hierzu führten zu keinem Ergebnis. Wiener, dem Schwaner seine gelassene Zurückhaltung immer noch nicht abnahm, schied aus. Er war zur Tatzeit noch nicht einmal in Frankfurt gewesen. Die anderen Personen kannten Frau von Rath gar nicht, geschweige denn, dass sie von ihrer vorherigen Beziehung zu Wolff etwas wussten.

Frau von Rath wurde einmal zur Vernehmung ins Präsidium geladen, nochmals zu Hause befragt und eine weitere Ortsbegehung angesetzt. Sie blieb bei ihren Schilderungen des Überfalls und beteuerte, von den Taten ihres Mannes keine Ahnung gehabt zu haben. Den Schlüssel zu Wolffs Wohnung habe sie schlichtweg vergessen, diesem zurückzugeben. Ihr Mann hätte ihn dann wohl an sich genommen. Sie könne das alles noch gar nicht fassen.

Schwaner versuchte sie zu überführen, indem er unterstellte, dass ja wohl sie den Kontakt zu Wolff gehabt und sicherlich auch, womöglich bei einem ihrer Essen, von dessen vermeintlichem Sensationsfund erfahren habe.

„Nein, Herr Kommissar, darüber haben wir uns niemals unterhalten", antwortete sie knapp.

Schwaner entwarf ein weiteres Szenario, in dem Wolff, in weiser Voraussicht, was alles geschehen würde und könnte, sie, Frau von Rath, gezielt eingeweiht hätte. Sie sei nichts weiter als eine Figur im Spiel des toten Wolff gewesen.

„Was Sie sich alles ausmalen, Herr Kommissar!", rief sie lachend aus. „Aber glauben Sie mir, ich kannte Axel ... und so gescheit war er nicht." Sie zündete sich eine Zigarette an und blies ihm aus spitzem Mund den Rauch ins Gesicht.

Am Ende konnten, bis auf den Überfall auf Frau von Rath, alle Ereignisse den beiden Verdächtigen zugeordnet werden. Während einer Pause der Vernehmungen versuchte Schwaner Hyde zu einer Aussage zu bewegen.

„Herr Hyde, haben Sie das alles wirklich aus freien Stücken getan?"

Es folgte eine der wenigen Aussagen, die nicht aufgenommen wurde, da sie, wie gesagt, in einer Pause erfolgte.

„Wissen Sie, Herr Kommissar, die Anzahl der Autoren und Bücher, welche die Jahrhunderte überdauern, ist nicht besonders groß. In Anbetracht der Flut an Neuem eher wie ein Tropfen in the ocean. Hier war die Chance, ein solches Werk, dazu von einem Autor, der schon im Olymp steht, in die Hände zu bekommen." Er lächelte den Kommissar milde an, wurde im nächsten Moment wieder ernst und verschlossen. Die Augen Hydes glühten, seine Gesichtszüge verkrampften sich zu einer irren Maske, kaum dem vorherigen Angesicht ähnlich.

Dreier dagegen war die Redseligkeit in Person. Bei jeder Gelegenheit schwadronierte er über seine Gedanken, die er sich in seiner Zelle zu diesem Fall machte. Einmal warf er ein, dass Axel Wolff dieses Buch sicherlich nie als Fälschung im eigentlichen Sinne geplant hätte.

„Wie er das meine?", wollte Schwaner wissen.

„Dass es eben ein wirklicher Stoff war, tief recherchiert, mit den historischen Daten verbunden, auch mit Personen der Zeit gefüllt und die Geschichte widerspiegelnd. Ein Buch vom alten Schlag sozusagen, nicht so hingerotzt wie heute – eben geschrieben und im nächsten Moment für 99 Cent online."

„Aber es ist und bleibt eine Fälschung."

„Natürlich, das steht außer Frage. Aber vielleicht wollte Axel den kompletten Literaturbetrieb dadurch vorführen, indem er zeigte, dass es mit dem Namen Roth sehr wohl ein Erfolg wird, was mit seinem wirklichen Namen nie gelungen wäre."

Schwaner nickte zustimmend, so weit glaubte er inzwischen diese Branche auch zu kennen.

Ein anderes Mal eröffnete er dem Hauptkommissar: „Wissen Sie, eigentlich freue ich mich auf das Gefängnis. Endlich habe ich Zeit, wahnsinnig viel Zeit. Und wissen Sie, was ich tun werde?"

Schwaner verneinte.

„Ich werde diese Geschichte aufschreiben. Das ist doch eine irre Story! Glauben Sie mir, das wird ein Bestseller …"

Ende!

Epilog

Die Opfer sind begraben. Michail Berlioz wurde von seiner Frau auf einem Waldfriedhof beigesetzt. Am entsprechenden Stamm ließ sie ein gerahmtes Bild anbringen, darauf ein Baum, der oben einen Kopf und unten Füße zeigte. „Das ist ein Baummensch. Aus ‚Niels Klims unterirdischer Reise‘ “, erzählte sie voller Stolz. Helen Brand und Frau Singer wollten sich beide um Wolffs Beerdigung kümmern. Schwaner gelang es, den armen Franzl den Damen ans Herz zu legen und damit gemeinsam mit seinem Freund anständig unter die Erde zu bringen.

Es waren nur wenige Trauergäste in der Halle auf dem Hauptfriedhof anwesend. Herr und Frau Singer, Helen Brand, wohl mit ihrem Mann, Sonja von Rath, die verkniffen und finster dreinschauenden Brauer und Vogel, für Wolff. Für Franz Großkopf waren Linda King und der Herr aus dem Druckraum gekommen. Schwaner und Beck waren stille Beobachter in der letzten Reihe.

Die Worte des Pfarrers hallten blechern in dem hohen Raum nach. Vom Band kamen mehrere Orgelstücke von Bach. Zwei Kränze standen vorne, darüber jeweils die Urne und ein Bild des Toten. Auf der Schleife Großkopfs stand: „Fiat voluntas tua“, sein Name, sein Geburtstag und sein Todesdatum. Auf Wolffs Schleife war zu lesen: „Axel Wolff, Ein Gast auf dieser Erde“, dann ebenfalls die Daten.

Beim Hinausgehen hörte Schwaner Vogel hämisch und böse zu Brauer sagen: „Ich wusste es doch, er hatte Geld. Hast du diesen Aufwand gesehen! Orgel, Pfarrer, Kränze! Was das gekostet hat!“

Oberstaatsanwalt Dr. Körner sitzt mit übereinandergeschlagenen Beinen, ein Aktenbündel auf dem Schoß, vor Schwaners Schreibtisch.

„Also alles nur eine Fälschung?“, fragt der Staatsanwalt.

„Ja, so kann man sagen. Das Manuskript wurde eindeutig auf Winters Schreibmaschine erstellt, die Handschrift entspricht den im Gartenhaus gefundenen Versuchen.“

„Aber warum das alles? Es wäre doch sofort aufgefallen."
„Oh, nicht unbedingt. Die KTU sagt, dass das verwendete Papier schon dem entsprechenden Zeitraum zugeordnet werden kann. Die Briefbögen des Hotels Foyot sind ebenfalls echt. Selbst die verwendete Tinte wurde so verändert, dass sie als zeitgemäß durchgehen könnte." Schwaner sucht den Bericht Messners auf seinem Schreibtisch, schlägt ihn auf.
„Die beschriebenen Blätter wurden zwischen die alten Zeitungen gelegt, wodurch eine Trocknung der Schrift ähnlich dem alten Papier hätte erreicht werden können, wenn der Zeitraum länger gewesen wäre ..."
„Auch die Handschrift kann als nahezu identisch zu der von Joseph Roth angesehen werden ..."
„Ein hinzugezogener Professor der Germanistik hält „Sprache und Inhalt für glaubwürdig".

Der Hauptkommissar blättert zur letzten Seite der Akte, liest daraus vor.
„Insgesamt kann das Manuskript als nahezu perfekte Imitation eines Schriftstückes von Joseph Roth aus den 1930er-Jahren angesehen werden."
„Aber wie hätte es in die Hände von Wolff gelangen sollen?"
„Wir können die mögliche Geschichte des Fundes nur erahnen. Die Briefe spielen hierbei eine entscheidende Rolle. Herbert Kranz, der Adressat der Briefe, war in den betreffenden Jahren tatsächlich Redakteur bei der Frankfurter Zeitung, für die auch Joseph Roth in den 1920er-Jahren tätig war. Aus dem Exil versuchte Roth immer wieder, Buchprojekte an verschiedene Verlage und Zeitungen zu verkaufen. Dass er ein solches Manuskript auch der Frankfurter Zeitung anbietet, ist also gar nicht so unwahrscheinlich." Schwaner lässt sich in seinen Stuhl fallen, legt die Fingerspitzen aneinander.
„Roth schickt vor seinem Tod alles an Kranz, dann kommt der Krieg dazwischen, Kranz verbirgt das Manuskript bei sich, verwahrt es auch später, dann wird es gefunden ..."
„Ist das nicht etwas abenteuerlich?" Dr. Körner schüttelt den Kopf.

„Abenteuerlich? – Möglich. Aber bedenken Sie, dass Kranz seine letzten Jahre hier in Kronberg verlebte, ein Fund hier also durchaus möglich erscheinen kann."
„Sie meinen also, Winter und Wolff wären damit durchgekommen?"
„Wenn sie es zu Ende hätten bringen können, durchaus. Wenn Sie an die Hitler-Tagebücher denken, bis wohin die es brachten – und die waren laut Messner bei Weitem nicht so akribisch vorbereitet und bearbeitet wie jetzt dieses Roth-Manuskript."
Körner nickte ein, zwei Mal zustimmend.
„Leider ist Winter plötzlich verstorben, damit war der Plan geplatzt. Zudem erhält Wolff seine Krebsdiagnose, auch seine Uhr läuft ab. – Ein neuer Plan reift in ihm, ein Plan, der seinen eigenen Tod mit einschließt."
Schwaner kommt wieder nach vorne, faltet die Hände über dem Tisch.
„Er inszeniert seinen eigenen Tod mithilfe seines Freundes Franz Großkopf. Ort, Lage, Datum – alles ist mit Bedacht gewählt."
„Warum dieser Brunnen?", unterbricht ihn Körner.
Schwaner lacht kurz auf, als sei ihm gerade ein Scherz erzählt worden.
„Ha! Mit dem Brunnen hatte alles angefangen. Dieser Götterbote, dieser Merkur, steht ja gleich für mehrere Dinge. Er ist Überbringer von Botschaften, er ist der Gott des Handels und er ist der Schutzpatron der Diebe." Nochmals lacht Schwaner auf. „Ha! Ha! Ha! Von Anfang an hatte uns Wolff damit die Richtungen aufgezeigt, in die sich diese Geschichte entwickeln wird."
Plötzlich verstummt der Hauptkommissar, wirkt sehr ernst und nachdenklich. Spricht jetzt mehr zur Tischplatte als zu seinem Gegenüber hin.
„Wenn ich es mir recht überlege, sind wir wie Marionetten von Wolff geführt worden. Als hätte er alle an unsichtbaren Schnüren von dort oben nach seinem Willen tanzen lassen."
Schwaner blickt in das erstaunte Gesicht Körners, dem eine solch mystische Aussage sehr gewagt erscheint. Der Hauptkommissar fährt sachlich fort.

„Zudem hinterlässt er eine Reihe von Hinweisen, nicht nur für uns. Über den Antiquar Berlioz und sicherlich auch über Frau von Rath, auch gegenüber Dreier, deutet er seinen sensationellen Fund an. Mich bringt er, um ganz sicherzugehen, über diese Postkarte mit ins Spiel, als Schiedsrichter sozusagen."

Nochmals lächelt er einen Moment vor sich hin, sieht den toten Wolff vor sich, wie er verschmitzt lachend an der Theke steht. ‚Hatte er schon damals seinen Plan im Kopf oder bin ich ihm dort wirklich nur zufällig begegnet?'

„Jedenfalls ...", Schwaner verscheucht den Gedanken, „... löst sein Ableben den gewünschten Effekt aus. Dreier versucht Großkopf auszuquetschen und räumt ihn anschließend aus dem Weg ..."

„Sie wissen, dass Herr Dreier behauptet, Franz Großkopf sei in einer Art Panikattacke von selbst aus dem fahrenden Wagen gesprungen ..."

„Ja, ja! Und seine Mutter ist die Königin von England ..."

„Wir werden ihm kaum das Gegenteil beweisen können." Körner hob die Schultern.

„Zumindest werden wir ihm Freiheitsberaubung und den unerlaubten Besitz von Barbituraten anhängen können. Eventuell auch Totschlag. Immerhin hatte er Großkopf die KO-Tropfen verpasst, die dann zu dessen „freiwilligem Ausstieg" geführt haben."

„Das wird schwierig genug werden." Körner wechselte das Bein.

„Jake Hyde geht strategischer vor. Als Erstes bringt er einen Mitwisser – Berlioz – um. Er glaubte, damit als Einziger von der Existenz des Manuskriptes zu wissen. Er durchsucht Wolffs Wohnung, steckt sie in Brand, um Spuren zu verwischen oder auch den möglichen Fund zu verschleiern. Er sucht in Wolffs Büro, im Grab von Winter. Er ist in allen Punkten geständig."

„Ja, das ist erstaunlich. Es scheint fast, als ob er alle Schuld auf sich ziehen möchte."

„Ja, merkwürdig. Er würde auch den Überfall auf Frau von Rath auf sich nehmen, wenn es irgendwie möglich wäre."

„Diesen Punkt werden wir wohl nicht mehr klären können." Körner steht auf und klemmt sich die Akten unter den linken Arm, bleibt aber noch vor Schwaners Schreibtisch stehen.

„Ja, diesen Punkt und noch einige andere.“
„Was meinen Sie damit?“
„Was ich damit meine? Nun, die Rolle Frau von Raths in diesem ganzen Fall. Sie wissen, dass sie einmal Schinagl hieß und in Wien dem horizontalen Gewerbe nachging?“
„Das ist nicht verboten …“
„Nein, aber es wirft nochmals ein völlig neues Licht auf die Dame. Sie heiratet einen greisen Adligen, einen Freiherr von Rath, wahrscheinlich ein Kunde von ihr …“
„Auch das ist nicht verboten. Sie hat ihn sicherlich nicht dazu gezwungen.“
„Wer weiß, wer weiß. Sie scheint im Laufe ihres Lebens immer den gerade passenden Mann gefunden zu haben.“
Dr. Körner hob wieder Schultern und Arme, spart sich ein weiteres „Auch das ist nicht verboten“ und Schwaner winkt endgültig ab.
„Noch etwas, das Ihnen im Magen liegt?“
„Da wäre noch die wirkliche Beziehung zwischen Wolff und Frau Singer – und auch mit Herrn Wiener bin ich noch nicht ganz im Reinen.“ Schwaner erhebt sich ebenfalls. Körner geht langsame Schritte in Richtung Tür, Schwaner begleitet ihn.
„Früher oder später wäre die Fälschung sicherlich entdeckt worden, da bin ich mir absolut sicher. Auf der ganzen Welt hätten sich unzählige Wissenschaftler auf diesen Fund gestürzt und mit Sicherheit die Wahrheit zutage gefördert.“ Körner bleibt stehen und wendet sich dem Hauptkommissar zu, der nochmals ausführt: „Was ist schon die Wahrheit? Wolff wollte doch letztlich, dass die Fälschung als solche irgendwann entdeckt wird, da bin ich mir ganz sicher. Es war doch als die Fortsetzung von ‚Innercircle‘ geplant, als die große Entlarvung, wie er sagte.“
„Das ist Spekulation in meinen Augen.“ Körner strafft den Oberkörper, biegt die Schultern nach hinten. „Jedenfalls haben Sie mal wieder hervorragende Arbeit geleistet, Sie und Ihr Team. Wir können eben nicht alles wissen, damit müssen wir uns abfinden.“

„Kommen Sie nicht noch mit hinunter in die KTU. Freitag gibt dort heute seinen Abschied. Es soll irgendeine Spezialität geben ....“
„Freitag?“, fragt Körner.
„Ich meine, Abul irgendwie, unser Hospitant aus dem Irak. Kommen Sie mit?“
„Nein, danke. Bitte entschuldigen Sie mich bei den Kollegen und auch bei Herrn Abul Abbas Ibn Hadschi Dawuhd al Gossarah.“
Beide schütteln sich die Hand.

Am Abend findet Martin Sandra im Hof ihres Hauses. Gemeinsam mit dem Eigentümer steht sie vor dem linken Tor der Doppelgarage, das zur Hälfte geöffnet ist. Martin steigt von seinem Fahrrad, schüttelt Herrn Vollmann die Hand, gibt Sandra einen schnellen Kuss.
„Was macht ihr denn hier draußen?“, fragt er von einem zum anderen blickend.
„Überraschung!“, ruft Sandra begeistert.
Martin versteht nicht, blickt sich suchend um.
„Ich habe mit Herrn Vollmann gesprochen. Er vermietet uns die Garage!“ Sandra strahlt.
„Die Garage?“, fragt Martin verdutzt.
„Ja, ich brauche sie eigentlich nicht mehr. Seitdem wir nur noch einen Wagen haben, reicht uns auch die rechte Seite. Die paar Gartengeräte und die Schubkarre kann ich auch nach hinten in den Schuppen stellen. Dann haben Sie Platz ...“
„... für dein Ruderergometer!“, fährt Sandra rasch dazwischen und reißt das Tor so weit wie möglich auf. Die Wände innen sind aschgrau, eine einsame, vergitterte Lampe spendet ein spärliches Licht. Allerhand Geräte hängen steif und leblos an Haken herab. Die Schubkarre steht verloren inmitten des Raumes, in den ein lichtes Dreieck hineinschneidet.
„Wir müssen es natürlich noch etwas gemütlicher machen, aber das wird schon. Wir könnten den Boden blau streichen zum Beispiel. – Und an den Wänden Wellen, mit Palmen dahinter ...!“ Sandra setzt ab, als sie in das Gesicht des Vermieters sieht, dem die skizzierte Strandidylle pures Entsetzen in die Augen

malt. „Sind ja nur so ein paar Ideen …, tja, mal sehen, … wird uns schon etwas einfallen. Meinst du nicht?“
„Doch, klar! Aber mir genügt eigentlich schon weiß, ohne Schnickschnack. Vielleicht ein Spiegel vorne …“ Martin geht hinein, dreht sich einmal im Kreis. „Vielleicht legen wir einen PVC oder so etwas auf den Boden?“
Herr Vollmann nickt zufrieden und verschwindet im Garten. Sandra springt Martin um den Hals, sie umarmen und küssen sich. „Und die Wellen mal ich dir trotzdem an die Wand!“

Nachwort:

In den vergangenen zwei Jahren habe ich die Idee und das Manuskript dieses Kriminalromans, der in seiner ersten Version noch „Götterbote“ hieß, zahlreichen Verlagen und auch einigen Agenten angeboten. Meist bekam ich gar keine Antwort auf meine Anfrage. In anderen Fällen verhielt es sich so, wie im Buch beschrieben: Mit dem ungelesenen Manuskript oder Exposé kam eine standardisierte Absage. In einigen wenigen Fällen gelang es mir, durch direkte oder indirekte persönliche Kontakte bis ins Innere der „Geschlossenen Gesellschaft“ vorzudringen. Die Antworten darauf können Sie im Folgenden nachlesen.

Das ist ein sehr guter Roman, über den wir lange geredet haben – wenn ich Ihnen also heute schreiben muss, dass wir glauben, dass es bei uns nicht richtig aufgehoben ist, dann geschieht dies nur aus strategischen Überlegungen. Wir haben in den vergangenen Jahren unser Krimiprogramm so stark erweitert, dass wir nun vor der Situation stehen, dass wir sehr viele Reihen haben, die mit fast jährlicher Taktung veröffentlicht werden. Unser Verdacht ist, dass einzelne Romane in unserem Programm nicht die richtige Aufmerksamkeit bekommen. Jedenfalls nicht die, die Ihrem sehr schönen, klugen, besonderen Roman angemessen wäre. Es tut mir leid, dass ich Ihnen keine andere Nachricht geben kann – ich habe mich aber gefreut, dass Sie ihn uns angeboten haben.
(Ein Verlag)

Auch ich habe inzwischen geprüft, aber leider ist bei mir der Funke nicht so wirklich übergesprungen. So ganz kam ich nicht mit dem Erzählten zurecht bzw. so euphorisch wie die Kollegen bei ... bin ich leider nicht, was den Text anbelangt und auch den Plot. Es ist ja auch immer sehr subjektiv. Für mich ist die Begeisterung für einen Text natürlich die Grundvoraussetzung, dass ich mir eine Vertretung vorstellen kann, insofern muss ich hier leider passen.
(Eine Literaturagentin)

Ich konnte mir am Wochenende den Krimi, den Du mir geschickt hattest, ansehen und mit den Teamkolleginnen heute darüber sprechen. Leider sind wir letztlich zu dem Schluss gekommen, dass wir „Götterbote“ nicht bei uns veröffentlichen können. Das liegt nicht an der Qualität des Textes, wie die Kollegen in ... halten wir ihn für einen sehr guten und klug konstruierten Roman, den wir uns im literarischen Krimisegment vorstellen könnten. Leider haben wir in diesem Segment nur begrenzt Programmplätze und sind im Moment im Begriff, einen anderen Autor mit einer Serie in diesem Bereich aufzubauen. Das bedarf gerade der gesamten ungeteilten Aufmerksamkeit, weshalb wir daneben keinen weiteren Titel dieses Segments stemmen können. Es tut uns leid, dass wir aus diesem Grund deshalb heute absagen müssen, wir bedanken uns aber für das Vertrauen, dass wir den Roman prüfen durften.
(Ein Verlag)

Ich habe eben das Exposé und die ersten Seiten gelesen. Ich muss leider passen. M.E. vertut sich der Autor mit der Sprache, versucht sie zu literarisieren, sie den – sicherlich anspruchsvollen – Inhalten anzupassen. Größtes Stirnrunzeln etwa bei diesem Satz: „Die Geräusche ersterben so abrupt, dass es scheint, als würde die plötzliche Stille zwischen den Wänden hin und her rollen.“ (Rollende Stille war mir bis dato unbekannt.) Sorry für die schnelle Antwort. Aber mich begeistert ein Roman entweder sofort – oder eben leider auch nicht.
(Ein Agent)

Anm. des Autors: Hier erlaubte ich mir zu antworten, dass spätestens seit Marcel Duchamp die Stille als Ton sehr wohl bekannt ist und in Kompositionen eingesetzt wird.

Die Lektoratsrunde hat getagt und ist zu dem Schluss gekommen, dass dies zwar ein in jeder Hinsicht „ordentlich“ geschriebener und gebauter Krimi ist, aber leider nicht so besonders, dass wir uns zutrauen würden, ihn über eure Zahlen hinauszubringen.
(Ein Verlag)

Das ist gar nichts für uns, das ist ja Literatur. Unsere Leser sind leider nicht so anspruchsvoll …
(Ein Verlag)

…müssen wir Ihnen mitteilen, dass wir keine Manuskripte unbekannter Autoren annehmen …
(Ein Verlag)

Doppelmord à la carte

Im Kühlhaus Nummer 4 der Frankfurter Kleinmarkthalle liegt der leblose Eigentümer des Standes „Valentino – Feinkost und Delikatessen seit 1982", Tötungsart: erschlagen, erstickt, eingefroren. Ein Trüffel am Tatort wirft zahlreiche Fragen auf, die Händler der Kleinmarkthalle spielen verrückt. Zeitgleich, nur wenige hundert Meter entfernt, schwimmt die Leiche des Sternekochs Mirko Leininger im Main. Selbstmord, so die Vermutung. Doch schnell wird auch hier deutlich, dass er nicht freiwillig aus dem Leben schied. Hauptkommissar Schwaner ermittelt in beiden Fällen und ahnt noch nicht, dass die beiden Toten mehr verbindet als die räumliche Nähe ihres Fundortes.

„Doppelmord" verbindet das gesellige Treiben in der Frankfurter Kleinmarkthalle mit dem knallharten Geschäft der Spitzengastronomie und bietet spannende Unterhaltung für jeden Genießer.

ISBN 978-3-943758-44-3
Als E-Book: **978-3-943758-45-0**

Um jeden Preis

In einem Vorort Frankfurts ist die nächste Filiale der Discountkette „BILLI" entstanden. In der Nacht vor der Eröffnung werden die Außenwände des Gebäudes mit Drohungen und Parolen besprüht, zwei Mitarbeiterinnen tot aufgefunden – heimtückisch ermordet. Handelt es sich um eine Erpressung des multinationalen Konzerns? Haben erboste Einwohner des Ortes ihrer Wut freien Lauf gelassen? Oder war es am Ende eine verdeckte Beziehungstat? Hauptkommissar Martin Schwaner und sein Team gehen den unterschiedlichen Spuren nach und decken dabei die vielfältigen Verflechtungen aus Politik, Wirtschaft sowie den egoistischen Interessen Einzelner auf.

„Um jeden Preis" spielt vor dem Hintergrund des extremen Strukturwandels im Handel. Diese Veränderungen stellen nicht nur die Fortdauer althergebrachter Märkte in Frage, sondern sie greifen auch tief in die soziale Struktur einer Stadt oder Gemeinde ein – mit fatalen Folgen.

ISBN 978-3- 943758-46-7
Als E-Book: **978-3-943758-47-4**

Tödliche Tropfen

Hochsommer in Frankfurt. Die Stadt stöhnt unter den abnormen Temperaturen. Zum wiederholten Mal wurde der Hitzerekord gebrochen. In der Nacht, die kaum Abkühlung bringt, wird Hauptkommissar Schwaner zum Flughafen gerufen. Am Rande des Flugfeldes wurde eine Leiche gefunden. Ein Alptraum beginnt...

Der dritte Roman von Jakob Stein führt durch und hinter die Kulissen des Frankfurter Flughafens. Mit etwa achtzigtausend Arbeitsplätzen und durchschnittlich mehr als einhundertfünfzigtausend Passagieren pro Tag ist der Airport eine Stadt in der Stadt, die ihrem ganz eigenen Rhythmus folgt. Der Cargo-Bereich ist führend in Europa. Dort werden heute mehr Waren umgeschlagen als in manchem Seehafen. Damit verbunden ist auch ein hohes kriminelles Treiben, das immer wieder neue Wege sucht.

ISBN 978-3-943758-53-5
Als E-Book: **978-3-943758-54-2**